A l’heure où tombe la nuit

ANDREA ELLISON

A l'heure où tombe la nuit

BestSellers

Titre original : THE COLD ROOM

Traduction française de JEANNE DESCHAMP

HARLEQUIN®
est une marque déposée par le Groupe Harlequin

BEST-SELLERS®
est une marque déposée par Harlequin S.A.

Photos de couverture

Parc : © GREG M. HERRINGER/GETTY IMAGES
Rose : © SASCHA BURKARD/ROYALTY FREE/FOTOLIA
Tâches d'encre rouge : © ANYKA/ROYALTY FREE/FOTOLIA

83/85, boulevard Vincent-Auriol, 75646 PARIS CEDEX 13.
Tél : 01 42 16 63 63
Service Lectrices — Tél. : 01 45 82 47 47
www.harlequin.fr
ISBN 978-2-2802-2084-2 — ISSN 1248-511X

« Pour Scott et Linda,
vous avez pris un risque et je vous en serai à jamais reconnaissante.
Et, comme toujours, pour Randy. »

« Comprendre le mal n'est pas y remédier, mais aide incontestablement à composer avec des ténèbres identifiables. »

CARL GUSTAV JUNG

MERCREDI

1

Gavin Adler fronça les sourcils lorsque son ordinateur émit un signal ténu. Il vérifia l'heure en bas de l'écran : 18 heures, déjà. Pendant les mois d'hiver, le déclin progressif de la lumière lui servait de repère, lui indiquant qu'il fallait songer à fermer boutique. Mais avec le passage à l'heure d'été il avait besoin d'un pense-bête pour ne pas perdre le fil du temps. Sans ce petit rappel, il serait resté scotché à son ordinateur et n'aurait plus jamais retrouvé le chemin de sa maison.

Il se leva de sa chaise, s'étira avec soin, puis mit son ordinateur hors tension et attrapa son sac à bandoulière. Quelle journée, mon Dieu… Quelle longue et glorieuse journée !

Il emporta ses détritus — les restes de son déjeuner. Aucune raison de laisser traîner des peaux de banane dans sa corbeille à papier durant la nuit. Il éteignit les lumières, verrouilla la porte, jeta le sac en plastique portant la marque des supermarchés Publix dans une poubelle et parcourut à pied les trois cents mètres jusqu'au parking. Sa Prius blanche faisait partie des rares véhicules qui y stationnaient encore.

Gavin écouta son iPod alors qu'il quittait le centre-ville. La circulation était lente et exaspérante, comme toujours, et il prit son mal en patience, progressant à une vitesse d'escargot sur l'avenue West End avant d'emprunter la I-40 pour avancer au pas dans la direction de Memphis.

Le bouchon se dissipa tout de suite après White Bridge et le reste du trajet se déroula magnifiquement. Tout juste vingt-deux minutes, chronomètre en main. Pas si mal !

Il quitta l'autoroute par la sortie McCrory Lane et roula jusqu'à son club de sport. Pour ne pas changer, le parking du YMCA était comble. Il montra sa carte de membre à l'entrée, se changea dans le vestiaire, courut trois quarts d'heure, travailla vingt minutes sur le Cross Trainer, fit cent exercices pour les abdominaux et termina par dix minutes de boxe simulée. En nage, il s'essuya à l'aide d'une serviette, reprit son sac besace, remit ses baskets dans son casier et glissa les pieds dans la paire de Crocs en caoutchouc orange fluorescent qu'il avait portée toute la journée. Il garda sa tenue de sport sur lui, en revanche. Elle irait au lavage directement.

Gavin traversa la rue pour s'approvisionner au Publix où il acheta un cordon-bleu de poulet pour une personne, un paquet de purée instantanée en flocons, un paquet de biscuits aux céréales complètes, des bananes et de la nourriture pour chats. Puis il porta ses achats dans sa voiture et repartit dans la nuit. Sans avoir vu âme qui vive. Son esprit était entièrement accaparé par ce qui l'attendait à la maison.

Sombre. Solitaire. Vide.

A 20 h 30 précises, Gavin atteignit la villa basse et longue, de type ranch, qui abritait son existence de célibataire. Dès qu'il introduisit la clé dans la serrure, son chat Art, un superbe abyssin aux yeux ambre, vint à sa rencontre en élevant des protestations sonores contre sa gamelle vide. Gavin servit la pâtée toutes affaires cessantes. Il n'aimait pas voir Art souffrir de la faim. La queue haute et dressée, le chat se jeta sur sa nourriture en ronronnant et en grognant doucement.

Gavin actionna le bouton « Marche » de sa chaîne stéréo et les accords de Dvorák se répandirent dans sa pièce à vivre. Il resta debout un moment et laissa la symphonie couler en lui, son bras droit oscillant au rythme des basses. La musique le nourrissait, le comblait, lui apportait une étonnante plénitude. L'abyssin repu vint se placer à côté de lui et enroula la queue autour de sa jambe. Gavin sourit de cette interruption et se pencha pour gratter le chat derrière les oreilles. Art manifesta son plaisir en arrondissant le dos.

Une fois ce rituel du soir accompli, Gavin alluma le four, versa quelques gouttes d'huile d'olive au fond d'un plat de verre et mit le poulet à cuire en réglant la minuterie sur quarante-cinq minutes.

Il prit sa douche, consulta ses e-mails professionnels sur son iPhone, puis dîna sans se presser. Le cordon-bleu était particulièrement goûteux, ce soir. Il l'accompagna d'une bière Corona glacée qu'il sirota à travers une tranche de citron vert placée dans le goulot.

A 22 heures, la vaisselle était faite, et Gavin se donna la permission. Il s'était très bien conduit, après tout.

Le cadenas de la porte du sous-sol était luisant de promesses. Et de lubrifiant. Il introduisit la clé en évitant de le faire cliqueter. Détachant le cadenas, il le prit avec précaution pour ne pas mettre de graisse sur ses vêtements. Les taches de gras, c'était la croix et la bannière à faire partir. Avant de descendre, il s'assura qu'Art ne le suivait pas ; il n'aimait pas beaucoup que son chat traîne au sous-sol. Mais Art était assis sur la table de cuisine et contemplait d'un œil mélancolique la place vide où avait reposé le poulet sur son assiette.

De l'autre côté de la porte, des marches s'enfonçaient dans les ténèbres. Il actionna un interrupteur et la lumière inonda la cage d'escalier. Glissant le cadenas dans le loquet, il le referma de l'intérieur. Rien ne justifiait de prendre des risques inutiles.

Elle dormait. Il prit soin de ne faire aucun bruit pour

ne pas la réveiller. De toute façon, il était juste venu pour regarder.

La cage en Plexiglas avait la forme d'un double cercueil divisé sur toute la longueur par une cloison transparente. Ainsi compartimentée, la boîte close était pourvue d'orifices circulaires, dans le fond, destinés à l'écoulement des liquides et des matières. Et de trous d'aération dans le couvercle. Le cercueil était dressé sur une estrade renforcée qu'il avait construite lui-même en prévoyant une rigole pour l'évacuation. Ce qui simplifiait considérablement l'entretien. Il lui suffisait de passer un peu d'eau au jet par l'ouverture, et hop, tout était nettoyé. Il fit couler l'eau un moment pour évacuer les déjections, puis il contempla de nouveau son amour.

La peau de ses lèvres se craquelait et elle perdait ses cheveux. Il y avait maintenant une semaine qu'elle n'ingérait plus ni eau ni nourriture, et elle passait de plus en plus de temps endormie. Sa léthargie était attendue et espérée. Il avait hâte de voir arriver l'heure de la délivrance, lorsque les souffrances de sa belle prendraient fin. Son désir n'était pas de la torturer. Il avait juste besoin que son cœur cesse de battre. Ensuite seulement, il pourrait la prendre. Et l'aimer.

Il s'humecta les lèvres et fut gêné par son érection.

Respirant son odeur, il se délecta un instant de la douceur musquée de sa chair mourante. Puis il se dirigea vers son bureau installé dans un coin du sous-sol. Araignées, poussière et moisissures brillaient par leur absence. La saleté n'avait jamais été le style de Gavin. Tout ici était propre. Immaculé.

L'écran de son ordinateur prit vie instantanément. C'était un Mac Air, une petite folie qu'il s'était offerte en guise de cadeau de Noël tardif. Quelques effleurements sur le clavier et le réseau sans fil s'activa : il était en ligne. Avant qu'il ait eu le temps de faire défiler ses sites favoris, le signal de son iChat tinta. Le nom d'écran de son interlocuteur apparut : LaMuerte69. LaMuerte et lui étaient de grands amis. Gavin accepta le *chat* et son propre pseudo — « Thanatos Song » — s'afficha en rouge, police Arial, dix points.

Ma poupée est presque au point. C'est chaud. Comment va la tienne ?

Hé, salut, Muerte ! La mienne bat de l'aile, elle aussi. J'étais justement en train de vérifier où elle en était. Ton voyage s'est bien passé ?

Super. J'ai vécu de très beaux moments. Mais je ne suis pas mécontent d'être de retour chez moi.

De nouvelles poupées ?

Une, oui. Appétissante. Et hyper-facile à cueillir. Comme un rat dans un grenier.

Gavin tiqua. Muerte avait parfois tendance à manquer de retenue. Mais que faire ? Il avait toujours eu du mal à communiquer avec ses semblables et la toile était sa coquille, son exutoire. Quelques-uns de ses autres amis en ligne se montraient moins brutaux que Muerte dans leur façon de s'exprimer.

Tiens à propos, d'ailleurs… Il jeta un coup d'œil sur la liste de ses contacts et vit que Nécro90 était connecté. Il lui envoya un rapide salut puis retourna chatter avec Muerte.

Quand prévois-tu que tout sera prêt ?

Muerte revint presque aussitôt en ligne :

Dans deux jours. Tu l'as fait comme on l'avait dit ? J'espère que tu as été plus prudent pour la dépose que pour la prise.

Gavin commença par se hérisser légèrement, mais son irritation retomba presque aussitôt. Muerte avait de bonnes raisons de le sermonner. Il avait commis une faute, après tout. Très vite, il avait compris qu'il importait de suivre toutes les instructions de Muerte à la lettre. Et qu'il était crucial de ne rien laisser au hasard.

Oui, ça s'est magnifiquement bien passé. Je t'envoie une photo.

Il téléchargea les clichés et sa respiration s'accéléra à leur vue. Splendide. Tout s'était déroulé dans la grâce… Presque aussitôt, Muerte revint en ligne.

Mon Dieu. C'est parfait. Sublime. Tu es devenu un véritable artiste.

Merci.

Gavin rougit jusqu'à la racine des cheveux. Savoir accepter un compliment avec grâce n'avait jamais été son point fort. Il jeta un regard par-dessus son épaule et comprit qu'il était temps de clore la discussion.

Muerte, il faut que je file. Une grosse journée m'attend demain.

Tu m'étonnes ! Sois sage, O.K. ? Et n'oublie pas : dans deux jours, heure pour heure, j'attendrai les photos.

Bye.

Une image envahit l'écran, lui coupant un instant le souffle. Muerte lui avait envoyé un cadeau. Les oreilles brûlantes, Gavin étudia la photo. Muerte avait un talent incroyable pour la photographie. Il était infiniment plus doué que lui.

La poupée de Muerte ne connaissait ni animation ni mouvement et ses yeux à jamais clos signaient l'ultime abandon. Gavin fit pivoter sa chaise de manière à pouvoir regarder sa propre maison de poupée, sa captive à lui, gisant dans sa tombe obscure. Seule. Il faudrait qu'il lui trouve rapidement une nouvelle amie. Si seulement la fille de Muerte avait été noire ! La chair blanche n'avait jamais éveillé ses appétits.

Un autre signal. Cette fois, c'était Nécro qui réagissait à son salut en lui demandant comment il allait et s'il y avait eu du nouveau dans leur communauté. Gavin répondit par la négative — il n'avait rien entendu de spécial. Il fallait dire qu'à la différence de Muerte il n'avait pas l'oreille qui traînait partout. Muerte était l'architecte de leur univers en ligne. Gavin avait trouvé ses amis dans les profondeurs cachées d'un forum sexuel somnolent. Et il était émerveillé d'être entré dans leur réseau. Leur fraternité inespérée rendait sa vie tolérable.

Avant de se déconnecter, Gavin chatta quelques instants avec Nécro et lut une description détaillée d'un spécimen parfait que ce dernier avait repéré sur une plage de sable blanc, quelque part dans une île des Caraïbes. Il contempla la photo qu'il avait téléchargée à partir de l'envoi de Muerte. Il était trop excité, à présent, pour pouvoir se contenir plus longtemps.

Après un dernier regard sur sa poupée immobile, il remonta au rez-de-chaussée, ouvrit la porte puis referma l'accès au sous-sol en replaçant le cadenas. Il était de retour dans sa vie normale. L'heure était venue de prendre une seconde douche puis de se coucher. La journée qui l'attendait ne serait pas de tout repos. Et les suivantes seraient tout aussi occupées, d'ailleurs. Son plan était en en marche.

Il était fier de lui. Et, cette nuit-là, il ne descendit vérifier que trois fois si la poupée respirait encore.

2

Taylor Jackson lança un « Ouuui ! » retentissant lorsqu'elle repéra une place de parking disponible en remontant la Trente-deuxième Avenue. La chance lui souriait, ce soir. Se garer à Nashville devenait une aventure de plus en plus aléatoire, surtout dans le West End. Le jeune voiturier lui adressa un sourire plein d'espoir lorsqu'elle tourna devant le restaurant Tin Angel. Mais, si elle ne voulait pas s'attirer d'ennuis, elle avait tout intérêt à ne pas laisser sa voiture de fonction de la police à un gamin qui ne paraissait même pas en âge d'avoir son permis de conduire. Elle passa devant lui sans s'arrêter, réussit un créneau impeccable puis redescendit à pied la rue en pente douce jusqu'à l'entrée du restaurant. Elle se faisait une joie de la soirée qui l'attendait : un repas sans complications entre filles, avec sa meilleure amie, Sam, et sa collègue, Paula Simari. Pas d'homicides. Pas de scènes de crime. Juste un dîner sans prétention, dans un cadre sympa. Une vraie soirée de relâche.

Elle avait un peu d'avance ; ni Paula ni Sam n'étaient encore arrivées. Taylor suivit l'hôtesse qui la conduisit à une table pour quatre, placée près de la cheminée en brique. Les bûches étaient empilées serré et se consumaient lentement, dégageant une chaleur douce avec un parfum ténu de fumée. Même si le temps se réchauffait, les soirées et les matinées restaient fraîches, dans le Tennessee.

Taylor commanda une bouteille de merlot Coppola, prit le menu qu'on lui tendit et s'abîma dans ses pensées. L'enveloppe sur laquelle elle avait inscrit l'adresse avant de partir dîner pesait comme du plomb dans sa poche. Elle la sortit et fixa les lettres en songeant qu'elle aurait préféré ne pas reconnaître l'écriture. Qu'elle aurait préféré ne pas avoir à envoyer de courrier personnel à un détenu de l'administration pénitentiaire, même s'il résidait dans les quartiers VIP de la prison.

Winthrop Jackson IV
FCI Morgantown
Centre correctionnel fédéral
Boîte postale 1000
Morgantown, WV 26507

Les bords de l'enveloppe commençaient à se friper. Il était temps de prendre une décision : collerait-elle oui ou non cette fichue lettre dans une boîte ?

Du bout du doigt, elle traça le contour de l'adresse ; une protestation horrifiée s'élevait toujours dans son esprit face à cette réalité : son père, en prison. Où il avait été envoyé par ses soins. Taylor jeta un rapide regard autour d'elle pour s'assurer que personne ne regardait, puis elle fit glisser le mince feuillet écrit à la main hors de l'enveloppe.

« Cher Win,

» Je suis désolée. Je pense que tu auras compris que je faisais simplement mon travail et que je n'avais pas le choix. Je souhaiterais que tu renonces définitivement à essayer de reprendre contact. Il m'est impossible d'assumer notre relation en l'état actuel des choses et j'aimerais pouvoir vivre ma vie. Maman est toujours en Europe, mais elle a son téléphone portable. Elle peut t'envoyer l'argent dont tu as besoin.

» Pour ce que cela vaut : oui, je te pardonne. Je sais que tu ne peux pas t'en empêcher. Que cela a toujours été plus fort que toi.

Taylor. »

— Qu'est-ce que tu lis ? Tu as l'air perturbée…

Taylor tressaillit. Sam se laissa tomber sur la chaise en face de la sienne, posa son sac Birkin sur le sol, sous la table, et fit jouer les articulations de ses doigts. Lorsqu'elles craquèrent, Samantha fit la grimace.

— On finit par se rouiller à rester cramponnée à son scalpel toute la journée. C'est quoi, alors, cette lettre ?

Taylor fixa le bout de papier d'un œil morne.

— Une lettre pour Win.

— Ah bon ? Je croyais que tu avais tiré un trait définitif sur ton papa chéri. Tu as commandé le vin ?

— Mission accomplie, oui. Il devrait nous être servi d'un instant à l'autre. Où est Paula ?

— Elle a été appelée en urgence. Elle me charge de te transmettre ses excuses. Ce sera juste nous deux, pour notre soirée nanas.

Sam se renversa contre le dossier de sa chaise et les flammes dans la cheminée jetèrent des reflets cuivrés sur ses cheveux noirs. Taylor ne s'était toujours pas habituée à la frange épaisse qui couvrait désormais le front de son amie. Sam avait troqué ses cheveux longs contre un carré court sophistiqué qu'elle appelait sa « coupe mère de famille ». Taylor trouvait qu'elle ne ressemblait pas tant à une maman qu'à une icône érotique genre Bettie Page. Mais de quel droit se permettrait-elle de faire des commentaires ?

— Pourquoi est-ce que tu me regardes comme ça ?

— Désolée. Ce sont tes cheveux. Ça te change tellement… Je ne suis pas encore habituée.

— Tu ne peux pas imaginer comme c'est pratique.

Cela dit, mes cheveux longs me manquent. A Simon aussi, d'ailleurs.

— J'ai pensé à couper les miens. Quand j'en ai parlé à Baldwin, il a fait une crise.

Le vin apparut sur la table et elles passèrent commande. Taylor et Sam trinquèrent en faisant tinter leurs verres.

— Lève ta flûte, descends ton verre ! lança Sam.

Taylor se mit à rire. Ce toast entendu Dieu sait où, elles avaient pris l'habitude de le porter lorsqu'elles étaient encore gamines. Le reste du texte consistait en allusions grivoises aux prestations sexuelles masculines. Des paillardises dont le sens véritable leur échappait complètement, à l'époque. Taylor s'était ainsi couverte de honte, à l'occasion d'une des nombreuses réceptions données par ses parents, en déclamant son histoire de flûte en toute innocence devant tous leurs invités assemblés. Lorsque les hommes avaient rugi de rire et que les joues des femmes s'étaient empourprées, sa mère, Kitty, l'avait attirée à part pour lui dire que le toast qu'elle venait de porter n'était pas convenable pour une jeune personne de bonne famille. Mais, comme elle avait refusé de fournir plus d'explications, Taylor et Sam s'étaient longuement creusé la tête pour essayer de comprendre ce que ce « lève ta flûte » avait de si choquant.

Aujourd'hui, la femme qu'elle était devenue souriait de sa naïveté passée. Mais penser à Win ne la faisait vraiment pas rire, en revanche.

— *J'essaie* de couper les ponts avec mon père, Sam. Mais il n'arrête pas de me téléphoner, de m'écrire. Ça me rend folle. Ce type est toxique, merde ! Je ne peux pas accepter qu'il garde une place dans ma vie. Imagine que nous ayons un jour des enfants, Baldwin et moi ? Tu nous vois avec le bon vieux papi gibier de potence à la grande table de famille, racontant ses souvenirs d'escroc pour la veillée de Noël ? Soit il les corromprait complètement, soit ils seraient morts de honte d'avoir un tel grand-père.

— Tu songes à avoir des enfants ?

— Ne dévie pas le sujet, ma belle. Je te parle de Win, là.

— Tu ferais une mère merveilleuse.

Taylor fixa sa meilleure amie d'un regard surpris.

— Pourquoi me dis-tu ça ?

— Arrête, Taylor. Tu es l'essence même de la femme nourricière. Le seul truc, c'est que tu ne le sais pas encore. Tu seras comme une mère ourse avec son ourson — comme une tigresse avec son petit. Tu ne laisserais rien ni personne toucher ne serait-ce qu'un cheveu de ton enfant. Crois-moi, ça viendra tout seul, tu t'y mettras comme M. Jourdain à la prose. Quand ce magnifique événement pourrait-il se produire, à propos ?

— Tu veux parler de mon immaculée conception ?

Sam se mit à rire.

— Si je comprends bien, Baldwin est encore à Quantico ?

— Plus pour longtemps. Il rentre ce soir. C'est pour cela que je voulais qu'on se retrouve dans le centre-ville. En sortant d'ici, je file le récupérer à l'aéroport.

— Il te manque, quand il n'est pas là, hein ?

Le sourire que lui adressa Sam était bienveillant, complice. Taylor n'avait jamais eu besoin d'un homme pour lui donner un sentiment de plénitude dans l'existence. Mais depuis que John Baldwin était entré dans sa vie elle était douloureusement consciente de chaque instant passé en son absence. Jamais elle n'avait connu cela avec un homme auparavant. Lorsqu'elle lui avait fait part de ses impressions, Sam lui avait patiemment expliqué que le phénomène était à la fois banal et extraordinaire, profondément humain et marqué de la flèche du dieu Amour.

Le téléphone de Taylor bourdonna discrètement dans

sa poche avant droite. Elle le sortit et jeta un coup d'œil sur l'écran.

— Merde.

— Un appel professionnel ?

— Ça en a tout l'air, oui. Tu m'excuses une seconde ?

Adieu dîner tranquille entre amies ; adieu amoureuses retrouvailles avec Baldwin. Taylor regarda sa montre. Son avion n'allait pas tarder à atterrir. Mais elle ne serait pas au rendez-vous. Que le standard de sa brigade l'appelle sur son portable ne pouvait signifier qu'une chose : il y avait un mort quelque part. Elle colla le téléphone à son oreille.

— Inspecteur Jackson, vous êtes attendue au 1400, Love Circle. Nous avons un code 10-64, homicide. Attention, je répète, un 10-64 sur Love Circle, au n° 1400 ; peut-être même un 10-51. Vous êtes attendue sur les lieux. Merci.

— Je ne suis pas de service, ce soir. Faites intervenir un de mes collègues.

— Désolé, inspecteur. Mais votre intervention a été spécifiquement requise.

Taylor soupira. Ils n'ont qu'à siffler et je me pointe, comme une bonne fille.

— 10-4 à standardiste : je suis sur le départ.

Un cadavre qui pourrait avoir été victime d'une agression au couteau. Quelle façon plus délicieuse de clore sa journée ?

— Tu dois y aller ? demanda Sam.

— Oui. Et toi ? Tu ne viens pas ? Ils vont sûrement t'appeler dans la foulée.

Sam leva son verre.

— Contrairement à toi, ma chère, je suis encore le capitaine de mon navire. Ce soir, je suis de congé. Les bureaux du médecin légiste peuvent fonctionner sans moi, pour une fois. Au passage, tu embrasseras le jeune voiturier de ma part. Il est mignon à croquer.

Taylor secoua la tête. Sam était la seule personne au

monde dont elle tolérait qu'elle ironise sur sa rétrogradation. Personne d'autre.

— Ouah ! Sympa, Sam ! Quelle façon délicate de m'enfoncer la tête sous l'eau.

Mais elle souriait tout en râlant. Avoir été déboulonnée de son poste de lieutenant pour repasser inspecteur avait été humiliant à souhait. Elle se sentait gênée, mortifiée, déstabilisée par les regards en coin et les commentaires murmurés. Mais elle était décidée à serrer les dents et à prendre son mal en patience. Elle croyait en un juste retour des choses. Tôt ou tard, ceux qui avaient œuvré pour lui nuire payeraient le prix de leurs méfaits. Surtout si elle gagnait le procès intenté par son syndicat.

Leur commande arriva juste au moment où elle se levait pour partir. Elle considéra d'un œil mélancolique son escalope milanaise panée à la perfection. Sam surprit son regard.

— Je leur demanderai de te l'emballer. Et je m'arrêterai pour déposer le *doggy bag* dans ton frigo en rentrant chez moi, tout à l'heure.

Taylor se pencha pour embrasser Sam sur la joue.

— Tu es infernale, mais tu as de bons côtés. Merci.

— Mouais... N'oublie pas que tu me dois un dîner sans interruption. Et maintenant file. Tu piaffes d'impatience de te mettre au travail.

Taylor retrouva sa voiture, réussit à passer tous les feux au vert, traversa le West End sans encombre et finit par se faire coincer au orange devant chez Maggiano. Elle tournait à l'intersection suivante et le feu vira au rouge juste au moment où elle roula sur la ligne blanche.

A sa gauche, « Love Circle » formait une boucle sinueuse autour du sommet d'une colline ventée, en plein cœur du quartier ouest. Un endroit un peu trop riche en souvenirs à son goût.

Taylor retira ses lunettes de soleil. Elles ne lui étaient évidemment d'aucune utilité en pleine nuit. Mais depuis sa rétrogradation elle avait pris l'habitude de les chausser à toute heure. Surtout quand elle entrait ou sortait de son bureau. Les verres teintés la mettaient à l'abri des regards compatissants dont on l'inondait depuis quelque temps.

Elle effleura la bosse sur le haut de son arête nasale, juste en dessous de l'endroit où reposait l'arcade de ses lunettes. C'était à Love Hill qu'elle s'était cassé le nez pour la première fois, à quatorze ans, en jouant au foot avec quelques garçons inconnus qui étaient venus s'isoler dans l'espace public, au sommet de la colline, pour fumer et refaire le monde. Sa mère avait eu un mouvement de recul en voyant son visage tuméfié, le lendemain matin, au petit déjeuner. Kitty l'avait traînée sur-le-champ chez un de ses amis, chirurgien esthétique. Il avait réaligné le cartilage sans cesser d'émettre de petits sons consternés, et avait bandé son nez avec une stupide attelle blanche dont elle s'était débarrassée dès l'instant où sa mère avait eu le dos tourné. L'os ne s'était jamais ressoudé correctement et elle avait gardé une bosse minuscule qui altérait la ligne de son profil.

La deuxième fois que son nez avait été fracturé, quelqu'un d'autre s'était chargé de le fracasser pour elle. Dan Martin, son ex-équipier décédé, était entré chez elle par effraction et l'avait rossée sans merci. Ce soir-là, elle avait été forcée de recourir à la violence et elle avait pris la vie de Dan pour sauver la sienne.

La voiture derrière elle klaxonna et Taylor constata qu'elle était restée à l'arrêt devant le feu de circulation alors qu'elle avait la flèche pour tourner. *Bravo, ma vieille. De mieux en mieux…* Perdue dans ses pensées au point de ne pas voir le changement de feux. Tel était l'effet que la colline avait sur elle.

Elle prit à gauche sur Orleans Drive, puis, très vite, à droite sur l'avenue Acklen, avant de bifurquer sur Love Circle. C'était une rue raide et étroite, compliquée à négocier. L'architecture était éclectique, allant du bungalow type années vingt à la maison contemporaine. La plupart de ces habitations n'avaient pas d'allée privée et la majorité des propriétaires laissait sa voiture garée dans la rue. Taylor négocia les virages à la montée, s'étonnant des changements survenus dans le quartier. Une immense maison de verre postmoderne dominait la colline, illuminée comme un palais. Elle se souvint vaguement d'avoir lu qu'il y avait eu des pétitions, des critiques. La mégavilla avait été construite à grands frais par une star de la musique country et on parlait même d'une piste d'atterrissage aménagée sur le toit. En roulant à la hauteur de l'incroyable construction, elle admira l'architecture futuriste au passage.

Parvenue au point culminant, Taylor fit halte un instant et prit le temps de contempler la ligne d'horizon qui se détachait nettement à l'ouest. A l'est, le ciel était d'un noir d'encre et il n'y avait pas de lune pour éclairer la rue. Les lumières de Nashville semblaient lui faire signe. Rien d'étonnant si ce parc isolé restait le lieu de prédilection des adolescents à la recherche d'un espace de liberté dans la ville. Le nom de la colline était déjà un élément de charme en soi. Il était indéniablement romantique de se diriger vers les hauteurs au couchant, puis de voir les rues, les fenêtres de Nashville s'éclairer une à une jusqu'à ce que la ville scintille de tous ses feux, telle une immense cascade de lumière.

Ayant été élevée dans les enclaves protégées que formaient Forest Hills et Belle Meade au sein de Nashville, Taylor avait vite éprouvé le besoin de sortir de l'environnement social circonscrit par ses parents pour respirer un air plus grisant et plus sauvage. Ses cheveux blonds et ses yeux gris désassortis attiraient systématiquement l'attention, qu'elle le veuille ou non. Avec cela, elle avait toujours été grande : à treize ans, elle mesurait déjà pas loin d'un mètre quatre-vingts. Entre sa taille et son physique, elle n'avait laissé indifférents ni ses alliés ni ses adversaires. Etait-ce vraiment surprenant si elle avait été amenée à commettre quelques bêtises ici et là ?

Pendant tout un été, elle avait été une habituée de la colline, avec la fidèle Samantha Owens — aujourd'hui, Dr Sam Loughley, médecin légiste en chef de Nashville — à son côté. Elles avaient bravé quelques interdits à la manière des adolescentes de bonne famille de l'époque : fumer des Gauloises volées, siroter stoïquement quelques gorgées de whisky bas de gamme au goût infect, traîner avec des garçons qui rasaient leurs crânes à la manière des Indiens mohawks et tenaient des discours enflammés sur l'anarchie et les riffs de guitare électrique. Sa phase de fréquentation intensive de Love Hill n'avait duré que le temps d'un été. Les fanfaronnades de faux durs de ses nouveaux camarades lui avaient vite tapé sur le système.

Penser à sa jeunesse l'attrista. Ce qu'ils appelaient des « bêtises » à l'époque paraissait presque gentillet en comparaison avec ce qui se pratiquait aujourd'hui. Et voilà que, âgée de trente-six ans depuis peu, elle se sentait déjà en décalage face aux adolescents de maintenant.

Elle avait abandonné Love Circle à quinze ans et n'y était pas retournée avant l'anniversaire de ses dix-huit ans. Une petite virée nostalgique avec son premier vrai amant, le professeur de lettres. Il l'avait emmenée au sommet de la colline dans sa jeep et s'était garé face à la vue, ses mains courant partout sur son corps. La voiture avait failli dévaler la pente lorsque, dans leurs ébats, elle avait heurté le levier de vitesse avec le genou et l'avait passé au point mort. Pour la première fois, ce soir-là, James l'avait invitée à venir chez lui et l'avait initiée à l'amour avec sollicitude, considération et talent.

Comme chaque fois qu'un souvenir de James Morley lui traversait l'esprit, un sourire lui monta aux lèvres. Puis ses pensées glissèrent vers son père — un ami proche de Morley — et le sourire s'évanouit. Sa lettre, elle allait la poster. Win Jackson était incarcéré à huit heures de route seulement de Nashville. Et sa libération n'était plus qu'une question de mois. Il avait passé quelques arrangements avec la justice, qui lui vaudraient une sortie prématurée. Ses lettres se succédaient avec une régularité alarmante, implorant son pardon. Sa collaboration avec un redoutable patron du crime de New York appartenait désormais à un passé révolu. Cette fois, c'était juré, Winthrop Jackson IV ne dévierait plus du droit chemin.

Taylor avait perdu le compte des occasions où Win avait déjà pris ce même engagement. De toutes les charges que l'on aurait pu retenir contre lui, le blanchiment d'argent n'était pas la pire. Mais c'était celle que la justice avait retenue, en tout cas. Il lui restait encore un peu de temps avant d'avoir à affronter Win en personne. Pas autant qu'elle l'aurait souhaité. Mais elle s'en contenterait.

Passé le faîte de la colline, la scène de crime s'imposa à sa vue et elle n'eut plus qu'à se laisser guider par l'éclat des avertisseurs lumineux. Quatre voitures de patrouille étaient alignées au garde-à-vous devant le grillage. La brigade canine — la K9 — était garée à l'angle. Taylor reconnut Max, le berger allemand de sa collègue Paula Simari, les pattes en appui contre la vitre entrouverte, cherchant son maître-chien. *Tiens, tiens.* C'était donc cette même scène de crime qui avait empêché Paula de se joindre à elles au Tin Angel. Il devait être assez unique en son genre, ce meurtre, s'ils rameutaient même les effectifs en congé.

Taylor baissa sa vitre et émit quelques sons rassurants à l'intention du chien.

— Tout va bien, Max. Paula revient tout de suite.

Le berger allemand cessa de s'agiter et s'assit en laissant pendre sa langue sur le côté. Elle roula encore sur une quinzaine de mètres en redescendant sur le versant arrière de la colline. L'attention générale était dirigée sur une maison d'un étage située à une quinzaine de mètres environ en retrait de la rue. Il s'agissait d'une construction Craftsman authentique que Taylor aurait datée des années trente, si on lui avait demandé de hasarder une date. Les colonnes en forme de pyramide et le toit oblique étaient bien entretenus. La façade baignait dans une lumière artificielle ; les *shingles* de bois d'époque de l'avant-toit semblaient être peints dans une nuance vert mousse assez douce, avec les détails soulignés dans une teinte plus sombre. La maison dans son ensemble se fondait à la perfection dans les bois environnants. Les quatre lucarnes carrées au premier étage formaient une série d'avancées caractéristiques. Comme deux paires d'yeux vigilants.

Taylor fut surprise de voir que la pelouse et le porche grouillaient de monde — un niveau de désorganisation rarement atteint sur une scène de crime à Nashville. Les techniciens de la police scientifique déballaient leur matériel pour photographier, filmer, recueillir des éléments de preuve ; deux policiers de patrouille se tenaient sur le côté du jardin et conversaient à voix basse. La table du poste de commandement avait carrément été installée sous le porche. Des agents en uniforme et d'autres en civil allaient et venaient autour de la maison, sous l'œil curieux des voisins qui s'étaient rassemblés pour observer la scène en silence.

Elle se gara à côté d'un véhicule de la police scientifique. La porte latérale était restée ouverte et une partie du contenu se répandait dehors, comme si les techniciens avaient été particulièrement pressés de se mettre à l'œuvre. Paula Simari se tenait à quelques mètres de là. Lorsque sa collègue repéra sa présence, elle lui suggéra, d'un mouvement du menton, de la rejoindre à l'intérieur. Intriguée, Taylor descendit de voiture.

— Inspecteur !

Un jeune homme lui faisait signe sur la pelouse devant la maison. Sous la lumière artificielle, le gazon luisait du vert profond de l'émeraude. Une odeur revigorante d'oignon sauvage et d'herbe fraîchement coupée évoquait l'ambiance débonnaire d'une paisible soirée barbecue en banlieue.

Une impression trompeuse. Taylor referma sa portière tout en essayant d'assimiler la scène. Le jeune homme continuait à lui faire de grands signes, agitant frénétiquement les bras.

Comme si elle ne l'avait pas déjà repéré depuis longtemps.

Son nouveau coéquipier, Renn McKenzie. Un type tout à fait sympa, a priori. A part qu'elle n'avait aucune envie de faire ami-ami avec lui. C'était trop tôt pour elle. Elle était encore en phase de deuil, pas encore remise de la perte de sa brigade, de l'effondrement de sa carrière.

McKenzie se porta à sa rencontre en courant et s'immobilisa, hors d'haleine. Elle le gratifia d'un signe bref de la tête. Autant essayer de lui inculquer d'emblée un minimum de « zenitude ».

— Alors, McKenzie ?

— Appelez-moi Renn, Taylor.

— Jackson conviendra très bien, McKenzie.

— Un simple Renn m'irait bien, pourtant.

« Simple Renn », oui. Voilà qui lui irait bien.

— Je suis normalement en congé ce soir, je suppose que vous ne m'avez pas fait venir ici sans bonnes raisons. Pouvez-vous me préciser lesquelles ?

Elle vit une rougeur embarrassée lui monter aux joues. « Simple Renn » était un transfuge du secteur sud de

Nashville. Marcus Wade — l'un des anciens membres de son équipe — et Renn McKenzie avaient été plus ou moins permutés. Le capitaine Delores Norris, qui dirigeait l'Office de contrôle des aptitudes professionnelles de la police de Nashville, était l'architecte de cette restructuration.

Taylor aurait tué père et mère pour avoir Marcus auprès d'elle en cet instant. Ou son ancien second, Pete Fitzgerald. Ou Lincoln Ross. Mais sa brigade avait été démembrée et elle ressentait amèrement la privation. « Simple Renn » était sûrement un très bon inspecteur, mais il avait ses propres rythmes et fonctionnements. Le tout couplé à une sorte d'empressement juvénile qui démentait les quelques fils gris mêlés à ses tempes blondes. Un empressement auquel elle ne s'habituait que difficilement. Il était dégingandé, anguleux de partout et manquait de raffinement dans sa démarche comme dans ses manières. Des yeux bruns, des lèvres minces et les joues hérissées de l'équivalent de trois jours de barbe : un physique à peu près correct, si on aimait le style chien fou. Mais il y avait à peine un mois qu'il avait lâché l'uniforme pour la tenue civile et son inexpérience faisait frémir Taylor. Avoir un bleu pour équipier pouvait faire échouer lamentablement une enquête. Surtout lorsqu'on était habitué à s'appuyer sur des pros hyper-compétents. Des pros qu'elle avait formés pour qu'ils travaillent selon ses méthodes *à elle*.

Pour être tout à fait honnête, une part d'elle-même prenait plaisir à déstabiliser McKenzie. Comme si elle se donnait ainsi le sentiment que la situation n'était pas appelée à durer.

— O.K., ce sera *Jackson*, alors. Sacré nom de famille, entre parenthèses… Je suppose que vous êtes apparentés ?

— Apparentés ?

— Avec Andrew Jackson, bien sûr.

Ce jeune homme, à l'évidence, ne connaissait pas son histoire du Sud sur le bout des doigts. Andrew Jackson, le septième président des Etats-Unis, n'avait pas de descendants directs. Il avait certes élevé onze enfants, mais aucun d'entre eux n'était de lui. Il existait cependant un lien de famille, sachant que le fils de Rachel, la femme de Jackson, était… Taylor se mordit la lèvre en résistant à la tentation de pousser un cri d'exaspération. Comme s'ils n'avaient pas plus urgent à faire que de causer généalogie !

— McKenzie ?

— Oui ?

— *Qui* est mort ?

— Euh, oui… Désolé. On ne sait pas encore.

Il ne fit même pas un mouvement en direction de la maison et demeura planté sur place.

— Et si on se bougeait les fesses, McKenzie ? On pourrait peut-être aller voir le corps, non ?

— Oui, oui, bien sûr. Elle est dans le séjour ou la pièce à vivre, ou le living… je ne sais jamais comment on appelle ces grands espaces de vie d'un seul tenant. On ne la voit pas de la porte d'entrée, mais la cuisine offre une assez bonne perspective. Il n'y a pas beaucoup de murs, dans cette maison — tout est ouvert, à l'exception des colonnes. Elle est… enfin, je vous laisse vous rendre compte par vous-même.

Ils atteignaient les marches d'entrée devant la maison. Taylor les négocia deux par deux, avec Simple Renn accroché à ses talons. Ce n'était pas un effet de son imagination : le poste de commandement avait bel et bien été établi sous le porche.

— Hé, McKenzie ? Vous n'auriez pas pu leur suggérer de s'installer un peu plus loin ? D'habitude, on limite les allées et venues à proximité du corps, à cause du risque de contamination de la scène. On n'entre pas dans un périmètre de scène de crime comme dans un moulin.

Mortifié, il baissa les yeux. Taylor regretta aussitôt de

lui avoir parlé aussi sèchement et se promit de le ménager par la suite. Il n'était qu'un gamin qui apprenait les ficelles du métier. Elle était passée par là, elle aussi.

— Bon, ce n'est pas grave. On commet tous des erreurs.

De fait, *c'était* grave. Mais les dégâts étaient déjà commis, de toute façon. Elle tirerait cette histoire au clair plus tard.

Malgré le nombre impressionnant d'intervenants sur la scène, l'intérieur de la maison donnait une impression d'espace. Sols en teck, poutres apparentes, murs blanchis à la chaux, accessoires portant la marque du décorateur d'intérieur. D'élégantes toiles abstraites paradaient sur ce fond neutre, en contrepoint d'une cheminée ouverte en pierre et en brique.

L'état d'esprit qui régnait dans les lieux dérangeait Taylor. Le manque de considération pour les extérieurs de la scène, les allées et venues incessantes et le simple fait qu'on lui ait demandé d'intervenir laissaient présager le pire. Il se passait quelque chose d'inhabituel. Quelque chose qui dépassait le cadre du « simple meurtre ». Elle sentit une boule se former dans sa gorge.

A travers le bourdonnement sonore des voix, elle percevait de la musique. Classique. Archiconnue. Elle dut pourtant fouiller sa mémoire pour retrouver le nom du compositeur… Dvorák ! Oui, bien sûr, la neuvième symphonie, en mi mineur. Des années de répétitions puis d'écoute en tant que simple mélomane, et malgré cela il lui avait fallu un moment avant de retrouver le morceau. Etrange fonctionnement que celui de la mémoire. D'eux-mêmes, ses doigts se replièrent pour se mouvoir doucement avec les notes. Elle avait joué de la clarinette pendant des années. Fière d'abord de ses toutes jeunes compétences lorsqu'elle était enfant, puis mortifiée, à quinze ans, à l'époque où elle ne rêvait plus que de partir s'éclater sur Love Hill.

Avec le recul, elle regrettait d'avoir arrêté son instrument.

Jouer un jour dans un orchestre symphonique avait été un de ses rêves d'enfant, supplanté à l'adolescence par la fascination que la police avait exercée sur elle, suite à des démêlés sans gravité qu'elle avait eus avec la loi. Aujourd'hui, elle se disait qu'une carrière de musicienne d'orchestre aurait été gratifiante sur bien des plans. C'était un jeu auquel elle jouait rarement : « Si tu n'avais pas été flic, quel genre de personne serais-tu devenue ? » Pendant des années, elle avait été bien trop prise par son métier pour imaginer qu'elle aurait pu *ne pas* entrer dans la police. Mais à présent qu'elle sentait le sol — et ses certitudes — se dérober sous ses pieds elle commençait à se poser certaines questions.

Taylor se concentra sur le thème de la symphonie. Les derniers accords de *l'allegro con fuoco* allèrent en s'estompant, puis le CD repartit du début avec l'adagio du premier mouvement. La symphonie dite « du Nouveau Monde » passait en boucle. Audacieuse et lyrique, recueillie, puis fougueuse. Elle avait toujours aimé cette composition.

Elle chercha la chaîne stéréo des yeux mais l'appareil n'était nulle part en vue. La musique l'entourait, résonnait partout autour d'elle. Taylor en conclut qu'il s'agissait d'un système sonore intégré. Elle avait du mal à détourner son attention de la musique. Son regard tomba alors sur un visage connu et apprécié : Tim Davis, spécialiste de la police scientifique. Si Tim intervenait sur cette scène de crime, elle pouvait lui faire confiance pour préserver le maximum d'indices.

— Tim, il y aurait moyen de couper la musique ?

Il hocha la tête.

— Il s'agit d'un lecteur de CD intégré. Les commandes sont dans la cuisine. J'attendais ton arrivée pour que tu puisses l'entendre. On commençait tous à craquer à force de l'entendre tourner en boucle. Tu sais ce que c'est ?

— Dvorák. Neuvième symphonie. Mais garde l'info

pour toi, surtout. Il ne faut à aucun prix que les médias s'emparent de ce détail. Ils en feraient leurs choux gras et s'en serviraient pour attribuer un sobriquet au meurtrier.

Elle n'avait même pas encore vu le corps, et déjà elle imaginait le pire. Difficile de faire autrement, alors que chaque élément de la scène proclamait une sorte d'étrangeté, de démesure.

— Tiens, à propos de médias, où sont-ils ?

Tim jeta un coup d'œil par une fenêtre.

— Channel Five arrive juste. Les autres ne doivent pas être loin derrière.

Elle le remercia d'un signe de tête et se tourna vers Paula. Son amie se tenait dans le grand living ouvert et regardait en direction de la porte arrière. La pièce à vivre centrale n'était séparée de la cuisine-salle à manger que par trois colonnes, qui reprenaient comme en écho la forme pyramidale caractéristique de celles du porche. Un petit groupe serré était rassemblé autour du pilier central, comme si ce mélange irréel de flics et de techniciens de labo se tenait en adoration devant quelque figure divine. Taylor nota trois choses : elle ne voyait toujours pas de corps, les visages tournés dans sa direction exprimaient une évidente perplexité, et une faible odeur de décomposition flottait dans l'air.

Elle s'avança vers le groupe d'un pas léger, en prenant garde de ne pas poser le pied sur un éventuel indice. Comme elle atteignait la colonne, Paula lui désigna le corps d'un haussement de sourcils. Taylor se tourna et siffla doucement entre ses dents.

La victime était jeune, pas plus de vingt ans, noire, nue, avec des os saillants comme si elle ne s'était plus alimentée depuis longtemps. Ses cheveux ternes, cassants, étaient coupés au carré. Et elle était pendue à la colonne centrale.

Ou, plus précisément, clouée à ce mât improvisé à l'aide

d'un grand couteau de chasse. La lame était longue, avec un manche de bois et nacre enfoncé jusqu'à la garde dans sa poitrine. Elle était suffisamment maigre pour que la lame, qui semblait mesurer vingt bons centimètres, ait pu, après lui avoir traversé le corps, se ficher jusque dans le bois. Ses bras étaient maintenus levés au-dessus de sa tête, un peu comme en prière, mais avec les mains sur la nuque. Ses jambes croisées au niveau des chevilles donnaient une impression de réserve, presque d'innocence.

Clouée au poteau — poignardée. Telle, du moins, était l'illusion que procurait la scène. Au premier regard, on avait l'impression que seul le couteau maintenait le corps en place. Taylor secoua la tête. Il avait fallu de la force ou une haine puissante pour planter cette arme à travers le sternum de la victime et l'enfoncer dans le bois.

Elle alluma sa lampe torche et fit glisser le rayon lumineux le long de la colonne, éclairant les filins presque invisibles qui entouraient le corps de la fille et la tenaient ainsi en suspens, entre sol et plafond. Ingénieux. C'était une sorte de Nylon pour la pêche qui maintenait la victime plaquée contre son support et l'empêchait de s'affaisser sur elle-même. Les fils s'enfonçaient dans la chair ; la fille était restée suspendue là assez longtemps pour que les sillons s'approfondissent, avec le début du processus de décomposition.

Les épaules de la victime étaient manifestement disloquées. Sa peau était blême et desquamait ; les lèvres étaient fendues et gercées. La pauvre fille avait été privée de toute dignité et néanmoins la pose avait quelque chose... d'aimant. Une expression de chagrin sur son visage, sa bouche ouverte sur un cri, les paupières closes. C'était toujours ça de gagné. Taylor détestait quand les cadavres vous regardaient fixement.

Sa première impression de la scène ne l'avait pas trompée :

la nuit promettait d'être longue. Paula vint se placer à son côté en tripotant un petit calepin.

— Désolée d'avoir dû faire l'impasse sur notre dîner, ce soir. Et d'avoir gâché le tien par-dessus le marché. Mais je me suis dit qu'il fallait que tu voies ça. Il n'y a rien ici qui permette d'identifier la victime. Je n'ai trouvé ni sac ni papiers. Et la maison est en ordre. Aucune trace visible de lutte. Les voisins affirment que le propriétaire est en déplacement.

Taylor désigna d'un geste du menton la victime suppliciée.

— Elle n'habite pas ici ?

— Non. L'une des voisines, Carol Parker, vient deux fois par jour nourrir le chat et rentrer le courrier. Le propriétaire est censé être absent toute la semaine. Mme Parker est entrée, comme d'habitude, s'est occupée du chat, a arrosé les plantes. C'est au moment où elle s'est retournée pour repartir qu'elle a vu le corps. Elle a poussé un cri, est ressortie en courant et nous a appelés dans la foulée. Carol Parker jure ses grands dieux qu'elle n'avait encore jamais vu cette fille par ici. Un trou circulaire a été creusé dans la porte arrière, que nous avons trouvée déverrouillée. Tout a été soigneusement essuyé et nous n'avons pu relever aucune empreinte utilisable. Comme les stores étaient baissés, la voisine n'a rien remarqué d'anormal. L'alarme était également désenclenchée. La voisine est incapable de se souvenir si elle l'avait ou non activée hier en partant. Tu sais, ce légiste sexy — le Dr Fox, je crois ? Il est passé il y a un petit moment et a déclaré le décès. Il a ordonné qu'on la transporte à l'institut médico-légal. Sam ou lui procédera à l'autopsie dans les plus brefs délais.

— O.K. J'aimerais interroger la voisine. Vous l'avez planquée quelque part à portée de main ?

— Elle est chez elle, dans la maison juste à côté, sous la protection d'un nouveau policier de patrouille. J'ai l'impression qu'on les recrute de jour en jour plus jeunes, entre parenthèses. Celui-ci, on lui donne à peine dix-huit ans. Nous avons transféré le chat chez la voisine afin qu'il ne sème pas le bazar sur la scène de crime. Et j'ai vu ce tout jeune flic parler au chat comme s'il avait un bébé dans les bras. A croire qu'il est à peine sorti de l'âge où il se faisait lui-même dorloter comme un enfant.

Taylor salua les commentaires de Paula d'un sourire absent, puis recula de quelques pas pour avoir un tableau d'ensemble de la scène. L'effet obtenu était impressionnant ; elle devait au moins concéder cela au tueur. Epingler la fille sur une colonne comme un papillon fixé sur un morceau de liège était provocant. La mise en scène était destinée à choquer. A humilier la victime.

De quoi regretter les bons vieux jours où ils étaient encore appelés sur des homicides « banals » : un gamin tentait d'en rouler un autre sur un achat de crack et se ramassait un mauvais coup de couteau ; un souteneur frappait une de ses filles sur la tête et lui fracassait le crâne. Même si ces meurtres représentaient un effroyable gâchis, ils renvoyaient à des pulsions basiques que Taylor identifiait sans difficulté. Tout se ramenant grosso modo au trio classique : argent, sexe et drogue. Mais depuis que le Dr John Baldwin, profileur de haut vol au FBI, était entré dans sa vie les meurtres étaient devenus plus effroyables. Plus chargés en messages de tous genres. Plus sériels, aussi. Comme si son armée de psychopathes avait suivi Baldwin à Nashville. Et cette pensée la terrifiait. Déjà, un des tueurs lui avait échappé, un homme qui se faisait appeler le Prétendant — un assassin qui affirmait avoir tué pour elle. Que se passait-il dans la ville où elle était née et où elle avait grandi ?

Taylor sortit son téléphone de sa poche. Constatant qu'il n'y avait pas de réseau, elle passa dehors, sous le porche. Trois barres. Cela devrait suffire pour appeler. Elle commençait à pianoter sur les touches lorsqu'elle perçut la présence de McKenzie à son côté. Il ne manquerait plus qu'il reste rivé à ses basques à chaque scène de crime, celui-là. Peut-être avait-il juste besoin d'instructions ? Elle coupa son téléphone et se tourna vers lui.

— Ecoutez, mon vieux, soyez gentil et allez me…

McKenzie secoua la tête, en pressant les lèvres l'une contre l'autre. Son regard oscillait frénétiquement entre elle et un point invisible par-delà son épaule. Elle décoda le message. Quelqu'un d'important se tenait dans son dos.

Elle se retourna et heurta un homme de petite taille avec des cheveux bruns séparés par une raie latérale au tracé impeccable. Il avait une tignasse épaisse, presque broussailleuse, qui se dressait presque tout droit à la base du cou et autour des oreilles. Sa première pensée fut : *postiche*. L'homme avait déjà un certain âge, facilement la soixantaine. Elle ne le connaissait pas, ce qui ne la surprit qu'à moitié. Depuis le grand nettoyage orchestré par le capitaine Norris et le nouveau chef de la police, elle voyait des quantités de visages inconnus sur les scènes de crime, dans les couloirs de la brigade, à la cafétéria. Les techniciens de la police scientifique étaient restés les mêmes, mais il y avait eu pas mal de chamboulements au niveau des inspecteurs.

Le petit homme leva les yeux vers elle. Elle vit sa mâchoire tomber, puis il la referma en faisant claquer ses molaires.

— Vous êtes ? voulut-il savoir.

— Inspecteur Jackson. Taylor Jackson. De la brigade des homicides, police métropolitaine de Nashville. Et vous ?

— Vous avez un problème avec la façon dont j'ai organisé mon site de crime, *inspecteur* ?

Son site ? Mais qui était ce type ?

— Je n'ai pas dû bien saisir votre nom.

— Lieutenant Elm. Mortimer T. Elm. Vous pouvez

m'appeler lieutenant. Je suis du département de police de La Nouvelle-Orléans.

— Ah bon ? Mais pourquoi la police de La Nouvelle-Orléans intervient-elle sur une scène de crime à Nashville ?

Il resta perplexe une fraction de seconde puis secoua la tête.

— Qui a parlé de La Nouvelle-Orléans ? Je fais partie des forces de police de Nashville.

Taylor le regarda fixement un instant puis haussa les épaules.

— Enchantée, lieutenant. Et il y a effectivement un protocole précis à respecter pour les scènes de crime statiques. Nous essayons généralement d'installer le poste de commandement à distance de la scène primaire, afin d'éviter d'altérer ou d'effacer des indices qui pourraient être relevés à proximité immédiate de la scène.

Elle s'aperçut qu'elle parlait comme un manuel d'instructions et frémit de son ton sentencieux. Mais c'était l'effet pervers que sa rétrogradation avait eu sur elle. Elle avait été ramenée de force dans une réalité où « il n'y a qu'une seule façon de procéder. Point barre ».

Le lieutenant rejeta ses précisions d'un geste dédaigneux de la main. Une main aux doigts épais et aux ongles martyrisés. Taylor tiqua. Les mains d'un homme étaient une fenêtre ouverte sur son âme. Celles du lieutenant Elm avaient l'air salement torturées.

— Tout ici a été organisé pour le mieux. Il paraît d'ores et déjà évident que le crime a été commis à l'intérieur de la maison et pas dehors. Cette installation est commode pour tout le monde. La pluie menace. Si nous faisons vite, nous pouvons boucler en une heure.

Taylor faillit lui éclater de rire au nez. Boucler un homicide en une heure ? Ce type venait tout droit de Mars. Ou de Lilliput.

Comme elle ne réagissait pas immédiatement, il fit un pas en arrière pour la regarder fixement, les yeux légèrement exorbités, en avançant la mâchoire. Le portrait craché d'un crapaud.

Elle réussit à garder son calme.

— Permettez-moi de ne pas partager votre avis, lieutenant. Les abords d'un site de crime sont aussi importants que l'endroit précis où on trouve le corps. Il s'agit de déterminer les voies d'accès et d'effraction, de chercher d'éventuelles empreintes de chaussures ainsi que d'autres indices et traces latentes que le meurtrier a pu laisser derrière lui. Donc, non, tout n'a pas été géré pour le mieux, avec un poste de commandement installé à deux pas de la victime.

Sous l'effet de la colère, les yeux d'Elm parurent saillir un peu plus encore.

— Si j'ai procédé ainsi, c'est que j'ai mes raisons.

Elle sentit qu'on la tirait par le coude et entendit la voix paniquée de McKenzie lui siffler à l'oreille.

— C'est le nouveau lieutenant de la brigade des homicides, Taylor. Notre supérieur.

Elle dut porter la main à sa bouche pour réprimer un fou rire. Ce… ce *crapaud* était son nouveau supérieur ? Elm la remplaçait à la tête de la brigade des homicides ? Eh bien… Voilà qui leur promettait bien des parties de plaisir.

Le ton d'Elm changea, se fit plus tranchant.

— Vous vous rendrez compte par vous-même que mon organisation fonctionne parfaitement. Pour ma part, j'ai des tâches urgentes qui m'attendent. J'ose espérer que vous serez capable de vous occuper de cette scène de crime. En ce qui concerne votre insubordination, je prendrai des mesures demain.

— Insubordination ? Je n'ai fait que souligner quelques évidences.

Des rires discrets se firent entendre sous le porche. Ceux

des officiers de police qui avaient entendu leur discussion s'amusaient aux dépens de leur nouveau lieutenant, qui bouillait de mécontentement.

Elm pointa un index sur sa poitrine.

— Faites votre travail, inspecteur. Et ne vous avisez plus d'essayer de m'apprendre le mien. Je sais encore ce que j'ai à faire.

Tournant les talons, il descendit du porche et se dirigea vers la masse serrée des journalistes. Taylor vit McKenzie réapparaître à son côté.

— Ouille… J'ai essayé de vous prévenir.

Taylor entendit des accents de mélodrame dans sa voix. Il tremblait comme un lièvre apeuré, l'ami Simple Renn. Elle sourit au jeune homme.

— Celui-là, mon ami, s'est levé du mauvais pied en descendant de sa feuille de nénuphar ce matin. Oubliez-le. J'ai vu pire. Allons nous occuper de ce crime.

Parlant de crime… Elle rouvrit son téléphone portable et appela Baldwin. Il répondit avec un joyeux :

— Salut, beauté. Mon avion vient juste de se poser. Tu es en chemin pour l'aéroport ?

— Pas vraiment, non. J'ai été appelée en urgence. Et je pense que la scène de crime pourrait t'intéresser.

Il soupira pesamment.

— Tu appelles d'où ?

— Demande au chauffeur de taxi de te déposer au 1400, Love Circle. Vous ne risquez pas de le manquer, de toute façon. Ah oui, arrange-toi pour ne pas te trouver sur le chemin d'un tout petit gars teigneux avec une vilaine perruque.

— Je crois que je préfère ne pas te demander plus de détails.

— Tu as raison, évite. A tout de suite.

Elle mit fin à la communication, regagna l'intérieur de

la maison. La victime l'attirait ; la *scène* l'attirait ainsi que sa dramaturgie particulière. Déjà, elle se sentait impliquée, fascinée : fille morte clouée sur un pilier dans la maison de quelqu'un d'autre, avec musique classique jouant en arrière-plan. Il y avait là un message. Emis par qui et pour qui ? Taylor sentit le questionnement se frayer un chemin en elle et se loger au fond de ses tripes. Avec cette nouvelle enquête, elle serait trop occupée pour ressasser les changements qui lui avaient été imposés. Et c'était une bonne chose.

De retour dans le living, elle tourna de nouveau autour du corps et examina de plus près les filins qui maintenaient en position les bras, les jambes, le torse et la tête de la victime. A l'arrière de la colonne, elle repéra la façon dont les liens avaient été noués. Le tueur avait pris le temps d'agrafer le fil de pêche translucide dans le bois pour lui donner une plus grande solidité. Un système bien pensé auquel il avait forcément réfléchi à l'avance. Installer la fille sur cette colonne n'avait pas été l'affaire de quelques minutes. Autrement dit, la personne, quelle qu'elle soit, qui avait commis le meurtre savait que la maison serait vide et qu'elle bénéficierait d'un terrain de jeu favorable où elle ne serait pas dérangée. Ou alors, ils avaient un autre corps sur les bras qui restait à découvrir : celui du propriétaire.

Taylor recula de trois pas pour s'imprégner du reste du décor. Les colonnes coupaient l'espace en deux ; des techniciens de la police scientifique circulaient un peu partout, saturant son champ de vision.

— Hé ! Vous pouvez me laisser le champ libre, trois secondes, tous ? Je voudrais prendre quelques photos.

Habitués depuis longtemps à la voir aux commandes, les techniciens s'écartèrent comme un seul homme. Elle pêcha son appareil photo digital dans la poche de sa veste et mitrailla la scène. Il y avait une anomalie quelque part — un truc qui clochait —, mais elle ne parvenait pas à mettre le doigt dessus pour l'instant. Plus tard peut-être, lorsqu'elle aurait eu le temps de traiter et d'assimiler les différents éléments de la scène, l'élément incongru lui sauterait aux yeux. Ou peut-être que Baldwin saurait.

Elle éteignit l'appareil photo. McKenzie apparut à son côté droit, commodément réduit au silence par le spectacle qu'il avait sous les yeux. Paula vint se placer sur son flanc gauche. Et ils demeurèrent ainsi tous les trois, observant un temps de calme et de silence, dans une attitude presque déférente. La nudité de la victime embarrassait McKenzie. Du coin de l'œil, Taylor le voyait passer son poids d'un pied sur l'autre, comme un petit garçon.

Elle cessa de lui prêter attention et étudia de nouveau le poignard qui clouait la fille sur la colonne. Tim Davis vint se joindre à leur trio.

— Prépare-toi à avoir un proprio furibard sur le dos. Je crois que je vais être obligé de scier la colonne.

McKenzie parut déconcerté.

— Ah oui ? Pourquoi ?

— Parce que je ne vois pas comment extirper cette lame sans fausser la trajectoire de la blessure.

Tim se rapprocha du corps, posa doucement le pouce sur le côté plat du manche et exerça une légère pression. Mais rien ne bougea.

— Vous voyez ? Il est enfoncé profondément. Il va falloir scier tout un segment du pilier pour transporter cette demoiselle jusqu'à l'institut médico-légal. C'est la seule façon de procéder.

— Hé oui… Il ne nous reste plus qu'à sectionner le pilier, acquiesça McKenzie en hochant savamment la tête, comme si l'idée venait de lui.

Taylor fit craquer ses articulations avant de tourner une nouvelle fois autour de la colonne.

— Ce truc doit mesurer au moins trois mètres de haut. Tu crois qu'il s'agit d'un pilier porteur ? demanda-t-elle à Tim.

Il secoua la tête.

— Non. Tu vois la ligne au sommet ? Celui-ci est juste décoratif ; il a été collé puis cloué. Si notre meurtrier avait choisi l'une des deux autres colonnes qui se trouvent de part et d'autre du corps, en revanche, nous aurions eu de sérieux problèmes. Mais celle-ci est indépendante. Elle ne devrait pas être trop difficile à remplacer.

— O.K., Tim, fais ce que tu as à faire. Mais essaie de patienter encore quelques minutes. Baldwin est en route pour venir nous rejoindre. Et j'aimerais qu'il puisse voir la scène de crime intacte.

Le spécialiste de la police scientifique acquiesça d'un signe de tête.

— Je vais chercher la scie.

Taylor fit un pas de côté et examina de nouveau la disposition si particulière de la victime. Elle ne parvenait pas à se débarrasser de l'impression qu'elle avait déjà vu cette composition quelque part. Ajoutée à cela, une incongruité soudain évidente lui sauta enfin aux yeux.

Elle se tourna vers l'officier de patrouille à sa gauche.

— Je peux te poser une question, Paula ?

— Vas-y. Lâche-toi.

Taylor désigna la jeune morte.

— Où est le sang ?

3

Dix minutes plus tard à peine, John Baldwin descendait de son taxi. Excellent timing, jugea Taylor. Elle scruta les alentours immédiats, mais Elm n'était nulle part en vue. S'ils le croisaient, elle ne pourrait échapper aux présentations. Et, après leur échange à couteaux tirés, elle se demandait comment il réagirait en trouvant le FBI sur leur scène de crime. Lorsqu'elle était elle-même lieutenant, la décision lui appartenait. Et elle avait toujours trouvé fructueux qu'un profileur confirmé porte un regard neuf sur une affaire. Mais Elm avait l'air d'être le genre de flic à défendre aigrement ses plates-bandes. Enfin, bref… Il serait toujours temps de négocier cet obstacle lorsqu'il se présenterait.

Elle regarda Baldwin s'engager à grands pas dans l'allée, vit ses yeux d'un vert intense absorber chaque élément de la scène avant de venir s'arrimer aux siens. Elle se demandait parfois ce que Baldwin y percevait, lui, le vétéran des scènes de crime, qui avait été profileur en chef sur des centaines d'affaires de meurtre. Il savait à quoi s'en tenir. Il savait quel genre de monstres rôdait dans sa tête. Les mêmes, au demeurant, se tenaient en embuscade dans la sienne.

Son attention se détacha du crime. A chacune des absences de Baldwin, elle oubliait à quel point il était grand. Haute de son propre mètre quatre-vingts, elle devait néanmoins lever les yeux pour les plonger dans les siens. Et elle adorait qu'il la domine en taille. Dans l'obscurité, les cheveux noirs de son homme avaient la couleur de la nuit, et ses pommettes anguleuses jetaient leur ombre sur sa bouche sensuelle. Lorsqu'il se rapprocha, elle vit qu'il n'était pas rasé. Sa barbe encore ténue poussait à une vitesse redoutable. Penser à la sensation de râpe sur sa peau la fit frissonner.

Il ne l'embrassa pas, bien qu'elle en eût désespérément envie. Il n'aurait pas été professionnel d'afficher leur intimité dans ce cadre et elle le savait aussi bien que lui. Mais il avait été absent deux semaines et sa proximité physique lui manquait. Il lui caressa néanmoins le bras, juste au-dessus du poignet, et elle garda l'impression tactile inscrite à même sa chair comme une brûlure, alors qu'ils s'avançaient vers le policier de garde pour qu'il signe la feuille de présence.

— Il va falloir faire vite, annonça-t-elle à voix basse. Nous devons détacher le corps pour que les techniciens puissent terminer leur boulot ici. Et le nouveau lieutenant ne doit pas être loin. Il pourrait piquer une crise, s'il te trouve sur son turf.

Baldwin hocha la tête. Il n'avait toujours pas dit un mot, se contentant de regarder, d'enregistrer les éléments de la scène. C'était un des traits de sa personnalité qu'elle aimait par-dessus tout chez lui. Jamais de discours creux, de mots ronflants ni de poses. Juste une curiosité inlassable pour le mal sous tous ses avatars. Cette passion-là, elle et lui l'avaient en commun — un désir profond, essentiel, de saisir l'enchaînement obscur qui menait au geste criminel.

Elle le guida jusqu'à la victime, puis s'écarta pour le laisser s'imprégner de la scène.

Les lèvres de Baldwin ne formaient qu'une seule ligne mince et il avait des cernes sous les yeux. Il était exténué. Enquêter sur un gros dossier avait toujours cet effet sur lui. Ses fonctions à la tête de l'Unité d'analyse du comportement à Quantico — la BAU 2, en version originale — consistaient à chapeauter les profileurs qui travaillaient sous ses ordres, ainsi qu'à rédiger des topos circonstanciés aux différents services enquêteurs qui faisaient appel à lui pour les aider à mieux cerner ce qu'ils devaient rechercher dans une affaire donnée. Taylor savait que les motivations professionnelles de Baldwin étaient plus profondes que cela. Se contenter d'examiner des photos de scènes de crime sur écran et pondre ensuite un rapport frustrait l'homme de terrain qu'il restait envers et contre tout. Il aimait flairer l'atmosphère d'un meurtre, voir la victime *in situ*. Taylor examina son fiancé du coin de l'œil. Avec ce crime-ci, au moins, il était servi.

Baldwin mit fin à sa phase de continence verbale.

— Où est le sang ?

Taylor sourit.

— Je me suis posé la même question. Il y autre chose encore d'assez bizarre : un morceau de musique classique — du Dvorák — était diffusé en boucle par le système sonore intégré.

— Ah ? C'est original.

— Le propriétaire de la maison est censé être en déplacement. Un morceau de vitre a été découpé à l'arrière, ce qui a permis à notre tueur de tourner le verrou. La voisine d'à côté est chargée de nourrir le chat — elle est entrée tout à l'heure et elle a trouvé le corps. Elle est incapable d'affirmer s'il y avait de la musique ou non lorsqu'elle est arrivée — elle dit qu'elle n'y a pas prêté attention. Nous avons inclus le CD dans les indices. L'absence de sang, la musique, la position du corps — difficile de ne pas penser à un rituel. C'est pour cette raison que je voulais que tu voies ça de tes propres yeux.

Baldwin ne réagit pas immédiatement à ses explications. Il allait et venait entre le mur et la colonne.

— Il se peut que le suspect ait mis de la musique pour

couvrir des bruits éventuels qu'il a pu faire. Taylor, viens avec moi une seconde. Je voudrais que tu regardes la scène sous un angle un peu plus éloigné.

Elle recula aussi loin que les dimensions de la maison le lui permettaient, jusqu'à la baie vitrée du côté ouest de la partie cuisine. Baldwin l'accompagna et resta debout en silence pendant qu'elle réexaminait la scène. Elle avait déjà pris une photo de là pour avoir une perspective d'ensemble.

— O.K. Je donne ma langue au chat. Que vois-tu que je ne vois pas ?

— Regarde le tableau sur le mur près de la porte, dans la partie supérieure gauche, juste en face de la colonne.

Bingo ! Voilà pourquoi elle avait eu ce sentiment bizarre, depuis le début, de passer à côté de quelque chose. L'évidence était là, sous ses yeux, et elle était restée aveugle.

— Mince… La fille a été disposée comme un des personnages du tableau. Il est de qui, au fait ? Picasso ?

— Exact. Les bras de la victime sont tirés au-dessus de la tête, en imitation parfaite de la figure centrale de la toile. Il s'agit des *Demoiselles d'Avignon*, au demeurant, pièce maîtresse de la période africaine de Picasso. Or ta victime est noire. Il a reproduit le tableau en miroir avec une minutie étonnante. Il n'y a pas de sang. Si ce n'était la couleur de peau…

Sa voix se perdit dans un murmure songeur.

— Si ce n'était la couleur de peau ?

— Taylor, tu ne vas pas me croire si je te fais part de mes soupçons… Je dois avouer que j'ai les plus grandes difficultés à le croire moi-même.

— Il est trop tôt pour conclure que nous avons peut-être un tueur en série sur les bras.

— Ce n’est pas ça. Enfin… C’est ça, oui, mais en bien pire.
— C’est-à-dire ?
— J’ai la sombre impression que c’est *mon serial killer* qui vient de signer cette œuvre.

4

Baldwin laissa à Taylor le temps de digérer le choc. Nom d'un chien ! Il avait encore les plus grandes peines à assimiler sa découverte lui-même.

— Quel *serial killer*, Baldwin ?

Il répondit calmement.

— Que sais-tu au sujet du tueur baptisé « Il Macellaio » ?

— Pas grand-chose. Juste ce que tu m'en as dit, en fait. Qu'il s'agit d'un criminel pervers qui sévit à Florence, en Italie, depuis un certain nombre d'années. Je crois qu'on peut traduire son nom par « le Boucher » ?

— Tout à fait. Il Macellaio est en activité depuis l'an 2000, en gros. Il est impitoyable et très, très compétent dans ce qu'il fait. Il place ses victimes dans des attitudes inspirées par des tableaux célèbres et laisse systématiquement une carte postale de l'œuvre derrière lui afin de bien nous indiquer qui il imite. Ça, bien sûr, c'est après la phase de torture. Il garde ses victimes en vie quelque temps pour s'en amuser comme si c'étaient des jouets, puis il les tue. Au début, la cause du décès était toujours l'inanition ; mais depuis quelque temps les filles sont d'abord affamées, puis il les étrangle, comme s'il se lassait d'attendre. Une fois la fille morte, il possède sexuellement le cadavre, comme un dernier adieu, puis il s'emploie à mettre les restes macabres en scène. Jusqu'à présent, nous n'avons eu que très peu d'éléments de preuve sur lesquels nous appuyer. La cause du décès a été établie, pour ta victime ?

— Berk… Nécrophilie ?

— Pire que cela. Nécrosadisme. La pathologie dont souffre « Il Macellaio » a atteint un point où la mise en acte de ses fantasmes sexuels avec de jeunes mortes ne lui suffit plus. La contrainte interne qui l'habite est de plus en plus impérieuse, et l'amène petit à petit à capturer ses victimes et à les tuer lui-même pour obtenir son plaisir. Une déviation pathologique que l'on ne rencontre que très, très rarement. Mourir par inanition est douloureux et cruel. Il exprime une tendance passive-agressive, en fait. Ce qui est étonnant quand on songe qu'il est mû par un désir de meurtre. Je ne suis pas complètement sûr de comprendre pourquoi il se comporte ainsi, même si j'ai quelques idées sur la question. Et quand je regarde ta victime je me dis qu'il y a un moment qu'elle ne s'alimente plus.

— Charmant. Je veillerai à transmettre les détails à Sam. La cause du décès n'est pas apparente, mais tu as raison, cette fille n'a plus que la peau sur les os. As-tu remarqué que la lame du poignard traverse sa poitrine de part en part et qu'elle est fichée dans le bois ?

— J'ai vu, oui. Il faudra…

— Couper la colonne, je sais, l'interrompit Taylor en faisant signe au responsable technique de la scène de crime.

Le jeune homme au regard grave dont Baldwin avait mémorisé qu'il s'appelait Tim Davis hocha la tête et se mit au travail à l'aide d'une scie à métaux. Voyant Taylor faire nerveusement les cent pas, Baldwin l'entraîna un peu plus loin afin qu'ils puissent parler sans être entendus.

— Donc, pour toi, demanda-t-elle, il n'est pas impossible que ton « Il Macellaio » soit venu frapper jusque dans le Tennessee ? Mais pourquoi Nashville ? Ce n'est pas une destination spécialement prisée par les voyageurs internationaux. New York, Los Angeles, d'accord, je peux comprendre. Mais ici ?

Il se frotta le crâne pour tenter de s'éclaircir les idées. Et tant pis si ses cheveux restaient dressés droit sur sa tête.

— A Quantico, je viens de travailler, entre autres, sur un rapport reçu de Londres. La police métropolitaine à New Scotland Yard enquête sur trois meurtres qui rappellent de façon inquiétante ceux de notre tueur florentin. Si je ne me trompe pas dans mes suppositions et si le « Macellaio » a effectivement transité par Londres, rien n'empêche qu'il ait pu pousser jusqu'ici.

— Qu'est-ce qui pourrait inciter un tueur en série à faire ce genre de périple ?

— Excellente question. L'enquête à Florence a connu une avancée importante la semaine dernière. Nous avons enfin réussi à obtenir l'ADN du tueur. Nous attendons qu'il passe par les banques de données d'Interpol pour voir s'il en ressort quelque chose. Puis nous encoderons le profil ADN dans le logiciel CODIS. A priori, nous devrions avoir les résultats au cours de la journée de demain. Tu sais comment ça se passe, lorsqu'on recourt à ce genre de procédure. Cela peut très bien ne rien donner du tout. Mais il est également possible que je me retrouve soudain avec un nom, une identité, une adresse. Auquel cas, il faudrait sans doute que je reparte faire un tour là-bas.

CODIS, l'outil miracle. Le système d'index combinés permettait d'apparier des meurtres et des meurtriers. Baldwin envoya une prière de remerciement muette à Sir Alec Jeffreys pour la technique d'empreinte génétique qu'il avait mise au point. Un jour, les profils ADN de tous les criminels de tous les pays seraient engrangés dans ce système. Et les concordances seraient obtenues instantanément.

Taylor était très intriguée.

— C'est super, ça, Baldwin. Mais comment avez-vous fait pour trouver de l'ADN après toutes ces années ?

— Tu veux la version courte ou la version longue ?

Elle désigna du menton la scène qui se déployait sous leurs yeux. Tim s'acharnait sur sa colonne, scie en main, en poussant des jurons édulcorés, avec toute la classe propre aux hommes du Sud — *nom d'un petit bonhomme, je te tiens... Je t'aurai, reviens par là, toi, nom d'une pipe !* Baldwin réprima un sourire. Il croisa le regard de Taylor et vit un pétillement joyeux dans les profondeurs tempétueuses de ses yeux gris. Elle avait toujours eu de l'affection pour ce jeune Tim.

— J'ai du temps devant moi. Parle-moi donc de tes meurtres italiens.

— Mmm... Voilà une des invitations les plus romantiques que tu m'aies jamais faites, Taylor.

— Je savais que tu ne m'aimais pas sans raison, chuchota-t-elle.

— Je t'aime, en effet. Désespérément, murmura-t-il en retour.

Il sentit une main se poser sur son bras. Un homme de petite taille, bouillant d'indignation, fixait sur lui un regard courroucé.

— Qui est ce monsieur, inspecteur ? demanda-t-il.

Baldwin échangea un bref regard avec Taylor. Le visage impassible, elle fit les présentations.

— Lieutenant Elm, voici l'agent spécial superviseur John Baldwin. De l'Unité d'analyse des comportements, à Quantico.

— Et peut-on savoir, s'il vous plaît, ce que le FBI fait sur *ma* scène de crime ?

Le teint du lieutenant Elm virait à l'écarlate — une marmite sur le point de déborder. Baldwin lui offrit sa main à serrer.

— Je passais dans le quartier et l'inspecteur Jackson a suggéré que je vienne jeter un coup d'œil. Vous admettrez, lieutenant, que ce meurtre sort de l'ordinaire.

— Je ne me souviens pas de vous avoir invité à pénétrer dans le périmètre de sécurité, monsieur Baldwin.

— *Docteur* Baldwin. Je vous présente mes excuses pour l'intrusion. Mais vous avez sous les yeux l'œuvre d'un tueur parfaitement organisé, et je ne serais pas surpris s'il frappait une seconde fois. Je suis tout à fait disposé, si vous le souhaitez, à passer un moment avec vous pour construire son profil.

— Le profilage ! postillonna Elm d'un air de dédain. Du grand charlatanisme, oui ! A quand le médium et la séance de télépathie ? Je crois que nous nous passerons très bien de votre aide, docteur. Je n'ai rien de plus à vous dire.

Elm se détourna et s'éloigna au pas de charge. Baldwin jeta un coup d'œil à Taylor. Le sang lui était monté au visage et elle se mordait la lèvre. Ce n'était pas la première fois qu'il lui voyait cette expression. Elle était déchirée entre l'envie de rire et celle de lâcher une flopée de jurons.

— C'est ton nouveau lieutenant ?

Elle fit oui de la tête.

— Eh bien, ça promet. Au moins, il n'a pas essayé de me jeter dehors.

— Parce que ça t'est déjà arrivé ?

— Tu n'imagines même pas comme c'est fréquent, répondit-il d'un ton léger. Où en étions-nous, alors ?

— Florence. Où je donnerais cher pour me trouver en ce moment.

Il sourit à l'évocation de leur voyage en amoureux dans la ville des Médicis.

— N'essaie pas de me distraire, Taylor. Ça ne marchera pas. Bien. Remontons trois cadavres plus tôt, en 2004, quand les excellents techniciens de labo des *carabinieri* ont trouvé un poil avec un acrochordon intact dans une petite flaque d'eau dans la cuisine où gisait le corps. Un poil dont l'ADN ne correspondait pas à celui de la victime. Ils ont stocké l'empreinte génétique en question dans leur système en la taguant, au cas où. La semaine dernière, nous avons eu un appel de la police métropolitaine de Londres. Ils avaient une série de meurtres sur lesquels ils souhaitaient me consulter. Lorsque j'ai examiné les photos des scènes de crime, j'ai été frappé de reconnaître la signature de notre Italien — ou en tout cas une imitation parfaite. Et le plus magnifique, dans l'histoire, c'est que les techniciens britanniques ont également trouvé un poil intact. Cette fois-ci, coincé au fond de la gorge de la seconde victime.

— Appétissant.

— Comme tu dis. Les similarités entre les deux séries de meurtres non élucidés étaient tellement frappantes que j'ai demandé une comparaison d'ADN immédiate. Nous croisons les doigts pour que les deux concordent. Si « Il Macellaio » a commis d'autres crimes et que son empreinte génétique figure dans la base de données, cela pourrait nous donner une piste. Qui sait ? Imaginons qu'il y ait concordance des ADN : même si cela ne me donne pas une identité, j'aurai au moins la confirmation que notre homme est voyageur. Et c'est ce que j'attends de savoir.

— Mais quel est le délai nécessaire pour faire mourir une femme de faim ? Est-il matériellement possible que ce meurtre-ci porte la signature de ton boucher florentin ?

— Bon. Partons de la règle des trois : trois minutes sans air, trois jours sans eau, trois semaines sans nourriture. La formule est approximative, mais elle nous donne une idée. Privée d'eau et de nourriture, une femme de petite taille peut facilement décéder en deux semaines. Peut-être même moins. Le dernier meurtre londonien a été commis il y a plus d'un mois. Ce qui laissait à notre homme le temps de venir aux Etats-Unis, de capturer sa victime, de la faire mourir par inanition, puis de l'exposer façon Picasso. C'est faisable. Vous n'avez pas trouvé de carte postale sur les lieux, au fait ?

— Pas pour l'instant, non.

Taylor demeura un instant songeuse. Il avait l'impression d'entendre tourner les rouages de son cerveau.

— Un second élément sort de l'ordinaire dans cette scène de crime, dit-elle, rompant son silence. Et ça a fait tilt. Il faudra que je fasse une recherche dans le système ViCap pour me remettre l'affaire à la mémoire. Ce n'était pas une de mes enquêtes, et ça ne s'est même pas passé à Nashville mais plus au sud, à Manchester. Mais je me souviens d'avoir lu quelque chose dans le Bulletin des forces de l'ordre au sujet d'un meurtre non élucidé, il y a environ trois ans. Là aussi, de la musique classique était diffusée sur le lieu du crime. Comme ce soir. Etait-il question de musique, dans ces meurtres en série italiens ou anglais ?

— Non. Pas que je sache, en tout cas.

— Il se peut que le propriétaire de la maison ait tout simplement oublié de couper la musique en partant. Nous avons pu mettre en évidence une belle empreinte de paume sur le lecteur de CD. Donc, on verra bien si c'est la sienne ou non. Je suis pratiquement certaine que la fille a été transportée ici alors qu'elle était déjà morte. Il n'y a pas la moindre trace de sang, que ce soit sur le corps ou sur le sol… Pour moi, elle a été tuée ailleurs.

— Probablement. Avec un décès par inanition, il y aura eu peu de sang versé, cela dit.

— On pourrait imaginer qu'ils étaient deux. L'un pour maintenir le corps en appui contre la colonne et l'autre pour l'attacher avec le fil de pêche. Seul, la tâche paraît un peu plus acrobatique. Mais un homme fort, en commençant par les pieds de la victime, s'en sort aisément. Les pieds de la fille sont à environ soixante centimètres du sol. Il a pu la porter, jetée sur une épaule, pendant qu'il lui attachait le fil autour des chevilles.

— Ou il a passé le fil autour de la colonne en faisant un nœud assez lâche. Ensuite, il a pu glisser les jambes de la fille dans la boucle, puis resserrer le nœud, et hop. Il avait la base nécessaire pour commencer. Après cela, il ne lui restait plus qu'à monter petit à petit, jusqu'au haut du corps.

— Oui, tu as raison, acquiesça Taylor. Je pense qu'à sa place j'aurais procédé de cette façon, en effet.

Elm sévissait dans la cuisine, à présent, et on l'entendait tyranniser la vidéographe, Keri McGee. Baldwin vit Taylor se crisper au son impérieux de la voix de son nouveau boss. Il savait à quel point la situation était difficile pour elle. Les quelques dernières semaines avaient été éprouvantes pour eux. Peut-être qu'une belle enquête bien casse-tête offrirait une diversion bienvenue, même supervisée par cette espèce de Napoléon.

Il tenta de ramener l'attention de Taylor sur la victime.

— Il en a rajouté un peu en envoyant le couteau dans la poitrine de la fille avec une force telle que la lame est allée se ficher dans le bois. Le décès remontait déjà à quelque temps lorsqu'il l'a attachée à la colonne. La rigidité cadavérique commence déjà à disparaître au niveau des mâchoires. Et on peut remarquer des lividités sur le côté des jambes.

Taylor retrouva aussitôt sa concentration.

— Exact. Autrement dit, elle a été allongée sur le dos, à un moment ou à un autre, peu après son décès.

— Tu as remarqué le fil de pêche qui lui entame la peau ?

— Bien sûr. J'ai repéré également des hémorragies pétéchiales dans les yeux, mais pas suffisamment pour qu'on puisse conclure avec certitude à une mort par étranglement. Espérons que Sam se chargera de l'autopsie demain matin. Elle saura faire toute la lumière là-dessus.

Baldwin saisit le message et s'inclina de bonne grâce. L'équipe avait encore du pain sur la planche. Et il ne leur était d'aucune utilité dans le travail qu'il leur restait à accomplir.

— Bon, et si j'allais passer quelques coups de fil ? Y a-t-il un endroit à peu près tranquille par ici où…

Elle lui tendit les clés de sa voiture de service.

— C'est celle qui est garée à côté de la camionnette de Tim. Je te rejoins dès que possible. Merci d'avoir répondu à l'appel.

Il mourait d'envie de l'embrasser, mais il hocha simplement la tête et s'éloigna. La colonne céda juste au moment où il passait à côté. La fille chevauchait son segment de pilier, toujours solidement arrimée par le fil de pêche et le couteau planté dans sa poitrine amaigrie. Le spectacle tenait de la crucifixion. Une vision qu'il n'oublierait pas avant de longues années.

Taylor se frotta les yeux pour chasser les démangeaisons dues à la fatigue. Il était 2 heures du matin et ils arrivaient tout juste au bout de leurs peines. Six heures s'étaient écoulées depuis le moment où Elm avait prédit « qu'on en aurait pour une heure » à boucler le travail.

Tim avait évacué le corps avec succès, toujours cloué et ligoté à un segment de colonne mesurant pas loin de deux mètres. Un spectacle en tout point hallucinant. Il avait fallu batailler tant et plus pour placer la jeune morte dans une position proche de l'horizontale et la glisser dans le sac mortuaire qu'ils n'avaient évidemment pu fermer qu'en partie. Si la victime était poids plume, le pilier de bois, lui, pesait des tonnes. Ils avaient dû se mettre à plusieurs pour manipuler l'ensemble, suant et soufflant pour ne pas la laisser tomber et ne détruire aucun élément de preuve.

Après cette évacuation mouvementée, le reste de la soirée s'était déroulé sans complications particulières.

Elm avait quitté la scène une heure plus tôt, ce qui n'avait pas été pour déplaire à Taylor. Elle l'avait vu en conversation avec l'un des reporters du *Tennessean*, venu faire une apparition. Et elle priait pour qu'il ait à peu près tenu sa langue. Par la suite, Dan Franklin, le porte-parole des services de police de Nashville, était arrivé sur les lieux et il avait pris la communication avec les médias en main. Malgré l'heure tardive, quelques journalistes tournaient encore aux abords de la scène, preuve qu'il ne s'était rien passé depuis pour capter leur attention. Une soirée calme à Nashville, sans autre crime de sang. Autrement dit, ce meurtre-ci était assuré de faire la une des journaux du matin.

Taylor avait évité les gens de presse toute la soirée, refusant de faire la moindre annonce et laissant à Franklin le soin de parlementer avec les journalistes. Elle n'avait pas encore pardonné aux médias le rôle qu'ils avaient joué dans sa rétrogradation. Ils n'avaient pas hésité à prêter leur concours à un individu déterminé à se venger d'elle et avaient publié allègrement calomnies et allusions infamantes. Sans parler des vidéos diffusées à la télé, qui la montraient en pleine activité sexuelle avec son ancien équipier — sachant que ces enregistrements avaient été faits à son insu et sans sa permission. Chaque fois qu'elle repensait à l'humiliation qui lui avait été infligée, à la mortification de se voir offerte en pâture sur tous les écrans de télévision…

« Arrête tes ruminations, Taylor ! Ce qui est fait est fait. L'actualité est leur métier et tu présentais un intérêt médiatique. Tu ne vas pas continuer à ressasser pendant cent sept ans ! Ils n'en ont pas après toi personnellement. Si tu pensais que l'un d'eux avait enfreint la loi, tu enquêterais sur lui. Alors de quel droit exigerais-tu qu'ils ménagent ta petite personne ? Tout le monde a besoin de travailler pour nourrir sa petite famille, ma fille. Alors concentre-toi et bosse ! »

Elle revint à sa récapitulation mentale de la scène de crime. On avait trouvé des empreintes de pas dans les bois derrière la maison, ainsi que des mégots de cigarette. Mais à une distance telle de la scène qu'elle n'était pas persuadée du tout qu'ils venaient du tueur. Chaque indice avait été soigneusement relevé, bien sûr. Les techniciens avaient pris des moulages en utilisant du durcisseur en spray pour immortaliser au moins quatre traces de semelles différentes. S'ils mettaient la main sur un suspect, ils pourraient faire des comparaisons d'empreintes.

La question de l'acheminement n'avait toujours pas été résolue. D'une façon ou d'une autre, le tueur avait réussi à introduire le corps dans la maison, mais le ratissage du voisinage n'avait rien donné d'intéressant pour le moment. Personne n'avait remarqué une voiture ou une camionnette inconnue dans les environs. Cela dit, vu les allées et venues sur Love Circle, les habitants du quartier avaient dû cesser de prêter attention aux voitures inconnues depuis longtemps.

Des centaines de jeunes rôdaient la nuit dans le secteur. Ils étaient inoffensifs pour la plupart, cherchant simplement un endroit tranquille pour fumer quelques joints, boire, se rouler des pelles et refaire le monde. Rien de surprenant si ces visiteurs de l'ombre avaient pris la tangente à la vue des voitures de patrouille, et si tous les témoins potentiels s'étaient évanouis en fumée. Mais ils reviendraient tôt ou tard. Taylor saurait attendre et elle trouverait l'occasion de leur poser quelques questions. Peut-être qu'un visiteur occasionnel de la colline avait remarqué quelque chose.

Quelle était la probabilité pour que l'un de ces jeunes soit son suspect ? Taylor haussa les épaules. Elle avait pour principe de ne jamais tirer de conclusions prématurées. Il lui faudrait attendre les résultats des investigations ; se laisser guider par les éléments de preuve au fur et à mesure qu'ils se présenteraient.

Elle avait questionné la voisine, Carol Parker — encore et encore pour s'assurer qu'elle ne passait pas à côté d'un élément essentiel. Assise sur son canapé dans son ensemble en tricot marron, ses cuisses massives serrées l'une contre l'autre, les pieds posés bien à plat et le visage livide, Carol avait gardé le siamois du voisin sur les genoux pendant la durée de l'entretien. Tout en retraçant ses activités de gardienne de maison pendant les quelques derniers jours, elle n'avait cessé de caresser le chat, avec des gestes répétitifs, mécaniques. Non, elle n'avait pas vu de voiture inconnue garée près de la maison, aujourd'hui ; elle était à son travail. Non, elle n'avait rien noté d'anormal jusqu'au moment où, ayant nourri le chat, elle s'était détournée pour partir. Non, elle n'avait pas remarqué s'il y avait eu de la musique ou non. Mais le propriétaire laissait régulièrement un fond sonore, radio ou télévision, pour tenir compagnie au chat, et donc elle n'y avait pas spécialement prêté attention. Oui, elle pensait avoir remis l'alarme en partant le jour précédent, mais elle n'en jurerait pas. Non, il ne lui semblait pas avoir touché autre chose que la porte et la gamelle du chat ; elle avait vu le corps et avait fui sans demander son reste.

Taylor revint patiemment sur chaque moment, chaque geste, puis finit par renoncer au bout de vingt minutes. La voisine n'avait rien d'utile à leur apprendre ce soir. Peut-être que le lendemain matin, une fois remise du choc, elle se souviendrait d'un détail qui lui aurait paru bizarre ou déplacé. Taylor avait au moins obtenu de Carol Parker le nom et le numéro de portable du propriétaire. Elle avait téléphoné aussitôt au dénommé Hugh Bangor et, obtenant la messagerie, lui avait demandé de lui retourner son appel de toute urgence. D'après la voisine, Bangor se trouvait à Los Angeles, mais elle ne savait pas exactement en quelles circonstances. S'il était effectivement en Californie, il ne serait sûrement pas de retour chez lui avant le lendemain.

Il aurait droit à une réception musclée en arrivant — Taylor prévoyait de le questionner en long, en large et en travers. Bien que Carol Parker ait soutenu énergiquement que Bangor était un homme honnête et même un type tout à fait formidable, il n'était pas si courant qu'on se charge de disposer artistiquement un cadavre dans votre séjour pendant que vous vous trouviez en déplacement. Bangor figurait, sans conteste, sur la liste des suspects.

Taylor déambula une dernière fois dans la maison pour s'imprégner de la scène. Un fin film noir couvrait toutes les surfaces accessibles. Les lieux avaient été entièrement saupoudrés avec un révélateur permettant de prendre les empreintes. Plusieurs avaient été relevées, y compris la magnifique empreinte de paume sur le lecteur de CD. Si la chance lui souriait, elle entrerait le tout dans le système et obtiendrait immédiatement une concordance. Ils avaient pris également les empreintes de la victime qui seraient lancées dans la banque de données AFIS. Le système d'identification intégré était rapide et fiable. Ils pouvaient obtenir une réponse en quelques minutes si, pour une raison ou pour une autre, les empreintes digitales de la jeune femme figuraient dans leurs fichiers.

Taylor se dirigea vers la table basse en verre. Rien d'inhabituel de ce côté-là : des dessous de verre, un immense livre d'art sur l'Espagne et le catalogue d'une exposition de Picasso. Elle se servit de la pointe de son stylo pour tourner le catalogue vers elle. Baldwin avait dit que sur les scènes de crime du « Macellaio » se trouvait chaque fois une carte postale du tableau que le tueur choisissait d'illustrer à sa façon. Ma foi… Sans être une carte postale, ce catalogue pourrait assez bien en tenir lieu. Elle le glissa dans un sachet plastique et l'étiqueta, au cas où.

Malgré la confusion qui régnait lorsqu'elle était arrivée, Taylor avait l'esprit tranquille : elle savait que la scène avait été bien passée au crible et que rien n'avait été négligé. Elle s'immobilisa devant la colonne massacrée qui ressemblait à présent à une racine de palétuvier fraîchement sciée. Elle fit une dernière fois le tour de ce qui restait du pilier puis elle se dirigea vers la porte, la referma derrière elle et mit les scellés. Elle sortit sous le porche. Paula venait de partir avec Max tranquillement endormi à l'arrière de la voiture de patrouille. Simple Renn avait également levé le camp, de même que les techniciens de scène de crime. Ne restait plus sur place que le véhicule de l'officier de patrouille chargé de surveiller le site durant la nuit pour le protéger de vandales éventuels. Une fourgonnette de Channel Four stationnait devant la porte. Taylor eut un mouvement de contrariété en découvrant qu'il restait des journalistes sur les lieux. Rien, après tout, ne les obligeait à traîner là. Ils pouvaient très bien faire leur petite cuisine dans leurs superbes locaux, à Nob Hill. Ce fut comme s'ils l'avaient entendue penser : le moteur ronfla et la fourgonnette démarra pour se fondre dans la nuit.

Et, naturellement, il y avait Baldwin qui dormait d'un sommeil paisible sur le siège avant de la voiture banalisée. Le pauvre… Il était tellement fatigué qu'il était tombé comme une masse, malgré le maigre confort qu'offrait le véhicule. Il était grand temps qu'elle le ramène chez eux.

La nuit était agréable. Ou était-ce le matin ? Elle ne savait jamais comment nommer les heures éteintes d'avant l'aube — le plus profond de la nuit, en fait. Les bois bruissaient d'une vie nocturne intense, et criquets et cigales élevaient leurs chants rivaux, se disputant le temps d'antenne. L'obscurité était épaisse, avec un fond de douceur. Un grand calme était tombé sur Love Circle ; la sérénité de la nature prenait le dessus, et l'agitation et le chaos qui avaient régné là quelques heures auparavant semblaient déjà oubliés.

Taylor inspira profondément l'air de la nuit et sentit un début de détente dans ses épaules. Les éléments qu'ils n'avaient *pas* trouvés sur la scène de crime la chiffonnaient, en l'occurrence. Un couteau planté dans une poitrine, cela donnait, en principe, un grand bazar sanglant. Elle avait eu brièvement Sam au téléphone et lui avait fait promettre de se charger elle-même de l'autopsie le lendemain matin. Taylor tenait à être présente pour l'occasion et elle voulait que McKenzie y assiste également. Il avait pâli un peu lorsqu'elle lui avait donné rendez-vous sur place. Mais il avait hoché stoïquement la tête et avait promis d'être ponctuel. Ce serait leur premier examen post mortem ensemble, et Taylor ne savait pas trop à quoi s'attendre de la part de son jeune coéquipier.

Mais pour le moment il ne restait plus qu'une chose à faire : rentrer à la maison. Elle étouffa un bâillement, adressa un signe de la main au policier de garde et monta dans sa voiture. Baldwin ouvrit un œil et lui fit un sourire ensommeillé.

— Désolée d'avoir été aussi longue, chuchota-t-elle.

Et elle se pencha pour l'embrasser. Il lui rendit son baiser, passionnément, et elle dut faire appel à des trésors de maîtrise pour ne pas nouer les bras autour de son homme et se glisser avec lui sur la banquette arrière. Elle se dégagea de son étreinte en riant. La séparation avait été trop longue.

— Allez. On rentre.

— Superbe proposition.

Lorsqu'il lui prit la main, Taylor songea que la boucle était bouclée : sur Love Hill, elle avait connu son premier amour, et maintenant elle y retrouvait son amour véritable. Joli tracé pour une ligne de cœur.

Elle conduisit d'une main pour redescendre la colline

en écoutant crépiter sa radio de bord — « 10-83, coups de feu, je répète, code 10-83, au 490 de la Second Avenue, au Twilight Club. Officiers, répondez, s'il vous plaît. »

Les coups de feu tirés sur Second Avenue tendaient à devenir quotidiens. Mais elle laisserait à quelqu'un d'autre le soin de faire une descente au Twilight Club. La responsabilité de répondre à ce genre d'appels revenait à l'équipe B de la brigade des homicides. Pour sa part, elle voulait juste rentrer chez elle. Chez eux. Elle était épuisée, sans l'ombre d'un doute, mais son esprit virevoltait. Deux mots ne cessaient de tourner dans sa tête, comme le morceau de Dvorák défilant en boucle.

Encore un. Encore un. Encore un.

5

La maison était plongée dans l'obscurité lorsque Taylor se gara dans leur allée privée. Elle n'avait pas laissé les lumières extérieures allumées, ayant prévu de rentrer à une heure raisonnable, en milieu de soirée. Baldwin s'était rendormi pendant le trajet ; cela lui faisait mal au cœur de devoir le réveiller, mais elle n'avait pas vraiment le choix. Elle le secoua légèrement et il ouvrit les yeux en bâillant.

— Désolée, mon chéri, mais il va falloir passer par l'extérieur. Je n'ai pas le bip pour ouvrir la porte du garage. Je l'ai laissé dans mon 4Runner, en fait. J'ai horreur de rentrer chez moi avec une voiture banalisée.

— Tout ce que tu voudras, murmura-t-il d'une voix ensommeillée.

En rentrant, elle s'aperçut qu'elle avait oublié de mettre l'alarme, une fois de plus. Baldwin lui jeta un regard de reproche avant de l'activer. Il était 3 heures du matin. Baldwin pourrait faire la grasse matinée, mais elle n'avait que quelques heures de sommeil devant elle avant d'attaquer une nouvelle journée de travail. Une contrainte horaire qu'elle devait à la perte de son grade. Redevenue simple inspecteur, elle n'était plus libre, comme avant, de fixer son propre emploi du temps. De toutes les vexations subies, celle-ci était la pire. En principe, elle était censée travailler de 8 à 15 heures. Mais jamais, évidemment, elle ne terminait aussi tôt.

Imposer un horaire fixe à un inspecteur des homicides était absurde par définition. Si un meurtre survenait à 14 h 45, on s'y collait jusqu'à ce que la scène de crime soit traitée et la paperasserie terminée. En tant que lieutenant, elle avait connu le luxe de laisser à d'autres le soin de faire le travail et de venir lui apporter les résultats. Mais cet aspect de son métier était temporairement en suspens.

Elle sentit Baldwin vaciller contre son épaule ; il dormait littéralement debout. Effleurant ses lèvres d'un baiser, elle l'envoya se coucher.

Elm... Comment cet improbable Mortimer avait-il réussi à se hisser au grade de lieutenant ? Travailler sous ses ordres promettait d'être une épreuve. Il était grincheux, déplaisant — irritant comme ces petits chiens jappeurs au caractère exécrable. *Insubordination*... Et puis quoi encore ? Bon, d'accord, il aurait été plus malin de sa part de garder ses commentaires pour elle. Mais quand même ! Jusqu'où pouvait-on pousser l'incompétence ? Les officiers de la police métropolitaine de Nashville étaient tous archi-formés, surentraînés. Même le moins averti des aficionados du thriller médico-légal qui suivait des séries policières du fond de son canapé aurait évité de commettre cette erreur de débutant !

Taylor jeta son arme et son badge sur le comptoir de cuisine et retira l'élastique qui retenait sa queue-de-cheval, laissant ses cheveux se dérouler en cascade dans son dos. Elle ouvrit le réfrigérateur à vin et sortit du Masciarelli Montepulciano d'Abruzzo. Elle s'en servit un verre, posa la bouteille sur le bar, grappilla une poignée de raisins dans la corbeille à fruits et en grignota quelques-uns avant de les faire passer avec une solide gorgée de vin. Le voyant du répondeur clignotait. Quatre nouveaux messages. Elle actionna la touche d'écoute et resta debout devant l'appareil, le bras gauche en appui contre le mur, le front sur son avant-bras, son verre de vin à côté d'elle.

Premier message : un institut de sondage politique. *Effacer.*

Second message : un rappel pour son rendez-vous de la semaine suivante chez le dentiste. Taylor le conserva au cas où il lui sortirait de la tête d'ici là.

Troisième message : Baldwin, sa voix profonde emplissant la pièce, juste pour l'informer que son avion s'était posé avec quelques minutes d'avance, qu'il l'aimait et qu'il avait la ferme intention de lui faire l'amour de gré ou de force dès l'instant où ils seraient de retour à la maison. *Mmm… Voilà un projet qui paraît lourdement compromis,* my love.

Taylor fit repasser l'enregistrement à deux reprises, avec un léger sourire aux lèvres. Puis elle but une gorgée de vin et attendit le message suivant. Il y eut d'abord un temps de silence, puis un crépitement de parasites. Une sensation glacée lui courut le long de la colonne vertébrale. S'éleva alors une voix haut perchée, presque enfantine :

— Pas. Moi.

Le déclic qui suivit la fit sursauter. Son cœur battait à un rythme accéléré. Elle posa son verre sur le bar, regarda l'écran et vit qu'il s'agissait d'un appel masqué. Les tempes bourdonnantes, elle tenta de faire un rappel automatique mais n'entendit qu'une suite de bips, preuve que la manœuvre était impossible sans l'indicatif de zone approprié.

Merde, merde et merde. Elle réécouta le message trois fois, et à chaque reprise sentit une nouvelle vague glacée lui paralyser les membres. Une part d'elle-même ne demandait qu'à effacer l'enregistrement, à décréter qu'il s'agissait d'un faux numéro, d'une erreur sans importance. Rien d'horrible ni de menaçant. Mais tous ses voyants d'alerte clignotaient au rouge. Elle n'avait encore jamais entendu sa voix jusqu'à présent, mais elle savait très précisément de qui il s'agissait et ce que signifiait le message.

Il se nommait lui-même « le Prétendant », et avait été le disciple d'un tueur en série de Nashville connu sous le pseudonyme de « Blanche-Neige ». Si Blanche-Neige lui-même était mort, le Prétendant, lui, avait réussi à passer à travers les mailles du filet. Régulièrement, il se débrouillait pour lui faire signe. La dernière fois qu'il s'était manifesté remontait au mois précédent, lorsqu'il avait fait connaître sa présence à Nashville en remédiant personnellement à une menace de mort qui pesait sur elle. Il s'était débarrassé du « problème » à sa manière : en tuant. Sans omettre de laisser ce que Baldwin appelait une « vibrante déclaration d'amour » à son intention, épinglée sur la poitrine du cadavre.

Franchement, elle n'en revenait pas que le Prétendant ait pris le risque de l'appeler chez elle. Ce n'était pourtant pas un tueur négligent ; elle savait au moins cela à son sujet. Depuis deux mois, ils avaient fait placer un dispositif d'écoute sur leur ligne téléphonique. Mais l'appel avait duré trois secondes à peine. Trop peu de temps, donc, pour pouvoir être retracé.

Elle sentait la panique monter, venue de deux sources différentes. Un : le simple fait que ce tueur continue à l'espionner lui donnait des frissons jusque dans les orteils. Il l'observait de si près qu'il savait même sur quel crime elle venait d'enquêter ce soir. Et cette pensée suffisait à la déstabiliser.

Deux : ce que son instinct lui avait dit au sujet du meurtre de ce soir se confirmait. L'aspect ritualisé de la mise en exposition du corps ainsi que la scène de crime secondaire renvoyaient à un agresseur organisé, qui n'en était pas à son coup d'essai. Et qui recommencerait, selon toute probabilité.

Il fallait qu'elle en parle à Baldwin. Maintenant. Après

ses déboires du mois dernier avec le tueur professionnel que le Prétendant avait étranglé sans autre forme de procès, elle n'hésitait même plus à demander de l'aide. Grimpant l'escalier en courant, elle se jeta sur le lit. Il réagit au quart de tour.

— Tu croyais peut-être que j'étais dans les bras de Morphée, mais tu te trompais, jeune fille. Je commençais à désespérer de te voir débarquer dans ce lit. Viens là que je te…

— Il a appelé.

Baldwin s'immobilisa, la main posée sur sa cuisse.

— Quoi ?

— Notre fidèle ami le Prétendant. Il a téléphoné ici, sur le fixe. Pour me préciser qu'il n'était pas l'auteur du crime de ce soir.

Elle n'eut pas besoin d'en dire plus. Baldwin savait que le Prétendant se trouvait quelque part à proximité, guettant le moment propice pour frapper, prêt à les prendre par surprise au premier signe de faiblesse. A chaque crime, à chaque enquête, ils étaient obligés de penser à lui. Il les hantait nuit et jour.

Palpable, ravageuse, la rage de Baldwin chassa manifestement en lui jusqu'aux dernières traces de sommeil. Plus sa voix était maîtrisée, plus sa colère était forte. Et il s'exprima avec un calme et une douceur inégalés.

— Il a osé appeler ici ?

Taylor se demanda ce qui la terrifiait le plus : sa relation contrainte et forcée avec un *serial killer* ou la furie dans la voix de son compagnon.

— Oui. Enfin… j'ai supposé que c'était lui, en tout cas. Il a laissé un message très bref : « Pas… moi. »

Elle entendit Baldwin prendre une longue inspiration contrôlée pour maîtriser ses réactions.

— Fais-moi écouter ce qu'il a dit.

Ils descendirent ensemble au rez-de-chaussée.

— Il n'y a sans doute pas lieu de s'inquiéter, murmura-t-elle d'une voix apaisante. Le contenu du message n'est pas menaçant. Je suppose que lorsqu'il se sentira prêt à frapper son grand coup il s'éclatera en mettant son scénario au point.

— C'est justement ce qui m'inquiète. Laisse-moi me faire une idée par moi-même, O.K. ? Il faut que tu arrêtes de minimiser, comme s'il s'agissait d'un petit jeu sans importance. Ce type tue comme il respire. Il est redoutablement dangereux.

Sa voix intense, passionnée, s'enroula autour d'elle. Comme si Baldwin l'avait immobilisée physiquement au milieu de l'escalier en glissant les bras autour de sa taille. Etonnant que le simple son de sa voix suffise à lui donner le sentiment d'être protégée. Elle était tout à fait capable de se défendre seule, bien sûr. Mais c'était toujours agréable d'avoir un refuge sûr à disposition.

Dans la cuisine, Baldwin écouta et réécouta le message, puis il passa un coup de fil. A Quantico, supposa-t-elle, pour savoir si le dispositif d'écoute avait permis de localiser l'appelant. Elle prit son verre de vin et passa dans le séjour où elle mit son ordinateur portable en marche. Puis elle dénicha le cordon de l'APN et téléchargea les photos de la scène de crime de Love Hill. Des gestes simples — des gestes de travail. Pour écarter cette voix de son esprit, pour chasser la terreur rampante qui lui paralysait les muscles et lui vrillait les nerfs. Contrairement à ce que pensait Baldwin, elle ne prenait pas le Prétendant à la légère. Elle rêvait de lui. Se surprenait régulièrement à tourner la tête par-dessus l'épaule en se demandant s'il l'observait. Elle avait introduit quelques changements dans sa routine pour tenter de déjouer sa surveillance. Mais, s'il lui envoyait des lettres et l'appelait chez elle, ses pauvres précautions ne servaient pas à grand-chose. Il savait où elle se trouvait, à chaque instant. Il savait où elle dormait, là où elle était le plus vulnérable. Elle fut brièvement traversée par une envie panique de se sauver, de proposer à Baldwin de changer de lieu de résidence. Mais cela ne changerait rien. Le Prétendant était bien trop intelligent pour se laisser abuser par une aussi piètre manœuvre de diversion.

— Quelle merde…, chuchota-t-elle.

Elle but une gorgée de Masciarelli et ordonna à son estomac de se tenir tranquille. Elle avait besoin de penser à autre chose et son ordinateur était prêt à prendre du service. Baldwin avait installé un programme de messagerie électronique directement dans son fichier source pour ses images. Elle sélectionna les photos prises à Love Hill et les envoya à son adresse e-mail professionnelle. Ainsi, elle n'aurait plus qu'à les ouvrir au bureau le lendemain matin.

Lorsque le fichier fut téléchargé, elle les afficha sous forme de mosaïque et les agrandit une à une, tout en recréant mentalement l'atmosphère de la scène de crime. La musique. Le fil de pêche. Le catalogue Picasso. Le corps qui prenait la pose.

Pas. Moi.

Elle secoua la tête, chassa la voix de son esprit. Même si les photos de Love Hill affichaient des couleurs vives, elles ne captaient pas l'intensité qu'elle avait perçue sur la scène de crime. Ce meurtrier particulier leur envoyait un message très clair. Si seulement elle parvenait à le déchiffrer avant qu'il ne ressente le besoin compulsif de réitérer la même annonce morbide…

Baldwin vint s'asseoir à côté d'elle et lui caressa la jambe par-dessus son jean. Puis il glissa les doigts sous l'ourlet et remonta lentement à l'arrière de son mollet. Elle frissonna.

— A présent que tu es réveillé… tu as mentionné les cartes postales qu'« Il Macellaio » prend soin de laisser sur chacune de ses scènes de crime. J'ai trouvé un catalogue des dessins de Picasso sur la table basse et je l'ai mis sous scellés. Je demanderai au propriétaire s'il lui appartient. Il a pu être posé là par notre meurtrier.

— Bien pensé.

Baldwin s'assombrit.

— Je suis désolé, Taylor.

— Désolé de quoi ?

— De ne pas mieux te protéger de lui.

Elle soupira.

— Tu me donnes un sentiment de sécurité chaque fois que tu me regardes, Baldwin, ne l'oublie jamais.

Se penchant pour l'embrasser, elle sentit de nouveau son cœur battre en accéléré. Mais de façon beaucoup plus enthousiasmante, cette fois. Il tira sur le bouton de son jean, fit glisser ses bras hors des manches de sa chemise. Elle noua bras et jambes autour de lui. Les préliminaires furent brefs — brévissimes, même. La séparation avait été trop longue ; leur besoin d'être connectés trop fort. Plus tard, ils se donneraient le temps des retrouvailles avec bougies et musique. Mais là elle ne voulait qu'une chose : le sentir bouger en elle pour qu'il lui rappelle qu'elle était vivante. Sa barbe picota l'intérieur de ses cuisses en feu. Très vite, elle fut emportée et ses ongles s'enfoncèrent dans le dos de son amant, de son aimé. L'intensité de son désir pour lui la surprenait chaque fois.

La respiration haletante, ils s'agrippaient l'un à l'autre sur le canapé. Baldwin s'endormit dans ses bras et elle sourit, le visage enfoui dans ses cheveux noirs. C'était bon, tellement bon de l'avoir de nouveau à la maison…

En tendant le bras, elle réussit à attraper son verre de vin. Elle hésitait à se dégager doucement pour passer dans la salle de billard et faire une petite partie, histoire de méditer sur l'enquête qui venait de commencer. Vu que sa nuit était déjà très entamée, de toute façon… Presque à contrecœur, elle reposa son verre et ferma les yeux, laissant sa respiration s'apaiser, s'alourdir, s'ajuster à celle de Baldwin. Elle aurait tout le temps, le lendemain matin, de s'occuper de ses monstres.

JEUDI

6

Avec trois misérables petites heures de sommeil à son actif, Taylor se leva à 7 heures pour avoir le temps de faire son jogging avant de partir travailler. Baldwin avait acheté un tapis de course qu'il avait installé dans leur chambre d'amis. Il s'en servait pour évacuer ses excès de stress et elle avait découvert, elle aussi, les vertus relaxantes de ce genre d'exercice. Elle redoutait la journée qui l'attendait. Et priait pour que le troll qu'elle avait rencontré la veille au soir ne soit pas réellement destiné à devenir son nouveau lieutenant.

Après avoir avalé cinq kilomètres à la vitesse du vent, Taylor passa sous la douche, releva ses cheveux mouillés en queue-de-cheval et enfila un jean neuf et un fin pull noir en cachemire, avant de glisser ses pieds nus dans ses santiags préférées. Elm était probablement de ceux qui prônaient une tenue « correcte » au travail, mais il était hors de question qu'elle se promène dans les locaux du Centre de justice criminelle en pantalon gabardine à pinces et escarpins. Tant que son badge et son arme étaient visibles, après tout, on pouvait considérer qu'elle était en tenue de travail.

Elle dévala l'escalier en courant, attrapa un Diet Coke au passage et, d'un mouvement d'épaules, enfila un caban en cuir noir. L'été approchait à grands pas à Nashville, et pourtant les matinées restaient fraîches. Allez comprendre ce temps bizarre ! Elle sortit en marche arrière de l'allée, hésitant entre deux options. Passer d'abord par la case bureau pour affronter Elm ou rouler directement jusqu'à l'institut médico-légal pour ne pas manquer l'autopsie de sa victime ?

Son téléphone sonna. Parlant du loup… Elle sourit en prenant l'appel de sa meilleure amie.

— Howza, dit Sam.

Taylor éclata de rire. Ce mot bizarre d'« Howza », elles l'avaient inventé au lycée lorsqu'elles fréquentaient l'école religieuse privée du père Ryan. « Howza » avait été leur expression codée pour faire comprendre à l'autre que les nonnes les avaient dans le collimateur. Ni Sam ni elle ne se souvenait pourquoi ni comment ce signal avait commencé. Mais le mot leur était resté.

— Tu as des problèmes, Sam ?

— Moi ? Non, pas vraiment. Mais on vient de me dire que tu t'étais mise en sale posture ?

Taylor émit un son exaspéré.

— Qu'est-ce qu'on t'a raconté, au juste ?

— Que tu avais envoyé bouler ton nouveau chef.

— Et où, je te prie, as-tu entendu cette rumeur infamante ?

— Ton nouvel homme de compagnie est dans mon vestibule.

— Simple Renn ?

Cette fois, Sam se mit à rire.

— En personne. Il est venu assister à l'examen post mortem. Il était inquiet pour toi et pensait que tu étais sans doute en retard parce que tu te faisais étriller par ton nouveau supérieur.

— Je ne suis pas en retard.

— Non. Mais lui était très sérieusement en avance. Il m'attendait devant la porte quand je suis arrivée. Tu devrais lui donner du bromure.

— Du bromure ? Je croyais que c'était mauvais pour son appendice masculin ?

— Ce ne serait pas forcément une mauvaise chose, dans son cas. Car j'ai l'impression qu'il en pince pour toi, Taylor.

Elle leva les yeux au ciel.

— Oui, c'est ça ! Mais merci de m'avoir prévenue pour Elm, en tout cas. Je vais plutôt passer au bureau, du coup. Je viendrai pour l'autopsie ensuite.

— Dans la série des mauvaises nouvelles, évite de regarder les journaux ou tu risques de piquer une crise. Apparemment, ton nouveau patron n'a pas été avare en détails avec les journalistes. Tu devrais peut-être lui dire deux mots à ce sujet.

— J'ai déjà essayé de lui parler hier soir. Mais le moins qu'on puisse dire, c'est que ce monsieur n'écoute pas.

— Essaie d'insister quand même. A tout à l'heure, fillette.

Sam raccrocha sans lui laisser le temps de répondre. Génial. Il ne lui restait plus qu'à aller affronter ce cher Elm.

La circulation était horriblement fluide, pour une fois. C'était bien sa veine. En moins de temps qu'il n'en fallait pour le dire, elle atteignit le centre-ville et se gara sur le parking du Centre de justice criminelle juste au moment où l'écran digital donnant l'heure au tableau de bord affichait 8.30.

Le CJC faisait partie des quelques entités immuables qui lui donnaient un sentiment de continuité dans la vie. De jour comme de nuit, elle avait hanté les lieux au quotidien pendant les quatre dernières années. Pendant les neuf années qui les avaient précédées, elle y avait fait des apparitions régulières, escortant des suspects qui venaient pour y être interrogés ou mis en garde à vue, venant rencontrer ses supérieurs ou passer des épreuves d'examen… Treize années durant, ce lieu avait été sa base, son point fixe. Du solide ciment gris, une façade en brique rouge et brune, l'odeur de la rivière Cumberland toute proche, l'escalier à l'arrière avec un cendrier industriel plein à craquer de mégots, tous ces éléments stables se conjuguaient pour lui donner un sentiment de calme et de pérennité.

A l'extérieur, rien n'avait bougé. Mais l'intérieur n'était plus ce qu'il avait été.

Le nouveau chef de la police avait détruit avec un acharnement systématique tout ce que le département de police métropolitaine de Nashville avait représenté jusque-là — tout ce qui avait été accompli et qui avait fait leur fierté depuis treize ans qu'elle était flic dans cette ville.

La transformation avait commencé de façon assez insidieuse — une réorganisation du commandement par ci, une équipe déplacée par là —, et Taylor ne s'était pas trop inquiétée au début. Normal, pour un nouveau chef de police, d'avoir de nouveaux projets. Puis il avait commencé à remplacer le sommet de l'encadrement par ses hommes à lui.

Il avait enchaîné ensuite avec des manœuvres administratives machiavéliques, en disséminant des inspecteurs de la brigade criminelle un peu partout dans les six circonscriptions de la ville. A force de scinder des équipes chevronnées pour y introduire de nouveaux effectifs, le résultat ne s'était pas fait attendre : le taux d'élucidation des enquêtes était passé d'un honorable 86 % à un peu glorieux 41 %. La décentralisation des équipes de la brigade criminelle n'avait été qu'un chamboulement parmi d'autres, au cours des quelques dernières années. Des anciens avaient été poussés à se recycler ailleurs ou à prendre une retraite anticipée. La multiplication des départs avait sérieusement entamé la cohérence et l'efficacité des unités. Toutes les divisions d'investigation criminelle avaient été affectées.

Malgré les protestations féroces de la base, la réorganisation se poursuivait bon train. Le nouveau chef de la police clamait haut et fort que les taux de criminalité connaissaient une baisse spectaculaire. Alors qu'une comptabilité créative maquillait simplement les résultats. L'une des nouvelles directives qui horrifiaient Taylor était la redéfinition du viol. Une agression sexuelle n'était plus qualifiée de viol qu'en cas de pénétration pénienne effective. Or Taylor connaissait plusieurs femmes qui n'avaient survécu que de justesse à la violence dont elles avaient été victimes ; frappées, molestées, elles avaient été contraintes de pratiquer une fellation sous la menace. Et ce cauchemar ne comptait que pour une simple « atteinte sexuelle ».

Ces petits jeux politiciens épuisaient Taylor. La police telle qu'elle l'entendait était démantelée, lentement mais sûrement.

Et son propre entourage professionnel avait été particulièrement touché par les remaniements. Au temps où il fonctionnait encore, on avait surnommé leur petit groupe « l'escouade du meurtre ». Ils officiaient dans les anciens bureaux et ne travaillaient que sur les crimes majeurs. Seule la crème de la crème était admise dans leur unité. En tant que lieutenant de la brigade des homicides, Taylor avait dirigé l'équipe pendant trois ans. La loyauté de ses collaborateurs avait été inébranlable et ils avaient réussi à perdurer, en dépit de la décentralisation à marche forcée, pour continuer à élucider des meurtres, ce qui avait toujours été leur unique raison d'être.

Mais Taylor avait une ennemie : Delores Norris, qui dirigeait désormais l'Office de contrôle des aptitudes professionnelles et qui la haïssait avec une rare férocité. Elles étaient entrées en conflit ouvert et, pour le moment, Taylor était la grande perdante. Son équipe avait été dispersée et réaffectée sur d'autres secteurs. Et son supérieur, Mitchell Price, avait carrément été mis à la porte. Price luttait bec et ongles pour réintégrer son poste et il bénéficiait du soutien inconditionnel du plus gros syndicat de police du pays. Il leur fallait juste un peu de temps pour constituer le dossier et traîner le département de police de Nashville devant les tribunaux administratifs.

En la séparant de Lincoln Ross et de Marcus Wade et en essayant de contraindre son second, Pete Fitzgerald, à prendre une retraite anticipée, Delores Norris s'était déjà assuré une place de choix sur sa liste noire. Mais de l'avoir en plus dégradée de deux échelons pour la ravaler au rang de simple inspecteur… Bon, elle se défendait corps et âme, elle aussi ; le représentant du personnel avait pris fait et cause pour elle et il souquait ferme pour l'aider à rétablir ses droits. Le totalitarisme n'avait pas sa place dans une institution comme la police. Et il serait éradiqué tôt ou tard à Nashville. Il faudrait attendre que le chef de la police commette une faute flagrante. Ou qu'un maire plus courageux et plus lucide que les autres ouvre enfin les yeux et s'aperçoive que leur ville était livrée à l'opportunisme et au chaos.

Mais en attendant cet heureux dénouement, si elle voulait garder toutes ses chances, Taylor n'avait pas le choix : elle devait se présenter devant Elm et adopter un profil bas.

Elle s'apprêtait à passer sa carte d'accès sous le lecteur optique lorsque la porte s'ouvrit à la volée. Un groupe de jeunes cadets de l'école de police dévala bruyamment l'escalier en riant et en plaisantant. L'un d'eux s'immobilisa avec une mine solennelle et lui tint la porte ouverte. Une fois que l'accès fut dégagé, elle sourit au jeune homme et pénétra dans le CJC.

Elle suivit les flèches bleues incrustées dans le lino jusqu'à la brigade des homicides. Les couloirs étaient relativement déserts et elle atteignit son but sans croiser de figure connue. Le lieutenant Elm se tenait à la porte du bureau qui avait été le sien pendant trois ans. Les bras croisés sur la poitrine, ses cheveux en broussaille temporairement disciplinés, il l'accueillit avec un sourire désarçonnant. Un sourire qui s'élargit même à tel point qu'elle voyait presque ses troisièmes molaires, ainsi qu'une langue rose nichée au fond de sa bouche.

— Bonjour, inspecteur.

Le ton était plaisant, sans la moindre nuance de menace. Désarmant, même. Taylor ne s'y laissa pas prendre et se tint sur le qui-vive, tous les sens en alerte.

— Bonjour.

Elle s'immobilisa devant Elm, les bras derrière le dos, la colonne bien droite, et attendit qu'il passe en mode attaque. Mais rien ne vint.

— Entrez un instant dans mon bureau, voulez-vous. J'aimerais aborder quelques questions avec vous.

Il pivota sur lui-même et pénétra dans l'espace restreint où elle avait elle-même officié pendant trois ans. Taylor le suivit à contrecœur et choisit une chaise près de la porte. Les lieux étaient tellement exigus qu'elle avait juste la place pour allonger les jambes, la pointe de sa botte droite touchant le panneau de la porte. Elm prit place derrière sa table de travail. Le bois éraflé était vierge de toute paperasse. Rien n'y traînait de ce qu'on trouvait sur les bureaux d'ordinaire ; stylos, crayons, Post-it, dossiers, notes de service, bulletins, circulaires et autres fiches brillaient par leur absence.

Elle leva machinalement les yeux. Depuis toujours, il y avait eu une grande tache marron due à un dégât des eaux sur un des panneaux blancs du plafond, juste à côté de la fenêtre. Elle avait perdu le compte du nombre de fois où elle avait demandé au responsable de l'entretien que la dalle de plafond soit remplacée. Mais face à ses requêtes renouvelées on avait toujours fait la sourde oreille. Ce matin, pourtant, la tache avait disparu et le plafond était immaculé. Simple coïncidence ? Ou Elm avait-il réussi à obtenir en une matinée ce pour quoi elle avait lutté en vain pendant trois ans ? La première solution devait être la bonne, décida-t-elle. Elle ne voyait pas d'autre explication un tant soit peu rassurante.

— Alors, inspecteur, nous ne sommes pas partis sur un très bon pied, hier soir, vous et moi. Et c'est dommage, car je vois que vous avez d'excellents états de service et que vous êtes tout à fait capable de prendre vos ordres de vos supérieurs.

Il marqua un temps d'arrêt et regarda autour de lui comme s'il s'exprimait devant un auditoire. Il finit par reporter son attention sur elle.

— C'est bien regrettable que vous ayez eu tous ces embêtements, récemment. Je suppose que vous n'avez pas d'autres… euh… surprises dans votre placard ?

Taylor le regarda fixement.

— Je vous demande pardon ?

Il balaya sa réaction ombrageuse d'un haussement d'épaules bon enfant.

— Vous auriez pu me préciser que l'agent du FBI qui s'est introduit en pique-assiette sur ma scène de crime était votre fiancé.

— Ma relation privée avec le Dr Baldwin n'a jamais empiété sur nos rapports professionnels. Ce n'est pas la première fois que le Dr Baldwin intervient sur une enquête de la police de Nashville. Et son apport a toujours été décisif dans chacune des affaires où il a eu l'occasion de nous prêter son concours.

— Tout à fait, tout à fait. C'est ce que j'ai entendu dire, en effet. Ne soyez donc pas autant sur la défensive avec moi, inspecteur. Je suis exceptionnellement disposé à accepter que le Dr Baldwin nous assiste sur cette enquête, à condition qu'il ne se mette pas en travers de mon chemin. Donc, oublions ce qui s'est passé hier soir et prenons un nouveau départ, qu'en dites-vous ?

Il lui tendit la main par-dessus sa table de travail.

— Morty Elm. Anciennement du département de police de La Nouvelle-Orléans. Je travaillais avec le chef de police là-bas, et je suis venu très volontiers en dépannage ici lorsque cette malheureuse mésaventure a entraîné pour vous… ce que nous appellerons, ma foi, une mesure disciplinaire.

Il poursuivit avant qu'elle ait pu ouvrir la bouche pour répondre.

— Pour commencer, fixons quelques règles de base : je tiens à suivre de près les activités de mes inspecteurs, donc vous viendrez régulièrement au rapport. Je préfère un commentaire écrit à un exposé oral, alors, si vous voulez bien avoir la gentillesse de me remettre chaque soir une fiche détaillée avec la liste de vos activités de la journée, vous me faciliteriez grandement l'existence. J'aimerais également que vous me fournissiez un résumé détaillé de chacune de vos enquêtes en cours, ainsi que vos projets et stratégies pour les résoudre. J'ai pour habitude de tenir les rênes et de les tenir serrées. J'aimerais donc vous voir à votre bureau dès 8 heures et vêtue dans le strict respect du code vestimentaire. Le jean n'est pas une tenue que je considère adaptée pour mes inspecteurs. Vous pointerez chaque fois que vous entrerez et que vous sortirez d'ici. Pour que les choses soient parfaitement claires, vous trouverez sur votre bureau une liste détaillée de consignes. J'ai vu l'inspecteur McKenzie, ce matin ; il me paraît avoir de bonnes dispositions, ce jeune homme. Vous avez infiniment plus d'expérience que lui, donc j'espère que vous jouerez votre rôle de mentor et que vous lui transmettrez les ficelles du métier.

— Bien entendu.

— Bon. Nous nous sommes compris, je crois. Plus de surprises sur les scènes de crime, inspecteur. C'est tout ce que j'ai à vous dire pour le moment. J'attends votre rapport pour cet après-midi, 17 heures. Je ne vous retiens pas plus longtemps. Je sais que vous avez une grosse journée devant vous.

Elle dut faire un effort pour concilier l'homme d'hier avec le discours tenu ce matin. Elm s'était montré singulièrement calme, cohérent et raisonnable. Ce qui ne l'avait pas empêché de lâcher quelques allusions appuyées au passage. La pique concernant sa « malheureuse mésaventure » était de trop. Elle les voyait d'ici, tous les deux : Morty Elm et Delores Norris, dite « l'Oompa », assis toutes lumières éteintes à visionner les vidéos où elle apparaissait dans sa glorieuse nudité, en train de faire l'amour avec son ex-amant décédé. Taylor ne savait plus très bien à qui elle en voulait le plus, dans l'histoire : à Norris, à Elm, ou à Dan Martin qui l'avait mise dans cette situation humiliante. Si son ancien équipier n'avait pas déjà été mort, elle l'aurait sans doute étranglé.

Le mois dernier, ces vidéos avaient fait surface sur des sites pornos payants proposant des films amateurs de couples dont les ébats avaient été immortalisés à leur insu. Pour résoudre cette scabreuse affaire, Taylor avait enfreint quelques règles. Et elle en payait à présent le prix fort, même si elle n'avait fait que défendre sa réputation bafouée.

Les diktats d'Elm étaient absurdes. Des résumés écrits pour chaque affaire à résoudre ? Il lui faudrait deux bonnes semaines pour rédiger ses suppositions, pensées, hypothèses concernant la quarantaine d'enquêtes qu'elle avait en cours. Quant à édicter des grands principes, d'accord. Mais la renvoyer sans même lui demander ce qu'elle avait retiré de la scène de crime de la veille au soir ? C'était de la négligence pure et simple. Exactement comme elle l'avait pressenti, Elm n'avait pas pris le poste pour agir en tant que flic. Il était venu en administrateur, en authentique rond-de-cuir.

Cela dit, il y avait au moins un point positif : il lui laissait carte blanche pour faire intervenir Baldwin.

Elle se composa une attitude.

— Vous ne voulez pas que je vous fasse un compte rendu de…

Elm sccoua la tête avec véhémence.

— Je vous ai dit que vous pouviez vous retirer. Je n'ai pas que ça à faire ce matin.

Il lui adressa un bref sourire sauvage et désigna la sortie d'un signe du menton. Elle se leva en se mordant la lèvre, refrénant l'invective qui ne demandait qu'à jaillir.

— Refermez la porte en sortant, s'il vous plaît.

Elle s'exécuta en la tirant derrière elle un peu plus bruyamment que nécessaire. Sur son bureau reposait une sorte de formulaire en couleur avec des champs marqués d'un astérisque. La liste de consignes dont lui avait parlé Elm, sans doute. Elle froissa la feuille en boule et la jeta dans la corbeille à papier sans la lire.

Se laissant tomber sur sa chaise, elle arracha son chouchou, se passa furieusement la main dans les cheveux puis s'interrompit pour se masser les tempes. Ce Morty Elm était bon pour l'asile d'aliénés. « Une chose à la fois, ma vieille, se raisonna-t-elle. Concentre-toi d'abord sur ton enquête et on verra après pour le reste. »

Si elle voulait récupérer son ancien échelon, elle améliorerait ses chances en élucidant cette affaire, tout en démontrant l'incompétence de cet hurluberlu.

Taylor rattacha ses cheveux, prit une profonde inspiration puis sortit un bloc-notes et griffonna une liste d'objectifs. Plusieurs points devaient être traités aujourd'hui même et il était hors de question qu'elle laisse le Roi Crapaud lui mettre des bâtons dans les roues.

La liste était simple : questionner de nouveau la voisine, interroger le propriétaire de la villa de Love Circle, vérifier ce qui s'était passé exactement, trois ans plus tôt, à l'occasion de ce meurtre musical commis à Manchester. Ensuite, il faudrait saisir les données caractéristiques du « crime de

Love Hill » dans le logiciel de profilage ViCAP, vérifier une éventuelle concordance avec les données biométriques stockées sur iAFIS et immortaliser également l'empreinte de paume. Et, pour finir, rassembler les rapports rédigés sur cette même scène de crime par tous les officiers de patrouille, créer un dossier avec les photos, les indices, les schémas. Et, avant tout, aller trouver la substitut du procureur de Nashville, Julia Page, et lui faire un premier rapport. Au fur et à mesure que Taylor établissait sa liste, ses pensées se détachaient d'Elm pour se centrer sur la victime non encore identifiée.

— Tu as l'air perdue dans tes pensées.

Taylor sursauta. Comme si elle venait de se matérialiser là par miracle, Julia se tenait à sa main gauche. Et elle ne l'avait même pas entendue entrer.

— Perdue est le mot clé, en l'occurrence. Ça va, Julia ?

— Je suis surprise que tu ne m'aies pas appelée au saut du lit pour me parler de l'affaire Love Hill. Rien ne vaut un petit criminel en série, de bon matin, avant le petit déjeuner.

— Arrête, ne dis pas ça. Pour l'instant, rien ne prouve encore que série il y aura.

Taylor lui montra sa liste en cours d'élaboration.

— J'étais justement en train de me faire un programme. Et, comme tu peux voir, tu figures en bonne place sur ma liste d'objectifs.

— Impeccable. Alors, je te propose de me briefer tout de suite. Ce sera toujours ça d'accompli.

— Pour l'instant, nous n'avons pas grand-chose à nous mettre sous la dent. Quelques indices ici et là, plus deux ou trois empreintes. Mais tant qu'on n'aura pas les résultats de l'autopsie je n'en saurai pas plus.

— D'après les médias, il s'agirait du premier meurtre d'une future série. Ils l'appellent le « Chef d'Orchestre ».

J'aimerais que tu me donnes honnêtement ton avis : crois-tu que ce criminel-là est susceptible de recommencer ?

Taylor nota une minuscule paillette bleue dans l'iris droit de Julia Page. Il y avait des années qu'elle croisait la substitut du procureur dans les couloirs du CJC. Comment avait-elle pu ne jamais remarquer ce détail ? Taylor recentra ses pensées à la dérive, consciente qu'elle reculait devant la réponse à donner. Croisant les bras sur la poitrine, Julia rentra légèrement la tête dans les épaules, comme si elle savait déjà.

— Je crois qu'il recommencera, oui, admit Taylor.

Les boucles châtain clair de Julia glissèrent sur son front lorsqu'elle vint prendre appui des deux mains sur son bureau. C'était une femme menue et, ainsi penchée, elle arrivait juste à sa hauteur assise. Taylor se sentait toujours comme une géante en sa présence.

— Sérieusement ?

— J'en ai bien peur, oui. Après l'autopsie, je reviendrai faire une recherche sur ViCAP pour voir si je trouve des recoupements au niveau du mode opératoire. Le tueur a vraiment soigné sa mise en scène. Soit il essaie de capter l'attention des médias, soit il cherche à nous montrer à quel point il est brillant. Mais le Chef d'Orchestre… Où sont-ils allés pêcher ce nom-là ?

D'un geste du pouce, Page désigna le bureau d'Elm dans son dos.

— Le nouveau lieutenant a raconté aux journalistes qu'un CD de musique classique passait en arrière-fond.

Taylor secoua la tête en se pinçant la base du nez. Bon sang, ce n'était pas possible… Elle avait pourtant demandé que ce détail soit passé sous silence.

— Tu plaisantes ? marmonna-t-elle.

Julia se pencha pour chuchoter.

— Je ne plaisante pas, non. Tu t'en sors à peu près, Taylor ? Je sais que cette situation est tout sauf facile pour toi.

Avec un léger soupir, elle se renversa contre son dossier.

— C'est gentil de t'inquiéter de mon sort. Mais ça va, je tiens le choc. Il ne s'agit pas d'une situation définitive, juste d'un mauvais passage. Et puis, j'ai toujours aimé mettre la main à la pâte. J'ai passé beaucoup de temps à travailler comme inspecteur. C'est un peu comme quand on revient dans une maison familière où on a vécu longtemps. La partie pratique du boulot m'a toujours passionnée ; c'est le côté administratif qui me barbe. Donc, pour le moment, je considère que je vis dans le meilleur des mondes possible. Je suis des pistes, je fais le boulot de base, et j'espère résoudre cette affaire rapidement. C'est la raison pour laquelle j'ai choisi d'être flic, tu sais ? Lutter contre le mal et l'injustice et tout le tralala…

Julia la fixa un instant droit dans les yeux, puis elle lui posa la main sur l'épaule.

— Tu as une nature en or, Taylor. A plus tard, O.K. ? Je file au tribunal.

— Cours mettre les méchants à l'ombre, Julia. On compte tous sur toi.

— Mmm…, marmonna Page.

Mais elle s'éloigna avec le sourire.

Taylor regarda sa montre. Il était 9 h 30 précises. Parfait. Dans un quart d'heure, elle serait à l'institut médico-légal. Refermant son bloc-notes, elle le glissa dans la poche arrière de son jean. Elle n'avait pas menti à Julia. Son retour à la case inspecteur avait *aussi* ses avantages. Même lorsqu'elle était lieutenant, elle avait continué à travailler sur le terrain, guidant et donnant ses directives sur place et non pas dans la sécurité de son bureau.

Et pour dire la vérité elle avait été une brillante enquêtrice. Ce qui était une bénédiction et un fléau. Trop bien faire son boulot, c'était se condamner à être promu. Et à accepter les embêtements qui allaient avec. Elle ne niait pas que la direction de son « escouade du meurtre » lui manquait. Mais elle survivrait. Elle était toujours membre de la brigade des homicides et c'était l'essentiel.

Elle emprunta le dédale de couloirs jusqu'à la porte, et vit le nouveau tableau magnétique fixé au mur à gauche de l'entrée. Elle hésita, rechigna un moment, puis plaça l'aimant avec son nom sur la case : « Absent du bureau » avant d'inscrire « Institut médico-légal » dans le champ « destination ». Depuis treize ans qu'elle était dans la police, elle avait au moins appris une chose : comme on ne pouvait pas se battre sur tous les fronts, il était plus sage, par moments, de choisir ses combats.

7

La matinée était belle et ensoleillée, et un message clignotait sur son répondeur lorsque Gavin poussa la porte de son atelier. Il l'écouta avant même de poser le sac qu'il portait en bandoulière. C'était Wilhelmina, qui louait ses services et les rémunérait grassement.

— Gavin, j'ai reçu les dernières photos. Vous voulez y jeter un coup d'œil et sélectionner celles qui satisfont aux critères du catalogue de l'exposition Frist ? La date butoir est fixée à mardi et il ne s'agit pas d'être en retard… Ah oui, merci, au fait.

Le « merci », comme d'habitude, ne venait qu'après coup. Avant de mettre son ordinateur en route, il déposa sur le bureau son petit déjeuner qui se composait de pain complet avec du beurre de cacahuètes bio et une banane. Sa besace atterrit sur son unique fauteuil. Placé près du bureau, il était recouvert de tweed industriel orange et marron. C'était tout ce qu'il avait pu se permettre, à l'époque où il l'avait acheté. Et il avait eu l'heureuse surprise de le trouver finalement moins moche qu'il n'en avait eu l'air à l'écran. Sa table de travail se résumait à une grosse planche en chêne posée sur des tréteaux. Quant à sa chaise — élégante, ergonomique et en cuir noir —, elle était son trophée. Il pouvait descendre les accoudoirs lorsqu'il devait travailler à la table de dessin placée dans un angle de la pièce, sous la fenêtre de verre poli qui offrait une vue imprenable sur le mur en brique aveugle de l'immeuble voisin.

Le temps de mise en route de son ordinateur était exactement de trois minutes. Gavin mit l'attente à profit pour grignoter sa banane, tout en examinant les taches formées par les déjections de pigeons sur le rebord extérieur au-dessus de la fenêtre. Incroyable comme elles prenaient des formes intéressantes à l'atterrissage. Le phénomène était dû à la rapidité de vol de ces oiseaux, avait-il appris. Mais quand même… Il se demanda si Jackson Pollock avait été inspiré par un phénomène aussi simple, aussi organique. Mais même un artiste d'un tel calibre ne pouvait reproduire ce caractère aléatoire.

Une musique en provenance de l'ordinateur lui indiqua qu'il était prêt à fonctionner. Parmi les nouveaux e-mails qui s'affichèrent, il repéra celui du musée du palais Strozzi. Le message était bref, rédigé dans un anglais approximatif mais passable.

> « Voulez-vous s'il vous plaît trouver en pièce jointe les photos demandées pour l'exposition du 11 juin. *Grazie mille.* »

Il cliqua sur « Télécharger tout » et attendit, en regardant les prises de vue les plus grandioses défiler sur son écran. Le *Palazzo Strozzi* était un édifice impressionnant. Les Strozzi — ennemis jurés des Médicis — avaient vécu jusqu'au XXe siècle dans ce splendide bâtiment de trois étages organisé autour d'une cour intérieure. Gavin rêvait de faire un jour le voyage jusqu'en Italie et de visiter Florence, de déambuler dans ce lieu d'histoire et de beauté, pour contempler, tout le jour durant, des œuvres d'art d'exception.

Ce fut plus fort que lui. Transporté, il regarda les photos du musée Strozzi, flânant à travers les âges, baignant dans la magie du détail, ébloui par le talent du photographe. Les angles de prise de vue, la profondeur, l'équilibre parfait de la lumière qui mettait chaque pièce en valeur étaient dignes d'un maître. Les tableaux offraient comme une respiration de couleur et de lumière qui explosait à l'écran ; les sculptures étaient si viscérales qu'on aurait dit que la ligne d'un bras ou d'une cuisse pouvait être caressée, comme de la chair vivante sous les doigts.

Un sacré boulot de photographe. Du grand art. C'était exactement ainsi qu'il aurait aimé travailler s'il avait été derrière l'objectif. Gavin s'amusa à un petit jeu : il ne connaissait que trois photographes de musée d'une pareille envergure. Restait à deviner lequel des trois était l'auteur des photos qu'il avait sous les yeux.

Il les refit défiler lentement en s'interdisant de regarder la ligne, en bas de page, qui lui donnerait la réponse. Le cadrage, le traitement de la lumière, cette façon unique d'aborder son sujet… Pas de doute, c'était signé Tommaso.

On ne lui connaissait pas d'autre nom. Tommaso avait la réputation de ne pas être commode. Mais s'il était difficile de travailler avec lui il n'en restait pas moins l'un des photographes de nature morte les plus doués de la profession. Une star dans le monde de la photographie d'art.

Gavin risqua un regard. Bien deviné. C'était effectivement au travail de Tommaso qu'il avait affaire. Il sentit une grande fierté le remplir. Il avait le coup d'œil, c'était clair.

Il envoya un e-mail rapide à Wilhelmina, confirmant qu'il avait bien reçu les photos et que le catalogue serait prêt à être imprimé à la date fixée. Puis il se mit au labeur.

Gavin aimait son métier. Il était graphiste en free-lance et travaillait souvent pour les meilleurs imprimeurs de Nashville. Ses contrats, il les passait aussi bien avec des agences de pub que des équipes sportives ou des associations culturelles. Mais la photo d'art était sa vraie passion.

Son atelier était loin — très loin — de Broadway, dans

une ruelle qui donnait sur les cuisines d'un restaurant thaïlandais. Souvent, les odeurs de cumin et de chou pourrissant flirtaient avec les limites du supportable. Mais supportable, en tout cas, était le montant du loyer. Et Gavin n'aurait pas pu travailler pour quelqu'un d'autre. Il se trouvait bien tel qu'il était.

Sa vocation première était la photographie. Mais il avait trouvé difficile de gagner sa vie avec son appareil photo. Même s'il se reconnaissait du talent, il n'avait pas l'œil d'un Tommaso. Voilà pourquoi il s'était lancé dans la mise en pages de catalogues et la création de sites internet. Son travail était apprécié et il avait rapidement réussi à se faire connaître. On le considérait comme LE graphiste un peu bizarre qui refusait de parler à ses clients, ne prenait ses commandes qu'en ligne, ne retournait jamais un appel téléphonique, mais écrivait des e-mails en abondance et ne manquait jamais une date limite pour une remise. Il s'arrangeait pour garder le silence s'il y avait moyen d'éviter d'ouvrir la bouche. Il ne voyait pas l'intérêt de tenir des discours à ses semblables. Dans l'ensemble, il n'avait pas grand-chose à leur dire. Et les mails lui suffisaient pour exprimer le peu qu'il avait à communiquer.

Il était compétent dans sa profession et les gens appréciaient son talent. En quelques années, il s'était constitué un joli créneau qui lui permettait de gagner de l'argent tout en se faisant plaisir dans le domaine de l'art : il mettait en page des catalogues de musée. Il avait commencé modestement et s'était fait petit à petit une place dans ce milieu très fermé en créant le site Web d'un musée. Dès qu'il avait réussi à se faire connaître, il était passé aux catalogues, tant pour les collections permanentes que pour les expositions temporaires. Deux ans auparavant, il avait connu la consécration lorsqu'on lui avait confié son premier catalogue raisonné — un inventaire complet des œuvres d'un artiste donné.

Il avait fait du très beau travail l'année précédente, sur un catalogue réunissant toutes les lithographies de Picasso. Et il cherchait à décrocher d'autres contrats du même type.

Tiens, à ce propos, justement, il n'avait pas encore vérifié s'il avait une réponse pour le Millais… Gavin regarda de nouveau sa boîte de réception, mais il n'avait aucun message de la Tate Britain Gallery à Londres. Zut. John Everett Millais était le peintre préraphaélite qu'il préférait. Et il avait très envie de décrocher le contrat.

Pas de panique. Le travail qu'il faisait en ce moment pour Wilhelmina l'enchantait. Le Frist Center organiserait bientôt une exposition unique. Un certain nombre de pièces en provenance de Florence, l'une des capitales mondiales de l'art, seraient acheminées à Nashville. Et il avait été embauché pour le design du catalogue. Autrement dit, il se préparait à cohabiter avec les reproductions d'œuvres étourdissantes venant de trois musées extraordinaires : la Galerie des Offices, le palais Pitti et le palais Strozzi.

Il se força à reporter son attention sur les pièces jointes transférées par Wilhelmina et les réexamina une à une. Très vite, il dut se rendre à l'évidence : une des prises de vue ne s'affichait pas correctement. Gavin y vit la marque d'une intervention divine. Il pouvait envoyer un e-mail à Wilhelmina et lui demander de reprendre contact avec le photographe pour qu'il renvoie la photo en question. Ou alors… Le cœur de Gavin battit plus vite. Pourquoi pas ? Il avait toujours été un admirateur de Tommaso. Et rien, en théorie, ne lui interdisait de se mettre directement en rapport avec lui. Même si on disait de Tommaso qu'il préservait son intimité à l'extrême — au point de refuser toutes les interviews où on lui demandait de publier sa photo. Gavin se demandait s'il était défiguré ou un truc de ce genre. Cela dit, il comprenait le désir de Tommaso de laisser son œuvre parler pour lui.

Gavin ne prenait jamais de décision sans peser d'abord longuement le pour et le contre. Il se renversa contre le dossier de sa chaise. S'il s'adressait directement à Tommaso, il aurait peut-être l'occasion de lui parler de son propre travail. Et si cela lui ouvrait de nouvelles portes ? Le photographe italien travaillait un peu partout dans le monde. Sa réputation était internationale. Ne serait-ce pas une occasion pour lui, le timide Gavin, de se faire connaître au-delà des frontières étroites de Nashville ? Tommaso et lui pouvaient devenir amis.

Gavin redescendit sur terre avec un soupir. Comme si cela risquait d'arriver… Ses seuls vrais amis étaient de l'espèce virtuelle.

Sans se laisser le temps de se dégonfler, cependant, il ouvrit un nouveau message avec l'adresse e-mail de Tommaso et pianota sur son clavier :

> Cher Tommaso,
> Je suis un grand admirateur de votre travail. Les photographies de catalogue de la collection Strozzi sont absolument superbes. Mais je n'ai malheureusement pas pu télécharger la JPEG 1033. Pouvez-vous, s'il vous plaît, me faire parvenir la photo d'origine ?
> Avec tous mes remerciements
> G. Adler

Gavin cliqua sur « envoyer » et se renversa contre son dossier, en respirant comme s'il venait de courir un mille mètres. Aurait-il dû conclure par *Ciao*, plutôt ? Ou cela aurait-il été ridicule ? Qu'est-ce qui l'avait pris d'envoyer cet e-mail, tout à coup ? Etait-il trop tard pour reculer ? Pour annuler ce message d'une façon ou d'une autre ? Comment avait-il osé ?

Il se passa la main sur le crâne et nota distraitement que ses cheveux repoussaient. Il faudrait qu'il pense à les raser de nouveau. Pour l'e-mail, il n'y avait plus rien à faire. Aucun moyen de le rattraper en chemin. « Ne fais jamais rien que tu puisses regretter par la suite, Gavin », lui avait toujours dit sa mère. Mais il ne regrettait pas son geste, finalement. Un artiste aussi célèbre que Tommaso avait sûrement un assistant pour trier son courrier. Et son message restait très neutre et professionnel, après tout.

Il se força à chasser l'e-mail de ses pensées et se mit au travail avec le matériel dont il disposait déjà. Il œuvrait en silence, en fredonnant parfois tout bas alors qu'il plaçait ses photos ici et là, testant différents fonds, variant les couleurs d'arrière-plan jusqu'à ce que la photo soit parfaitement mise en valeur. C'était un des aspects qu'il appréciait dans le fait de travailler seul. On pouvait passer un après-midi à réfléchir aux nuances qui convenaient aux tableaux venus de la collection Strozzi, tout en gardant à l'esprit ceux qui viendraient du palais Pitti et des Offices. Un équilibre délicat à trouver. Il était toujours frappé par la fragilité des œuvres d'art anciennes, contrastant avec les robustes outils informatiques. Mais les grands maîtres de jadis et les technologies de pointe faisaient finalement d'excellents compagnons de lit.

Toutes les informations concernant chaque toile devaient trouver leur place dans les pages du catalogue : l'histoire du tableau ainsi que sa date de création et sa provenance. On mentionnait également le lieu de naissance de l'artiste ainsi que les influences qu'il avait subies. Puis venaient les infos au sujet des sponsors qui avaient permis la tenue de l'exposition. Les détails les plus futiles seraient inclus dans les pages du catalogue. De petits kits de relations publiques allaient devoir être créés et des catalogues en édition de luxe seraient tout spécialement conçus pour « Les Amis du Frist », à l'occasion d'une soirée d'ouverture privée. Puis les catalogues seraient repris sur les sites Web et les expositions en galerie.

Gavin avait amplement de quoi s'occuper. Amplement de quoi se distraire des joies qui l'attendaient ce soir chez lui. C'était là son plus grand talent : il était capable de se concentrer. De laisser un aspect de son être de côté pour en explorer un autre. Il y avait des années qu'il était habitué à compartimenter.

8

Travailler pour l'Unité d'analyse du comportement du FBI, c'était accepter d'être disponible à toute heure, sept jours sur sept. Lorsque Baldwin était sur une enquête, les temps de pause étaient rares et il multipliait les nuits sans sommeil. Ce rythme effréné était dû en partie à la nature même de son métier. Mais il avait aussi sa part de responsabilité personnelle : il était incapable de décrocher. C'était un fonctionnement dangereux et il le savait. Il pensait avoir réussi à prendre de la distance au cours de l'année passée, en s'installant à Nashville où il avait désormais sa vie, ne conservant sa fonction de consultant que pour les dossiers majeurs. Mais, depuis quelque temps, il se sentait de nouveau aspiré en arrière. Avec une tendance à replonger dans ses fonctionnements obsessionnels.

Le problème, c'est qu'il adorait son travail. Il haïssait le meurtre, méprisait les actes commis par les hommes et les femmes qu'il poursuivait, et était constamment interloqué par les abîmes de cruauté dont ses semblables se montraient capables. Mais, pour l'enquêteur fasciné du psychisme humain qu'il était, comprendre pourquoi certains sociopathes devenaient des tueurs en série était devenu une vocation et un art — *son* art.

L'appel arriva à 9 h 10. Il prit connaissance de la nouvelle, remercia et reposa le téléphone sur son support.

Ainsi, c'était confirmé : les empreintes génétiques concordaient. Le même homme avait tué à Florence et à Londres. Baldwin arpenta la maison de long en large, plongé dans une réflexion intense. Son esprit fonctionnait en accéléré. Il Macellaio, le tueur en série italien qui opérait en toute impunité depuis dix ans, avait enfin commis une énorme erreur tactique.

Baldwin était fatigué. Très, très fatigué et très, très survolté, aussi. Cette fois, ils savaient avec certitude que le tueur italien avait transféré ses terres de chasse à Londres trois mois plus tôt. Le tueur nécrophile s'était octroyé trois victimes sur le sol britannique, chacune d'elles différant légèrement du profil habituel. A Londres, il s'en était pris à des prostituées, alors que ses victimes florentines étaient plutôt des étudiantes — des filles pour lesquelles il s'était assuré que personne, dans un premier temps, ne s'apercevrait de leur disparition. Il les choisissait timides, effacées, avec très peu d'amis.

Baldwin supputait que son psychopathe avait dû commencer par les flatter, les séduire, les convaincre de venir s'installer chez lui. Il les gardait alors prisonnières plusieurs semaines d'affilée en les affamant lentement jusqu'au moment où, privées de forces, elles sombraient petit à petit dans une passivité qui excitait ses instincts nécrophiles. Il violait les cadavres une fois que les filles étaient mortes, puis il les lavait et leur faisait prendre la pose — jamais la même — en laissant une carte postale du tableau dont il agençait la parodie macabre.

Le nécrosadisme ou vampirisme n'était pas une pathologie courante, même si on la rencontrait ici et là. Aller jusqu'à tuer une femme pour la posséder sexuellement était une variante extrême de la nécrophilie, qui se caractérisait plus souvent par de simples fantasmes sexuels que par de réels passages à l'acte meurtriers.

Mais il arrivait que le fantasme dégénère, et Il Macellaio était un nécrosadique pur et dur. Il avait commencé par faire mourir ses victimes d'inanition ; puis, au bout d'un certain nombre d'années, il avait accéléré le processus en infligeant une mort par strangulation. Mais même dans cette seconde phase il avait continué à affamer ses captives. Elles ne recevaient ni nourriture ni boisson, ce qui provoquait un affaiblissement rapide.

Les pulsions sexuelles et meurtrières toujours croissantes d'Il Macellaio mettaient son self-control à l'épreuve. Au début de sa « carrière », il avait agi sans précipitation et parvenait à se satisfaire avec un meurtre par an. Petit à petit, cependant, sa soif de chair morte était devenue plus impérieuse et il précipitait le décès de ses victimes pour avoir plus de temps à passer avec leur corps. C'était plutôt bon signe, si l'on pouvait dire. Lorsque la maîtrise de soi d'un meurtrier en série se relâchait, il finissait immanquablement par se trahir.

Baldwin reporta son attention sur les dossiers ouverts devant lui. Les nouveaux meurtres londoniens, avec des prostituées pour victimes, le laissaient songeur. Les tueurs opéraient généralement dans des secteurs géographiques précis. Et en changeaient rarement. Passer d'un pays à l'autre représentait un gros bouleversement pour un *serial killer.*

S'il avait maintenant traversé l'Atlantique pour venir frapper aux Etats-Unis, Il Macellaio ne leur échapperait pas longtemps. Baldwin passa rapidement en revue les photos de la scène de crime à Nashville. Et fut frappé une fois de plus par la similarité avec les scénarios londoniens et florentins. Le soin mis dans le choix du décor, les poses sophistiquées, les corps émaciés et comme anorexiques, tout y était. Restait une énorme différence, cependant : la race de la victime.

En Europe, Il Macellaio ne s'en était jamais pris qu'à des

jeunes femmes blanches. Alors que l'inconnue de Nashville était noire. La différence était suffisamment significative pour provoquer de sérieux doutes chez Baldwin. Pour un tueur en série sérieux et organisé, une signature clairement définie pouvait évoluer avec le temps et devenir plus précise, plus spécifique. Les méthodes s'affinaient, le tueur se « perfectionnant » d'un crime à l'autre. Il découvrait ce qui marchait et ce qui ne marchait pas, ce qui l'excitait et ce qui le laissait froid. Comme n'importe quel prédateur.

Mais il était rare que des meurtriers changent de type de proie en cours de route. Et les victimes du boucher florentin répondaient toutes à des critères physiques assez précis. Ne disait-on pas que le criminel pervers tuait toujours, au fond, la même femme ? A moins qu'« Il Macellaio » n'ait fait des victimes noires en Italie et qu'ils n'en aient pas eu connaissance ?

Baldwin soupira profondément. Il rédigea un e-mail à l'intention des services chargés d'enquêter sur Il Macellaio, leur demandant de recenser toutes les affaires de meurtre non résolues de ces quinze dernières années où la victime serait noire. A Londres, comme à Florence. Les *carabinieri* conservaient méticuleusement leurs archives ; les recherches ne devraient pas être trop longues. Quant à la Metropolitan Police de New Scotland Yard, elle avait un fonctionnement entièrement automatisé. Londres pourrait lui fournir ses résultats de recherche dès le lendemain soir.

Baldwin n'était pas rassuré quant aux réponses qu'il était susceptible de recevoir…

Son téléphone sonna et il vit que l'appel venait de Londres. Les Britanniques réagissaient vite.

— John Baldwin à l'appareil.

Une voix britannique, cultivée et aristocratique, s'éleva à l'autre bout du fil.

— Docteur Baldwin ? Ici l'inspecteur principal Highsmythe,

de la Metropolitan Police. Vous a-t-on communiqué les résultats des analyses comparées d'ADN que vous avez demandées ?

— Je les ai eus, oui. Enchanté de faire votre connaissance, Highsmythe. J'ai entendu beaucoup de bien de vous.

— Même chose en ce qui vous concerne, Baldwin. Nous avons déposé une demande d'aide officielle auprès du FBI. J'imagine que vous êtes au courant ?

— Je le suis.

— Dans ce cas, vous avez déjà dû vous faire une idée de la nature de notre requête. Mes supérieurs m'envoient à Quantico pour que je vous fasse un briefing complet.

— Inspecteur principal Highsmythe…

— Appelez-moi Memphis.

— Memphis, je suis à Nashville en ce moment et je travaille sur un meurtre qui présente des similarités troublantes avec ceux commis par Il Macellaio. Peut-être aimeriez-vous me retrouver ici ? Nous repartirions ensemble à Quantico ensuite rejoindre le reste de l'équipe.

— Nashville ?

La surprise était évidente dans la voix d'Highsmythe.

— Dois-je comprendre qu'il a frappé aussi aux Etats-Unis ?

— C'est une possibilité.

— Bon. Je vais voir ce que je peux faire pour modifier mon itinéraire de vol. Sauf complications imprévues, je vous rejoins à Nashville demain.

— Très bien. Je m'occupe de vous trouver une chambre, vous n'aurez pas à vous inquiéter des réservations. Je peux bien faire ça pour vous puisque je vous inflige ce détour. Mais je crois que vous ne le regretterez pas.

— Merci. J'apprécie pour les résas. A demain, alors.

9

Avant de partir de chez elle, Taylor avait pris le temps de podcaster la symphonie de Dvorák. Baldwin avait converti tous ses CD pour les passer sur son PC ; il avait également installé une prise spéciale sur l'autoradio de son 4x4 pour qu'elle puisse brancher sa nano-clé USB et écouter l'intégralité de sa discothèque. Il s'agissait d'une compilation bricolée sur deux décennies qui reflétait l'éclectisme de ses goûts musicaux. Même si elle avait renoncé à la clarinette depuis longtemps, il lui restait encore de nombreux vestiges de sa période classique.

En s'installant au volant d'une des voitures banalisées, Taylor eut une pensée nostalgique pour le système audio de son 4Runner. Elle plaça ses écouteurs, mit la musique en marche et quitta le centre-ville pour effectuer le trajet d'un quart d'heure qui la mènerait à l'institut médico-légal. La symphonie exerçait sur elle une action calmante. Elle déplaça le curseur et passa directement au scherzo, son mouvement préféré. L'ouverture avait été utilisée pour une musique publicitaire, elle ne savait plus très bien laquelle — sans doute pour une institution financière quelconque. Ce genre d'établissement requérait des annonces percutantes pour lesquelles le thème de l'avidité fonctionnait à merveille.

Taylor fit une nouvelle avance rapide et écouta l'allegro. La musique des *Dents de la mer* avait dû s'inspirer de ce mouvement. La pulsation rythmique, l'accélération progressive — John Williams, qui en avait écrit la partition, était de toute évidence un fan de Dvorák. C'était une musique grandiose, fougueuse, que l'on prenait en pleine figure. Elle se surprit à s'interroger sur les intentions du tueur lorsqu'il l'avait choisie, et se reprit aussitôt. Rien ne prouvait pour l'instant que c'était effectivement l'assassin qui avait fourni le fond sonore. Taylor sortit de sa poche sa liste de tâches du jour et, tout en conduisant d'une main, posa le papier sur ses genoux pour griffonner :

« Demander au propriétaire si le CD lui appartient. »

La symphonie n'était pas encore terminée lorsqu'elle atteignit l'institut. Elle s'attarda quelques minutes dans sa voiture pour écouter le final. Dans l'hypothèse où il s'agirait de la musique du tueur, pourquoi le Nouveau Monde ? Fallait-il voir, là encore, un message ? Si c'était le même homme qui avait tué en Italie et en Angleterre, qu'est-ce qui avait pu le pousser à venir ici, dans le Tennessee ? Considérait-il que Nashville était emblématique du « Nouveau Monde » ? C'était tellement déroutant, l'idée d'un *serial killer* traversant l'Atlantique pour venir frapper à quelques pas de chez elle, en modifiant partiellement son mode opératoire. Plus elle y réfléchissait, plus cela paraissait invraisemblable. Mais Baldwin avait été frappé par les photos de la scène. Les similitudes étaient incontestables. Elle gémit tout haut lorsque la pensée suivante lui traversa l'esprit. Avaient-ils affaire à un imitateur, à ce qu'on appelait un « copycat » ?

Comme si celui qu'elle avait déjà sur les bras ne lui suffisait pas !

ViCAP. ViCAP. ViCAP. Ce serait sa prochaine priorité après l'examen post mortem. Elle ne parvenait pas à se défaire de la pénible impression que leur homme n'en resterait pas là. Fichue Julia Page avec ses pressentiments sinistres…

Abandonnant sa clé USB et ses pensées sombres, Taylor pénétra dans le bâtiment sur Gass Street. Un soupir involontaire lui échappa. Les odeurs de ce lieu lui étaient si familières qu'il lui arrivait de ne plus les percevoir, mais aujourd'hui elle avait l'impression d'avoir fait un retour en arrière dans le temps et de pénétrer dans le labo de biologie de ses années de lycée. L'odeur pénétrante, artificielle, du formol, la puanteur de la mort. La pestilence épaisse excédait presque les limites du supportable. Elle se demandait souvent comment Sam s'accommodait de son existence : franchir les portes de cet institut, jour après jour, avec la mort pour compagne quotidienne. Tous les matins, son amie laissait ses jumeaux à la maison aux mains de leur nounou et, dix heures durant, elle devenait quelqu'un d'autre : le Dr Loughley, médecin légiste en chef.

Taylor aurait aimé avoir cette faculté. Changer d'identité, devenir une autre personne, quelqu'un qui n'aurait pas besoin de penser à la mort tout le temps. Elle savait que cela n'arriverait jamais. Pour rien au monde elle n'abandonnerait l'idée qu'elle appartenait à la police. Il était important à ses yeux d'être exactement celle qu'elle affirmait être — la personne qu'elle avait décidé de devenir depuis le début. Quatre morts pesaient sur sa conscience ; quatre meurtres commis de sang-froid. Tous justifiés. Elle était flic et elle avait fait son boulot. Elle avait agi pour sa propre survie, mais aussi pour offrir la sécurité aux gens qui l'entouraient, aux inconnus qu'elle aimait.

A l'accueil trônait Kris, une fille toujours souriante avec des cheveux couleur de beurre frais et de volumineux implants mammaires. Elle les avait fait mettre récemment et, comme ils n'étaient pas encore redescendus, ils se détachaient sur sa poitrine comme des bombes à eau gonflées à bloc. Kris lui adressa un signe au passage et ses seins tout neufs oscillèrent gaiement. Taylor lui rendit son salut et se dirigea vers la porte qui menait au sas de décontamination séparant la zone administrative des labos et des salles d'autopsie. Elle inséra sa carte d'accès et le verrou automatique se débloqua.

Le vestiaire était vide. Elle enfila un sarrau par-dessus ses vêtements et glissa les pieds dans des sabots bleus en plastique. Dans la salle d'autopsie, elle trouva Renn McKenzie assis sur un tabouret, occupé à regarder partout sauf là où se déroulait l'action. Le soleil qui entrait par les Velux illuminait les cheveux blond clair à ses tempes, qui brillaient comme de l'argent.

Sam lavait le corps d'un adolescent. Elle procédait avec des gestes lents, emplis d'une sorte de révérence. Taylor percevait l'intensité en elle, la volonté de réparer l'irréparable pour ce garçon qui paraissait avoir à peine quinze ans. C'était émouvant de la voir peigner les cheveux qui lui tombaient sur les yeux, une lourde frange châtain striée de mèches plus claires, couleur caramel, comme s'il avait passé des jours et des jours d'affilée en plein soleil. A y regarder de plus près, Taylor nota que sa tête reposait à plat sur le plateau en plastique. Non, pas exactement cela. C'était juste son visage, directement sur la table. Il n'y avait rien à l'arrière de sa tête, comme s'il était réduit à deux dimensions.

— Que lui est-il arrivé, à ce garçon ?

Sam tressaillit et une expression coupable se dessina sur ses traits. Prise sur le fait, en train de trahir sa compassion. Lorsqu'elle comprit à qui elle avait affaire, Sam se détendit et recommença à caresser les cheveux de l'ado. Alors seulement, Taylor vit qu'elle utilisait un peigne fin pour rassembler des particules.

— Tu te souviens d'Alex, pendant notre année de seconde ? Celui qui m'aidait pour mes cours de français ?

Taylor s'en souvenait, oui. Comment aurait-elle pu oublier ?

— Ce gamin a fait comme lui. Il s'est enfoncé le canon d'un fusil dans la bouche et il a tiré. Il s'est infligé ça tout seul, cette andouille. Comme Alex.

La voix de Sam vibrait d'émotion. Alex avait été beaucoup plus qu'un copain pour elle. Des années durant, Sam lui avait voué une brûlante passion adolescente. Mais Alex n'avait jamais payé ses sentiments de retour. C'était un garçon triste, avec des cheveux noirs, des yeux assortis et des blessures cachées au fond de ses iris sombres. Quelque part en première, Alex avait perdu le combat et renoncé à endurer la torture que la vie était devenue pour lui. Il avait écrit une longue lettre pour expliquer son geste, puis il avait chargé le fusil de son père, l'avait glissé entre ses lèvres et s'était tué en actionnant la détente avec ses orteils.

Pour Sam et elle, ce geste radical d'autodestruction avait été aussi inattendu qu'inconcevable, à l'époque. Elles avaient passé des heures affalées par terre ou sur des coussins chez des amis, à essayer de comprendre en buvant des bières et en fumant cigarette sur cigarette. Qu'avait-il pu arriver de si affreux dans la vie d'un garçon de seize ans ? Qu'est-ce qui avait détruit la confiance, l'élan vers l'avenir d'Alex, pour qu'il ne voie plus d'autre solution qu'une balle dans la cervelle ? Dans la lettre qu'il laissait derrière lui, il justifiait son geste en évoquant la froideur d'un père, une incapacité à se sentir « à la hauteur ». Taylor avait toujours soupçonné l'existence d'autres raisons. Mais il n'y avait jamais eu de preuves.

La tristesse la submergea. Elle regarda l'adolescent sur la table, se demandant ce qui l'avait conduit au désespoir.

— On sait pourquoi il a fait ça, Sam ? Il s'est passé quelque chose ? Il a laissé un message ?

— Non, rien. Mais compte tenu des déchirements anaux il paraît relativement évident qu'il a subi des violences sexuelles depuis pas mal de temps. Je ne connais pas vraiment son histoire, mais il n'a pas ses parents biologiques dans le Tennessee. Il était en famille d'accueil, je crois.

Taylor sentit un bouillonnement de fureur monter du plus profond d'elle-même.

— On se retrouve avec des enfants placés, violés et acculés à se faire sauter la cervelle, maintenant ! Et personne ne bronche.

McKenzie pivota sur son tabouret pour leur faire face.

— J'ai une amie qui s'est suicidée. Ça a été horrible.

Il se détourna de nouveau. Sam et Taylor échangèrent un regard. Ce sentiment d'horreur, elles ne le connaissaient que trop bien.

Sam fit signe à l'un des techniciens qui l'assistaient.

— Vous pouvez terminer cela pour moi ? Je procéderai à l'autopsie tout à l'heure.

Elle passa deux tables plus loin, au corps préparé pour la nécropsie de la victime de Love Circle. Retirant ses gants, elle en enfila une nouvelle paire.

McKenzie les suivit à contrecœur.

— Le résultat des analyses d'empreintes est arrivé. Je vous présente Allegra Johnson.

Allegra Johnson. Taylor regarda la fille. Elle paraissait presque dépourvue de substance, comme noyée sur la surface métallique de la table d'examen. La marque du couteau que le tueur lui avait enfoncé dans la poitrine formait comme une béance rageuse sur son torse maigre.

— Elle était fichée ?

— Oui. Pour racolage. J'ai tout de suite pensé à la drogue et à la prostitution, quand j'ai vu cette fille.

De nouveau, Sam et Taylor échangèrent un regard. Taylor prit une profonde inspiration.

— McKenzie, mettez tout de suite une croix sur ce genre d'« évidences », O.K. ? Règle numéro un : on ne part jamais de *suppositions* mais de *faits*, lorsqu'il s'agit d'une victime. Le danger étant de vouloir faire coller la réalité du crime à l'idée préconçue qu'on s'en fait. Elle est émaciée, c'est vrai. Mais la maigreur peut avoir des tas d'autres explications que la drogue et la prostitution. Cette jeune femme était peut-être atteinte d'une maladie grave. Ou sans abri et dans l'incapacité de se nourrir. Il peut très bien, d'autre part, s'agir d'un crime d'opportunité. Nous ignorons encore pourquoi elle a été choisie. Et nous ne le saurons pas avant d'avoir fait une étude victimologique complète, d'accord ?

McKenzie demeura un instant sourcils froncés, pendant qu'il méditait sur cette mise au point. Ses explications durent faire sens pour lui, car son front se déplissa et il hocha la tête.

— O.K., je comprends, acquiesça-t-il.

Peut-être aurait-elle moins de mal à lui inculquer le métier que prévu, tout compte fait.

Sam s'éclaircit la voix et un autre technicien, Stuart Charisse, un homme taciturne avec une tignasse frisée d'une gaieté incongrue, apparut pour l'assister. Il commença à prendre des photos pendant que Sam ouvrait le micro fixé à sa protection faciale. Taylor écouta d'une oreille pendant que son amie énumérait les précisions habituelles : l'heure, la date, les noms des personnes présentes, tous les menus détails indispensables pour respecter le protocole d'une autopsie médico-légale. Renn McKenzie se tenait à côté d'elle, ponctuant le débit monocorde de Sam de hochements de tête réguliers.

Le corps d'Allegra n'était plus qu'un petit tas de misère. Chaque os était clairement dessiné et Taylor pouvait compter ses côtes une à une. Elle semblait avoir littéralement fondu.

Sam commença l'examen externe proprement dit :

— Nous avons là le corps en état de dénutrition d'une jeune femme afro-américaine de vingt et un ans, qui paraît plus jeune que l'âge sous lequel elle est fichée. Le corps est arrivé à l'institut médico-légal entièrement dénudé et attaché par un fil mince à un pilier mesurant deux mètres pour un diamètre de vingt-quatre centimètres. Un mince fil en Nylon entourait le front, les poignets, le torse, les hanches, les cuisses et les pieds du corps de la victime.

Sam coupa le micro.

— Ça a été une vraie chiennerie de la détacher de ce machin. La lame du couteau était enfoncée dans le bois sur cinq centimètres. Nous avons documenté avec des vidéos et des photos. Je pense que cela fera un bon support d'enseignement. Je n'ai encore jamais rien vu d'aussi bizarre.

Taylor hocha la tête.

— Bien. C'est le genre de truc que Julia Page, notre substitut du proc, adore. Les vidéos nous seront utiles quand nous aurons mis la main sur ce type et qu'il aura la justice au cul. C'était un fil de pêche avec lequel elle était attachée ?

— Je crois, oui. Trace pourra nous dire exactement de quel type de fil il s'agit. Avec un peu de chance, nous avons affaire à un amateur passionné du bar de ligne ou un aficionado de la truite. Et son fil nous fera remonter tout droit jusqu'à sa boîte à appâts.

— Ce ne serait pas beau, ça ?

Sam rebrancha son micro et se pencha sur son sujet.

— Le corps mesure 1,59 m et pèse un peu moins de trente-deux kilos. L'index de masse corporelle est de 13,4. Le corps présente un aspect cachectique, les tempes sont dégarnies, l'ossature est proéminente et l'abdomen concave. Les muqueuses buccales sont pâles. Pâleur également de la conjonctive, avec quelques discrètes hémorragies pétéchiales. Je mesure le niveau de l'humeur vitrée.

Taylor jeta un regard en coin à McKenzie, s'attendant à le voir frémir. Mais il tint bon et continua de regarder. Bien. Il s'endurcissait à vue d'œil, ce garçon.

Sam prit la main de la victime, pinça la peau entre son pouce ganté et l'index et tira doucement. Le pli de la peau resta marqué au lieu de s'effacer. L'assistant silencieux prit une photo. Sam se pencha alors sur l'abdomen d'Allegra et renouvela l'opération. Le résultat fut identique.

— La peau a un aspect cendreux et la perte de turgescence est importante. Il paraît évident qu'il ne s'agit pas chez cette jeune femme d'une maigreur ordinaire. Elle présente tous les signes d'une déshydratation sévère, pour commencer.

Taylor hocha la tête.

— A ce propos… Baldwin a fait une observation, hier soir. Il recherche un meurtrier en série italien.

Le visage de McKenzie s'éclaira.

— Lequel ? « Il Macellaio » ou « Il Mostro » ?

— Vous les connaissez d'où, ces deux-là ? s'enquit Taylor.

— Oh, je suis toutes les affaires de meurtres en série de près. Elles me passionnent.

McKenzie n'avait encore jamais poursuivi un *serial killer* dans la vraie vie. Il risquait de perdre rapidement son enthousiasme initial.

— « Il Macellaio ». Racontez-moi ce que vous savez de lui.

— Eh ben… euh…

McKenzie rougit de se trouver soudain au centre de l'attention générale. Elle allait devoir lui apprendre à se débarrasser de ce touchant travers. Si Julia Page, qui était jolie comme un bouton de rose et aussi vive qu'un requin, le convoquait à la barre et qu'il virait à l'écarlate, les jurés concluraient qu'il mentait.

— Détendez-vous, O.K. ? Je vous demande ça par curiosité, c'est tout.

Il continua de rougir tout en faisant oui de la tête.

— « Il Macellaio » couche avec des cadavres.

— Berk ! fit Sam.

Mais Taylor marqua son approbation.

— C'est un tout petit peu plus compliqué que cela, McKenzie, mais vous avez raison. Il s'agit d'un nécro-sadique, un meurtrier qui tue pour assouvir ses pulsions nécrophiles. Ce qui est très rare. Une fois qu'il s'est repu sexuellement du cadavre, il le dispose de manière à évoquer des tableaux célèbres, en soignant la composition jusque dans les moindres détails. Et c'est là que je voulais en venir. D'après Baldwin, la cause du décès chez les premières victimes d'« Il Macellaio » était l'inanition. Mais au bout de quelques années il est passé à la strangulation. J'imagine qu'il s'est lassé d'attendre que les filles s'éteignent d'elles-mêmes à petit feu.

Pendant qu'elle parlait, Sam ne restait pas inactive. Elle plaça les pieds de la fille dans des étriers et se pencha entre ses jambes pour examiner les muqueuses génitales.

— Holà, je vois des traces nettes de lubrifiant, là. Privation de nourriture et nécrophilie, vous dites ? Il a l'air sympathique, votre gars. Si c'est le cas pour Mlle Johnson que voici — et je ne pourrai pas me prononcer avant d'avoir terminé l'examen —, il aura probablement eu besoin d'appliquer du gel pour rentrer son matériel, si vous voyez ce que je veux dire.

— Pourquoi ? voulut savoir McKenzie.

Sam continua à effectuer ses prélèvements, mais lui répondit par-dessus l'épaule.

— Dans des cas de déshydratation sévère, les liquides biologiques s'assèchent. Tous, sans exception. Le sang devient plus visqueux, la pression sanguine diminue vertigineusement et la personne devient léthargique, puis complètement inerte. Sans eau ni nourriture, il ne faut pas longtemps pour sécher comme une chips. C'est la raison pour laquelle la peau a une si faible turgescence. Il n'y a pas de liquide pour la maintenir souple. C'est un rude traitement à subir. Mais voici notre pièce de résistance. Stuart, tu peux m'aider à la retourner ? Doucement, tu veux bien ?

Allegra était si légère que l'assistant la fit rouler sans effort sur le ventre. Taylor vit les motifs sur le dos de la victime et siffla doucement entre ses dents. Sam fit glisser son doigt le long de la colonne vertébrale saillante.

— Bizarre, hein ?

McKenzie leur jeta un regard interrogateur.

— Ce sont des lividités ?

Sam secoua la tête.

— Les lividités sont des taches bleu violacé dues à l'arrêt de la circulation. Elles sont présentes, oui. Mais il s'agit d'autre chose. Comme si elle avait été longuement exposée à quelque chose qui a provoqué ces traces.

— Des brûlures, peut-être ? suggéra Taylor.

— Non, pas des brûlures. Je pense qu'il s'agit d'une surface contre laquelle elle s'est trouvée plaquée pendant un certain temps. Cela a provoqué des marques en creux sur la peau. Puis, avec le décès, la lividité s'est installée, sinon ces marques n'auraient plus été visibles. Le décès remonte déjà à quelques jours ; on voit déjà les premiers signes de décomposition. Les lividités restent mobiles dans un premier temps mais elles ne bougent plus à partir de la trentième heure.

Taylor jeta un coup d'œil à McKenzie.

— A quelle heure la voisine a-t-elle appelé la police ?

Il consulta son carnet.

— 17 h 30. Elle affirme qu'il n'y avait pas encore de cadavre lorsqu'elle était passée le matin.

Le technicien de laboratoire prit de nouvelles photos et Taylor se rapprocha pour mieux regarder. Les lividités post mortem constituaient un indice particulièrement précieux pour la police, puisqu'elles permettaient de déterminer si un corps avait été déplacé ou non après le décès. Le dos d'Allegra, ainsi que l'arrière de ses bras et de ses jambes, était sombre, plus noir que son visage et son torse. Et des cercles réguliers, d'une rondeur parfaite et de couleur chocolat au lait, apparaissaient sur toute la surface postérieure du corps. Les cercles étaient d'environ six ou sept centimètres de diamètre et à équidistance les uns des autres. Taylor découvrit un détail qui n'avait pas été apparent sur la scène de crime : sur le bras gauche, on discernait une sorte de couture qui courait le long du bord externe, comme si le membre avait été coincé contre une surface aiguë. La marque n'avait manifestement rien à voir avec la lividité et relevait presque de la cicatrice. Taylor n'avait encore jamais rien vu de pareil.

— C'est comme si elle avait un motif à pois. Je n'arrive pas à imaginer ce qui a bien pu causer ce phénomène.

— La réponse, ce sera à toi de la trouver, Taylor. Elle a sûrement dû reposer sur le dos pendant un temps assez long alors qu'elle vivait encore. Et la surface sur laquelle elle était allongée comportait ces drôles de cercles — peut-être des trous.

Sam fit signe au technicien et ils basculèrent la fille sur le dos.

— Il n'y a pas de marques sur l'arrière de ses bras, observa McKenzie.

Sam hocha la tête.

— Bonne remarque. Peut-être étaient-ils placés sur autre chose, de coupant. D'où la marque à gauche. Ou alors croisés sur sa poitrine. Je ne sais pas.

Taylor fit le tour de la table pour examiner le corps de plus près. Le fil de pêche avait entaillé la chair et les marques concentriques étaient clairement visibles.

— Donc, le couteau planté dans la poitrine, c'était juste du cinéma, si l'on peut dire ? La cause du décès était ailleurs. Et pourquoi l'absence de sang ?

— Le couteau a fait office d'ancre. Il servait à maintenir le corps droit, plaqué contre le pilier. Et il n'y avait plus de sang à verser, à ce stade. Il était déjà coagulé et le cœur avait cessé de pomper.

Taylor hocha la tête.

— O.K. Ça me paraît cohérent. J'avais déjà posé comme hypothèse de travail que la villa sur Love Circle était la scène de crime secondaire. Si le corps avait déjà été présent le matin, la voisine s'en serait forcément aperçue. Elle me paraît être le genre de femme à farfouiller un peu dans les tiroirs, si vous voyez ce que je veux dire. Donc Allegra a été tuée quelque part ailleurs, puis transportée sur Love Circle et disposée pour sa dernière apparition publique. Mais pourquoi se donner tout ce mal pour introduire un cadavre dans la maison de quelqu'un d'autre ? Il faut absolument que j'aille poser quelques questions au propriétaire. C'est quand même assez suspect, cette histoire.

Sam saisit le scalpel sur le plateau à sa main droite. Elle se servit du côté non tranchant pour écarter les lèvres de la plaie au milieu de la poitrine et leur désigna la fine couche jaune juste en dessous du derme.

— Cette fille n'avait carrément plus de graisse sous-cutanée. Je n'ai jamais vu ça, il lui restait quelques millimètres tout au plus. Ça ne peut être dû qu'à une privation prolongée de nourriture. Qu'est-ce que Baldwin a dit d'autre au sujet de ce type, votre Marcello je ne sais pas quoi ?

McKenzie intervint de nouveau.

— « Il Macellaio » — le boucher. Ça se prononce « match — è — la — i — o ». Pourquoi ils l'appellent ainsi en Italie, je me le demande. Car il n'a jamais découpé personne, pour autant que je sache.

Taylor accorda mentalement deux points de plus à son nouvel équipier pour la qualité de sa prononciation italienne.

Sam, pendant ce temps, s'attaquait à l'autopsie proprement dite. Elle ouvrit le torse et McKenzie parut fasciné par l'aspect desséché des organes.

— Ils sont toujours aussi gris, d'habitude ?

— Honnêtement, non. Ils se sont atrophiés, c'est pourquoi ils paraissent si petits.

Sam poursuivait son travail, disséquant, observant, effectuant des prélèvements, prenant des notes. Et tout en procédant d'une main experte elle faisait l'éducation de McKenzie, lui expliquait comment la privation de nourriture agissait sur les fonctions vitales, comment protéines, hydrates de carbone et graisses se dissociaient en différentes séquences, comment le corps se nourrissait d'abord des glucides, puis des graisses et ensuite des protéines. Une fois que l'organisme en état de dénutrition commençait à consommer ses protéines, autrement dit sa masse musculaire, le décès devenait inévitable. Chez quelqu'un d'aussi menu qu'Allegra, les résistances étaient moindres que chez une personne de taille normale, correctement nourrie et en bonne santé. Sans eau et sans nourriture, la mort pouvait survenir en moins d'une semaine.

Son travail sur les organes terminé, Sam passa à la tête. Taylor détourna les yeux et laissa à dessein son esprit vagabonder pendant que son amie faisait ronfler le moteur de sa scie. Pourquoi le tueur aurait-il choisi une maison qui n'était pas la sienne ? Pour faire passer un message ? Pour compromettre le propriétaire par vengeance ? Pour brouiller les pistes ?

— Le cerveau ne présente pas d'anomalies visibles, annonça Sam.

— Il ne rétrécit pas comme les autres organes ? s'étonna McKenzie.

— On pourrait le penser, mais non. Les lames histologiques devraient avoir un aspect parfaitement normal, comparativement.

— Quel effet ça fait de mourir de faim ?

McKenzie avait l'air triste et Taylor comprit qu'elles le tenaient. Elle s'était demandé quel genre d'inspecteur il ferait. Il y en avait des bourrus et des sarcastiques, qui se protégeaient du quotidien de l'horreur en se blindant. D'autres baignaient en permanence dans la sollicitude et la compassion. Un bon inspecteur devait trouver un équilibre entre empathie et réalisme. Qui s'investissait trop finissait par s'épuiser. Quant au cynique, trop distant, il était incapable de s'identifier. Ne pouvant se mettre dans la peau de la victime, il ne trouvait pas non plus le meurtrier. Mais l'expression de McKenzie était éloquente. Il ferait un bon inspecteur, finalement.

Sam bouclait son examen.

— J'attends les résultats des examens toxicologiques, plus quelques autres mesures. Et je veux voir le niveau des électrolytes. Mais, si elle est effectivement morte d'inanition, ça n'a pas dû être une partie de plaisir. Les élancements de la faim sont une chose. Mais sans eau le volume sanguin diminue et la tension tombe, ce qui se traduit par des maux de tête, des tachycardies, un épuisement constant. Puis, sur la fin, viennent les spasmes musculaires et le délire. Très vite s'installent l'inertie, les vertiges, et donc une incapacité à se battre, à se défendre. Taylor, je fais de mon mieux pour essayer de trouver de l'ADN de l'assassin. Mais le corps est très propre, comme si elle avait été soigneusement lavée. Enfin… qui sait ? Nous aurons peut-être un coup de chance.

Prenant congé de McKenzie d'un signe de tête, Sam alla se laver les mains. Taylor tapota le bras de son collègue.

— Sortons d'ici. Vous avez été parfait, McKenzie. J'aurais besoin de vous, maintenant, pour essayer d'en savoir un peu plus sur la victime. Commencez par trouver une adresse, puis voyez s'il y a quelqu'un de la famille à prévenir. Auquel cas, vous ferez appel à l'aumônier ; nous aurons besoin de lui. Allons manger un morceau et préparons un plan de campagne. On se retrouve chez Rippy ?

— O.K. A tout de suite, alors.

Absorbé dans ses pensées, McKenzie sortit docilement de la salle d'autopsie. Taylor se demanda ce qu'il avait en tête. Elle allait lui emboîter le pas lorsque Sam lui cria de loin :

— Hé ! Je fais analyser le lubrifiant et je t'appelle pour te dire ce qu'il en est.

Taylor leva la main en signe d'au revoir.

— Merci. Peut-être que ça nous en dira un peu plus sur la personnalité de ce tueur.

10

— Oh, va te faire foutre et crève !

L'inspecteur principal Highsmythe reposa violemment le téléphone sur son support. Encore un qui l'accueillait comme un chien dans un jeu de quilles. Et pour un résultat nul, en plus. Il tournait méchamment en rond dans son enquête sur le meurtre de trois citoyennes londoniennes — trois professionnelles de la nuit mortes dans l'exercice de leurs fonctions. Téléphoner aux clients réguliers de ces dames ne l'amusait pas outre mesure. Et dès qu'il précisait qu'il était de la police il avait droit à des bordées d'invectives, remettant en cause sa personne, sa mère, son éducation et son chien. Le tout, à peu près, dans cet ordre.

Bon. C'était râpé et bien râpé. Sa rencontre avec le type de Quantico était prévue le lendemain à 15 heures. Il ne lui restait plus qu'à se remuer les fesses et à foncer toutes affaires cessantes à l'aéroport d'Heathrow. Il s'était démené avec l'illusion qu'il pourrait élucider le triple meurtre sur place et faire l'économie d'un périple transatlantique. Mais rien à faire. Il n'échapperait pas à son séjour américain.

Nashville… Il y était allé une fois, enfant. Sa mère était une grande fan d'Elvis, à l'époque. Et à l'occasion des grandes vacances ses parents l'avaient emmené à Memphis pour visiter Graceland, l'ancienne maison du « King ». Ils avaient fait une halte d'une nuit à Nashville et visité le

Bluebird Café pour écouter chanter John Hiatt. Highsmythe se souvenait d'avoir vu sa mère pleurer d'émotion lorsque Hiatt avait entonné « Riding with the King ». A l'époque, il était trop jeune pour saisir le sens des paroles, mais avec le recul l'épisode le faisait sourire : la chanson, loin d'être un hymne à la gloire d'Elvis, exprimait la spirale autodestructrice où était entraîné le chanteur.

Et naturellement son pèlerinage au pays du King lui avait valu son surnom de « Memphis ». Il fallait dire qu'il gardait des souvenirs émus de l'Etat du Tennessee.

Highsmythe se demanda si le Bluebird existait encore. Une fois à Nashville, il trouverait peut-être le moyen de s'esquiver une heure ou deux pour faire du tourisme. La porte de son bureau s'entrouvrit et un sourire engageant se dessina dans l'entrebâillement. Pen, la jeune inspectrice affectée à son enquête, lui faisait penser au chat mystérieux d'*Alice au pays des merveilles*. Pen était novice, fraîchement formée, et il avait de grands espoirs pour elle. Adorable, cette fille. Des cheveux bruns, doux et lisses comme du duvet d'oiseau. Un corps ferme, souple et compact. Un nez insolent et une langue qui l'était plus encore. Dommage, vraiment dommage, que la belle n'ait de goût que pour les femmes…

— Memphis, il faut que tu te tires d'ici. Là, maintenant, à la seconde même. Déjà que cela frise l'inconscience de vouloir sortir de Londres en pleine heure de pointe. Mais il est 5 heures passées, mon pote. Il n'y a pas de vol direct, mais nous en avons trouvé un avec une seule escale. Tu seras à destination avant minuit. J'ai prévenu la police de Nashville que tu débarquais sur leur turf.

— Formidable. Sois un ange et vois si tu peux me dénicher quatre roues quelque part, veux-tu ?

Pen entra carrément dans le bureau et la porte s'ouvrit

en grand pour se rabattre aussitôt contre le mur avec fracas. Ils firent la grimace l'un et l'autre.

— Ne t'inquiète pas, je harcèlerai le service d'entretien pour qu'ils remédient à ce petit problème pendant ton absence. La voiture t'attend devant la porte depuis une bonne demi-heure. Promets-moi simplement de revenir, d'accord ? Ne te laisse pas séduire par l'Amérique. Je crois que je n'aurais pas la force de supporter un autre à ta place — pas à présent que je t'ai domestiqué à la perfection.

— Penelope, je te promets solennellement que je te reviendrai. Même les recoins les plus sombres et les plus reculés de la terre ne pourraient me tenir éloigné de toi très longtemps.

Elle l'aida à enfiler son manteau, l'ajusta sur ses épaules.

— Penelope ? Sois charitable, Memphis, et ne m'appelle plus jamais ainsi.

— Je te demande humblement pardon. C'est juste que j'adore te voir dans tous tes états, beauté.

Il haussa les sourcils et la gratifia d'un regard qui, chez nombre de femmes, aurait déclenché une envie immédiate de se déshabiller sur place pour se donner passionnément à lui. Pen, elle, se contenta de lui effleurer le bout du nez.

— Allez, file. Et ne te soûle pas en vol, surtout.

— Moi ? Le représentant officiel de sa Majesté ? Tu plaisantes, ma chérie ?

Il attrapa son sac sur le bureau de Pen.

— Ciao, bella.

Le trajet jusqu'à Heathrow se déroula dans un calme béni. Le chauffeur était de l'espèce qu'il affectionnait : taciturne, renfermé, la tête oscillant par moments au gré d'un rythme invisible. Il hésita à parcourir encore une fois ses documents mais finit par laisser sa mallette fermée. Les éléments du dossier, il les connaissait par cœur. L'ouvrir de nouveau, retrouver les photos de scènes de crime avec la crudité des poses trop élaborées, les os saillants, les visages creusés, les ecchymoses noires autour du cou… Sans façon. Les images, de toute façon, étaient déjà gravées sur sa rétine.

Passer le contrôle de sécurité fut un pensum, comme d'habitude, et la présentation de ses papiers d'identité officiels n'allégea que très modérément l'épreuve. Finis les passe-droits pour les flics, depuis qu'on était entré dans l'ère du terrorisme incontrôlé. Il s'en sortit malgré tout sans trop d'énervement et s'installa avec un verre de Glen Fiddich dans le salon lounge réservé aux premières classes. Il embarqua sans problème, moins d'un quart d'heure plus tard. Son fauteuil était plus que confortable, et l'hôtesse lui tendit un verre de champagne avec un sourire qui était un encouragement ouvert à l'amour.

— Autre chose pour vous, monsieur ?

Plongeant son regard dans celui de la demoiselle, il réfléchit un instant à tout ce qu'elle pourrait faire pour lui. Mais il se contenta d'un sourire et secoua la tête.

— Ça ira, je vous remercie.

Elle lui adressa un discret clin d'œil puis partit s'occuper des autres passagers. Un gros moustachu avec un pull marin rayé et l'allure d'un gondolier obèse le bouscula au passage puis émit un « Hé ! » contrarié, comme s'il avait été l'offensé et pas l'offenseur. Pour se distraire de son exaspération, Memphis reporta son attention sur l'hôtesse qui continuait de lui jeter des regards brûlants par-dessus l'épaule. Une invite à entrer dans le très sélect « Mile High Club » pour s'initier au sexe en altitude avec une parfaite inconnue ? Le fantasme était probablement mille fois plus excitant que sa réalisation concrète. Il n'était pas vraiment tenté, de toute façon. Plus maintenant. Pas depuis que…

Highsmythe s'absenta dans ses pensées. Changeant

d'espace et de temps, il s'absorba dans le souvenir d'un sourire tendre, d'une chevelure blonde qui lui chatouillait la poitrine, d'un parfum clair d'agrumes…

Elle lui manquait toujours autant.

11

Installée au volant de sa Caprice, Taylor releva ses messages vocaux. La coordinatrice du service lui annonçait que Hugh Bangor, le propriétaire de la maison sur Love Circle, avait quitté Los Angeles à bord d'un avion de nuit et qu'il serait bientôt de retour à Nashville. Quelqu'un avait été dépêché pour l'attendre à l'aéroport et il devrait être au CJC dans moins d'une heure. Taylor regarda sa montre. Le message remontait à trois quarts d'heure. Donc Bangor était déjà sur place. Ou pas loin.

Son ventre criait famine et il était midi passé. Elle appela McKenzie sur son portable et lui demanda de rappliquer avec des sandwichs à la brigade des homicides.

Flexibilité. La vertu cardinale pour un flic. Toujours battre le fer tant qu'il était chaud. Et très vite l'autoprivation devenait une seconde nature.

Elle réussit à regagner le centre en dix minutes tapantes. Le moteur surcomprimé de la Caprice l'avait propulsée à travers les rues en un temps record. Le trajet lui laissa un discret sentiment d'exaltation. Et tant pis si elle risquait de trouver Elm dans son bureau. Elle n'était pas trop mécontente d'elle-même. C'était toujours stimulant de recueillir des informations, d'obtenir un éclairage un peu plus précis sur le genre de tueur à qui on avait affaire. Le profil qui se dessinait était celui d'un criminel pervers — un psychopathe qui avait, selon toute vraisemblance, fait mourir une femme de faim ; un assassin qui avait peut-être déjà une longue série de meurtres à son actif. Quoi qu'il en soit, ils avaient quelques pistes, quelques directions de recherche.

L'aspect très particulier du dos d'Allegra Johnson l'intriguait. Comment expliquer cette peau tachetée qui évoquait celle d'un ocelot ? Taylor réfléchit à un certain nombre de possibilités qu'elle rejeta l'une après l'autre. Il faudrait sans doute attendre la découverte de la scène de crime primaire pour résoudre cet aspect de l'énigme.

Elle se dirigea vers les locaux de la section des homicides et fit une halte à son bureau. Un Post-it était collé sur sa table de travail. « Bangor. Inter. 1. » Elle prit le bout de papier et le froissa dans sa main. Le téléphone sonna sur son bureau mais elle ne décrocha pas. Déjà, son esprit était engagé ailleurs, occupé à préparer son entretien avec Bangor.

Stoïque, elle fit une halte devant le tableau blanc pour effacer son état précédent et indiquer qu'elle se trouvait en salle de conférences. Ils allaient tous finir cinglés, dans ce service, si on les obligeait à rendre compte de chacun de leurs gestes.

En chemin pour la salle d'interrogatoire, elle fit une pause au distributeur et prit deux Diet Cokes. Au même moment, son portable sonna et elle cala les canettes sous son menton pour extirper l'appareil de sa poche. Aucune identité ne s'affichait. Après une légère hésitation, elle prit quand même la communication. Un grésillement se fit entendre, puis une sorte de claquement métallique ; un cri d'oiseau déchira l'air. Le mot « mouette » se formait à peine dans son esprit lorsque son interlocuteur muet mit fin à l'appel.

Oh, non… Taylor s'adossa contre le mur, les yeux rivés sur le minuscule écran du téléphone, le corps traversé de brefs frissons glacés. Etait-ce possible ? Le Prétendant avait donc réussi à mettre *aussi* la main sur son numéro de portable ? Elle se mordit la lèvre. Cela ne finirait-il donc jamais ?

De nouveau, son mobile sonna. Acceptant l'appel, elle garda le silence, se contentant d'écouter avec attention. Les mêmes sons, la même complainte métallique suivie d'une série de jurons émis d'une voix profonde de baryton. Une voix familière, ô combien amie, qu'elle reconnut sans difficulté.

Le soulagement la laissa un instant les jambes coupées.

— Fitz ? C'est toi ?

Pete Fitzgerald, son ancien second, hurlait pour essayer de couvrir la musique des drisses frappant les mâts. Il était parti sur un voilier avec sa compagne et croisait dans les Caraïbes pour essayer de trancher entre deux options : accepter la retraite forcée que Delores Norris avait manigancée contre lui ou porter plainte et tenter de retrouver son ancien emploi. *Naviguer à la voile, mon Dieu…* Seul l'amour pouvait avoir un effet assez pervers pour transformer un flic parfaitement normal à la base en navigateur de fortune, avec un verre de rhum à la main et toute une compagnie de créatures en Bikini. Taylor avait les plus grandes difficultés à imaginer la scène. Pour être honnête, elle n'avait même pas envie d'essayer.

— Taylor ?

Elle se mit à hurler aussi, comme si cela pouvait l'aider à mieux l'entendre.

— Oui, je suis là. Tout va bien ?

— Oui, je crois. A peu près. J'ai juste vu un truc bizarre et j'ai pensé qu'il fallait que je t'en parle. Comment va ton FBI-man ?

— Baldwin ? Bien, bien. Il est à Nashville en ce moment. Qu'as-tu vu de bizarre ?

La cacophonie d'arrière-plan s'accentua, enrichie par une nouvelle série de cris de mouettes. La connexion était si mauvaise que la voix de Fitz devenait presque inaudible. Taylor brancha son oreillette gauche en laissant tomber ses canettes avec fracas.

— Tu peux répéter, Fitz ? Je n'entends rien. Tu m'appelles d'où, au fait ?

— … bade.

— La Barbade ? Sympa, pour qui en a les moyens. Ça fait plaisir de t'entendre.

Brusquement, la communication s'établit clairement et la voix de Fitz lui explosa dans les oreilles avec la force d'une corne de brume.

— Oui, c'est magnifique, ici. Ecoute, je voulais juste t'avertir : il y a un gars qui nous colle aux fesses. Il m'a donné froid dans le dos, ce type. Grand, bronzé, les cheveux en brosse ultracourte. Ça te dit quelque chose ?

— Arrête de hurler. Oui. Le Prétendant a cet aspect-là.

— Je sais. J'ai vu le portrait-robot qui a été élaboré d'après tes descriptions et celle d'Owens.

Fitz s'obstinait à appeler Sam Loughley par son nom de jeune fille. Il était réfractaire au changement par nature.

— Et le type que j'ai vu lui ressemble comme un frère.

Taylor se rabattit de nouveau dans le bureau des homicides. Un premier spasme de panique lui vrillait la poitrine.

— Raconte-moi tout. Je peux… Enfin, je ne sais pas ce que je peux faire, mais décris-moi en détail ce qui s'est passé.

— Je n'ai pas grand-chose de plus à t'en dire, fillette. Susie et moi sommes cloués au port où nous attendons une pièce pour notre moteur. Notre précédente escale était à Sainte-Lucie, la semaine dernière. Et nous ne l'avons pas vu. Il s'agit peut-être d'une coïncidence.

Une coïncidence ? Ce serait trop beau. Taylor n'y croyait pas une seconde.

— Donc il t'a suivi dans le port ?

— Non, c'est Susie qu'il suivait. Elle était allée à quai

acheter un genre de gros coquillage qu'elle voulait préparer pour le dîner. Quand elle est sortie de la poissonnerie, j'étais sur le bateau et je l'observais à la jumelle. Il a marché droit sur elle, l'a heurtée, s'est excusé et l'a aidée à ranger ses affaires. Puis il m'a regardé et je te jure que ce fils de pute a souri. Je lui aurais volontiers collé une balle, mais il était trop loin, le salopard. Il a poursuivi son chemin tranquillement et je l'ai vu disparaître à l'angle d'une rue. J'ai ramené Susie sur le bateau sans problème, mais nous avons cassé la pompe à eau claire et nous attendons une nouvelle pale. Ce qui signifie que nous sommes coincés ici jusqu'à ce que cette fichue pièce passe la douane. On a été obligés de la faire venir de Fort Lauderdale.

— Hou là… Tu sais que les bateaux et moi nous ne sommes pas amis, Fitz.

— En gros, nous n'avons pas d'électricité car nous ne pouvons pas refroidir le moteur. Impossible de naviguer alors que nous n'avons ni GPS, ni sonde, ni rien. Nous sommes à l'ancre dans le port, donc nous ne craignons pas grand-chose. Personne ne peut nous atteindre à moins de venir s'amarrer à couple. Il est d'ailleurs probablement reparti depuis longtemps. Nous sommes en parfaite sécurité, mais je voulais juste te mettre au courant.

En sécurité. Comme si ce terme pouvait s'appliquer lorsque le Prétendant sévissait dans les parages.

— Je veux que tu continues de me briefer régulièrement, Fitz. Je me fais du souci pour toi, mon vieux. Votre retour est prévu pour quand ?

— La semaine prochaine. Je te rappellerai s'il y a du nouveau. Mais il faut que je te laisse, la connexion est lamentable avec ces cochonneries de portable. Et cela me coûte quatre dollars la minute. Sois sage, fillette. Et ne t'inquiète pas pour ma pomme. Je sais me défendre.

Il y eut un déclic bruyant, puis un horrible grésillement

lui assaillit les oreilles. Elle coupa la communication et referma le portable d'un geste brusque.

Ami, mentor, figure paternelle : Fitz représentait tout cela et plus encore pour elle. S'il s'en prenait à lui, le Prétendant l'atteindrait presque aussi sûrement que s'il s'attaquait à Baldwin. Et le tueur le savait. Il la traquait, la harcelait à travers ceux qu'elle aimait. Une énorme bouffée de rage bouillonna en elle, obscurcissant ses pensées. Encore un aspect de sa vie qu'il envahissait, comme s'il se glissait dans chaque faille, chaque interstice, ne laissant aucun domaine inviolé. Comment avait-il su que Fitz se trouverait à la Barbade ? A l'évidence, il ne se contentait pas de l'espionner, elle. Et, s'il était effectivement dans les Caraïbes, comment avait-il pu être informé d'un meurtre qui avait eu lieu à Nashville ?

Un itinéraire ! Elle retourna à son bureau, sortit son répertoire d'adresses. Bob Parks était un de ses officiers de patrouille préférés et un ami proche de Fitz. Elle l'appela sur son portable et il répondit avec ce qu'elle devina être son éternel sourire de bon vivant.

— Salut, lieutenant ! Comment va la vie ?

— Lieutenant, j'aimerais bien l'être encore. J'ai un service à vous demander, Parks.

Elle lui donna ses instructions, le remercia et mit fin à la communication. Pendant qu'elle auditionnerait Bangor, Parks pourrait aller faire un tour chez Fitz et voir si personne n'avait fouillé chez lui en son absence.

Elle resta un long moment immobile, le regard rivé sur la fenêtre. Puis elle passa deux autres appels. Aussi bien pour Marcus Wade que pour Lincoln Ross, elle tomba sur le répondeur. Elle laissa un message à chacun, leur donnant rendez-vous après le travail. Si le Prétendant avait décidé de jouer à de drôles de jeux, elle préférait que Marcus et Lincoln soient prévenus et se tiennent sur leurs gardes. Elle appela également Baldwin et, là encore, eut droit à la messagerie. Mais où étaient-ils donc passés, tous ? Elle connut un bref instant d'horreur où elle les imagina disparus, massacrés un à un, mais elle repoussa cette pensée absurde. Tous étaient d'excellents flics, et elle n'avait pas à s'inquiéter pour eux.

McKenzie apparut dans l'encadrement de la porte.

— Euh… Jackson ? Vous venez ? J'ai apporté des sandwichs dans la salle de conférences et Bangor commence à montrer des signes d'impatience. J'ai parlé à l'aumônier. Il peut nous retrouver à 15 heures pour que nous allions aviser la famille du décès. Si famille il y a, d'ailleurs, car je n'ai toujours pas trouvé l'adresse de la victime.

Elle regarda McKenzie en se demandant dans quelle mesure elle ne devrait pas le mettre en garde, lui aussi, par rapport au Prétendant. Plus tard, décida-t-elle.

Sandwich ou suspect ? Se nourrir ou avancer ? Taylor soupira.

— Bon, j'arrive.

Elle emboîta le pas à McKenzie et laissa momentanément ses angoisses personnelles derrière elle.

Hugh Bangor ne correspondait en rien à l'image que Taylor s'était faite de lui. Et dire que le matin même elle avait fait la leçon à McKenzie sur le danger des idées préconçues ! La quarantaine allègre — quarante-cinq ans tout au plus —, il était de petite taille, d'allure soignée, et portait bien ses cheveux prématurément blanchis. Il se leva d'un bond et la salua d'une poignée de main amicale. Elle se sentit tout de suite à l'aise avec lui, ce qui n'était pas une bonne chose. Rien de plus dangereux, dans un métier comme le sien, que les a priori favorables. Mais Bangor avait un sourire franc et un visage affable. Et elle se trompait rarement dans ses intuitions. Rien, chez lui, ne déclenchait un signal d'alerte. Elle lui rendit donc sa poignée de main cordiale et lui fit signe de s'asseoir.

L'audition étant enregistrée, elle donna rapidement l'heure et la date, indiqua que l'inspecteur Renn McKenzie et elle se trouvaient dans la pièce et précisa la raison de leur présence. Elle avait presque l'impression d'entendre Sam lorsqu'elle procédait à l'une de ses autopsies.

— Monsieur Bangor, je suis l'inspecteur Jackson, lui dit-elle.

Bangor l'interrompit.

— Je sais. J'ai vécu à Nashville toute ma vie. Nous ne nous sommes jamais rencontrés, mais je fais partie de vos fans.

De ses fans ? Sur la défensive, Taylor chercha une allusion, une ironie cachée derrière la gentillesse de façade. Aurait-il visionné les enregistrements vidéo sur un site porno ? Vu les photos compromettantes étalées sans pitié par les journaux télévisés du soir ?

Bangor se redressa sur sa chaise.

— Nous sommes enregistrés, je crois ? Alors laissez-moi dire, *pour mémoire*, que je trouve que vous avez été traitée de façon déplorable, et que le chef de la police devrait être inculpé tant sa gestion est désastreuse. Rien ne justifie votre rétrogradation. Je considère que cette décision est à la fois mesquine et absurde.

Oh, il lui était sympathique, ce Bangor ! Incroyablement sympathique, même. Mais elle n'en réprima pas moins son sourire.

— Merci. C'est très gentil à vous.

Bangor se renversa contre son dossier avec un signe de tête satisfait.

— Je tenais juste à vous faire connaître mes positions.

— Pouvez-vous nous parler un peu de vous, monsieur Bangor ?

— Je suis scénariste. Ou plus exactement « script doctor », depuis quelques années.

McKenzie parut intrigué.

— C'est quoi, un « script doctor » ?

— Pour schématiser : je suis consultant en scénarios. Je pars d'un manuscrit qui a du potentiel mais qui n'est pas utilisable tel quel, et je fais en sorte qu'il sonne juste. Voilà. Ce n'est pas un truc pour frimer, juste le métier que j'exerce pour vivre.

— Et pourquoi ce voyage en Californie ? Raisons professionnelles ?

— Oui. J'ai travaillé sur un texte pour un ami. J'avais besoin de préciser quelques points avec les auteurs. Je suis parti lundi dernier et je ne pensais pas rentrer avant vendredi. Que s'est-il passé exactement chez moi, s'il m'est permis de poser la question ?

— Que vous a-t-on dit ? demanda Taylor en guise de réponse.

Il haussa les sourcils.

— Carol, ma voisine, m'a expliqué qu'une jeune femme avait été assassinée dans ma maison. Et j'en suis malade. J'ignore qui est le meurtrier, et je peux vous assurer que je n'ai aucune idée de ce qui a pu pousser cet individu à s'introduire chez moi pour y abandonner un cadavre.

— Où vous trouviez-vous hier soir ? Sans vouloir être impolie, y a-t-il des gens qui pourront attester que vous étiez avec eux ?

Il désigna d'un geste le porte-documents noir qu'il avait posé à ses pieds.

— Je peux ?

— Faites, je vous en prie.

Bangor fouilla un certain temps dans sa serviette et finit par en extraire un dossier vert.

— C'est la chemise cartonnée dans laquelle je place toujours tous mes reçus. Je suis défrayé par mon ami et je touche des indemnités conséquentes Autrement dit, je dois conserver des traces pour mes impôts. Je garde toujours tout très scrupuleusement.

Bangor lui tendit la chemise verte. Elle l'ouvrit et examina le contenu en nommant toutes ses trouvailles à voix haute. Bangor n'avait rien exagéré. Il était parfaitement couvert.

— Notes de restaurants, classées par ordre chronologique ; liste des gens présents aux repas ; tickets de parking. Les dates correspondent à celles que M. Bangor vient d'indiquer pour son séjour en Californie. J'aimerais être aussi organisée que lui.

Elle reposa le dossier sur la table.

— Vous comprendrez, n'est-ce pas, que nous aurons quand même à procéder à quelques vérifications.

— Absolument. J'ai prévenu mon comptable ainsi que mon avocat que vous chercheriez vraisemblablement à les joindre. Vous trouverez leurs numéros de téléphone respectifs dans ce même dossier. Vous pouvez le garder, j'ai des photocopies… Eh oui, je sais. Je suis un grand obsessionnel.

Il se mit à rire et Taylor dut se retenir pour ne pas se joindre à lui. Ce Bangor avait beau être charmant et désarmant, il n'en restait pas moins un suspect.

— Merci de nous faciliter la tâche ainsi, monsieur Bangor. Mais, dites-moi, comment un consultant en scénarios d'Hollywood peut-il vivre aussi loin de la Californie ? Pourquoi avoir choisi un endroit comme Nashville ?

— Comment *quitter* un endroit comme Nashville, vous voulez dire. Je suis un enfant du cru. Depuis plusieurs générations, même. La maison sur Love Circle, j'y venais souvent enfant. Elle appartenait à mes grands-parents qui ont fait construire sur la colline lorsqu'ils se sont établis dans la région. Mes parents en ont hérité après leur décès et ils me l'ont laissée lorsqu'ils sont partis s'installer au soleil de la Floride pour leur retraite. Je l'ai rénovée et aménagée à mon goût.

— Et la reproduction du Picasso ? Vous en avez hérité aussi ?

Bangor haussa les sourcils. Taylor nota qu'ils étaient dessinés avec élégance. Ses ongles étaient nets et bien coupés, les cuticules repoussées. Il avait une peau lisse, ferme et hâlée. Sa coupe de cheveux sentait le coiffeur de luxe et ses vêtements avaient de l'allure. Soit ses parents étaient fortunés, soit il était vraiment très doué pour le rewriting de scénarios.

— Vous voulez parler des *Demoiselles d'Avignon* ? Est-ce que… la personne qui s'est introduite chez moi a volé le tableau ?

— Pas exactement, non. C'est du beau travail. Excellente imitation.

— Vous avez l'œil. Cette reproduction a une histoire. Elle a été peinte par un étudiant des Beaux-Arts fauché, qui a fini par se faire une jolie fortune en copiant des tableaux de maîtres pour une riche clientèle new-yorkaise. Des gens qui n'hésitaient pas à créer l'illusion qu'ils étaient en possession de l'original. Ce pseudo-Picasso faisait partie de la collection de feu George Wilson.

— Le philanthrope ? Je croyais qu'il avait légué toute sa fortune à ses chiens ?

Bangor sourit.

— Tout sauf ses collections d'art. Il avait quelques magnifiques pièces authentiques — notamment un Chagall qui m'avait tapé dans l'œil mais qui était largement au-dessus de mes moyens. Il avait également de très belles copies, et *Les Demoiselles d'Avignon* faisaient partie du nombre. Lorsqu'ils ont vendu sa collection aux enchères, j'ai remporté le Picasso. C'était il y a quinze ans. Je suis amateur d'art, comme vous l'avez sans doute remarqué. J'ai commencé à collectionner quand j'avais un peu plus de vingt ans. Avec mon premier cachet de scénariste, j'ai acheté un petit dessin à l'encre. Bon, je reconnais que ce n'était pas une œuvre majeure. Mais mon intérêt pour l'art s'est développé à partir de ce premier achat. Depuis, j'ai pu faire l'acquisition de quelques originaux. Mais le Picasso est ma plus belle pièce reproduite.

— Combien vaut ce genre d'imitation ? demanda Taylor.

— J'ai payé dix mille dollars pour mes *Demoiselles*, à l'époque.

Taylor haussa les sourcils.

— Une brique pour un faux ? Il y a quinze ans ?

— Je sais. C'est une sacrée somme. Mais compte tenu de la qualité de l'exécution et de l'histoire qu'il y a derrière je considère que mon pseudo-Picasso la vaut largement. Il existe un marché de l'imitation. Certains faux font de longues carrières et arrivent jusqu'aux courtiers en l'état, avec leur étiquette d'origine. Et rares sont les experts vraiment capables de départager l'original de l'imitation. Ce n'est pas pour rien que Sotheby's et Christie's sont devenus des institutions.

McKenzie griffonnait des notes dans son calepin.

— Et le vrai, alors ? Où se trouve-t-il ?

Bangor lui sourit.

— Au MoMA. Le musée d'Art moderne de New York. On a pu le voir ici, dans le cadre d'une exposition, il n'y a pas très longtemps. Mais il fait partie de leur collection permanente.

— Qui pourrait être au courant, pour le Picasso ? demanda Taylor.

— Qu'il s'agit d'une reproduction, vous voulez dire ? Mais c'est une évidence pour quiconque s'intéresse un minimum à la peinture ! L'œuvre est célébrissime.

— Pardon. Je reformule ma question : qui serait susceptible de savoir que vous détenez cette reproduction ?

— Ah, je vois. Eh bien, tous les invités qui ont eu

l'occasion d'être reçus chez moi depuis quinze ans que j'en suis propriétaire. Ce n'est pas à proprement parler un secret. Inspecteur, si je puis me permettre... pourquoi vous intéressez-vous à ce point à ce Picasso ? J'ai appris qu'il y avait eu certains dégâts commis chez moi mais je n'ai pas eu de détails. Le tableau a-t-il été... profané ?

— D'une certaine manière, éluda Taylor.

Voyant Bangor pâlir, McKenzie entra en lice.

— Le meurtrier n'a pas touché à vos *Demoiselles*. Mais la victime a été disposée comme une des femmes qu'on voit sur le tableau et...

Taylor l'arrêta net en le foudroyant d'un regard éloquent. « Hé, là ! Stop ! Décris-lui toute la scène de crime par le menu, pendant que tu y es ! »

— Disposée ? Comment cela disposée ? s'enquit Bangor.

Taylor balaya sa question d'un geste de la main.

— A présent, monsieur Bangor, nous aimerions vous accompagner chez vous afin que vous nous fassiez part d'éventuelles anomalies ou disparitions que vous pourriez constater. Nous entrerons dans les détails une fois que nous serons sur place.

Bangor se caressa pensivement le menton.

— Il me revient quelque chose à l'esprit : il y a environ un an, j'ai été cambriolé. Les voleurs espéraient trouver de l'argent liquide. Ils ont mis la maison sens dessus dessous mais n'ont même pas vu qu'ils étaient entourés d'œuvres d'art qui valaient une fortune. Avouez que c'est pitoyable. Les cambrioleurs sont d'une inculture crasse, de nos jours.

— Vous avez déposé une plainte ?

— Bien sûr. Elle a été enregistrée. Et je me demande, du coup, si ce ne sont pas les mêmes qui sont revenus. Quoique... Un an plus tard ? Non, c'est stupide.

— Il n'y a pas d'idées stupides, monsieur Bangor. L'inspecteur McKenzie explorera cette piste. On ne sait jamais. Si vous voulez bien avoir la gentillesse de patienter encore quelques instants, j'ai quelques bricoles à régler qui ne peuvent pas attendre. Puis nous ferons le trajet ensemble jusque chez vous. Ça marche ?

— Pas de problème. Faites ce que vous avez à faire. Mais je boirais bien quelque chose dans l'intervalle, si cela ne vous ennuie pas. Je suis déshydraté à cause de l'avion.

Bon sang… Les Coca. Elle les avait oubliés dans le couloir.

— Je vous fais apporter une boisson tout de suite. Eau ? Café ? Coca-Cola ?

— Un Coca, s'il vous plaît. Un Diet Coke, si vous avez.

Taylor hocha la tête et se leva.

— Inspecteur Taylor Jackson. Fin de l'audition n° 2009-1397 avec M. Hugh Bangor, témoin.

A l'aide de la commande à distance, elle mit fin à l'enregistrement. Puis elle sortit de la pièce avec McKenzie sur les talons. Elle referma la porte derrière eux avant de le prendre entre quatre yeux.

— Assurez-vous de lui remettre personnellement la canette. Et gardez-la ensuite. Je veux relever ses empreintes ainsi qu'un échantillon d'ADN. A priori, il devrait se montrer coopératif, mais c'est juste au cas où. Ensuite, poursuivez vos recherches sur la famille de la petite Johnson… Ah, une dernière chose, McKenzie : plus jamais vous ne donnez de détails sur un crime à un suspect, sans mon accord préalable. C'est clair ?

— Oui, c'est clair, marmonna-t-il. Je ne le ferai plus. Je vais aller chercher son Coca.

Elle le regarda s'éloigner, la tête légèrement rentrée dans les épaules, et soupira. Bangor ne lui paraissait pas être mêlé en quoi que ce soit au meurtre. Et McKenzie avait tout de suite réagi à son froncement de sourcils, lorsqu'il avait commencé à trop en dire. Il n'y avait pas eu trop de dégâts.

En attendant, elle avait à faire. Trop à faire, même.

Avant de partir chez Hugh Bangor, elle voulait entrer les données dont elle disposait dans la base de données ViCAP. C'était dans des moments comme celui-ci que Lincoln Ross lui manquait le plus cruellement. Lincoln aurait déjà pris l'initiative, créé le fichier ViCAP, introduit des paramètres auxquels elle n'aurait même pas pensé elle-même et lui aurait fait parvenir les résultats *avant* qu'elle n'aille assister à l'autopsie.

McKenzie était encore un bleu, hélas. Et le pire c'est qu'ils étaient au même rang, elle et lui, malgré la différence d'ancienneté. Elle ne pouvait pas s'amuser à lui donner des ordres et le laisser se débrouiller pour les exécuter. Il était son équipier et avait besoin d'être coaché, chouchouté, emmené partout. Le *lieutenant* Elm en avait décidé ainsi.

Pestant tout bas, Taylor entra dans la salle de conférences et récupéra son « sandwich barbecue » complètement refroidi. Retirant les haricots blancs, elle les jeta à la poubelle. Froids, ils seraient infects. Et elle n'avait pas le courage de les réchauffer au micro-ondes. La viande de porc devrait passer, en revanche.

Elle sortit pour avaler son sandwich dans le couloir en s'adossant contre un panneau d'affichage vitré. Lorsqu'elle eut terminé, elle s'essuya les lèvres avec le dos de la main et resta les yeux fixés sur une affichette « Disparue » où figurait la photo d'une gamine de treize ans avec un bébé dans les bras. En bas du tract, quelques lignes précisaient que les bras de la fille étaient couturés de cicatrices dues à des accès répétés d'automutilation. Treize ans avec un bébé de deux mois ? Jusqu'à quelles extrémités une enfant de cet âge pouvait-elle aller, rien que pour bénéficier d'un minimum d'attention ? Au moins sa famille avait-elle signalé sa disparition. Alors que personne ne semblait avoir pris cette peine pour Allegra Johnson. Y avait-il eu quelqu'un dans cette ville pour s'aviser de l'absence d'Allegra et s'inquiéter de ce qu'elle était devenue ?

Taylor nota un ajout sur sa liste : vérifier le fichier des personnes disparues sur les deux derniers mois.

La salle informatique se trouvait à trois portes de distance de la salle d'interrogatoire. Taylor entra, alluma la lumière et trouva un ordinateur en veille. Chaque inspecteur de la brigade était équipé individuellement d'un PC. Mais, pour entrer des empreintes biologiques sur l'iAFIS ou faire des recherches sur le système d'analyse des liens entre les crimes violents, il fallait passer par des bécanes spéciales reliées aux bases de données fédérales. Le matériel dont ils disposaient était assez archaïque mais Lincoln avait réussi à faire des miracles en améliorant au maximum la vitesse de fonctionnement.

Vingt minutes plus tard, elle cliquait sur « Envoi ». Le questionnaire faisait quarante pages mais elle n'avait que très peu d'éléments. Elle compléterait le fichier à mesure qu'elle avancerait dans son enquête. En se servant parfois de ses notes, elle avait rempli les champs de façon aussi détaillée que possible. Et elle avait inclus le fichier JPEG qu'elle avait envoyé le matin même sur son adresse e-mail professionnelle. Les photos de scène de crime faciliteraient l'analyse.

Elle fit trois requêtes séparées. L'une concernait tous les vols d'œuvres d'art à Nashville et dans ses environs. La deuxième visait tous les meurtres avec une composante artistique — que ce soit de la musique, de la peinture ou de la sculpture. La troisième ciblait les crimes où les victimes étaient mortes d'inanition. La base de données traiterait ses différentes demandes pendant que McKenzie et elle seraient sur Love Circle avec Bangor.

C'était tout un art d'utiliser ViCAP à bon escient. Il ne fallait pas donner de paramètres trop restrictifs, mais cibler quand même assez serré pour que les résultats ne partent pas dans tous les sens. Le rêve, pour Taylor, aurait été que le système recrache des réponses claires. Mais elle savait qu'il donnerait probablement juste des tendances qu'elle aurait à charge d'interpréter.

Enfin… Juste au cas où un résultat spectaculairement proche de leur meurtre serait indiqué, elle laissa un petit mot à Rowena Wright, l'administratrice du service. Rowena était noire, joviale et avait fait ses débuts dans la police avant même que Taylor ne soit née. Le parcours professionnel de Rowena avait tracé une voie dont Taylor était fière de s'inspirer. Elle avait commencé comme agent administratif, était passée officier de patrouille, avait réussi l'examen de sergent et presque atteint le grade d'inspecteur lorsqu'un léger infarctus l'avait forcée à renoncer au travail de terrain. Il n'y avait plus grand monde en qui Taylor avait encore confiance du côté de l'encadrement, depuis quelque temps. Mais Rowena faisait partie des rares exceptions.

Lorsqu'elle entra en salle d'interrogatoire, McKenzie tendait un essuie-mains à Bangor. Il tourna la tête pour la gratifier d'un grand sourire.

— M. Bangor a très gentiment accepté que je prenne ses empreintes digitales et que je lui fasse un prélèvement d'ADN à des fins de comparaison.

Taylor hocha la tête.

— Parfait. Vous voulez bien nous excuser un instant ?

Bangor sourit. Il connaissait la chanson. Elle sortit dans le couloir avec McKenzie.

— Alors ? Qu'avez-vous trouvé pour Allegra Johnson ?

— Pas grand-chose. J'ai juste entré l'adresse qu'elle a donnée lorsqu'elle a été interpellée. Puis j'ai cherché à faire des recoupements. Or la même adresse a été fournie par trois autres personnes, toutes fichées, elles aussi. Soit elle vivait dans un repaire de délinquants, soit l'adresse est fausse.

— O.K. On va raccompagner Bangor, vérifier deux ou trois petites choses avec lui sur place, puis nous nous rendrons à l'adresse indiquée. Le père Victor serait disponible, donc ?

— Sans problème. Il a dit qu'on pouvait l'appeler dès que nous aurions retrouvé la famille. Il a l'air très humain.

— Il l'est. Vous ne l'avez encore jamais rencontré ?

— Je n'en ai pas encore eu l'occasion.

Taylor lui jeta un regard incrédule.

— Parce que vous n'avez encore jamais fait d'annonce de décès ?

— Non. En général, on m'envoie toujours faire autre chose pendant que quelqu'un se charge de parler à la famille. Donc, si nous retrouvons les proches d'Allegra, ce sera une première pour moi.

— Quel âge avez-vous, au juste, McKenzie ?

— Vingt-sept ans le mois prochain.

Vingt-six ans et déjà inspecteur. Ils l'avaient fait monter en grade à la vitesse grand V. Taylor se demanda pourquoi.

— Bon. On y va, alors ?

Ils récupérèrent Bangor en salle d'interrogatoire et se dirigèrent vers la voiture.

— L'inspecteur McKenzie m'a expliqué qu'il a eu une amie dans le temps avec un grand talent d'artiste, commenta Bangor, manifestement désireux d'entretenir la conversation.

McKenzie toussota et tourna vers elle un regard coupable, comme s'il venait d'être surpris à commettre une mauvaise action.

— Quel genre d'artiste était-elle ? demanda Taylor à son jeune collègue.

Après tout ce qu'elle avait fait subir à McKenzie jusqu'ici, c'était le moment de faire preuve d'un minimum de courtoisie. Et de lui montrer qu'elle ne lui en voulait pas, surtout.

McKenzie se détendit.

— De la peinture à l'huile, essentiellement. Et quelques pastels. Elle était très douée.

En sortant sur le parking, Taylor s'aperçut qu'elle avait oublié de pointer. *Bon. Tant pis pour tes fesses, Elm.*

— Elle *était* douée ? souligna Bangor gentiment.

Taylor n'avait pas prêté attention à l'emploi du temps passé. McKenzie semblait prêt à fondre en larmes.

— Elle… euh… est morte. Cela fait un an aujourd'hui qu'elle s'est suicidée.

Ah… C'était la fille dont il avait déjà parlé ce matin à l'autopsie. Pauvre gamin. C'était particulièrement traumatisant de perdre un être aimé dans ces conditions à vingt-cinq ans. Bangor paraissait affecté aussi. Il tapota McKenzie sur l'épaule.

— J'ai perdu mon compagnon il y a cinq ans… Il est mort du SIDA, précisa-t-il après une légère hésitation.

McKenzie hocha la tête sans faire de commentaire. Taylor jeta un rapide regard à Bangor. Elle n'avait pas perçu son homosexualité en prenant sa déposition. Si le scénariste avait une allure soignée, il n'y avait rien chez lui de féminin ou d'affecté. En tout cas, cela simplifiait son affaire. Le crime sur lequel ils enquêtaient était d'une hétérosexualité flagrante. Voilà qui la confortait dans l'idée que Bangor n'avait pas tué Allegra Johnson.

Pendant le court trajet de West End jusqu'à Love Hill, Bangor leur raconta quantité d'anecdotes sur des acteurs célèbres qui étaient secrètement gay, malgré leur réputation d'hommes à femmes. Lorsque Taylor prit à gauche sur Love Circle et s'engagea dans la montée sinueuse qui menait vers le haut de la colline, elle fut choquée par l'aspect délabré des lieux. La nuit, l'illusion romantique était encore maintenue. Mais à la claire lumière du jour on voyait les ordures abandonnées qui jonchaient l'herbe du parc. Un transformateur était couvert de graffitis obscènes ;

une clôture paraissait à moitié effondrée sous les coups de pied des jeunes en état d'ébriété. Ce n'était pas le Love Hill dont elle avait gardé le souvenir.

Elle en fit la remarque à Bangor.

— Il est vrai que toute une faune rôde dans le parc la nuit. L'endroit est tellement reculé… Et on ne voit pas beaucoup de voitures de patrouille. Les jeunes qui montent par ici sont parfois agressifs. Entre eux et mes cambrioleurs de l'année passée, je suis content d'avoir mon alarme.

— Elle ne s'est pas déclenchée hier, pourtant. Est-il possible que vous ayez oublié de l'enclencher avant de partir ?

— Non. Je vérifie toujours avec un soin religieux qu'elle fonctionne chaque fois que je sors de chez moi. Mais je n'exclus pas que notre Carol nationale ait pu omettre de la rebrancher lorsqu'elle est venue nourrir Sebastian. Ce ne serait pas la première fois.

Taylor échangea un regard avec McKenzie. Voilà qui était cohérent avec le témoignage de Carol Parker, en tout cas. Le tueur savait-il que la voisine était distraite et que l'alarme ne serait sans doute pas mise ? Ou avait-il apporté le matériel nécessaire pour la désactiver lui-même ? Ils avaient en tout cas affaire à un tueur avec un haut niveau d'intelligence. Et qui, d'une façon ou d'une autre, devait être lié personnellement à Bangor.

De jour, la maison de Bangor contrastait plus fortement encore avec le délabrement environnant. La pelouse était soignée et bien entretenue, même si elle avait enduré les allées et venues incessantes des enquêteurs, journalistes et autres techniciens pendant une bonne partie de la nuit. Le ruban jaune de scène de crime flottait tout autour du porche. Taylor le déroula d'une des colonnes qui servaient de support et laissa entrer Bangor et McKenzie. Une fois à l'intérieur, Bangor se figea en constatant la disparition de son pilier central. Taylor observa ses réactions avec curiosité en se demandant brièvement s'il allait en faire un drame. Mais il secoua juste la tête d'un air incrédule.

— Vous m'avez demandé s'il me manquait quelque chose, mais je ne m'attendais pas à une disparition aussi spectaculaire.

Taylor se tourna vers McKenzie et, d'un signe bref de la tête, lui indiqua qu'il pouvait parler librement.

— La victime était clouée sur la colonne, avec un couteau fiché dans la poitrine. Nous avons été obligés d'emporter l'ensemble pour garder la trajectoire de la plaie intacte.

— Mon Dieu… Qui a pu avoir l'idée de faire une chose pareille ? Vous me le remplacerez, n'est-ce pas ?

Taylor hocha la tête.

— Nous trouverons une solution. La destruction de la propriété privée ne figure pas parmi nos objectifs. Mais hier soir nous n'avions pas le choix.

— J'imagine que vous avez fait comme vous avez pu.

Ils se dirigèrent vers la porte arrière où Taylor montra le morceau de vitre découpé à la scie. Bangor émit un son dégoûté.

— C'est très pénible de penser que quelqu'un a pu s'introduire chez moi ainsi.

Taylor lui effleura le bras.

— Oui, je sais. Ce n'est jamais facile. Juste encore une ou deux questions, et nous vous laisserons tranquille.

Tout en parlant, ils passèrent dans la cuisine.

— Etes-vous amateur de musique classique, monsieur Bangor ?

Il inclina la tête d'un air surpris.

— Pas franchement, à vrai dire. En Nashvillien de souche, je penche plutôt pour la bonne vieille musique country bien de chez nous. Saviez-vous que John Rich avait construit la grande maison, un peu en amont dans la rue ? Il est très bien, ce type. Je ne suis pas un grand fan de sa musique, que je trouve un peu trop narcissique à mon goût. Mais c'est un très bon voisin. Et sa présence remonte un peu la valeur de l'immobilier dans le coin.

— C'est toujours ça de pris. Vous avez des CD de Dvorák dans votre collection ?

Bangor s'assit lourdement à sa table de cuisine.

— Sûrement pas, non. Pourquoi ?

— Hier soir, *La Symphonie du Nouveau Monde* passait en boucle sur votre installation sonore intégrée.

— Je peux vous assurer que je n'y suis pour rien. J'avais laissé la radio sur *Lightning 100.* Sebastian aime le rock alternatif. Peut-être a-t-il eu envie de changer de disque ?

— Le chat, vous voulez dire ?

McKenzie avait l'air on ne peut plus sérieux, mais Taylor se mit à rire.

— Voilà un scénario que je n'avais encore jamais rencontré sur une scène de crime : un chat musicien.

McKenzie comprit qu'ils plaisantaient et partit d'un rire un peu trop sonore.

— Peut-être que le chat élucidera l'énigme. Savez-vous où se trouve Sebastian, au fait ? s'inquiéta Bangor.

— Votre voisine l'a pris chez elle, hier soir.

— Dommage que je ne sois pas chuchoteur pour chats comme il existe des chuchoteurs pour chevaux. Cela vous aurait facilité la tâche, si Sebastian pouvait nous raconter ce que ses yeux de félin ont vu. Mais pour revenir aux choses sérieuses je suis profondément désolé pour la victime. Sait-on comment elle s'appelle ?

Taylor hocha la tête à l'intention de McKenzie qui répondit :

— Allegra Johnson.

— Je ne la connais pas, mais elle a un nom magnifique. Je la mettrai peut-être dans une de mes pièces, à l'occasion, à titre d'hommage posthume. Mon Dieu, vous croyez qu'elle est morte ici, dans cette maison ?

Bangor avait les yeux rivés sur la colonne absente comme s'il pouvait imaginer la scène de la nuit précédente. Taylor songea que c'était une chance, pour lui, qu'il soit impossible de se représenter l'horreur de ce cadavre. Ce n'était pas le genre de vision dont on se libérait facilement.

— Non, je pense que le décès était antérieur. Vous voulez bien faire rapidement le tour de la maison pour voir si tout vous paraît en ordre ? Si rien n'a été déplacé, nous dégagerons d'ici et nous vous laisserons tranquille.

Bangor prit cinq minutes pour regarder partout puis revint en secouant la tête.

— Rien. Tout est encore là à part un gros livre d'art que j'avais posé sur ma table basse. Vous pensez que je suis en danger ?

Taylor secoua la tête.

— Nous avons emporté la monographie pour l'examiner. Il ne me semble pas que vous soyez en danger, mais je ne peux pas vous l'assurer avec certitude. Je me garderai bien de tirer des conclusions trop hâtives en affirmant que quelqu'un cherche à vous adresser un message. Mais il se peut que ce soit le cas. Je vous propose d'enfiler votre casquette de détective et de vous plonger dans votre correspondance et vos e-mails de ces derniers jours, pour voir si une menace voilée n'aurait pas été émise à votre encontre. Se peut-il qu'un scénariste ait très mal pris le fait que vous interveniez sur son texte ?

Bangor sourit.

— J'en suis arrivé à un stade de ma carrière où les jeunes scénaristes ont plutôt tendance à se battre pour que je me charge d'améliorer leur copie. Dans l'ensemble, ils sont nettement plus flagorneurs qu'agressifs. Mais je réfléchirai quand même à cette éventualité.

— Entendu. Merci pour votre coopération. Et j'apprécierais que vous gardiez pour vous les informations que je vous ai données.

— Je peux retourner à Los Angeles ?

— Restez encore un jour ou deux ici pendant que nous procédons à quelques vérifications. Nous vous tiendrons au courant.

Bangor les raccompagna jusque sous le porche.

— Je vais récupérer Sebastian et le ramener ici. Merci pour la façon respectueuse dont vous avez procédé. J'apprécie que la maison ne soit pas sens dessus dessous.

Ils se serrèrent la main, puis Taylor et McKenzie remontèrent en voiture. Elle regarda Bangor frapper chez la voisine et entrer. Des miaulements sonores se firent entendre. Pour un membre de la famille au moins sonnait l'heure des heureuses retrouvailles.

— Hugh Bangor n'a rien à voir avec ce crime, hein ?

McKenzie tripotait le pli de son pantalon, passant et repassant le pouce sur le bord.

— Probablement pas, non. Mais il est possible que quelqu'un ait voulu lui adresser un message un peu percutant.

— On lui a fait une proposition qu'il n'a pas pu décliner ?

— Oh, McKenzie, je ne vous imaginais pas en fan du *Parrain*...

Elle passa une vitesse et roula vers le bas de la colline. Si quelqu'un cherchait à faire passer un message à Hugh Bangor, il s'agissait de le déchiffrer très vite. Car le meurtrier pouvait réitérer à tout moment.

12

La cité J.C. Napier était l'endroit le plus sinistre de Nashville. La grosse majorité des homicides commis dans la région avait ce quartier défavorisé pour théâtre. Et la moitié des arrestations faites dans le comté de Davidson se déroulaient par ici. La pauvreté engendrait une pauvreté pire encore. Les armes à feu étaient légion. Meurtres et agressions étaient tantôt provoqués par la drogue, tantôt par le désespoir, la plupart du temps par un mélange des deux.

Dans ces cités, la police ne patrouillait qu'en moto. Les rues étaient rares et éloignées les unes des autres, et il n'y avait que très peu de voies d'accès entres les barres d'immeubles. En moto, ils avaient leurs chances. Mais le travail était périlleux. Les résidents n'ayant plus grand-chose à perdre, caillasser du flic était devenu un des passe-temps favoris, dans le secteur.

La vitre de Taylor était baissée ; elle entendit les coups de sifflet habituels. Une odeur de déchets brûlés empestait l'atmosphère. Pour tuer l'ennui d'une longue journée d'été, il n'y avait pas grand-chose d'autre à faire que de mettre le feu à une énième poubelle. Dans ces cités, hommes, femmes et enfants erraient sans but à toute heure du jour et de la nuit. Parlant, observant — se contentant d'exister la plupart du temps. Un petit groupe vint s'agglutiner autour de la Caprice. La peau déjà claire de McKenzie pâlit un peu plus encore.

— Ne t'inquiète pas. Ils s'amusent, c'est tout.

Ils étaient convenus, dorénavant, d'abandonner le vouvoiement, qu'ils jugeaient tous deux très formel.

— Ce n'est pas ça… Mais comment peuvent-ils vivre de cette façon ?

Taylor lui jeta un regard en coin.

— Parce qu'ils ont le choix, à ton avis ?

— Je pense qu'ils pourraient au moins essayer. Se bouger pour trouver un boulot, au lieu de faire des enfants et de s'acheter de la bière avec les allocs. Tu es déjà entrée dans un de leurs appartements ? Ils ont souvent un matériel électronique plus sophistiqué que la plupart des yuppies. Ils ne l'ont peut-être pas obtenu par les voies légales. Mais, s'ils arrivent à se débrouiller pour amasser tout ce matériel, qu'est-ce qui les empêche d'utiliser leur argent et leur débrouillardise pour aller vivre ailleurs ? C'est un truc que je n'ai jamais compris.

C'était la première fois que McKenzie tenait un aussi long discours.

— Désolée pour cet horrible cliché, mais dans la réalité ce n'est jamais ni tout noir ni tout blanc. Moi aussi, j'aimerais qu'ils trouvent tous un emploi, qu'ils arrêtent le crack et l'héroïne, qu'ils échappent à cette cité de merde et qu'ils vivent une vie meilleure. Donne à ces gens de jolies maisons avec un bout de jardin et tu verras que le taux de criminalité baissera notablement. Regarde ce qui s'est passé pour les cités qui ont bénéficié d'un vrai plan d'urbanisme. Vine Hill, par exemple, est devenu un endroit propre, agréable, où on peut se promener sans crainte. C'est inimaginable ce qu'une bonne architecture et des couleurs vives peuvent faire comme différence. Mais ici on est encore au pays des oubliés du temps. Le pouvoir de quelques-uns l'emporte sur les aspirations de la majorité. Ils ont peur. On les a dressés depuis toujours à se méfier des autorités. Les dealers et les macs menacent les femmes, les violent, les mettent sur le trottoir. Ils terrorisent les enfants et les enrôlent petit à petit dans leurs trafics en les obligeant à participer au commerce de la drogue. Je suis d'accord avec toi : ils devraient avoir envie d'en sortir et j'applaudis ceux qui tentent l'aventure. Mais c'est dur, très dur. Et la triste réalité, c'est que nous n'y pouvons pas grand-chose — à part essayer de faire respecter la loi au mieux.

La Chevy Lumina du père Victor vint se garer derrière leur Caprice. McKenzie et elle descendirent de voiture pour se porter à la rencontre de l'aumônier. C'était la politique de la police métropolitaine de Nashville de leur associer un prêtre chaque fois qu'ils avaient une annonce de décès à faire. Taylor appréciait cette initiative ; la présence d'un guide spirituel rendait souvent la tâche un peu moins lourde.

— Prêt ? demanda-t-elle à l'aumônier.

— Autant que faire se peut, oui. Inspecteur McKenzie, je suppose ? Je suis le père Victor.

Les deux hommes se serrèrent la main. Le regard bleu du prêtre était triste et Taylor nota que ses cheveux grisonnaient. Son prédécesseur, le père Ross, leur avait été volé par un diocèse du Maine quinze jours plus tôt. Mais Taylor connaissait déjà le père Victor, qui était un des piliers de l'archevêché depuis des années. Elle ignorait son âge exact mais savait qu'il approchait la cinquantaine.

McKenzie salua le prêtre avec une politesse qui frisait la déférence. Taylor l'examina avec attention. Son nouveau coéquipier serait-il catholique ? Avec un nom comme McKenzie, cela n'aurait rien eu de surprenant.

Ils se tournèrent vers la construction délabrée où, avec un peu de chance, logeaient quelques réponses à l'énigme Allegra. Taylor ne réagit ni aux gestes obscènes, ni aux invites, ni aux menaces. Elle longea la rangée de tristes baraques en préfabriqué. La moustiquaire était en lambeaux et la porte de bois entrouverte. Les logements avaient été rénovés quelques années plus tôt seulement mais s'effondraient déjà sur eux-mêmes. Personne ne se souciait suffisamment de l'aspect des lieux pour assurer l'entretien.

Ils frappèrent. Une voix cassée leur cria d'entrer.

Taylor posa la main sur son arme — un geste réflexe lorsqu'elle pénétrait dans un endroit inconnu. Ils entrèrent dans le minuscule appartement situé au rez-de-chaussée. Les murs étaient tapissés de lambris en imitation chêne. Un rideau en dentelle, jauni par la fumée de cigarette, pendait mollement devant la fenêtre. Taylor nota l'orifice rond qu'une balle avait laissé dans un panneau. La moquette d'un orange sale devait avoir un million d'années d'âge. Une nasse de désespoir fétide flottait sur la pièce à la manière d'une toile d'araignée géante.

Narines froncées, Taylor fit les quatre pas qui la menèrent dans la cuisine. Son entrée provoqua un mouvement de fuite mal identifié sous ses pieds : minuscules souris, cafards, poissons d'argent ? Mieux valait ne pas savoir. Au premier coup d'œil, elle comprit pourquoi l'appartement était à ce point laissé à l'abandon. La vieille femme assise à la table de cuisine bancale avait des yeux presque blancs, contrastant avec la nuance bleu-noir de la peau. L'unique occupante des lieux était aveugle et déjà très âgée. Taylor réprima un juron. Cette femme n'était absolument pas en état de vivre seule.

Les yeux aveugles balayèrent la pièce, comme si l'aïeule cherchait à discerner ses visiteurs invisibles. Dans le regard absent, il y eut comme une lueur de reconnaissance. Taylor frotta ses bras, qui se couvraient soudain de chair de poule. Un instant, elle eut l'impression qu'il n'y avait plus qu'elles deux dans la pièce. Et la vieille sans regard et sans âge semblait lire jusque dans les abîmes secrets de son âme. Avec un léger frisson, elle s'immobilisa à distance.

— Inspecteur Jackson, de la brigade des homicides,

madame. Et voici l'inspecteur McKenzie et notre aumônier, le père Victor. Connaissez-vous une jeune femme du nom d'Allegra Johnson ?

— Elle est morte ?

— Vous êtes une parente d'Allegra, madame ? demanda Taylor avec douceur.

— Ma petite-fille est morte ? insista-t-elle, le visage crispé.

— Pouvez-vous nous dire votre nom ? intervint gentiment le père Victor.

— Ethel Johnson… Ma petite n'est plus de ce monde, conclut sombrement la vieille femme.

Des larmes silencieuses glissèrent sur ses joues acajou. Taylor reconnaissait le ton, le désespoir, le fatalisme. Et le fond d'ironie amère. On savait, par ici, que si un officier de police franchissait votre porte ce n'était jamais pour apporter une bonne nouvelle. La vieille femme se tassa sur elle-même et Taylor fit un pas en avant. Elle était désolée d'arriver ainsi en messagère du malheur, désolée d'apporter un surcroît d'affliction au milieu de tant de misère, d'abandon et de souffrance. Mais elle devait faire son travail jusqu'au bout si elle voulait avoir une chance de retrouver l'assassin d'Allegra.

— Madame, je regrette… Nous avons trouvé le corps d'Allegra hier soir. Ses empreintes digitales correspondent à celles que nous avons dans nos fichiers.

Taylor avait apporté une photo prise à la morgue à des fins identificatoires. Mais elle ne pouvait la montrer, bien sûr.

— Y a-t-il un moyen d'identifier formellement votre petite-fille ? Un portrait d'Allegra, peut-être ? Nous voulons être certains que c'est bien d'elle qu'il s'agit.

— Vous trouverez une photo d'elle, gamine, dans sa chambre, de l'autre côté du couloir. Son Tyrone a fini par la tabasser à mort, c'est ça ?

— Qui est Tyrone, madame ? Son petit copain ?

La grand-mère d'Allegra émit un son amer.

— Son copain ? Vous rigolez ou quoi ? Allegra était une gagneuse. Tyrone Hill a fait ce qu'il fallait pour qu'elle atterrisse sur le trottoir. Il lui a filé ses saloperies de drogues jusqu'à ce qu'elle soit bien accro. Il y avait déjà un moment qu'Allegra ne faisait plus que des bêtises. Je lui avais dit que ça allait mal tourner et que cet excité finirait par la tuer. Mais il y a longtemps qu'elle ne m'écoutait plus…

— Ses parents vivent par ici ?

— Son père végète en prison, à Riverbend. Et sa maman est morte quand elle avait dix ans. C'est moi qui l'ai élevée. Enfin… j'ai essayé. Le bon Dieu ne nous donne pas toujours les outils dont nous aurions besoin pour accomplir Sa volonté.

D'un geste, elle indiqua ses yeux aveugles. Cécité prophétique, semblait-il.

Poussée par la curiosité, une toute jeune femme, d'allure encore adolescente, entra avec un bébé calé sur une hanche.

— C'est quoi qui se passe, miss Ethel ? Qu'est-ce qu'elle vous veut, la police ?

La vieille femme se contenta d'émettre un son rauque, entre le rire et la toux. Taylor se présenta à l'arrivante, puis lui demanda son nom. La fille lui jeta un regard méfiant et répondit du bout des lèvres.

— D'Andra. Je suis une cousine. Allegra est morte ?

— Oui.

— Comment ?

Taylor jeta un regard en coin à sa grand-mère et se mordilla la lèvre.

— Allegra était très, très maigre. Nous ne sommes pas complètement certains, mais il semble qu'elle soit morte d'inanition. Pensez-vous qu'elle était anorexique ?

D'Andra ne répondit pas, se contentant de la regarder comme si elle avait affaire à une idiote. Le bébé gigota dans ses bras et elle le posa sur la moquette à poils longs où grouillait une faune obscure. L'enfant fila à quatre pattes et s'installa sous la table.

— Bon. Commençons par le début : quand avez-vous vu Allegra pour la dernière fois ?

D'Andra haussa une épaule maigre.

— Ça fait un paquet de temps qu'elle est partie.

— Un paquet de temps, c'est quoi ? Des semaines ? Des mois ?

— A peu près trois semaines.

— Et vous n'avez pas signalé sa disparition ? s'étonna McKenzie.

Les deux femmes partirent d'un même rire sans joie. D'Andra fut la première à répondre.

— Ça aurait changé quoi ? On a pensé qu'elle était peut-être partie avec un mec. De toute façon, vous n'en avez rien à foutre, vous, les flics. Personne ne lèverait le petit doigt pour essayer de retrouver une fille de la cité J.C. Napier.

Le blanc des yeux de D'Andra était injecté de sang et les pupilles paraissaient disproportionnées ; ses bras maigres étaient striés de marques. Faute d'espoir, tant de filles tombaient dans le piège de la drogue… Et se montraient prêtes à tout, ensuite, pour pouvoir se faire leur fixe.

— Si j'avais su, pour Allegra, je l'aurais recherchée, affirma Taylor.

— Ouais, c'est ça. Elle est où, maintenant ?

— A l'institut médico-légal… Vous devriez pouvoir récupérer le corps bientôt, madame, précisa-t-elle en se tournant vers la vieille Ethel.

La vieille femme parut surprise.

— Récupérer le corps ? Mais pour quoi faire ?

L'aumônier intervint.

— Donner une sépulture à votre petite-fille, un lieu où reposer en paix.

Les deux femmes secouèrent la tête.

— Vous en avez de bonnes, vous, les curés, marmonna D'Andra. Nous n'avons pas d'argent pour payer l'enterrement. Vous n'avez qu'à vous en occuper.

La fille se pencha pour récupérer l'enfant, qui mordillait son petit poing crasseux. Elle le hissa dans ses bras et, tête basse, les épaules affaissées, sortit à pas lents dans la cour jonchée de détritus. Une énième génération terrassée par la pauvreté et la drogue, songea Taylor, le cœur lourd.

McKenzie griffonnait des notes dans son calepin, très occupé à fuir activement la situation. Le père Victor s'assit à la table et prit une des mains d'Ethel dans la sienne. Elle se raccrocha à lui, affamée de la plus petite marque de compassion.

— Y a-t-il quelqu'un que nous puissions appeler pour venir vous soutenir ?

— Non, je n'ai plus personne. D'Andra et sa maman viennent s'occuper de moi de temps en temps. Et j'ai un voisin qui m'emmène à la messe et qui me fait mes courses.

— Cela vous ennuie si nous jetons un coup d'œil dans la chambre d'Allegra ? demanda Taylor.

D'un geste de la main, la vieille femme indiqua le couloir du petit deux-pièces. A droite, ils repérèrent la chambre d'Ethel, qui sentait l'urine et le bois de santal. Celle d'Allegra, sur la gauche, était moins odorante. Un tissu noir recouvrait partiellement la fenêtre, laissant filtrer quelques rayons de soleil. Un lit étroit était poussé contre le mur ; les draps rayés rose et blanc étaient défaits et pas très propres. Juste au-dessus, à côté d'une simple croix de bois, était accrochée une photo d'une petite fille d'environ huit ans. Souriante, elle avait les bras passés autour de la taille d'une jeune femme qui lui ressemblait. Taylor l'examina sans la décrocher et reconnut sans difficulté la victime qu'elle avait vu autopsier le matin même. L'autre femme sur la photo devait être la mère d'Allegra. Elles avaient le même nez, la même inclinaison des yeux.

A l'exception de la croix et du portrait, les murs gris étaient nus. Il n'y avait pas un seul objet superflu dans ce décor sommaire. Juste le lit, une petite commode en mélaminé avec des tiroirs défoncés et des vêtements en tas par terre. McKenzie et elle passèrent les maigres possessions d'Allegra au crible. Taylor tomba sur un cahier d'écolière qui ressemblait à une esquisse de journal intime et qui finissait par des pages entières de gribouillages. Elle le posa sur la commode.

— Il faudra faire appel à un technicien de scène de crime pour voir s'il y a des empreintes ou de l'ADN qui pourraient nous aider à remonter jusqu'à l'assassin.

— Je vais passer un coup de fil pour qu'ils nous envoient quelqu'un.

Dans la salle de bains, ils trouvèrent l'habituel bric-à-brac féminin : lotion démaquillante, crème de jour, un crayon pour les yeux et du mascara, un boîte racornie contenant des gélules antimycosiques. Dans une petite trousse de maquillage, il y avait deux seringues, une petite cuillère et une pipe à crack artisanale en plastique transparent. Il existait clairement une dépendance toxicologique qui risquait d'apparaître dans les analyses. Le fait qu'Allegra soit partie sans son kit de droguée signifiait, en tout cas, qu'elle n'avait pas eu l'intention de s'absenter longtemps.

Restait à comprendre comment une fille des cités finissait clouée sur un pilier chez un amateur d'art de Love Hill.

— Quel gâchis, murmura McKenzie.

— Ce n'est rien de le dire, oui. Bon, appelle les gars du labo et allons rejoindre le père Victor.

Dans la cuisine, ils trouvèrent le prêtre en prière :

— « Seigneur, soutiens-nous pendant cette vie troublée, jusqu'à ce que les ombres s'allongent et que le soir vienne, que le silence tombe sur le monde affairé, que la fièvre de la vie soit passée et notre œuvre terminée. Alors, Seigneur, dans ta miséricorde, accorde-nous un logement sûr, un saint repos, et enfin la paix. Par Jésus-Christ notre Seigneur. *Amen.* »

Taylor attendit qu'il se soit relevé après s'être signé, puis elle se tourna vers Ethel. Elle avait presque peur de prendre la parole. Cela paraissait criminel de détruire l'effet apaisant de la prière, de chasser la sérénité éphémère qui flottait soudain entre ces murs crasseux. Dans le silence qui s'étirait, la vieille femme se mit à tousser — une toux sèche et dure, comme un aboiement. Et le moment de grâce s'évanouit.

Elle demanda gentiment :

— Savez-vous, madame, où je pourrais trouver Tyrone ?

— Il traîne près du petit supermarché à l'angle de Clairborne et de Lafayette. Vous devriez le trouver là-bas, à l'heure qu'il est. Sauf si quelqu'un a déjà cafté. La petite que vous venez de voir ici, elle fait aussi le tapin pour lui. Alors n'attendez pas trop, si vous voulez mettre la main sur Tyrone. Car, la D'Andra, c'est une pipelette. Et elle parle plus vite que son ombre.

Ethel émit de nouveau le son guttural que Taylor identifia comme un bref rire sans joie. Très vite, la vieille femme retomba dans le silence et parut se recroqueviller encore un peu plus sur elle-même, rentrant la tête dans son vieux peignoir taché comme une tortue dans sa carapace.

Taylor fit signe au père Victor puis remercia Ethel Johnson. McKenzie se tenait à côté de la porte ouverte, son téléphone pressé contre l'oreille. D'un geste, elle lui indiqua qu'ils partaient. Elle quitta à grands pas l'appartement pestilentiel et humide et inspira l'air frais à pleins poumons. L'odeur caractéristique de la marijuana flottait dans la brise, mais elle n'était pas en état de s'en inquiéter pour le moment. Tout ce qu'elle voulait, c'était s'éloigner de là.

Sans un mot, McKenzie et elle montèrent à bord de la

Chevy Caprice. Par radio, elle appela le service et demanda à la standardiste de lui passer Gerald Sayers, qui dirigeait la brigade de répression du proxénétisme. Gerald et son équipe s'occupaient des affaires de drogue, de prostitution — tout ce qui touchait aux mœurs. C'était un bon flic et Taylor appréciait sa droiture. Elle avait une entière confiance en lui.

Cinq minutes plus tard, elle avait Sayers en ligne. Elle mit le haut-parleur pour que McKenzie puisse suivre la conversation.

— Gerald ? C'est Taylor.

— Ça fait plaisir d'avoir de tes nouvelles. Tu tiens le choc ?

Le soutien ouvert qu'elle recevait de ses collègues lui donnait du cœur au ventre.

— Ça va. Ecoute, mon nouvel équipier, Renn McKenzie, est avec moi, là. Et nous avons une question pour toi. Tu connais un proxénète du nom de Tyrone Hill, qui vit dans la cité J.C. Napier ?

— Hill ? Je le connais bien, oui. Proxo. Dealer. Mouchard quand les tarifs l'arrangent — c'est un garçon qu'on pourrait dire multicartes. Il a repris une partie des attributions de Terrence Norton depuis que Lincoln a réussi à le coffrer, le mois dernier. Il paraît que Terrence continue de diriger son petit monde de sa cellule. Pourquoi cette question au sujet de Tyrone ? Qu'est-ce qu'il a encore fait ? J'espère qu'il y a matière à le coller en tôle.

— Une des filles qui bossent pour lui a été retrouvée morte hier soir.

— Coups ou overdose ?

— Ni l'un ni l'autre. Il semble qu'elle ait été séquestrée, privée de nourriture, puis clouée morte sur un poteau.

— Ah, le meurtre de Love Hill… Ça m'étonnerait que Tyrone soit ton coupable. Il serait plutôt du style à distribuer de grands coups sur la tête de ses gagneuses. Mais il n'a encore jamais dégommé personne, pour autant que je sache.

Je peux envoyer un de mes gars sous couverture pour voir ce que raconte Tyrone. Si c'est lui qui a fait le coup, il s'en vantera sûrement. Ces idiots adorent se faire mousser quand ils ont commis ce genre « d'exploit ».

— Ah, ce serait bien, oui. Ma victime s'appelle Allegra Johnson. Nous venons juste d'annoncer le décès à sa grand-mère. Il paraît que Tyrone traîne du côté de Lafayette.

— C'est son fief, oui. J'envoie quelqu'un et je te rappelle si j'ai du nouveau.

Taylor le remercia, coupa la communication. McKenzie lui jeta un regard interrogateur.

— Tu crois que ça va donner quelque chose ?

— Je ne sais pas. Tu as déjà rencontré le capitaine Sayers ?

McKenzie fit non de la tête.

— Tu verras. C'est un flic qui connaît son boulot. Nous avons d'autres pistes à explorer, O.K. ?

— Oui, bien sûr.

Elle abaissa sa vitre en voyant arriver le père Victor.

— Nous allons nous charger d'Ethel Johnson, annonça le prêtre. J'ai demandé aux services sociaux d'intervenir. On ne peut pas laisser une personne dans son état livrée à la crasse, à la pisse et aux blattes.

Taylor sentit son cœur s'alléger.

— Merci, mon père. Je savais que vous trouveriez le moyen de venir en aide à cette femme.

L'aumônier murmura une prière, puis remonta dans sa voiture et s'éloigna à vitesse réduite. Taylor le vit regarder à gauche et à droite, attristé, lui aussi, par la déréliction des lieux. Elle passa une vitesse et s'éloigna à la suite de l'aumônier.

— Bon, dis-moi un peu, McKenzie. Comment analyses-tu les choses ?

— Eh bien, je ne crois pas qu'un petit proxo de supermarché ait l'envergure nécessaire pour transporter un cadavre d'un bout à l'autre de la ville, l'attacher à un pilier et lui enfoncer un couteau dans la poitrine. Voilà, si c'est ça ta question.

Il glissa une paire de lunettes de soleil d'aviateur sur son nez. Le geste faisait tellement « flic » qu'il frisait la caricature. Taylor se demanda s'il s'exerçait le matin avant d'aller travailler.

— Fais gaffe, on pourrait commencer à t'appeler « Un Flic à Miami ».

— A Miami ? Pourquoi ? J'ai été muté d'Orlando.

Taylor se retint de rire et se concentra sur ce qu'il venait de dire.

— Laisse tomber. C'était avant ton époque. Je suis d'accord avec toi, au sujet de Tyrone. Mais je préfère attendre des nouvelles de Gerald avant de trancher. Quoi d'autre ?

— Je pense qu'Allegra Johnson était une cible facile. Une fille instable, toxico, venant d'un milieu plutôt glauque, condamnée à faire le trottoir. C'est typiquement le genre de fille dont personne ne s'inquiète si elle disparaît quelque temps. Je pense que celui qui l'a tuée a pris le temps de l'observer avant de l'enlever, et qu'il savait que sa disparition ne serait pas signalée.

— Pas mal. Il a pu attirer Allegra avec de la drogue. Ou en lui proposant de l'argent pour coucher avec lui. Si Tyrone est son proxénète, il saura peut-être avec qui elle est partie. J'ai fait une recherche ViCAP tout à l'heure, précisa-t-elle en soupirant. Pour voir s'il existe des points communs avec un meurtre commis à Manchester il y a quelques années. Si mon intuition est bonne, il faudra qu'on fasse un saut là-bas demain. Tu viendrais avec moi ?

— Bien sûr. Je peux faire autre chose, encore ?

— Si tu avais la responsabilité de l'enquête, comment t'y prendrais-tu, là ?

McKenzie laissa passer quelques instants de silence méditatif pendant qu'elle se garait sur le parking devant le Centre de justice criminelle. Elle coupa le contact et se tourna dans son siège de manière à lui faire face. McKenzie jouait avec ses mains, les tordait même, dans un état de frustration manifeste.

— Ça va peut-être paraître un peu fou, mais j'essaierais d'en apprendre un peu plus au sujet d'Hugh Bangor. Il se peut qu'il soit une cible. Dans la mesure où il est homosexuel, il pourrait être l'objet d'un crime de haine.

L'intensité dans la voix de McKenzie lui parut étrange. Ce n'était pas son ton habituel, en tout cas. Son front était plissé, ses poings serrés. *Il écumait de rage*. Les signaux d'alerte de Taylor s'allumèrent. McKenzie serait-il un gay refoulé ? Elle n'avait rien contre, cela dit. Mais il avait parlé d'une petite amie. Taylor laissa la question de côté pour le moment.

— Un message adressé tout exprès à Bangor ? J'y ai pensé aussi. Cela paraît un peu extrême, mais il a été cambriolé l'année dernière. Il est peut-être impliqué dans quelque chose que nous ignorons. Tu as vérifié son casier judiciaire ?

— Propre comme un sou neuf. Il paie ses contraventions et il n'est pas fiché.

— Peut-être dissimule-t-il habilement ses activités. Nous verrons.

Son portable sonna. Elle vit un numéro interne s'afficher. Sayers, avec un peu de chance. *Bingo*. Elle mit le haut-parleur.

— Nous avons vu l'ami Tyrone.

— Vous avez fait vite.

— Ces petits caïds de quartier ont au moins le mérite d'être prévisibles — et faciles à garder à l'œil. On leur fait prendre le pli en les utilisant comme informateurs confidentiels. Le policier que j'ai envoyé a eu une petite discussion avec lui. Et Tyrone Hill était visiblement secoué d'apprendre que la fille était morte. Il semblerait même qu'il tenait à elle.

— Ce qui ne l'empêchait pas de la faire coucher avec des inconnus pour gagner de quoi payer sa dose de drogue ?

— Ne me demande pas d'explications. Le comportement de ces charlots me dépasse.

Gerald se mit à rire.

— Quoi qu'il en soit, Tyrone a dit, et je le cite : « Shorty était une chouette fille ; il aurait fallu que je sois vraiment con pour la buter. Elle me rapportait du pognon, en plus. Maintenant, je suis triste. » Il a paru sincèrement surpris qu'elle soit morte. Il dit que ça faisait à peu près trois semaines qu'il n'avait plus de nouvelles.

— Cela correspond à l'estimation de temps donnée par la grand-mère, que nous avons interrogée à son domicile. Il n'avait aucune idée de la destination d'Allegra lorsqu'elle est partie ?

— Non. Il était en colère, pensant qu'un autre proxo la lui avait raflée. Autre chose encore. Le meurtre a eu lieu hier, tu dis ?

— Quand elle a été tuée, on ne le sait pas trop. Mais le corps d'Allegra a été placé dans la maison entre 9 heures et 17 heures.

— Le policier sous couverture de mon unité était avec Tyrone hier toute la journée. Ils étaient au supermarché pour un deal avec des Mexicains de passage que nous avons cueillis bien gentiment lorsqu'ils sont repartis.

— O.K., Gerald. Je raye Tyrone de ma liste de suspects immédiats. Merci pour ton aide. Vous faites des miracles, toi et ton équipe. Sois prudent.

Elle raccrocha et se tourna vers son équipier.

— Bon, pour l'instant, on oublie l'ami Tyrone. Allons voir ce qui nous attend à l'intérieur.

13

Il était déjà 17 heures. Taylor renvoya McKenzie chez lui en lui promettant de l'appeler s'il y avait du nouveau. Elle rédigeait un rapport lorsqu'une voix douce s'éleva.

— Taylor ? On a les résultats du ViCAP.

L'ombre portée de Rowena Wright tomba sur son bureau. Ses cheveux gris crépus formaient une myriade désordonnée de tire-bouchons miniatures. Taylor ne pouvait s'empêcher de penser à une tête de Gorgone. Alors que Rowena était le calme personnifié. D'humeur toujours égale, elle travaillait avec le même plaisir qu'elle avait à retrouver sa famille en fin de journée. Elle ne se plaignait jamais, ne comptait pas un seul jour d'absence maladie et avait reçu les félicitations du service pour sa ponctualité. Taylor avait une haute opinion de Rowena Wright.

— Merci, Rowena. Comment va ton mari ?

— Il est en pleine forme. Et ton homme, à toi ? Quand vas-tu enfin te décider à l'épouser, ce beau garçon ?

Taylor tripota sa bague de fiançailles en diamant et platine.

— J'y pense, Rowena, j'y pense. J'ai presque l'impression que nous sommes déjà mariés, par moments.

— C'est un homme magnifique. Sur tous les plans. Un type en or. Gare à tes fesses si tu le laisses filer bêtement entre tes doigts sous prétexte que le mariage te donne des sueurs froides.

Rowena commença à s'éloigner puis s'immobilisa comme si elle voulait rajouter quelque chose. Taylor lui serra affectueusement l'épaule.

— Merci de m'avoir apporté ces résultats. J'apprécie.

Rowena se contenta de sourire et quitta le bureau. Elle officiait dans un espace juste à côté, d'où elle gérait de main de maître toute l'administration de la division d'investigation criminelle.

Taylor se passa la main sur les yeux. Quelle manie avaient-ils donc tous de la mettre en garde, comme si elle risquait de perdre Baldwin à tout moment ? Curieux, tout de même… Pensaient-ils qu'elle ne retrouverait jamais un compagnon exceptionnel ? Ou qu'elle serait incapable de retrouver un mec tout court ? Baldwin était la crème des hommes et elle n'avait aucune intention de l'échanger contre qui que ce soit. Point final.

Elle se concentra résolument sur les résultats ViCAP.

La première recherche donnait une longue liste de vols de tableaux et autres objets d'art. Rien qui semblât lié de près ou de loin au meurtre de Love Hill. Elle laissa ces données de côté pour le moment et s'intéressa au deuxième thème de recherche. Elle l'avait paramétré pour que la base lui recrache tous les homicides avec un élément de musique classique ou autre composante artistique en arrière-fond. Quatre affaires de meurtre étaient listées. Dont celui de Manchester. Le cœur de Taylor battit plus vite. Peut-être tenait-elle un thème récurrent ? Avec un sentiment d'excitation croissante, elle passa aux résultats de sa troisième requête : les meurtres pour lesquels l'inanition était la cause du décès.

Plusieurs cas de morts suspectes satisfaisaient à ce critère, mais la plupart relevaient de la maltraitance aggravée envers des personnes âgées dépendantes. En découvrant le quatrième cas référencé, cependant, Taylor connut une nouvelle bouffée d'excitation. L'affaire s'était passée l'année précédente à Chattanooga. Elle posa les deux recherches ViCAP côte à côte. Le meurtre de Chattanooga avait plusieurs points communs avec celui de Manchester : dans les deux cas, de la musique classique jouait en arrière-plan et la victime était à la fois mince et noire. A Chattanooga, la jeune femme était morte d'inanition alors qu'à Manchester elle avait été noyée. Mais il y avait suffisamment de points de recoupement entre les deux affaires pour qu'elles puissent être reliées.

Ce qui lui faisait au total trois meurtres, avec des modes opératoires sinon équivalents, du moins assez similaires. Un à Nashville, l'autre à Chattanooga, le troisième à Manchester.

Elle continua d'éplucher les fiches, cherchant un détail qui sortait de l'ordinaire. A la fin, elle se retrouva avec six affaires qui lui parurent dignes d'être creusées à la lumière du meurtre de Love Hill. Toutes éparpillées aux quatre coins du Tennessee. Intuitivement, elle savait que certaines ne correspondraient pas à ses recherches. Mais les recoupements qui se dessinaient lui donnaient des frissons dans le dos. Trois scénarios de meurtre étaient manifestement liés. Voilà qui contredisait la thèse de Baldwin selon laquelle « Il Macellaio » aurait récemment franchi l'Atlantique. Sauf à supposer qu'il était itinérant et passait son temps à aller et venir entre deux continents ? Taylor se passa la main devant les yeux. C'était de la folie furieuse. Il lui fallait aborder cette étrange enquête sans aucun présupposé. Renoncer à élaborer des théories et avancer pas à pas. Juste en s'appuyant sur les éléments de preuve et en suivant chaque piste à mesure qu'elle se présenterait.

Elle appela un à un les officiers responsables des six enquêtes et leur demanda de lui transmettre leurs dossiers. Ses coups de fil furent chaleureusement accueillis. Une assistance gratuite était toujours la bienvenue, surtout si elle offrait une chance d'élucider un meurtre resté non résolu. Deux dossiers avaient été clôturés et les criminels identifiés ; elle les mit de côté. Le meurtre non élucidé de Manchester relevait de la responsabilité du shérif du comté de Coffee.

Le shérif Steve Simmons se montra très coopératif et lui proposa aussitôt de venir sur place pour examiner les éléments du dossier. C'était exactement ce que Taylor avait espéré. Elle lui annonça qu'elle viendrait dès le lendemain, avec McKenzie. Le trajet jusqu'à Manchester ne prenant guère plus qu'une heure, elle convint d'un rendez-vous dès le matin. Avant de raccrocher, Simmons confirma au téléphone que la victime était noire ; oui, de la musique classique jouait en arrière-plan ; non, il n'y avait pas de suspects. Taylor sentit le sang s'accélérer dans ses veines. C'était si bon d'avoir des pistes !

La tête de Tim Davis apparut dans l'encadrement de la porte. Taylor lui fit signe d'entrer.

— Approche, approche, Tim.

Il récupéra une chaise à roulettes devant le bureau inoccupé d'un inspecteur de la brigade de nuit.

— L'empreinte de paume correspond à celle du proprio. Mais l'une des empreintes digitales relevées sur le catalogue Picasso figure déjà dans notre base de données. Elle appartient à un délinquant sexuel que nous avons coffré.

— Coffré ?

— Il est à Riverbend où il purge une peine pour viol sur mineur.

— Et cela depuis… ?

— Un peu plus de huit mois.

— Donc l'empreinte ne peut pas remonter à hier soir ?

— En aucun cas, non.

— Bangor a mentionné un cambriolage il y a un an.

— Ça, c'est de l'ordre du possible, en revanche. L'empreinte n'était pas très nette. Il a fallu que je la passe à la vapeur tant elle était ancienne. Mais il y avait suffisamment de points de contact pour que je puisse la relever quand même.

— Donc nous avons une empreinte qui pourrait être vieille d'un an. Comment s'appelle le type ?

— Arnold Fay.

— Bon. Il va falloir demander à Hugh Bangor s'il connaît ce charmant personnage.

— On a recueilli de l'ADN aléatoire un peu partout, mais c'est vraisemblablement celui du propriétaire. Cela va nous demander un peu de temps de faire le tri. Le couteau ne comportait aucune empreinte. Même chose pour le fil de pêche. Il s'agit d'un fil Trilène cent pour cent fluorocarbone de la marque Berkley. Mais il est vendu dans tous les magasins de sport ou de pêche du Middle Tennessee. Donc cette précision ne nous mènera pas loin. Nous avons moulé quatre empreintes de chaussures différentes. Les deux plus proches de la maison correspondent à : un, une *runner* de la marque Asics ; deux, une chaussure de marche Timberland. Trouve-moi un suspect et je pourrai l'identifier à sa chaussure.

Taylor eut une pensée pour toutes les empreintes qui avaient pu être piétinées dans le jardin par les intervenants des forces de l'ordre. Mais ce qui était fait était fait. Il ne servait à rien de s'énerver là-dessus maintenant.

Tim jouait avec un bout de papier.

— Il y a autre chose encore. Tu sais, la monographie de Picasso ? Il manque une page tout à la fin.

— Comment cela, il manque une page ?

— Je l'ai apportée pour te montrer. Cela n'a peut-être aucun rapport, mais ça m'a intrigué.

Il posa le gros catalogue sur le bureau puis défit le scellé pour le sortir de son sac en plastique transparent. Taylor vit l'empreinte à demi effacée que Tim avait mentionnée.

— Tu vois, là ? En regardant bien, on se rend compte qu'une page a été coupée à ras.

Taylor fit glisser son doigt sur la tranche et constata qu'il avait raison. S'ils n'avaient pas pris le catalogue comme élément de preuve et si Tim n'avait pas été aussi méticuleux, ils seraient passés à côté de ce détail troublant.

— Que pouvait-il bien y avoir sur cette page ? s'interrogea-t-elle à voix haute.

— Je n'en sais strictement rien, à vrai dire.

Taylor effleura de nouveau le bord coupé et essaya de deviner ce qui pouvait figurer sur la page manquante. Mais elle n'en avait pas la moindre idée, là, à chaud. Tim garda le silence, lui laissant l'espace nécessaire pour réfléchir.

Les livres ne manquaient pas, chez Bangor. Les murs en étaient tapissés. Et il y avait d'autres volumes encore, posés sur la table basse. Bangor avait-il pour habitude de découper la page finale de tous ses livres ? Ou s'agissait-il d'un acte délibéré du tueur ? Elle sourit à Tim.

— Belle pêche, mon vieux.

— Je ne sais pas si ça a une signification quelconque pour l'enquête. Mais cela m'a paru étrange.

— L'avenir nous dira si c'est crucial ou anecdotique. Il y a plein d'autres monographies comme celles-ci sur la scène de crime. Tu pourrais peut-être retourner faire un tour là-bas, pour voir si tu trouves d'autres ouvrages avec des pages manquantes ?

— O.K. C'est parti. J'ai eu le propriétaire au téléphone, tout à l'heure. Il a l'air très sympa. Il m'a proposé aussitôt de venir et m'a promis de regarder de son côté s'il trouvait quelque chose.

— Tim, tu es le meilleur. Appelle-moi pour me tenir au courant, d'accord ?

Une fois Tim parti, elle écouta ses messages. Lincoln et Marcus annonçaient qu'ils la retrouveraient au Rumba à

18 heures. Elle jeta un coup d'œil à sa montre et vit qu'elle avait juste le temps de se rendre au rendez-vous. Baldwin ne les rejoindrait que vers 19 heures. Il avait un projet à terminer.

Elle appela Sam et lui laissa un message pour l'informer point par point de l'avancement de son enquête. Elle lui parla des relations professionnelles qui existaient entre Allegra Johnson et Tyrone Hill. Et mentionna également l'empreinte d'Arnold Fay, juste au cas où sa légiste d'amie en tirerait quelque chose. En elles-mêmes, ces minuscules pièces du puzzle n'avaient rien de marquant. Mais chaque élément était susceptible de jouer un rôle dans la construction de l'ensemble. Sam, d'autre part, était une véritable passionaria du détail. Elle exigeait d'être tenue au courant de tout, même des informations les plus ténues, car on ne savait jamais quel lien pouvait se dessiner avec les résultats de l'autopsie. Taylor comprenait bien cette exigence, car elle était quasiment aussi maniaque qu'elle.

Elle jeta un coup d'œil prudent par la porte ouverte du bureau d'Elm : personne. *Super.* Elle avait bâclé un rapport de deux lignes qu'elle posa sur son sous-main. « Activités du jour : autopsie et annonce du décès à la famille pour la victime de Love Hill, Allegra Johnson. Audition d'Hugh Bangor, le propriétaire de la villa sur Love Hill. »

Un peu succinct, mais tant pis. Elm s'en contenterait.

Elle remonta l'avenue West End sans encombre, et s'immobilisa devant le Rumba en rêvant d'un *caiparinha* maison. Le Rumba faisait partie de ses restaurants préférés, à Nashville. Dans la cuisine, les influences cubaine, sud-américaine, africaine, caribéenne, indienne et malaise se rencontraient, se combinaient et s'enrichissaient de rhums d'excellente qualité. Elle confia son 4x4 au voiturier et pénétra dans la salle sombre et fraîche du restaurant.

Les garçons étaient déjà arrivés. Elle se sentit sourire.

Ils lui manquaient, ces deux ostrogoths. Le démantèlement de leur brigade ne remontait qu'à cinq semaines, mais elle avait l'impression qu'ils étaient séparés depuis des siècles.

Marcus Wade la serra dans ses bras avec tant d'enthousiasme qu'il faillit lui faire perdre l'équilibre. Ses cheveux bruns étaient trop longs et lui tombaient sans cesse devant les yeux. Lorsque Marcus desserra son étreinte, Lincoln Ross prit la relève et lui appliqua le même traitement, froissant sans remords son costume Versace au passage. Il avait gardé son crâne rasé ainsi que son bouc noir taillé court. Pour qui ne le connaissait pas, sa nouvelle allure pouvait aisément avoir quelque chose d'inquiétant. Le simple fait de voir le sourire de ses dents écartées suffisait à ensoleiller l'humeur de Taylor. Elle recula d'un pas pour mieux les regarder.

— Bel accueil, les gars. Ça fait du bien de vous voir.

Lincoln secoua la tête.

— Tu ne peux pas imaginer comme ça nous manque de ne plus travailler avec toi. Ça craint, de bosser dans les quartiers.

Marcus acquiesça d'un signe de tête.

— Je ne pensais pas que ma carrière s'orienterait ainsi vers le sud. *Estoy aprendiendo hablar español.*

— Et tu la massacres, cette pauvre langue ! Où as-tu chopé cet accent, Wade ? Auprès de Speedy Gonzales ?

Lincoln appliqua une bourrade à Marcus qui se contenta de secouer la tête.

— C'est facile de faire le malin. Viens donc travailler à ma place, tu verras.

Au milieu du quartier Sud se trouvait « Little Mexico », avec sa communauté latino-américaine. Les crimes et les délits qui s'y commettaient étaient rarement élucidés car les habitants préféraient se taire plutôt que de s'adresser à la police. La plupart des résidents étaient des étrangers en situation illégale. Et la peur de l'expulsion était forte, même si Nashville appliquait une politique plutôt clémente en la matière.

L'hôtesse, une jolie étudiante avec un piercing à la lèvre et des cheveux courts coiffés en pointes, leva trois doigts d'un air interrogateur.

— Quatre, précisa Taylor. Le quatrième nous rejoint tout à l'heure.

La fille les conduisit dans le fond du restaurant. Leur table était placée de façon telle qu'aucun d'eux n'était assis dos à la porte. C'était une des raisons pour lesquelles ils se retrouvaient souvent au Rumba.

Taylor se glissa sur la banquette en face de Marcus et de Lincoln et ils commandèrent des cocktails ainsi que des galettes indiennes plates au fromage.

— Alors ? Qu'est-ce qu'il donne, ton nouveau boss ? demanda Lincoln dès qu'ils furent seuls.

— Un désastre. Il est bureaucrate jusqu'au trognon, ce pauvre homme. Et il a l'air de faire connerie sur connerie, en plus. Hier soir, il a éventé une info qu'il aurait dû garder secrète. Avec un peu de chance, il fera ce qu'il faut pour qu'on le vire sans que j'aie à y mettre du mien. L'un de vous a vu Price, récemment ?

Ils secouèrent la tête.

— Moi non plus. Tout ce que je sais, c'est que notre recours administratif avance. Bon, sans vouloir casser l'ambiance, les gars, Fitz a appelé cet après-midi. C'est pour ça que je voulais qu'on parle.

— Fitz ? Qu'est-ce qu'il devient, alors ? Il a l'intention de revenir un jour, oui ou merde ?

Le ton de Lincoln était nostalgique. Taylor savait que Marcus et lui n'étaient pas satisfaits du tour qu'avaient pris les événements. Pendant trois ans, ils avaient formé une équipe soudée où chacun avait pu s'appuyer sur les trois autres. Penser à cette relation symbiotique au passé leur portait à tous les trois sur le moral.

Taylor posa la main sur celle de Lincoln.

— Il devrait être là la semaine prochaine. Mais pour l'instant ils sont coincés en mer, à la Barbade, à cause d'une pompe manquante ou un bidule de ce genre. Et Fitz pense avoir vu le Prétendant à quai. Il est tombé sur Susie — l'a bousculée, plus exactement — puis il a poursuivi son chemin.

Ils haussèrent tous les deux les sourcils.

— Le Prétendant, à la Barbade ? Tu crois qu'il suit Fitz ? s'étonna Lincoln.

— Je ne vois pas pourquoi il ferait une chose pareille, franchement. Bon, il s'agit peut-être d'un hasard. Ou de quelqu'un qui lui ressemble.

Marcus la regarda droit dans les yeux.

— Toi, Taylor, qu'est-ce que tu en penses ?

Elle pesa ses mots.

— Il m'a fait signe, à moi aussi. J'ai eu un message sur mon répondeur, hier. Il me faisait savoir qu'il n'était pas l'auteur du meurtre de Love Hill.

Une même tension s'inscrivit sur les traits de Marcus et de Lincoln.

— Il t'a *appelée ?* Carrément ? murmura Lincoln, incrédule.

— On t'a affecté une équipe de protection ?

— Non. Et je n'y tiens pas. Je peux surveiller moi-même mes arrières. C'est pour vous que je me fais du souci.

Les yeux de Marcus brillèrent.

— Qu'il essaie de s'en prendre à nous, tiens ! Je n'attends que ça. Et pour le meurtre de Love Hill ? C'était Allegra Johnson, la victime ?

— Tu la connais ?

— Je l'ai chopée deux ou trois fois quand j'étais encore

officier de patrouille. Pour racolage sur la voie publique et usage de drogue.

— Eh bien, il y a un taré qui l'a chopée, mais pour de bon. Ils m'ont collé un nouveau coéquipier, au fait.

— Renn McKenzie, dit Lincoln. Ça va. Il est correct, une fois passé le cap de la timidité.

— Ça, pour être timide… Il passe son temps à rougir, l'ami Renn. Tu crois qu'on peut en faire quelque chose alors ?

— Ouais, je pense. Il n'est vraiment pas con, tu verras. Et il se débrouille en informatique.

— Ah zut… Si j'avais su, je lui aurais demandé de faire le boulot sur ViCAP à ma place.

Leurs boissons arrivèrent et ils passèrent commande pour le repas. Taylor regarda sa montre. 7 heures moins le quart. Elle choisit des brochettes et du riz thaï parfumé pour Baldwin.

Marcus les ramena à leur sujet de départ.

— Donc tu penses que le Prétendant nous suit à la trace ?

— J'en ai bien peur, oui. Sauf à supposer que sa présence à la Barbade soit une simple coïncidence. Peut-être teste-t-il le terrain pour voir qui d'entre nous est capable de le reconnaître ? Si seulement je savais ce qu'il manigance… Parks est allé faire un tour chez Fitz, mais il n'a rien trouvé d'anormal. Je me disais que le Prétendant s'était peut-être introduit chez lui pour subtiliser l'itinéraire. Bon, cela reste une possibilité. Mais cela représente beaucoup d'effort pour un résultat dont on ne voit pas trop ce qu'il pourrait lui apporter.

Lincoln se redressa.

— Je pense qu'il essaie de nous faire peur. *J'aimerais* qu'il s'en prenne à moi, tiens. Je vous jure qu'il le sentirait passer.

La silhouette de Baldwin se découpa dans l'encadrement

de la porte. Taylor lui fit signe et il les rejoignit à leur table. Il l'embrassa rapidement sur les lèvres.

— Messieurs, enchanté de vous revoir.

Il échangea une poignée de main avec Marcus et Lincoln. Taylor lui raconta sa journée et lui fit part de l'appel de Fitz. Baldwin était préoccupé ; elle voyait les plis entre ses sourcils se creuser alors même qu'il continuait de sourire. Leurs commandes arrivèrent et ils cessèrent de parler boulot pour échanger ragots, nouvelles et anecdotes.

Taylor refusa de boire un second *caipirinha*. Elle savait d'expérience que le cachaça, le rhum brésilien, lui montait très vite à la tête. Et elle était morte de fatigue. Ravie de revoir les garçons, certes. Et encore plus heureuse de partager un repas civilisé avec Baldwin. Mais elle avait à peine dormi deux heures la nuit précédente.

Ils se séparèrent vers 21 heures en se promettant de se revoir rapidement et de protéger mutuellement leurs arrières. Le voiturier alla récupérer son 4Runner ainsi qu'une Suburban noir pour Baldwin.

— Tu n'as pas pris ta moto ? demanda-t-elle en étouffant un bâillement.

— Non, il faut que je passe à l'aéroport pour récupérer un type de Londres, l'inspecteur principal Highsmythe, de New Scotland Yard. Il a la responsabilité de l'enquête sur les trois meurtres de Londres. Et il m'a demandé une consultation en urgence à Quantico. Je lui ai proposé de faire d'abord un crochet par ici. J'aimerais son avis sur le meurtre de Love Hill. Si tu n'y vois pas d'inconvénient, du moins.

— Aucun. Il faut quand même que tu retournes à Quantico ?

— Je ne vais pas y échapper. Maintenant qu'il a été établi que les meurtres de Londres et de Florence ont le même auteur, il faut que nous nous organisions pour coopérer.

Je vais prendre les données du dossier, pour le meurtre de Love Hill, et je demanderai à mon équipe de les charger dans notre système — on verra ce qui en ressortira. Je reconnais que les changements dans le mode opératoire m'interpellent. Mais les similitudes avec les crimes de début de carrière d'« Il Macellaio » sont quand même très troublantes. Qu'est-ce que tu as comme éléments, au niveau médico-légal ?

— Pas grand-chose. Un lubrifiant. Un fil de pêche. Une empreinte digitale qui correspond à celle, fichée, d'un délinquant sexuel actuellement en prison. Et Tim a découvert une page manquante dans le catalogue complet des lithos de Picasso. Le tout agrémenté de quelques marques de semelle. Rien de très concluant, pour l'instant. Tim doit être chez Bangor, là, pour essayer d'en savoir un peu plus sur cette histoire de page manquante.

— Tu veux qu'on aille le rejoindre là-bas pour voir s'il a trouvé quelque chose ?

Taylor hésita. C'était tentant. Mais pas forcément ce qu'il y avait de mieux à faire.

— Non. Ce ne serait pas prudent. J'ai bu un verre avant le repas. La dernière chose dont j'ai besoin en ce moment, c'est que quelqu'un aille rapporter à mon chef qu'il y avait une odeur d'alcool dans mon haleine. « Inspecteur de police en état d'ébriété. » J'entends d'ici l'annonce au journal télévisé du soir. Tim m'appellera s'il trouve quelque chose.

Pensif, Baldwin faisait passer son trousseau de clés d'une main à l'autre.

— Quoi ? Qu'est-ce qu'il y a ? demanda-t-elle.

Il glissa une main dans sa poche et en sortit un paquet de chewing-gums à la menthe.

— Tiens, prends ça. J'aimerais bien jeter un second coup d'œil sur la scène de crime secondaire. Je te suis, d'accord ?

— Si tu y tiens vraiment…

Taylor se fourra un chewing-gum dans la bouche et grimpa au volant de son gros 4x4. La journée avait été longue, très longue. Et la fin n'était toujours pas en vue.

14

Il ne leur fallut que quelques minutes en voiture pour monter jusque dans les hauteurs où trônait Bangor. Taylor se gara le long du trottoir et Baldwin suivit son exemple. Main dans la main, ils s'avancèrent vers le porche. La porte s'ouvrit alors qu'ils posaient le pied sur la première marche.

Le sourire d'Hugh Bangor était accueillant. Il tenait un verre ballon contenant deux doigts d'un liquide ambré.

— Inspecteur Jackson, que puis-je faire pour vous ? M. Davis est déjà occupé à passer toute ma bibliothèque au peigne fin. Entrez, entrez… Je peux vous offrir quelque chose à boire ? Vin ? Thé ? Café ? Ou peut-être une goutte de notre whisky local, la perle du Tennessee ?

Il secoua son verre et les glaçons tintèrent doucement. Taylor reconnut l'odeur du Jack Daniels et songea à son grand-père.

Elle lui serra la main et présenta son compagnon.

— Monsieur Bangor, voici le Dr John Baldwin, agent spécial superviseur du FBI. John dirige la BAU 2, une unité d'analyse comportementale à Quantico.

Le regard de Bangor s'éclaira en se posant sur Baldwin.

— Savez-vous que vous êtes absolument superbe ? Vous n'avez jamais pensé à devenir acteur ?

La première réaction de Baldwin fut de surprise. Puis il comprit que l'admiration exprimée par Bangor était de nature sexuelle. Il rougit intensément, ce qui acheva de séduire Taylor. Même si elle se délectait de le voir aussi troublé, elle se porta à sa rescousse.

— Pas de whisky pour nous ce soir, monsieur Bangor. Nous sommes venus seconder Tim pour l'examen de vos livres. Vous en avez une telle collection…

— Mais certainement, faites comme chez vous. Je viens de préparer une théière de *tchaï* — du thé indien au lait et aux épices pour M. Davis. Puisque le whisky n'est pas au programme, puis-je vous en servir une tasse ?

Ils acceptèrent très volontiers. Bangor était ouvert, plaisant, et avait un authentique sens de l'hospitalité. Alors qu'ils bavardaient, Taylor prit conscience qu'elle aurait eu plaisir à faire de lui un ami. Dommage que leur rencontre ait eu lieu dans des circonstances aussi peu propices. Elle le complimenta sur le *tchaï*, qui était crémeux et épicé juste comme il le fallait.

— J'achète des sachets tout prêts chez Publix. Mais je le fais avec du lait bio frais. Où en êtes-vous de votre enquête, alors ?

— Pas très loin, pour le moment, monsieur Bangor. Elle ne fait que commencer. Mais nous aimerions revoir deux ou trois choses ici.

— Soyez sympa et ne m'appelez plus « monsieur ». J'ai l'impression de prendre dix ans d'un coup.

— D'accord. Nous aimerions vous parler d'une de nos découvertes. Connaissez-vous un certain Arnold Fay ?

Bangor pâlit et s'étrangla sur son whisky.

— Pourquoi cette question ?

— J'en conclus qu'Arnold Fay fait partie de vos relations ?

Il hocha la tête et porta les mains à son cou.

— Il y a des années et des années que j'ai perdu le contact.

Quelque chose dans sa voix, dans ses gestes, éveilla la suspicion immédiate de Taylor.

— Vous en êtes tout à fait certain ?

Bangor vida son verre de whisky d'un trait puis se dirigea vers une carafe en cristal posée sur le bar pour se verser une seconde rasade. Il revint s'asseoir sur le canapé avec une expression résolue.

— Oui, je suis certain que nous ne nous sommes plus adressé la parole depuis au moins cinq ans.

— Nous avons pourtant trouvé une de ses empreintes digitales sur le catalogue Picasso qui était sur la table basse.

Le visage de Bangor se défit.

— Je ne vous ai pas dit toute la vérité.

Les bras croisés sur la poitrine, Taylor attendit.

— Vous vous rappelez le cambriolage dont je vous ai parlé ? Je savais qui était l'auteur, en fait.

— Arnold Fay, je suppose ?

— Oui. Il a volé tout l'argent qu'il a pu trouver mais a laissé le catalogue… en cadeau.

— Et pourquoi ce geste ?

Bangor poussa un profond soupir.

— Arnold était mon compagnon. Celui dont je vous ai dit qu'il était mort du SIDA. Dieu sait que j'aurais préféré qu'il disparaisse de cette fichue maladie. Une chose est certaine : il a cessé d'exister à mes yeux. Et c'est plus facile pour moi de raconter que mon ex est décédé plutôt que d'admettre qu'il… qu'il… Je n'arrive même pas à en parler, en fait.

— D'admettre qu'il a agressé sexuellement le fils de votre voisin, compléta Taylor pour lui.

— Christopher. Oui. C'était déjà fini entre nous quand il a commencé à s'intéresser à Chris. Je n'avais pas le cœur de jeter Arnold dehors. Et je n'étais quasiment jamais chez moi, de toute façon. Quand le scandale a éclaté au grand jour, il a prétendu que Chris et lui étaient ensemble et qu'ils s'aimaient. Comme si un gamin de treize ans avait la maturité nécessaire pour faire ce genre de choix ! Je savais au fond de moi que leur histoire ne pouvait pas être consensuelle. J'avoue que c'est une période de ma vie que je préférerais oublier. Arnold a laissé le livre d'art pour me signifier qu'il regrettait de m'avoir dérobé de l'argent. Et je n'ai pas eu le cœur de me débarrasser de son présent.

— J'ai trouvé quelque chose, annonça Baldwin en retirant un volume d'une étagère.

Il tenait un second catalogue consacré à une partie des œuvres de Picasso. Bangor sourit.

— J'ai une passion pour ce peintre.

Taylor posa sa tasse, sortit un gant en latex de sa poche et l'enfila sur sa main droite. Puis elle plaça le catalogue devant elle. Tim était venu les rejoindre et les trois hommes l'observaient, dans l'expectative, tandis qu'elle soulevait la quatrième de couverture.

Là aussi, il manquait une page. On discernait à peine les quelques millimètres de papier restant, tout contre la reliure. La coupure était quasiment invisible. Elle avait dû être opérée au rasoir. Ou avec un couteau de précision. Le bord coupé était si net et si régulier que rien, dans l'aspect du livre, ne laissait deviner qu'il avait été amputé d'une partie de son contenu.

— C'est une meilleure carte de visite qu'une carte postale, observa Baldwin.

— Vous pensez que le tueur a pu retirer lui-même ces deux pages ? Mais dans quel but ?

— Excellente question, monsieur Bangor. Avez-vous d'autres volumes comme celui-ci ?

Bangor se leva pour sortir deux autres ouvrages de sa bibliothèque.

— J'ai quatre catalogues consacrés à Picasso dans ma collection. Ces deux-là sont plus anciens, je les ai depuis des années. Celui que vous avez devant vous, inspecteur, je l'ai rapporté de New York, il y a deux ans, après une rétrospective Picasso au musée d'Art moderne. Celui que mon ex m'a laissé est le quatrième de ma collection. Et il est également assez récent.

Taylor feuilleta les deux livres d'art que Bangor venait de lui apporter. Mais ils étaient intacts l'un et l'autre.

— Ainsi, deux de vos catalogues Picasso ont été défigurés. Il s'agit à présent de découvrir quelle information contenaient ces pages.

Taylor se leva pour prendre un nouveau volume sur une étagère. Avec des reproductions de Whistler, cette fois. Elle le posa sur la table, souleva la couverture. Le livre était intact et elle vit ce qui avait sans doute été retiré des deux catalogues amputés : la page de copyright avec le nom des graphistes, de l'imprimeur, la date de dépôt et le lieu de l'impression. Tous détails qui pourraient lui être très utiles pour son enquête. En une fraction de seconde, l'ambiance de la pièce changea, passant de la simple curiosité à une intensité presque électrique. Etait-ce leur tueur qui avait sectionné ces pages ? Et, si oui, qu'avait-il voulu dire ?

— Ce n'est pas la signature habituelle, observa Baldwin.

Le visage normalement sombre de Tim se para d'un de ses rares sourires.

— Il a commis une erreur, là.

Baldwin acquiesça d'un signe de tête.

— *Si* c'est l'œuvre du tueur, il n'a pas fait le bon calcul, en effet. Ces pages mentionnent quelque chose de lui qu'il a voulu effacer. Un élément d'importance vitale.

Taylor se renversa contre le dossier et retira son gant en se tournant vers Bangor.

— Vous n'avez pas une autre copie quelque part ?

— Non. Désolé. Ma richesse s'arrête là.

— Nous allons devoir emporter également votre catalogue new-yorkais pour le relevé d'empreintes.

Bangor acquiesça d'un signe de tête.

— Que pensez-vous qu'il puisse y avoir de si significatif sur cette page de copyright, inspecteur ?

Taylor échangea avec Baldwin un rapide sourire teinté d'espoir.

Puis elle se tourna vers Bangor.

— Il y a des noms sur ces pages. Peut-être que celui de notre tueur y figure en toutes lettres. Allez savoir…

15

Taylor avait oublié sa fatigue. C'était toujours excitant lorsqu'une belle percée venait redonner son plein élan à une enquête.

— Vous avez un annuaire sous la main, monsieur Bangor ?

— Je dois avoir ça, oui. Je vais vous le chercher.

— Pour appeler les librairies ? devina Baldwin.

Elle hocha la tête.

— Elles doivent être encore ouvertes. Il est juste 21 h 30. Avec un peu de chance, celles du centre auront un des deux ouvrages en stock. Croisez tous les doigts, O.K. ?

Elle sortit son calepin et nota les titres des deux catalogues qui avaient été amputés d'une page. Bangor lui apporta les pages jaunes et elle ouvrit l'annuaire à la lettre L.

— Ah voilà ! Librairies... Nous avons Borders sur West End, et Davis-Kidd à Green Hills, qui sont les deux plus proches. Monsieur Bangor, quel serait votre premier choix ?

— Essayez Davis-Kidd. Ils ont un rayon art bien fourni. Et appelez-moi Hugh.

— O.K., Hugh. C'est parti pour Davis-Kidd.

Taylor composa le numéro et tomba sur un message enregistré. Elle raccrocha, essaya de nouveau, et cette fois une voix d'homme lui répondit. Lorsqu'elle lui eut donné les références, son interlocuteur s'excusa quelques instants puis revint en ligne pour annoncer qu'il avait un exemplaire en stock. Souhaitait-elle qu'il le lui mette de côté ?

Et comment ! Taylor donna son nom et reposa le combiné.

— On y va ? lança-t-elle à Baldwin.

Bangor les raccompagna jusqu'à la porte.

— Inspecteur, je peux vous demander une faveur ?

— Il n'est jamais interdit de demander. Que j'accepte ou non, c'est une autre histoire.

— Vous êtes obligée de parler d'Arnold à l'inspecteur McKenzie ?

— Je crains que oui. Pourquoi ?

Le visage de Bangor s'assombrit.

— C'est bien dommage. J'aurais préféré que mon image reste intacte à ses yeux. Votre collègue est si jeune et si sympathique…

Il n'était pas loin de 10 heures lorsqu'ils arrivèrent enfin devant chez Davis-Kidd. Les feux de circulation sur Hillsboro étaient mal coordonnés et ils eurent toute la succession au rouge. Taylor était à deux doigts de mettre son gyrophare lorsque le feu sur Woodmont passa enfin au vert. Le parking du centre commercial de Green Hills était déjà presque vide, et ils abandonnèrent leurs deux véhicules juste devant l'entrée de Davis-Kidd. Baldwin et elle coururent vers la porte juste au moment où l'employé tournait le verrou. Il secoua la tête et leur fit signe qu'il fermait. Taylor sortit son badge et l'effet sésame joua à plein : le libraire se ravisa et la porte s'ouvrit.

— Inspecteur Jackson. J'ai appelé tout à l'heure au sujet d'un catalogue raisonné des lithos de Picasso.

— Ah, c'est vous ? D'accord. J'ai *Picasso, lithographe* sur mon bureau, derrière. Je pensais que vous aviez renoncé. J'arrive tout de suite.

Taylor et Baldwin attendirent ce qui leur parut une éternité, puis l'employé resurgit avec un gros volume. Taylor le prit avec impatience. Mais se rembrunit aussitôt.

— Ah, mince… C'est le même titre mais pas le même livre.

— Désolé, dit l'employé. C'est le seul que nous ayons. Vous avez le nom de l'éditeur ? Je peux peut-être essayer de vous le commander.

— Je sais juste à quoi il ressemble. Et j'ai un second titre.

Elle lui montra les références qu'elle avait prises sur son calepin.

— Pourriez-vous faire une recherche et nous montrer les couvertures ?

Le libraire regarda sa montre.

— D'accord, mais en vitesse, O.K. ? L'heure de fermeture est passée et je dois récupérer ma fille chez sa nounou. Vous savez ce que c'est.

Il leur fit signe de le suivre et saisit les titres dans la base de données de la librairie. Hallucinant. Une bonne vingtaine de catalogues consacrés à Picasso portaient exactement le même titre. Le libraire les fit défiler et, au milieu de la page d'écran, Taylor reconnut ceux qu'ils recherchaient.

— Ces deux-là ! annonça Baldwin juste au moment où elle pointait le doigt sur l'écran.

Le libraire cliqua sur les titres en question.

— Ah zut, pas de chance… Ils sont épuisés l'un et l'autre. Cela fait plus d'un an qu'il n'y a plus eu de réimpression.

Taylor eut du mal à cacher sa frustration.

— Savez-vous où nous aurions une chance de trouver encore un exemplaire ? Ils doivent bien exister en stock quelque part. Il nous faut juste consulter une page. Et c'est urgentissime.

Il lut les informations à l'écran.

— La maison d'édition est new-yorkaise. Ils sont spécialisés dans l'impression d'art. Ces deux catalogues sont sûrement sortis à l'occasion d'une exposition. Vous pouvez essayer d'appeler directement chez l'éditeur. Ou même vous adresser aux musées concernés.

Il regarda de nouveau sa montre et Taylor et Baldwin saisirent le message. Elle nota le nom et l'adresse de l'éditeur. Bangor avait acheté l'un de ses catalogues à l'occasion d'une exposition à New York, donc cela semblait cohérent. Malheureusement, il était 11 heures du soir passées, à l'est. Et toutes les librairies de Nashville avaient désormais fermé leurs portes. Taylor se trouvait face à un choix cornélien. Débusquer quelques libraires locaux chez eux et leur demander de passer leurs stocks au peigne fin pour essayer de retrouver un livre épuisé depuis longtemps ? Ou tenter de rattraper son retard de sommeil et recommencer d'un bon pied le lendemain matin ? Le besoin de repos l'emporta, même si elle avait du mal à contenir sa déception.

Baldwin perçut son découragement.

— Hé ! Ne fais pas cette tête. Rien n'est encore perdu.

Il avait ce rare talent de déceler les moindres inflexions de ses états d'âme. Elle aurait aimé que ce don soit réciproque. Mais cela viendrait, en son temps.

Elle s'adossa contre le 4x4.

— J'ai bien cru qu'on mettrait la main sur ce bouquin du premier coup. Il s'en fallait de si peu… C'est rageant.

— A priori, nous avons un peu de temps devant nous. Nous avons affaire à un profil de meurtrier qui ne tue pas du jour au lendemain. Il prend son temps. Planifie son acte. Le met à exécution. Rien ne le presse. Malheureusement, il faut du temps avant que sa victime ne parvienne à l'état auquel il aspire. Et il pense qu'il ne craint rien, qu'il ne commet pas d'erreur. C'est un formidable coup de chance que nous ayons trouvé cette page manquante. Tu devrais augmenter Tim Davis.

Elle sourit.

— J'ai toujours dit qu'il était génial. Cela aurait pu nous prendre des semaines, voire des mois, avant de repérer un détail aussi subtil. Finalement, ça tombe bien que Bangor ait été l'amant d'un délinquant sexuel. Sinon, nous aurions sans doute mis plus de temps à faire le lien… Bon, allez. Va chercher ton flic londonien et dépose-le à son hôtel. Je file à la maison faire une recherche sur internet pour essayer de trouver un des deux catalogues en stock quelque part.

Il lui déposa un baiser léger sur les lèvres.

— O.K. A tout à l'heure, chez nous.

Baldwin détailla la maigre file de passagers que crachaient les entrailles de l'aéroport et son regard s'arrêta sur la seule option possible : le type qui avait une gueule de flic. L'Anglais était moins grand que lui. Blond, costaud, une certaine allure. Il s'avança à la rencontre de son collègue venu d'Europe.

— Highsmythe ?

L'Anglais avait l'air fatigué. Il répondit sans sourire.

— C'est bien moi, oui. Vous êtes John Baldwin ?

— Oui.

— Enchanté, John.

— La terre entière m'appelle Baldwin.

— Va pour Baldwin. Vous pouvez m'appeler Memphis.

Baldwin hocha la tête.

— Vous avez une valise ?

— Rien d'enregistré, non. Juste ce bagage de cabine.

— Impeccable.

Baldwin se dirigea vers la sortie et Highsmythe suivit le mouvement.

— Je vous ai réservé une chambre au Loews Vanderbilt. Je pense que vous devriez y trouver tout le confort nécessaire. J'imagine que vous êtes crevé, donc je vous propose de vous déposer directement à votre hôtel. Nous aurons tout le temps de nous mettre au travail demain matin.

Ils parlèrent peu pendant le trajet jusqu'au centre. Baldwin descendit de voiture et escorta Highsmythe jusqu'à la réception pour s'assurer que tout se passait bien. Il apparut alors qu'une erreur avait été commise au moment de la réservation. Comme l'arrivée était prévue après minuit, la chambre avait été retenue pour le lendemain. Manque de chance : un congrès se tenait au Loews Vanderbilt ce jour-là, et il n'y avait plus une seule chambre disponible. Baldwin eut beau sortir sa carte du FBI, rien n'y fit. Le gérant descendit et proposa de les conduire à pied jusqu'à un autre hôtel où il serait logé plus luxueusement et à leurs frais. Mais Baldwin vit que Highsmythe tombait de fatigue.

— Et si je vous hébergeais chez moi pour la nuit et que vous vous installiez à l'hôtel demain matin ?

Highsmythe acquiesça avec gratitude.

— J'aimerais autant, oui. Merci.

Ils ressortirent et grimpèrent de nouveau dans la Chevrolet Suburban. Highsmythe appuya la tête contre la vitre et ferma les yeux. Voyant qu'il somnolait, Baldwin appela Taylor sur son portable mais n'obtint pas de réponse.

Il renonça à laisser un message et conduisit en silence le long de l'avenue West End puis à travers des banlieues endormies. Avec un peu de chance, Taylor serait réveillée à son retour. Qu'il puisse au moins la prévenir qu'ils avaient un hôte à la maison.

16

Gavin était fou de joie et d'excitation. En arrivant chez lui, il avait découvert que sa poupée était mûre.

L'heure de l'amour était venue pour lui.

Il tremblait d'excitation malgré le feu allumé dans le poêle à bois qu'il conservait au sous-sol — officiellement, en cas de panne d'électricité, officieusement en vue de ses nuits galantes. La danse joyeuse des flammes baignait la pièce d'une douce lumière orangée. Il avait couvert une petite table ronde d'une nappe blanche damassée sur laquelle il avait disposé deux assiettes en porcelaine fine. Trois bougies étaient dressées dans un chandelier en argent, apportant juste ce qu'il fallait de supplément d'ambiance. Quelques heures auparavant, il avait ouvert une bouteille de Brunello di Montalcino et avait mis l'excellent vin à décanter dans une élégante carafe en cristal. Une boîte de chocolats fins trônait sur la table — des truffes de chocolatier à la saveur exquise, qu'il avait achetées tout spécialement en vue de cette soirée. Et, pour parfaire encore la perfection, il écoutait *Turandot*, son opéra préféré.

Gavin ouvrit les cadenas qui maintenaient la boîte en Plexiglas fermée. Son amour gisait, idéalement immobile. L'espace d'un instant, il demeura paralysé par l'émotion. Puis il se ressaisit et la souleva dans ses bras pour l'asseoir avec précaution dans un fauteuil près du feu. Le dossier était haut. Quelques tours de fil de pêche et il réussit à la faire tenir droite. Il posa une des mains de la jeune femme sur une truffe et arrangea ses traits de manière à la rendre souriante. Voilà. C'était bien mieux comme ça. Dans la lumière mouvante, le creux de ses joues, encore accentué, paraissait abyssal, et ses lèvres molles, tout juste entrouvertes, étaient un appel à la sensualité. Ses yeux d'un chocolat profond, de la même nuance que les truffes, le suivaient partout où il allait.

Il s'installa en face d'elle et servit le vin. Puis leva son verre en un salut respectueux et but une gorgée. Il s'éclaircit la voix et commença à chantonner avec la musique.

Nessun dorma — que personne ne dorme ! Le célèbre air pour ténor de Puccini parlait d'une princesse solitaire, silencieuse dans sa chambre froide, attendant l'amour d'un homme qui la mériterait. Et lui, Gavin, était cet homme-là. Il n'avait pas l'oreille musicale et savait qu'il massacrait Puccini. Mais il avait plaisir à murmurer les mots italiens, qui glissaient jusqu'à elle pour l'envelopper d'une caresse d'amant. Il espérait de tout cœur qu'elle l'entendait, de là où elle se trouvait, qu'elle sentait qu'il lui faisait l'amour avec les paroles les plus tendres.

Ed il mio bacio scioglierà il silenzio che ti fa mia! Il nome suo nessun saprà et noi dovrem, ahime, morir. Il tomba à genoux devant elle et lui murmura des bribes de la traduction, sachant qu'elle ne saisirait peut-être pas toutes les nuances de l'italien. « Et mon baiser brisera le silence qui te fait mienne ! Personne ne saura mon nom ! Non, non, sur ta bouche, je le dirai, quand la lumière resplendira ! »

Ivre de désir, de vin et de musique, il la détacha et elle bascula sur lui, l'enlaçant en une étreinte mortelle. Ses mains pendaient dans son dos, le touchaient. Il se sentit tenu, enveloppé, et pleura de joie. Il l'emporta dans ses bras vers le feu où un doux matelas de plumes les attendait avec des draps de soie tiédis par la chaleur du poêle. Il l'allongea avec précaution sur leur couche d'amour et disposa ses cheveux en couronne sur l'oreiller. Son regard aveugle plongea dans le sien. Lorsqu'il l'embrassa et que sa bouche s'ouvrit sous la sienne, il faillit perdre la tête. C'était si doux... Si tendre.

Il prit son temps et lui fit l'amour avec douceur, attentif à la prendre sans brutalité. Elle s'offrait à son étreinte, sans jamais le repousser, chaque fois aussi consentante, chaque fois aussi abandonnée. Il la prit encore, encore et encore.

La nuit passa vite. Trop vite. A l'aube, lorsque les premières lumières du jour filtrèrent sous la porte, Gavin s'arracha du paradis entre ses cuisses et se pencha pour l'embrasser. Dans la lumière du jour, elle n'était plus tout à fait aussi saisissante.

— Il est temps de prendre un bain, mon amour. Oh, pourquoi a-t-il fallu que tu me quittes si vite ?

VENDREDI

17

Taylor se réveilla en même temps que le soleil. Etonnamment, elle avait dormi d'une traite. Au moins six heures d'affilée. D'habitude, lorsqu'elle se cassait les dents sur une enquête complexe, elle passait une bonne partie de la nuit dans sa salle de billard à jouer pour se calmer les nerfs. Mais la veille au soir, après avoir pianoté vingt minutes sur son ordinateur pour s'assurer qu'aucune librairie de Nashville n'avait les catalogues Picasso en stock, elle était montée s'effondrer sur son lit. Baldwin l'avait rejointe une heure plus tard en marmonnant quelque chose au sujet de l'inspecteur londonien. Mais elle avait sombré dans un état quasi comateux et n'avait pas saisi grand-chose de son message. Elle s'était rendormie dans la seconde, enroulée autour de lui comme une algue.

Encore dolente de sa nuit, elle s'étira longuement puis se glissa hors du lit en veillant à ne pas troubler le sommeil de Baldwin. Il s'était couché horriblement tard, le pauvre.

Elle descendit sans bruit au rez-de-chaussée, désactiva l'alarme, sortit récupérer le journal devant la porte, puis déambula jusqu'à la cuisine pour faire couler du café pour Baldwin et se préparer du thé. Tout en marchant, elle ouvrit le quotidien pour regarder les gros titres.

AUCUNE PISTE DANS LA CHASSE
AU CHEF D'ORCHESTRE.

Super… Juste ce dont elle avait besoin ; les médias mettant leur grain de sel dans l'enquête pour semer un début de panique parmi les citoyens de Nashville. Le côté positif, c'est qu'ils n'avaient pas encore eu vent de la pose très particulière de la victime, ni du lien possible avec le célèbre *serial killer* italien. Tôt ou tard, ces aspects transpireraient. Mais avec un peu de chance elle parviendrait à retarder ce moment.

— Bonjour, lança une voix grave.

Avec un hurlement de surprise, elle laissa tomber le quotidien qui s'effeuilla sur le sol. Un homme — un inconnu — était assis à la table de cuisine. Son premier réflexe fut de chercher son arme, mais l'intrus la cueillait en mauvaise posture. Elle avait juste enfilé un débardeur et un caleçon de Baldwin qu'elle avait roulé trois fois à la ceinture. L'homme se leva et fit un pas dans sa direction. Taylor calculait mentalement la distance qui la séparait du bloc de couteaux de cuisine posé sur le plan de travail en granit lorsqu'il la désarma d'un sourire en lui tendant la main.

— Permettez-moi de me présenter : inspecteur Highsmythe. Votre ami ne vous a pas prévenue que je passais la nuit ici ?

Taylor s'immobilisa juste au moment où Baldwin entrait en trombe dans la cuisine.

— Ça va ? J'ai cru entendre hurler ?

Elle se retourna vers lui en priant pour que sa voix ne vacille pas.

— Tout va bien. Je n'avais pas capté que nous avions un invité.

— Désolé. Tu étais H.S. quand je suis rentré. Ils se sont plantés dans la réservation, au Loews. Comme il était tard, j'ai pensé que ce serait plus simple que Memphis dorme ici pour cette nuit. Mais je ne vous ai même pas encore présentés : Taylor Jackson… James Highsmythe.

L'Anglais haussa un sourcil et l'examina rapidement de haut en bas avant de planter ses yeux bleus dans les siens.

Taylor eut une conscience aiguë de plusieurs sensations, l'humiliation l'emportant sur la pointe inattendue d'excitation qu'elle identifia lorsque leurs regards se trouvèrent.

Le débardeur blanc qu'elle avait enfilé pour dormir était en coton très fin et elle ne portait pas de soutien-gorge. Elle se sentit soudain glacée et son corps réagit en conséquence. Elle se croisa frileusement les bras sur la poitrine.

— Une seconde, O.K. ? Je monte juste m'habiller.

Elle tourna les talons et prit la fuite. Baldwin murmura quelque chose dans son dos et l'Anglais eut le culot de rire.

Ah, ils pouvaient rire, les hommes ! Eux se baladaient en toute décontraction avec trois fois rien sur le dos. Le temps qu'elle reprenne ses esprits et qu'elle redescende, vêtue d'un sarouel et d'un T-shirt noir, Baldwin avait fait infuser son thé et préparait le petit déjeuner. Elle accepta sa tasse avec gratitude et s'installa en face de son homologue britannique.

— Memphis était justement en train de me parler du fonctionnement de la police métropolitaine de Londres. Elle ne me semble pas très différente de la métropolitaine de Nashville, commenta Baldwin en posant une assiette avec des œufs brouillés devant elle et une autre devant Highsmythe.

— Ah oui ?

Elle vit qu'Highsmythe avait pâli et se demanda s'il se sentait mal, tout à coup. Probablement juste un coup de fatigue. Il était temps de réparer sa maladresse et de saluer leur invité avec un peu plus de tenue. Elle lui tendit le sel et le poivre, puis lui serra la main.

— Enchantée. Je suis Taylor Jackson. Vous devez être le contact de Baldwin à Scotland Yard.

— Memphis. Enchanté.

Un sourire chaleureux glissa sur les lèvres de l'Anglais. Mais, lorsqu'il baissa les yeux sur sa tasse de thé, Taylor aurait été prête à jurer qu'elle avait vu une brève expression de souffrance sur ses traits.

— Ça va ? s'inquiéta-t-elle.

Il tressaillit puis leva les yeux sur elle.

— Ça va, oui. Juste un peu sonné par le décalage horaire.

— Il n'y a rien de plus tuant, intervint Baldwin. Désolé pour le loupé d'hier soir. Après le petit déjeuner, nous veillerons à vous installer correctement.

— Merci de m'avoir dépanné pour la nuit, en tout cas.

Highsmythe prit sa fourchette avec la main gauche et plaça délicatement une portion d'œufs dans sa bouche. Excellentes manières, nota Taylor. Il avait retrouvé ses couleurs. Elle en conclut que physiquement, en tout cas, il n'allait pas trop mal.

Que dire de l'inspecteur Highsmythe, alias Memphis ? Qu'il était bel homme, sans l'ombre d'un doute. Pour qui aimait les blonds, du moins — ce qui n'était pas son cas. Mais il lui était aisé d'imaginer ce qui, en lui, pouvait attirer d'autres femmes. Du charme, oui, mais sur le versant menaçant. Voir des mains aussi puissantes que les siennes tenir l'anse délicate d'une tasse de thé faisait sourire. Il portait une chemise sous un fin pull en cachemire noir, suffisamment ajusté pour souligner à la fois la qualité de ses vêtements et celle de sa musculature. Sa personne tout entière évoquait le granit ; il formait comme un bloc compact, tout en tension et en puissance. Intraitable, aussi bien au physique qu'à l'émotionnel. Et elle avait du mal à comprendre pourquoi elle avait ébranlé un instant sa carapace.

Il était différent de Baldwin, dont le grand corps mince

était pour elle un refuge, un lieu de constance, de ressourcement et de joie. Highsmythe, lui, était un concentré de violence brute dissimulé sous une façade sculptée. Taylor se promit de faire en sorte de ne pas se trouver seule avec lui dans une même pièce. Sa présence la déstabilisait et elle préférait éviter de donner de fausses impressions.

Elle termina ses œufs puis pria ses deux compagnons de l'excuser : elle avait encore à faire avant de partir travailler. L'Anglais se leva lorsqu'elle quitta la table et salua son départ d'un signe de tête. Au moins, sa courtoisie ne la dépaysait pas. Elle était habituée aux façons « gentleman du Sud » des hommes de sa région.

Elle prit sa tasse de thé avec elle et s'installa à son bureau en chassant de son esprit l'étranger dans sa cuisine. La première chose à faire était de mettre la main sur les livres d'art. Elle appela la branche new-yorkaise de l'éditeur, Taschen Books, et tomba directement sur le bon filon : une employée hyper-compétente qui écouta sa demande avec attention puis la fit patienter quelques instants. Lorsqu'elle revint en ligne, elle annonça qu'ils n'avaient plus aucun exemplaire des catalogues, dont le tirage était resté confidentiel, mais qu'elle pouvait s'adresser à la société qui stockait les fichiers électroniques servant à l'impression. L'employée lui assura qu'elle se chargeait de commander les pages en question et qu'elle les lui adresserait dès qu'elle les aurait obtenues.

Taylor lui confia son numéro de portable ainsi que son fax au bureau. A 8 h 30, elle retrouvait McKenzie dans un relais routier sur l'Interstate 65. Elle passa rapidement sous la douche et roulait ses cheveux mouillés en chignon lorsque la silhouette de Baldwin se découpa à l'entrée de la salle de bains.

— Tu sais que tu es belle, mouillée ?

Elle rit.

— Tu es fou.

Il l'attira contre lui.

— Pas fou du tout, non. Dommage que nous ne soyons pas seuls.

Elle noua les bras autour de son cou.

— Regrets partagés, mon cher. Tu fais quoi, aujourd'hui ?

— Ça dépendra de ce que notre flic anglais a à me raconter. Je vais entrer toutes les données de ton meurtre dans nos bases de données. Quelque chose me dérange, dans cette histoire… Les similitudes sont confondantes. Et pourtant ça ne colle pas complètement. Tu pourras m'appeler lorsque tu auras vu le shérif, à Manchester ? Si les deux meurtres sont liés, c'est que ce type sévit déjà discrètement depuis un certain temps. Ce qui nous procurerait une base pour nos recherches. Je me servirai des nouvelles informations que tu me donneras pour enrichir le profil. Avec un peu de chance, il ne nous faudra pas longtemps pour coincer ce pervers.

— A ce propos, tiens, fais-moi penser de te faxer les résultats du ViCAP. J'ai trouvé un troisième meurtre qui pourrait être lié à celui de Manchester et celui de Love Hill. A Chattanooga, cette fois. Je vais essayer d'en savoir plus là-dessus aujourd'hui.

Baldwin la considéra avec inquiétude.

— Tu ne m'en avais pas parlé.

— Je ne suis pas certaine que les affaires soient liées. C'est juste du feeling, pour l'instant. Je t'enverrai le fichier par e-mail.

— O.K. Tu as fait du super boulot, entre parenthèses. Tu ferais un agent extraordinaire.

Il l'embrassa — si intensément qu'un grand spasme de désir lui coupa les jambes. Puis il la relâcha avec un sourire persifleur.

— N'oublie pas de me faxer ton rapport ViCAP, surtout.

— Gros malin, va.

Mais elle lui rendit son sourire.

— Il faut que j'y aille. Tu pars pour Quantico ce soir ?

— Demain. Je dois faire rencontrer le reste de l'équipe à Highsmythe.

Baldwin la laissa aller et elle ressentit ce manque aigu qui la saisissait chaque fois qu'ils se détachaient l'un de l'autre. Elle ne se sentait jamais aussi pleinement vivante que dans ses bras — et restait sur une sensation de faim dès qu'ils se séparaient. Comme s'il réveillait en elle une demande insatiable.

Elle lui déposa un rapide baiser sur les lèvres puis finit de s'habiller. Baldwin entra dans la cabine de douche. Ce fut à son tour de l'observer, de s'attarder sur sa haute silhouette musclée, de regarder l'eau cascader sur ses épaules puissantes. Il avait une façon très particulière de tourner son visage pour l'offrir au jet, comme s'il cherchait à laver l'horreur dans laquelle il trempait au quotidien. Elle sentit un tiraillement au creux de son ventre, comme une attirance viscérale. La sensation lui arracha un soupir. Il était beau. Intelligent. Généreux. Elle avait de la chance d'avoir croisé le chemin de John Baldwin.

Taylor jeta alors un coup d'œil à sa montre. Si elle s'attardait une minute de plus, McKenzie ferait les frais de son manque de ponctualité. Elle ouvrit la porte de la douche, fit signe à Baldwin d'approcher et prit, cette fois, l'initiative de l'embrasser. L'effet de son baiser ne se fit pas attendre. Avec un sourire goguenard, elle le provoqua d'une rapide caresse puis se détourna.

— Hep, là ! Reviens voir par ici ! protesta-t-il dans son dos.

Elle poursuivit son chemin en riant.

— Désolée, mon chéri. Je vais être en retard. Passe une bonne journée, mon cœur.

Taylor l'entendit grommeler une protestation alors qu'elle

dévalait l'escalier. Elle adorait la façon dont elle le faisait démarrer au quart de tour.

Highsmythe était toujours dans la cuisine et fixait tristement le fond de sa tasse de thé.

— Que se passe-t-il ? demanda-t-elle.

— Elle est vide.

Sur ce constat dépité, il leva vers elle un regard rieur. Elle lui rendit son sourire. Tous cinglés, ces Anglais.

— Passez une bonne journée. Et prenez le temps de visiter Nashville.

— Je n'y manquerai pas, merci.

Elle le considéra un instant en se demandant s'il était sincère. Puis elle attrapa ses clés. Pas de doute, ce type avait un charme ravageur.

— Au revoir, monsieur Highsmythe.

Memphis se ressaisit comme il le put.

— Bonne journée, mademoiselle Jackson.

Mais la porte s'était déjà refermée derrière elle. Il se renversa contre son dossier et constata qu'il respirait à peine. C'était comme s'il avait retenu son souffle, depuis l'instant où il l'avait vue déambuler dans son débardeur blanc ajusté et que ses belles jambes interminables l'avaient portée pas à pas jusqu'à lui. Taylor Jackson était probablement une des femmes les plus somptueuses qu'il avait jamais croisées.

Il sentit un pincement dans sa poitrine, quelque part du côté du cœur. Dans le séjour, il avait vu des photos d'elle avec l'agent du FBI — des clichés pris en vacances, tout en sourires éperdus et en regards enamourés. En photo, cette fille ressemblait beaucoup à son Evan. Mais Taylor Jackson en personne avait une présence physique… explosive. Elle était grande, souple comme une liane, avec des courbes exactement là où il le fallait et des cheveux de la nuance de blond naturelle qu'Evan s'était toujours donné tant de mal à reproduire. Les deux femmes différaient également par leur empreinte olfactive. Autant qu'il se souvienne, une légère fragrance citronnée avait toujours flotté autour d'Evan.

Memphis se resservit une tasse de thé et savoura une gorgée. Il était carrément impressionné. Baldwin s'était chargé de lui préparer, dans une *vraie* théière en porcelaine, un excellent Earl Grey en feuilles, infusé juste à point. Alors qu'il s'était attendu à un de ces sachets tiédasses dont la ficelle pendouillait tristement sur le bord d'un gobelet en polystyrène. Il avait toujours cru les Américains incapables de saisir les subtilités d'une boisson aussi raffinée que le thé.

Fermant les yeux, il fit défiler devant lui chaque instant de cette matinée.

« Enchantée, avait-elle dit. Je suis Taylor Jackson. Vous devez être le contact de Baldwin à Scotland Yard. »

Il avait été tenté de rectifier : « *New* Scotland Yard, en fait. Nous avons cessé de nous appeler Scotland Yard depuis les années 1890. » Mais à quoi bon se comporter en pédant sentencieux ?

« Memphis. Enchanté », avait-il réussi à rétorquer en lui adressant son sourire le plus engageant.

Quelque chose en elle s'était embrasé en écho. Il avait senti la pression de sa main s'accentuer pendant une fraction de seconde. Et son simple sourire de politesse s'était étendu à ses yeux gris profonds comme un loch d'Ecosse. Il était resté sous le choc et son cœur avait fait quelques extrasystoles.

Elle lui avait demandé avec inquiétude si ça allait. Bonne question… Comme s'il pouvait encore « aller », désormais.

L'odeur remémorée de citronnelle et de lubrifiant pour arme vint s'imposer de nouveau à ses sens. Memphis leva les yeux et eut la stupéfaction de se retrouver nez à nez avec Taylor en personne. Encore une chance qu'elle ne sente pas comme Evan. Sinon, il aurait explosé.

— C'est encore moi ! J'ai oublié mon portable.

Il se leva tant bien que mal en faisant grincer abominablement les pieds de sa chaise, mais elle avait déjà récupéré son téléphone et disparaissait par la porte intérieure donnant sur le garage. Au passage, il avait noté une bizarrerie dans les yeux de Taylor Jackson : ils étaient d'un gris très clair, avec le droit un peu plus sombre que le gauche, comme si une tempête s'était déclarée en ne touchant qu'une moitié de son visage. C'était une authentique beauté — pas parfaite, ce qui lui donnait d'autant plus d'attrait. Et elle portait une arme, en plus. Il était ensorcelé. Il sentit monter une érection et se retourna vers la table en faisant mine de s'occuper de l'assiette devant lui.

Qu'est-ce qui n'allait pas chez lui ? Il examina la situation, la décortiqua, l'analysa point par point, comme le psy de la police voulait qu'il procède. La femme était belle, oui. Elle ressemblait à son épouse décédée, oui. Elle était vivante et lui souriait si joliment — oh oui ! Et elle appartenait à un autre — à l'agent avec qui il était censé coopérer sur une des plus grosses enquêtes auxquelles il ait touché depuis des années. Encore une fois, oui.

Il lutta pour chasser Taylor Jackson de ses pensées et revenir à ses préoccupations professionnelles du moment. Il avait trois mortes sur les bras dont le décès demandait à être élucidé. C'était l'unique raison de sa présence dans cette maison.

La manœuvre de diversion fonctionna un moment. Il se versa le reste de thé et se rassit à table. Puis ce fut plus fort que lui : ses pensées revinrent tourner autour de son hôtesse.

Taylor, dont la voix était aux antipodes de celle d'Evan. Sa femme avait eu une élocution parfaite, l'accent de la haute société britannique et un organe assez haut perché. Taylor, elle, s'exprimait d'une voix profonde, légèrement rauque, comme si elle avait passé la nuit entière sans dormir dans un endroit enfumé. Et cette voix-là lui parlait aux tripes.

Les yeux d'Evan avaient été bleus comme le ciel d'été. De la même couleur que les siens, en fait. Et très différents des iris gris de Taylor.

Pendant un instant, elle et lui s'étaient retrouvés les yeux dans les yeux. Et il aurait été prêt à jurer qu'elle l'avait reconnu quelque part — qu'elle avait compris.

Il entendit la porte du garage se refermer. Elle était officiellement partie. Il émit un rire sans joie. « Allez, remue-toi, mon vieux ! » Ces admonestations intérieures ramenèrent, intacte, la voix du prof d'aviron de ses années universitaires.

« Remue-toi, Memphis ! Investis-toi à fond dans la course ! »

Il était infatigable sur l'eau, étant jeune. Dans son dos, on l'appelait la Terreur de Balliol College, lorsqu'il était étudiant à Oxford.

Une voix s'éleva à hauteur de son épaule.

— Memphis ?

Il se retourna et vit que Baldwin le dévisageait avec curiosité. Il devait avoir l'air fin, avec sa tasse de thé vide dans la main, à regarder fixement une porte close.

— Désolé. Je suis un peu dans le cirage, ce matin.

— Vous aviez l'air profondément perdu dans vos pensées, en effet. Je vous conduis jusqu'à votre hôtel, O.K. ? Puis nous pourrons examiner le dossier.

Vu ce qu'il lui restait comme capacités de concentration, ça promettait d'être coton.

18

Taylor revit l'expression de l'Anglais lorsqu'ils s'étaient retrouvés nez à nez dans la cuisine. Le Troyen Pâris posant son premier regard sur l'immortelle Hélène avait dû faire plus ou moins cette tête-là. Elle rougit profondément. Pour le moins embarrassante, la réaction dudit Highsmythe… Elle décida de rayer cet épisode pénible de son esprit. C'était le moment où jamais de rester concentrée. Elle avait du pain sur la planche, aujourd'hui.

Le trajet jusqu'à Old Hickory, où elle devait retrouver McKenzie, était bucolique à souhait. A sa gauche s'étiraient les verts pâturages de Steeplechase. Les bois où elle avait poursuivi et rattrapé « Le Rainman » s'étendaient à sa droite. Partout où elle allait, à Nashville, les lieux étaient chargés de souvenirs de ses enquêtes passées — de ses succès comme de ses échecs. Le violeur en série, un certain Norville Turner, qui avait terrorisé Nashville pendant dix longues années allait être jugé bientôt. Elle ne se souvenait plus de la date exacte du procès, mais savait qu'elle serait appelée à témoigner. Le salaud l'avait frappée au visage en tentant de s'enfuir et elle se souvenait du plaisir qu'elle avait éprouvé à riposter. Elle l'avait mis K.O. et son œil au beurre noir lui avait fait la semaine. Une parfaite touche finale pour une enquête cruelle et difficile.

Elle traversa Hillsboro, atteignit Brentwood. La circulation était dense mais, moins de dix minutes plus tard, la station-service apparut sur sa droite. McKenzie l'attendait en costume gris clair. Le bleu de sa cravate donnait à ses yeux des accents noisette. Il tenait deux cafés à la main. Elle se gara à côté de lui, descendit du 4x4 et le délesta d'un de ses gobelets.

— Tu bois des *caffe latte*, c'est ça ?

— Tout à fait, oui. Merci.

Elle essayait de limiter sa consommation de Diet Coke. Et les *latte* constituaient une source de caféine de remplacement.

— Tu conduis ? voulut savoir McKenzie.

— Bien sûr.

McKenzie avait également prévu des beignets. Taylor en choisit un, l'avala en trois bouchées puis lécha le sucre sur ses doigts avant de remettre le contact.

— Merci pour le petit déj ! C'est sympa.

— J'ai pensé qu'on aurait besoin d'énergie pour la route.

— Tu as bien pensé. Tiens, au fait, nous avons trouvé un nouvel élément de preuve, hier. Tu savais que nous avions récupéré un livre d'art sur la table basse, chez Bangor ?

— Non ?

— Un catalogue raisonné — pas l'œuvre complète de Picasso, car elle occupe plus de trente volumes. Mais un gros bouquin rassemblant ses lithographies. En examinant l'ouvrage, Tim Davis a relevé l'empreinte d'un délinquant sexuel, un certain Arnold Fay. Nous avons abordé la question avec Hugh Bangor et il se trouve que Fay et lui vivaient ensemble, il fut un temps. C'est Fay qui a cambriolé Bangor l'année dernière. Et il a laissé le catalogue en guise de dédommagement symbolique. Tim a également remarqué qu'il manquait une page, tout à la fin du bouquin. Même chose pour un autre livre d'art appartenant à Bangor — le catalogue d'une expo à New York, cette fois. Et c'est la même page qui a été retirée. J'ai appelé la maison d'édition qui doit nous faxer une copie des pages en question.

— Hé, c'est super ! Tu aurais dû m'appeler, j'aurais pu te donner un coup de main. Tu es retournée chez Hugh… Enfin, chez M. Bangor ?

— Oui. Mais il était déjà tard. Nous sommes passés là-bas sur une impulsion.

McKenzie hocha la tête mais il paraissait déçu. Taylor commençait à se demander si l'attirance Bangor/McKenzie ne fonctionnait pas des deux côtés.

Il soupira.

— J'étais déjà plus ou moins au courant, pour Fay. J'ai fait quelques recherches sur Hugh Bangor, hier. Tu te souviens, quand il nous a dit que son compagnon était mort du SIDA ? Ce n'était pas vrai. Il s'agissait de Fay, en fait.

Taylor lui jeta un regard en coin.

— C'est ce que nous a dit Bangor hier soir. Tu as trouvé d'autres éléments sur Fay ?

— Pas encore. J'ai demandé qu'on sorte le dossier des archives. Mais j'ai posé la question à Bangor hier. Ça devait être après ton départ. Fay avait vingt et un ans et le gamin tout juste treize. Le jeune a fait son coming out et présenté Fay à ses parents, qui ont aussitôt porté plainte pour détournement de mineur. Le môme a pris peur devant la réaction horrifiée de ses parents et il a changé de discours. Il a dit que Fay l'avait violé et l'a laissé mettre en prison.

— Tu as le nom du gamin ? Il a un casier judiciaire ?

— Christopher Gallagher. Il vit dans le Texas, maintenant. Son casier est vierge. Je vérifierai s'il a un alibi. Cela ferait un solide motif de meurtre. Quoique… Le trajet depuis le Texas paraît un peu long, non ?

— Pas autant que le voyage depuis l'Italie. Je ne veux exclure aucune possibilité pour l'instant.

Taylor décida de risquer un avertissement.

— Prudence avec Bangor, O.K. ? Nous n'avons encore aucune preuve qu'il n'est pas impliqué. Si tu dois vivre quelque chose avec lui, j'aimerais que tu attendes que l'enquête soit bouclée. Nous avons déjà suffisamment mauvaise presse comme cela.

McKenzie baissa le nez. Il avait l'air malheureux comme les pierres.

— Tu savais que j'étais… ?

— Je me doutais. Et ce n'est pas un problème, O.K. ? Promets-moi juste de faire gaffe avec Bangor.

McKenzie garda le silence un moment.

— Tu sais, pour mon amie qui s'est suicidée ?

— Celle dont tu as parlé hier ?

— C'est à cause de moi qu'elle s'est tuée. On devait se marier, tout était déjà programmé. Et j'ai tout annulé in extremis. A la fac, j'avais eu des histoires avec des mecs, mais je pensais qu'il suffirait que je me fixe avec une femme pour vivre une existence normale. Et puis voilà. Au dernier moment, j'ai compris que ça ne pourrait jamais marcher. Et elle l'a très mal vécu. Ça a été horrible. Il m'a fallu deux ans pour surmonter ma culpabilité. Tu n'en parleras à personne, hein ?

— Pas un mot, je te le promets. Ta vie privée ne regarde que toi.

— C'est pour ça que j'ai quitté Orlando. Chaque fois que je tombais sur les parents de mon amie, j'en étais malade.

— J'imagine que ça n'a pas dû être facile, en effet… Bon, d'accord. Ce sera notre petit secret à tous les deux. Quand nous aurons l'info de la maison d'édition, c'est toi qui étudieras la page, d'accord ? Je suis sûre qu'elle contient une info cruciale. Tu connais Lincoln Ross ?

— Ouais. Il est vraiment super, ce gars.

— Lincoln m'a dit que tu te débrouillais en informatique. Ce sera l'occasion de me montrer ce que tu sais faire.

Une fois sur l'autoroute, elle prit de la vitesse sur la file de gauche, faisant des appels de phares aux énormes poids lourds qui tardaient à se rabattre. McKenzie lui jetait des regards en coin, comme s'il avait encore autre chose à lui dire. Elle attendit un moment, puis finit par s'impatienter :

— Qu'est-ce que j'ai ? Un morceau de beignet sur la joue ?

Il rougit sans répondre.

— Non, sérieux, dis-moi. Tu vas finir par me donner des complexes, à me dévisager comme ça.

— Je peux te poser une question ?

— Oui, bien sûr.

— C'est vrai, ce qu'on raconte pour ta cicatrice ?

Par réflexe, Taylor passa la main sur son cou. Elle y pensait rarement, à cette balafre sculptée en bas-relief, souvenir d'un homme frappé de désespoir et de folie. Quelques centimètres de chair profanée. Un millimètre de plus, et elle n'aurait plus été là aujourd'hui pour en parler.

— Quelle histoire ? Le type a pété un câble. Reste toujours à distance d'un suspect armé d'un couteau, McKenzie.

— Je veux dire : c'est vrai que tu l'as tué ?

— Chaque fois que j'ai tué, c'est que je n'avais pas le choix, McKenzie.

La froideur glaciale de sa propre voix l'étonna. Une tension presque palpable épaississait soudain l'atmosphère. Elle allait s'excuser auprès d'un McKenzie déconfit lorsque la radio de bord grésilla.

— Inspecteur Jackson ? Ici le standard. Attention code 10-64 — peut-être un 10-89. Noyade. Code 2. Lac Radnor. Répondez, s'il vous plaît.

Taylor jura énergiquement, fit un signe de tête à McKenzie et enfila in extremis la dernière sortie de Murfreesboro. Son équipier prit le micro.

— 10-4. Nous sommes juste au sud de Murfreesboro. En route pour le lac Radnor. Terminé.

Taylor extirpa son calepin de sa poche et le tendit à McKenzie.

— Appelle le shérif du comté de Coffee et explique-lui que nous avons été détournés. Dis-lui qu'on le rappellera.

Taylor avait déjà repris l'autoroute en sens inverse et remontait vers le nord. Elle mit son gyrophare et, comme les autres voitures s'écartaient devant eux, en profita pour dépasser la vitesse limite. Encore un homicide, a priori. Qu'il s'agisse d'une noyade semblait logique puisque cela se passait près d'un lac. Mais le « code 2 » signifiait qu'il y avait urgence. Autrement dit, un meurtre. Un de plus. Il semblait exister une loi statistique qui faisait qu'un meurtre en appelait presque toujours un autre. Mais quand même… Radnor Lake… Ce n'était pas un endroit où les forces de l'ordre intervenaient souvent. Quoi qu'il en soit, elle conduisait pied au plancher. Plus vite ils seraient sur place, plus vite elle saurait à quoi s'en tenir.

Ce changement de programme avait au moins eu le mérite de détourner la conversation de sa cicatrice. Elle n'était pas encore assez à l'aise avec McKenzie pour lui parler de la terreur paralysante qui l'avait submergée quand elle avait vu son propre sang se répandre sur sa poitrine. Pour lui parler du moment de lucidité hallucinante qui séparait la coupure et la douleur. Elle avait su qu'elle allait mourir. Qu'elle aurait dû mourir. Sans la formation médicale de Baldwin…

Taylor chassa le souvenir et le frisson d'horreur qui allait avec. Il leur fallut vingt minutes pour regagner le comté de Davidson, traverser les élégants quartiers du bord du lac et prendre à droite sur Otter Creek. L'entrée du parc était située huit cents mètres plus haut. De grands chênes aux vastes frondaisons ombrageaient l'allée d'accès interdite aux véhicules à moteur. Taylor se gara sur le petit parking à leur gauche et se joignit aux autres intervenants.

Plusieurs voitures de patrouille étaient stationnées là, mais pas la moindre lumière bleue tournante. Surprenant. Taylor reconnut la camionnette de scène de crime de Tim Davis, garée juste à l'entrée du chemin.

En descendant de voiture, Taylor fut frappée par la beauté sauvage et verdoyante des lieux. Le tout à moins de vingt kilomètres de Nashville.

Paula Simari se tenait à côté de son véhicule de patrouille et s'entretenait avec une ranger du parc au visage livide. Max, le chien, était sur le siège arrière, le museau pressé contre la vitre.

Sur le badge de la garde forestière, Taylor lut : « R. Kilkowski ». Sa monture de lunettes en plastique marron semblait à peine tenir sur son nez minuscule. Taylor serra sa main tremblante dans la sienne.

— Que se passe-t-il, ici ? demanda-t-elle. Pourquoi les gyrophares sont-ils éteints ?

— Pour éviter de perturber les animaux sauvages, expliqua la garde forestière. Nous avons eu trois pygargues à tête blanche la semaine dernière. Et nous avons bon espoir qu'ils décident de nicher ici. L'officier que voici a eu la gentillesse d'accepter d'essayer de limiter l'impact visuel et sonore.

Taylor haussa les sourcils mais ne fit aucune remarque. Elle savait qu'on prenait la protection de la nature très au sérieux, ici, au lac Radnor. C'était un des rares biotopes protégés aux alentours de Nashville — un véritable écosystème, même. Radnor Lake consistait en quatre cent quatre-vingt-six hectares de lac aux eaux pures, de faune sauvage et de chemins de randonnée. Pique-niques et vélos y étaient interdits à cause de la fragilité des équilibres naturels. Inutile de préciser que la présence des forces de l'ordre à Radnor Lake risquait d'agiter les esprits.

L'association des Amis de Radnor Lake rassemblait

le « Who's Who » de l'élite de Nashville. Et des sommes importantes étaient en jeu. Le lac, qui avait d'abord été la propriété d'une compagnie de chemins de fer, en 1913, était devenu une réserve naturelle financée par des fonds privés. Taylor était consciente qu'un cadavre dans un endroit comme celui-là ferait forcément mauvais genre.

Paula Simari la salua en lui tapotant l'épaule puis serra la main de McKenzie.

— J'apprécie que vous ayez fait aussi vite. Tu vas être surprise par les similitudes avec la victime de Love Hill, Taylor. Il s'agit du corps d'une jeune Afro-Américaine. Et elle est maigre comme un clou.

Taylor eut une soudaine montée d'adrénaline. Elle s'était attendue à un meurtre plus banal. Comme s'il existait des meurtres ordinaires, cela dit…

— Noyée ?

— Je ne sais pas. Je préfère que tu te fasses une idée par toi-même.

Paula Simari fit un signe à la garde forestière.

— Allez-y. On vous suit.

— Vous voulez que je retourne encore là-bas ? se récria R. Kilkowski, d'une voix un peu trop aiguë.

Ses yeux étaient humides derrière les verres de ses lunettes. Taylor la rassura.

— Ne vous inquiétez pas. Vous n'êtes pas obligée de regarder. Emmenez-nous juste sur le bon chemin.

La fille acquiesça d'un signe de tête. Raide comme un passe-lacet, elle commença à gravir la colline. Tous trois lui emboîtèrent le pas.

— C'est franchement isolé, par ici, commenta Paula. Je suis surprise que nous ne soyons pas appelés à intervenir plus souvent. Le parc est fermé la nuit. Il pourrait s'y passer n'importe quoi.

— Ils ont une surveillance vidéo ? demanda McKenzie.

— Oui. Ils nous préparent une copie de l'enregistrement. Mais les gardes n'ont rien remarqué de suspect. Il faudra examiner le film de près. Aucune caméra de surveillance n'est dirigée sur ce point précis. Soit il est malin, soit il a eu un coup de bol.

— Ou il connaît bien le parc ? suggéra McKenzie.

Ils grimpaient à la queue leu leu, en suivant la piste qui menait au barrage. Leur colonne dérangea une bande de corneilles qui se dispersa en criaillant. Taylor n'avait jamais eu beaucoup de sympathie pour ces oiseaux. C'était comme s'ils lisaient dans ses pensées et la considéraient avec défiance.

Brusquement, un craquement se fit entendre dans les sous-bois. Ils sursautèrent tous les quatre avant d'éclater d'un rire nerveux. Taylor entrevit quelque chose de blanc et de rapide et supposa qu'il s'agissait d'un daim. Il lui fallut un moment avant que son cœur retrouve son rythme normal. Elle était sur le qui-vive, comme si Dieu sait quoi d'inattendu pouvait lui tomber dessus à tout instant.

Juste en dessous du chemin coulait une rivière. Les chutes de pluie récentes avaient rempli les nappes phréatiques et les eaux étaient abondantes. Taylor vit un grand serpent glisser tête levée, tout près de la rive — un mocassin d'eau, selon toute probabilité. Comme ils avançaient dans les bois, les coassements indignés des corneilles ne leur parvenaient plus que sous forme assourdie. Le lac était calme et les cris des créatures des bois et des eaux nourrissaient un silence pesant.

Taylor se souvenait de ce chemin. Alors qu'elle faisait ses débuts dans la police, elle avait participé aux recherches pour retrouver Janet Levine, l'épouse disparue dans la célèbre affaire Perry March qui, aujourd'hui encore, défrayait la chronique, à Nashville. Pendant des jours, puis des semaines et des mois, ils avaient tous remué ciel et terre pour retrouver le corps de la jeune femme. En tant qu'élève officier, elle s'était vu attribuer la responsabilité d'une équipe et avait passé des journées entières à fouiller sous chaque buisson.

Le corps de la belle Janet n'avait jamais été retrouvé, mais Perry March, qui s'était remarié au Mexique, avait finalement été extradé et jugé. Son père étant passé aux aveux, Perry March avait été condamné. Le jugement n'avait pas surpris Taylor. Elle avait toujours pensé que Perry avait tué sa femme. L'arrogance qu'il avait affichée alors qu'il se croyait tiré d'affaire avait signé sa défaite. C'était souvent le cas pour ce type d'individu.

Le soleil disparut derrière une cohorte de nuages. Un orage menaçait. Taylor pressa le pas, inquiète à l'idée que la pluie puisse effacer de précieux indices. Le chemin dessina un virage et le lac surgit dans sa splendeur étale, sa surface à peine ridée par le souffle ténu de la brise. Le spectacle était impressionnant de beauté et d'horreur mêlées. A quelques mètres sur leur droite, Taylor vit Tim Davis arriver en sens inverse sur le chemin, un appareil photo à la main.

— Le corps n'est pas dans le lac ?

La voix de la jeune garde forestière trembla.

— Non. Elle repose dans la rivière Otter.

Taylor discerna alors clairement l'objet de l'attention de Tim : un cadavre flottait dans les eaux peu profondes. Quelques personnes se tenaient là, à observer et à prendre des notes.

La dénommée R. Kilkowski émit un son geignard et les adressa à un type bourré d'énergie, plutôt bel homme, avec des cheveux argent, un bronzage réussi et des yeux bleus tout plissés de rides. La main tendue, il escalada la berge à leur rencontre.

— Bonjour, je suis Dick Harkins, le gérant du parc. Heureux de faire votre connaissance, même si les circonstances ne sont pas réjouissantes.

Taylor fit les présentations.

— C'est vous qui avez découvert le corps, monsieur Harkins ?

— J'ai eu ce triste privilège, oui. Je faisais mon petit tour, comme tous les matins. Et j'ai immédiatement remarqué une touche de couleur qui n'était pas à sa place. Au début, j'ai pensé que c'était juste un bout de tissu ou un vêtement oublié. Mais quand je me suis approché…

Un saule pleureur était incliné au-dessus de la rivière et une branche coincée s'élevait de la rive rocheuse. La combinaison des deux créait un tunnel d'ombre. Taylor retint son souffle et descendit vers la rivière.

Une jeune femme de petite taille flottait là, bercée par le mouvement de l'eau. Elle était sur le dos, la bouche et les yeux ouverts, les bras allongés sur le côté. Dans sa main droite, elle tenait un bouquet de fleurs aux couleurs vives, dans les rouges, les bleus et les jaunes. Autour de son cou frêle était disposé un collier de floraisons mauves — des violettes, apparemment. Elle portait une robe longue et blanche qui dessinait la forme de ses jambes. Le bas de la jupe s'était accroché à la branche dressée, ce qui expliquait sans doute pourquoi elle avait terminé là son ultime périple. Taylor avait la conviction instinctive que la fille était censée dériver sur l'eau.

— Tim, dis-moi que tu as filmé, photographié, relevé toutes les empreintes possibles et imaginables.

Tim la rejoignit avec précaution.

— J'ai fait mon boulot, oui.

— Je veux que Baldwin voie ça. Immédiatement.

— Comment faut-il le comprendre ? Ça ressemble tellement à une mise en scène…

— *C'est* une mise en scène. Chaque élément a été orchestré. Cette fois, je sais ce qu'il cherche à dire. Et je suis quasiment certaine qu'il s'agit du même tueur.

19

Dans le hall d'entrée du Loews Vanderbilt, Baldwin était en conférence téléphonique avec Quantico en attendant Memphis, lorsqu'il reçut un appel sur sa seconde ligne. Il vit que c'était Taylor, mais il la bascula sur sa boîte vocale. Il voulait d'abord boucler son entretien téléphonique. Cinq minutes plus tard, il mettait fin à sa conversation et vit que Taylor avait laissé un message. Il l'écouta aussitôt et sentit un mélange d'incrédulité et d'excitation monter dans sa poitrine.

« Il Macellaio » avait encore frappé.

— La vache…

Highsmythe, qui venait d'apparaître, vêtu d'un jean et d'un blazer brun parfaitement coupé, lui jeta un regard étrange.

— Désolé. Ça ne s'adressait pas à vous.

— Mauvaise nouvelle ?

— Oui et non. Il semble que notre homme nous ait laissé une nouvelle victime. Patientez une seconde, O.K. ? Je vais essayer d'avoir plus de détails. Asseyez-vous, prenez quelque chose à boire. Je suis à vous dans un instant.

Highsmythe hocha la tête et se dirigea vers la salle de restaurant. Baldwin composa le numéro de Taylor, qui répondit à la première sonnerie.

— Je suis à Radnor Lake. Et j'ai un nouveau cadavre.

Il entendit sa voix survoltée et sut que quelque chose de fondamental venait de se produire.

— Il faut que tu viennes jeter un coup d'œil sur la scène, enchaîna-t-elle. Embarque ton Anglais, il pourra nous servir. Je crois savoir ce que le tueur fabrique, cette fois, mais je voudrais ton opinion.

— C'est le même auteur ?

— Si ce n'est pas lui, ça lui ressemble de très près.

— O.K. On arrive.

Il coupa la communication, glissa le BlackBerry dans sa poche, puis se passa la main dans les cheveux, se frottant le crâne pour mieux réfléchir. Pourquoi « Il Macellaio » était-il venu sévir précisément dans le Tennessee ? Et comment expliquer ce soudain changement de race chez ses victimes ? Cherchait-il à brouiller les pistes ? Peut-être pensait-il qu'il n'y aurait personne, dans une ville comme Nashville, pour faire le lien avec ses anciens crimes. Si c'était le cas, il risquait d'être surpris. Car le filet, inexorablement, se resserrait autour de lui.

Memphis leva la tête et vit le type du FBI se diriger vers sa table, le front barré par un pli préoccupé.

— Highsmythe, j'ai une devinette pour vous. « Il Macellaio » pourrait avoir frappé de nouveau. Pourquoi ce tueur, qui a cantonné son activité à Florence pendant dix ans, se découvre-t-il soudain une âme de voyageur et transfère-t-il son terrain d'opération en Angleterre, puis aux Etats-Unis ? Et pourquoi porter son dévolu sur une autre race en passant d'un côté à l'autre de l'Atlantique ?

— Excellentes questions.

Le serveur apparut, s'excusant de les avoir fait attendre.

— Messieurs ? Thé ? Café ? Soda ? Quel est votre poison de choix ?

Baldwin jeta un billet de cinq dollars sur la table.

— Désolé, mais nous ne pouvons pas rester.

— Aucun problème, monsieur, lui assura le serveur en empochant l'argent.

Memphis se leva et bâilla jusqu'à sentir ses oreilles se débloquer. Bon, voilà qui était déjà mieux. Maudits transports aériens... Il allongea le pas pour rattraper Baldwin qui se hâtait vers la sortie.

— Où va-t-on, au juste ? Voir la scène de crime ?

— Oui. Je suis désolé. Taylor pense que ce serait bien que nous allions nous rendre compte sur place.

— Pas de problème. Je vous suis.

Ils montèrent dans la Suburban que le voiturier venait d'avancer devant la porte. Memphis ignorait tout de leur destination. Ils se dirigeaient vers l'ouest, apparemment. Il descendit son pare-soleil et jeta un rapide coup d'œil dans le miroir. Même s'il avait réussi à dormir quelques heures, il n'en avait pas moins une tête à faire peur. Ses yeux étaient injectés de sang, ses cheveux partaient dans tous les sens et il ne s'était pas rasé depuis deux jours. Il avait l'air d'être passé dans une essoreuse. Avec un haussement d'épaules, il remonta le pare-soleil.

— Fatigué ? demanda Baldwin.

— Un peu. C'est cette enquête qui m'a cassé. Plus le temps de dormir la nuit. Votre gonzesse a l'air d'avoir une sacrée personnalité.

Baldwin lui jeta un regard surpris puis sourit.

— Ah, Taylor ? C'est ma future femme, pas ma « gonzesse ».

— Ça ne doit pas être simple pour vous, qu'elle vive aussi loin de votre lieu de travail. Si j'avais quelqu'un comme elle dans ma vie, j'éviterais de trop m'éloigner. Alors, dites-moi, elle est plutôt du genre romantique ou du style tigresse entre les draps ?

— J'habite à Nashville à plein temps, rétorqua Baldwin d'un ton neutre. Et ma vie de couple ne vous regarde pas.

— Ma femme aimait les roses et les dîners aux chandelles.

Memphis se le tint pour dit. M. FBI n'était pas du genre à s'épancher. Très bien.

— Revenons à notre enquête, suggéra froidement Baldwin.

— Pourquoi habitez-vous à Nashville alors que vous bossez en Virginie ? ne put s'empêcher de demander Memphis.

Il posait trop de questions mais c'était plus fort que lui. Des hommes comme Baldwin, il en avait déjà rencontré : réservés au point d'être presque hautains. Mais ces types-là ne lui faisaient pas peur. Avec quelques questions bien placées, il parvenait généralement à les décoincer. Que Baldwin refuse de s'étendre sur sa vie sexuelle et amoureuse était une chose. Mais il devait aimer parler de lui, comme tout un chacun.

Baldwin lui jeta un regard en coin.

— En quoi cela vous intéresse-t-il, Memphis ?

Mmm… Bonne question. Pourquoi s'acharnait-il à vouloir lui soutirer des confidences ? « Parce que tu as envie qu'il te parle de sa Taylor Jackson, espèce d'imbécile ! Ressaisis-toi et concentre-toi sur cette enquête. »

— J'essaie de faire connaissance. Racontez-moi où vous en êtes de votre dossier, alors.

— Je suis en train de terminer le profil mais, si « Il Macellaio » est bel et bien responsable de ces deux derniers meurtres, il faudra que je revienne sur certains aspects. La race de la victime a changé, ce qui constitue une anomalie. Et je ne m'attendais pas à ce qu'il frappe deux fois en quelques jours.

— Une anomalie. Excellent. C'est le genre de détail qui devrait nous permettre de le coincer, c'est ça ?

— Possible.

Memphis réfléchit quelques instants.

— Vous dites que ses nouvelles victimes sont afro-caribéennes. Pourquoi ce brutal changement à mi-course ?

— Là est la question. Peut-être y a-t-il eu un élément déclencheur dans sa vie affective ? Un événement qui l'a braqué ? On peut imaginer qu'une de ses petites amies ait rompu et qu'il ait reporté son attirance sur des femmes aux caractéristiques physiques différentes ? Ça ne lui était jamais arrivé jusqu'à présent. Je ne sais pas… Il a également modifié ses méthodes. Les meurtres commis aux Etats-Unis sont assez proches de ceux de Florence : planifiés, ostentatoires. Alors qu'en Angleterre, en revanche, il semble avoir fonctionné de façon plus opportuniste. Autre chose : il est possible qu'il opère aux Etats-Unis depuis bientôt quatre ans. Nous avons trouvé deux autres homicides avec des victimes noires et des modes opératoires similaires. Ce qui fait pas mal d'éléments de réflexion. Souvenez-vous que mon profil ne vous dira pas *qui* il est. Il vous permettra juste de vous faire une meilleure idée de la personne à rechercher.

C'était donc ça, le truc, pour rendre Baldwin loquace : l'amener sur le terrain professionnel. Memphis ne se sentait pas à l'aise avec ce type. Pas suffisamment pour lui confier qu'on venait de lui proposer un poste au FBI. Pen ne manquerait pas de l'assassiner lorsqu'elle apprendrait la nouvelle. Et il n'était pas certain que Baldwin apprécierait.

Pour le moment, il allait donc la boucler. On verrait bien plus tard.

— Peut-être qu'il est un peu l'un, un peu l'autre ?

Baldwin fronça les sourcils.

— Un peu organisé et un peu désorganisé ?

— Non. Il a tué à la fois des femmes blanches et des femmes noires. Il est attiré par les deux, donc. Peut-être est-il lui-même un peu blanc et un peu noir.

Cette idée retint l'attention de Baldwin. Il lui jeta un regard appréciateur.

— Beau travail de déduction. Dans mon profil, je pars justement de la théorie qu'il doit être biracial. Rien ne semble indiquer a priori qu'il enlève ses victimes par la force. Je pense qu'il doit fonctionner au charme.

— Ou il achète leurs services. Certaines prostituées connues de nos services sont prêtes à faire à peu près n'importe quoi. Elles acceptent même qu'on leur inflige des sévices.

— Oui. Ça aussi, c'est exact.

— Heureux d'avoir pu me rendre utile.

Baldwin hocha la tête.

— J'ai l'intention de présenter le profil demain, à Quantico. Comme il nous reste dix minutes avant d'arriver au lac, je vous propose de me briefer rapidement sur les trois meurtres de Londres. Je vous donnerai mes impressions. Quand nous aurons creusé un peu le sujet, vous me direz si vous pensez qu'il s'agit du même homme. Si votre emploi du temps le permet, nous partirons pour Quantico très tôt demain matin plutôt qu'en fin d'après-midi aujourd'hui. J'aimerais m'attarder encore un peu ici pour voir quels éléments se dessinent, à la lumière de ce nouveau meurtre. Vous n'y voyez pas d'objections ?

Mmm… Peut-être l'occasion d'un nouveau tête-à-tête avec la blonde déesse ?

— Pas de problème. Je m'adapte.

Memphis se lança dans une analyse détaillée des trois affaires de meurtres sur lesquelles il avait planché. Et évacua le double d'Evan de son esprit.

Ou presque.

20

Le soleil disparut, remplacé par un brouillard d'un gris d'encre. La forêt étouffait les grondements encore lointains de l'orage ; la bruine créait une barrière isolante qui les coupait du reste du monde. Taylor enfonça les mains dans les poches avant de son jean et soupira. Rien de plus galère que les scènes de crime en extérieur. Comme on ne savait jamais d'avance ce qui relevait ou non de l'enquête, le moindre brin d'herbe écrasé devait être prélevé, mis en sachet, étiqueté et référencé. Tim avait une pile énorme de sacs en papier kraft à l'arrière de sa camionnette. Une longue soirée de travail en perspective, pour le laboratoire de criminalistique.

Des voix se firent entendre au loin sur le chemin. Parfait. Baldwin avait fait vite.

L'Anglais et lui débouchèrent d'un tournant du sentier et pressèrent le pas pour les rejoindre. Elle présenta brièvement Highsmythe à toute la compagnie. A son côté, elle sentait Baldwin nerveux et pressé de passer à l'action.

— Où est le corps, Taylor ?

Elle pointa le doigt sur la rivière.

— Là-bas. Nous en sommes quasiment au stade de l'évacuation. Venez, je vais vous montrer.

Ils dégringolèrent le long de la berge, les deux hommes sur ses talons. Elle s'immobilisa à quelques mètres du corps.

— Ophélie, commentèrent Baldwin et Highsmythe d'une même voix.

— Exactement.

Memphis se baissa pour examiner la fragile noyée de plus près et psalmodia tout bas :

— « Tout auprès d'un ruisseau un saule se penche qui mire dans les eaux son feuillage gris, c'est là qu'elle est allée tresser des guirlandes capricieuses, d'orties et de boutons-d'or, de marguerites et des longues fleurs pourpres que les hardis bergers nomment d'un mot plus libre, mais que nos chastes vierges appellent doigts des morts. »

Memphis s'interrompit pour lever les yeux vers elle. Taylor était admirative.

— Vous citez *Hamlet* de mémoire ?

Il rougit.

— Je n'étais pas assez bon acteur pour jouer Hamlet, hélas. Ce que je viens de vous restituer est le début d'un monologue de la reine, lorsque Laërte apprend que sa sœur Ophélie s'est noyée.

Taylor ne put s'empêcher de rendre le sourire que lui adressa Memphis.

— Le seul rôle que j'aie jamais réussi à décrocher dans Hamlet était celui de Laërte. Je faisais partie d'une petite compagnie de théâtre quand j'étais jeune et que je cherchais encore ma voie.

— Je suis impressionnée quand même. Je suis incapable de réciter quoi que ce soit de mémoire. Vous devez vous faire plaisir, tous les deux, avec Baldwin.

Sans un mot, Memphis tourna les yeux vers l'intéressé. Baldwin se rapprocha d'elle et lui posa la main dans le creux du dos.

— Sans vouloir vous interrompre : et si on en revenait à la victime ?

— Oui, bien sûr. Nous avons pensé tous les trois à

Ophélie noyée. Mais peinte par qui ? Il doit exister des centaines de versions en tableau.

— C'est en effet un thème favori des peintres, reconnut Baldwin. Je croyais que vous alliez à Manchester, ce matin, ton équipier et toi ?

— Nous avons été rappelés à hauteur de Murfreesboro.

Elle sentit les doigts de Baldwin pianoter dans son dos.

— Je me suis trompé à son sujet. J'étais convaincu qu'il laisserait passer pas mal de temps avant de refaire une nouvelle victime. Merde, merde et merde…

— Ça arrive, intervint Memphis. « Il Macellaio » n'a pas son pareil pour nous surprendre.

Baldwin darda son regard sur lui.

— Deux femmes en deux jours, c'est quand même du jamais vu, pour lui. Il faut arrêter l'escalade et mettre la main sur ce type.

Ils remontèrent sur le chemin. Highsmythe s'excusa et s'éloigna, comme pour mieux s'imprégner de la scène. A une dizaine de mètres de distance, il s'immobilisa pour contempler le lac. Baldwin et Taylor le regardèrent un instant.

Elle le désigna d'un geste.

— Je reconnais cette expression. Je suis sûre qu'il va nous sortir quelque chose de brillant.

— Tu reconnais déjà ses expressions, ma chérie ?

— Arrête, Baldwin.

Il lui prit le menton dans la main et plongea son regard au plus profond du sien.

— Souviens-toi simplement d'une chose.

— De quoi ?

— Quand je faisais du théâtre, à l'école ? C'est *moi* qui ai décroché le rôle d'Hamlet.

*
* *

Ils avaient sorti le corps de l'eau et s'apprêtaient à l'expédier à l'institut médico-légal pour le confier aux bons soins de Sam, lorsque la pluie commença à tomber pour de bon. Plus aucun bruit ne se faisait entendre à part le flic-flac des gouttes au creux des feuilles ou frappant la surface du lac. Et quelques discrets jurons au moment où le véhicule du médecin légiste se referma sur la victime.

Baldwin et Highsmythe avaient photographié la scène sous tous les angles. Puis ils étaient partis pour retravailler le profil ensemble. Taylor et McKenzie se retrouvèrent avec les deux rangers qui n'en menaient pas large, inquiets pour leur sécurité. La demoiselle Kilkowski continuait de trembler. Et Harkins s'efforçait, sans succès, de la réconforter.

— Faut-il que nous gardions le parc fermé au public ? demanda-t-il.

— Je pense que vous pouvez le rouvrir en interdisant juste l'accès à cette partie du chemin, afin d'éviter que des curieux ne viennent toucher à la scène de crime.

— Entendu, ça marche. Allez, viens, Robin. Nous allons te préparer une boisson chaude, déclara le gérant du parc avec un sourire encourageant pour sa jeune collègue. Un thé te fera du bien.

Taylor et McKenzie leur serrèrent la main. Taylor vit qu'ils n'avaient pas réussi à les rassurer tout à fait. Mais elle ne pouvait pas faire grand-chose de plus. McKenzie les regarda s'éloigner.

— Les copies des enregistrements de vidéosurveillance devraient être prêtes bientôt. Si nous avons de la chance, elles nous permettront de déterminer l'heure approximative à laquelle le meurtrier est entré dans le parc. Mais Harkins m'a expliqué le fonctionnement de leur système de sécurité. Et il est plutôt conçu pour déjouer les ruses des braconniers que celles d'assassins éventuels.

— Ils t'ont donné une idée de la force du courant ? De l'endroit où elle aurait pu être mise à l'eau ?

— Si tu veux mon avis, il a dû la placer exactement là où elle a été retrouvée. Tu disais qu'il voulait reproduire un tableau, non ? S'il l'avait laissée partir au fil de l'eau, il aurait pris le risque de gâcher tous ses effets.

McKenzie avait raison. Ils étaient suffisamment proches du parking ouest pour que le tueur ait pu parcourir le trajet à pied avec le corps jeté sur une épaule. Les enregistrements vidéo ne seraient utiles que s'il avait été assez stupide pour se laisser filmer. Et elle doutait qu'il se soit montré négligent à ce point.

Deux corps en trois jours. Signe de nervosité chez leur tueur ? Elle tenta de faire le calcul — Allegra Johnson avait disparu depuis trois semaines. Taylor n'avait aucune idée de l'identité de cette nouvelle victime. Et en savait encore moins, bien sûr, sur la date de son enlèvement. Mais avec une telle proximité spatiale et temporelle entre les deux corps, c'était à se demander s'il n'avait pas détenu les deux jeunes femmes simultanément.

De toute évidence, il ne reculait devant rien.

Mais ils auraient plus de certitudes une fois que Sam aurait vu le corps.

Ils allaient remonter en voiture lorsqu'une fourgonnette de News Channel Five s'immobilisa sur le parking.

— Merde… Essaie de nous faire gagner un peu de temps, O.K. ?

Laissant McKenzie en pâture aux fauves, elle se glissa au volant du 4Runner et appela Rowena pour voir si le fax était arrivé de New York. Négatif.

— Elm est dans son bureau ?

Rowena émit un son dédaigneux et lui dit de ne pas quitter. Au bout de quelques sonneries, Elm répondit.

— Inspecteur Jackson, lieutenant. Je suis à Radnor Lake où une nouvelle…

— Où êtes-vous ?

— A Radnor Lake. C'est…

— Là n'est pas ma question, inspecteur. Pourquoi n'êtes-vous pas passée à votre bureau ce matin ?

— Eh bien, nous étions en route pour Manchester pour consulter le dossier d'un meurtre non élucidé qui présente des similitudes avec…

— Vous n'avez pas à commencer votre journée ailleurs qu'à votre poste de travail officiel. Est-ce clair ?

Taylor ravala la réplique imagée où elle disait à Elm ce qu'il pouvait faire de ses ordres stupides.

— C'est clair, répondit-elle stoïquement.

— C'est tout.

Elm lui raccrocha au nez. Taylor contempla son téléphone muet d'un œil incrédule. Puis elle secoua la tête et fourra l'engin dans sa poche. Il allait falloir régler le cas Elm d'une façon ou d'une autre. Si on laissait ce crétin de bureaucrate en place, cela finirait par faire un mort. Probablement lui-même, d'ailleurs. Et elle dans le rôle de la femme au couteau.

Channel Four avait rejoint Channel Five et la camionnette de Channel Seventeen se profilait déjà à l'horizon. Les journalistes jaillissaient de leur véhicule telle une meute de chiots, enfilant des cirés ou ouvrant de grands parapluies. Il s'agissait d'étouffer ce grand élan dans l'œuf. Et vite. Elle savait comment les médias de Nashville montaient une histoire en épingle.

Elle descendit de voiture. McKenzie, ruisselant de pluie mais impassible, opposait aux questions des journalistes un mutisme sans faille. Parfait. Le gamin apprenait vite. Elle déplia son parapluie et le rejoignit avec un hochement de tête approbateur. Les équipes n'avaient pas fini de sortir leur matériel et les caméras ne tournaient pas encore.

Les reporters virent qu'elle s'apprêtait à leur parler et accoururent. Elle n'aurait pas dû se réjouir de leur réaction, mais ce fut plus fort qu'elle. Tant pis. De toute façon, elle était partie pour finir en enfer.

— Salut, Scott et Cindy. Bonjour, Cynthia. Ecoutez, je n'ai pas préparé de communiqué. Donc je vous résume l'affaire en deux mots. Une personne de sexe féminin, noire, non encore identifiée, sans blessures apparentes, a été trouvée flottant dans la rivière Otter, juste avant le lac. Rien ne permet de déterminer a priori s'il s'agit d'un homicide ou d'un suicide. Nous ne savons pas qui elle est et nous ne connaissons pas la cause du décès. Je veillerai à ce que Dan Franklin vous adresse un communiqué dès que nous aurons un peu plus d'éléments, ça marche ?

Les trois reporters répliquèrent avec un torrent de questions. La plus pertinente vint de Cindy Carter, de Fox.

— Pensez-vous que ce nouveau corps soit lié au crime de Love Circle ? Nous avons deux jeunes femmes mortes en deux jours. Noires l'une et l'autre. Y aurait-il un tueur en série en liberté ?

— Pas de commentaires. Sérieusement. En l'état actuel de l'enquête, rien ne permet d'affirmer qu'il existe un lien quelconque.

— Que vous dit votre intuition ? Pensez-vous que le Chef d'Orchestre pourrait avoir frappé une seconde fois ?

— Il y a longtemps que j'ai appris à ne pas discuter de mes intuitions avec vous, l'amie. Jolie tentative quand même.

Du coin de l'œil, elle vit Cynthia Williams s'éloigner subrepticement. Son caméraman avait repéré un des gardes forestiers. Les médias en savaient déjà bien assez. Il était temps de les abandonner à leurs conjectures.

Laissant le reste de leurs questions sans réponse, elle

tourna les talons. Ils n'auraient pas accès à la scène de crime, de toute façon, puisque Tim Davis était encore occupé sur place. Et de l'endroit où ils seraient ils ne verraient rien de décisif. Il était temps de poursuivre leur chemin et de repartir en direction du sud. Au moment où ils regagnèrent l'autoroute, la pluie cessa de tomber. Elle tourna la tête vers McKenzie.

— Parle-moi des différences que tu as relevées entre les deux scènes de crime. Comme ça, nous serons au point en arrivant à Manchester.

— O.K. Il n'y avait pas de fond musical à Radnor Lake. La victime était habillée et pas dénudée, comme Allegra. Pas de traumatismes visibles sur la fille du lac, mais on ne sait pas ce qu'elle cache sous sa robe, bien sûr.

— Et les similitudes ?

— Noires. Emaciées. Pose étudiée. Connaître la cause du décès serait utile. Si elles sont mortes par inanition l'une et l'autre, cela nous donnerait une bonne base sur laquelle travailler. Avec le thème de l'eau et des fleurs, la scène donne une impression plus douce, plus sereine. Mais j'ai quand même la nette impression que l'auteur des deux meurtres est le même, tu ne crois pas ?

— Je suis de ton avis, oui. Pourquoi penses-tu qu'il ait changé son mode opératoire ?

— Il considère qu'il est plus malin que nous, peut-être ? Il veut être vu comme un créateur, un génie criminel ?

Il se tut quelques instants.

— Tu penses qu'il s'adresse à nous, alors ?

— Tout à fait. Il veut la gloire, cherche à forcer notre admiration. Il joue avec nous. Dans la première scène de crime, il a fait poser Allegra comme une figure de Picasso. Cette seconde victime évoque la noyade d'Ophélie mais déterminer de quel peintre il s'est inspiré ne sera pas facile, car ils sont nombreux à avoir choisi ce thème.

Ils continuèrent à comparer leurs observations jusqu'à la sortie de Manchester. Taylor roula jusqu'à Hillsboro où se trouvaient les bureaux du shérif. Peut-être que des indices solides les attendaient derrière ces façades endormies.

Le comté de Coffee devait son nom à un général confédéré, John Coffee, un ami proche d'Andrew Jackson et un héros de la guerre d'Indépendance de 1812. Ici, on affichait encore une certaine fierté pour le rôle joué par le Tennessee dans la formation de la nation. La guerre civile était considérée comme un « désagrément » et le drapeau confédéré gardait toute sa valeur symbolique. La plupart des gens, ici, étaient de simples ruraux. D'honnêtes travailleurs qui acceptaient leur héritage sans discuter. On ne revenait pas sur le cours irréversible de l'Histoire. Et tant pis s'il y avait eu un prix à payer.

Taylor n'était pas retournée dans ce coin depuis une éternité. La dernière fois remontait à un voyage de classe. Aujourd'hui, Manchester était devenue célèbre dans le monde entier grâce au festival de musique de Bonnaroo, un pseudo-Woodstock, rassemblant les foules hippies.

Calme et fraîcheur régnaient dans les locaux du shérif. Une réceptionniste somnolente cria pour appeler le shérif Simmons, qui émergea de son bureau avec un large sourire. Simmons avait une poignée de main si puissante qu'il manqua arracher le bras de Taylor. Il était grand comme une montagne. Un ancien footballeur, à tous les coups. Et pas bien vieux, avec cela. Peut-être même plus jeune qu'elle.

— Inspecteur Jackson ! Inspecteur McKenzie ! Soyez les bienvenus. J'ai préparé tous les documents sur mon bureau. Vous avez eu un nouveau meurtre à Nashville, ce matin ?

Taylor et McKenzie le suivirent dans un petit couloir.

— Oui. Encore une femme jeune, afro-américaine,

exagérément maigre et disposée avec un soin artistique. Je suis d'autant plus motivée pour voir les éléments que vous avez recueillis à l'occasion de votre enquête.

Simmons les fit asseoir, leur proposa une boisson qu'ils déclinèrent puis se laissa tomber à son tour dans un fauteuil en cuir aux proportions généreuses. Les ressorts gémirent. Il désigna trois chemises cartonnées posées sur sa table de travail.

— Voilà ce que j'ai trouvé pour vous. Il n'y a malheureusement pas grand-chose à vous mettre sous la dent. Je ne sais pas si ça vous mènera bien loin, tout ça.

— Merci d'avoir rassemblé ces documents, en tout cas.

Taylor prit le premier dossier.

— Vous étiez personnellement impliqué dans cette enquête ?

— Ça oui, pour y être, j'y étais. C'était la dernière à laquelle j'ai participé en tant qu'adjoint. J'ai été promu juste après. Mais je ne l'oublierai jamais. La victime, LaTara Bender, était dans la même classe que mon plus jeune frère. Je savais qu'elle avait « mal tourné », comme on dit. Mais de là à penser qu'elle finirait assassinée… Elle a été retrouvée par sa mère, gisant dans la baignoire — disposée de façon à ce que sa mort ressemble à un suicide. Ou à une noyade par accident. Mais sa mère jurait ses grands dieux que LaTara était clean et que quelqu'un l'avait tuée. Et l'autopsie lui a donné raison. Le Dr Loughley, de l'institut médico-légal de Nashville — une femme charmante, vous la connaissez sûrement —, lui a trouvé le crâne fracturé. Nous avons retenu l'hypothèse de l'homicide. Mais l'affaire n'est toujours pas résolue.

— Est-elle morte noyée ?

— Il semble, oui. Mais le coup sur le crâne a précédé la noyade. En plein sur le sommet de la tête. On ne voit pas trop comment elle aurait pu se blesser ainsi elle-même.

— Votre frère la connaissait-il suffisamment bien pour qu'il puisse nous parler d'elle ?

— Oh, je pense, oui. L'établissement scolaire n'était pas très grand. Vous voulez que je l'appelle ? Il est shérif adjoint, maintenant, et il est en service, à la circulation.

— Volontiers, oui.

Le shérif prit son téléphone.

— Shay ? C'est Steve. Tu pourrais faire un petit saut jusqu'ici ? J'ai deux inspecteurs de Nashville qui voudraient te parler au sujet de LaTara Bender… O.K., merci.

Il reposa le combiné.

— Shay sera là dans cinq minutes.

— Super. En attendant, pouvez-vous nous dire en quoi LaTara avait mal tourné ?

— Vous savez comment ça se passe, dans les petites villes, inspecteur. Il y a des jeunes qui rêvent de se libérer du carcan. D'autres qui s'enlisent dans des univers artificiels. LaTara appartenait à cette seconde catégorie. Si vous voulez mon avis, cette fille n'avait aucune chance de s'en sortir. Je n'ai pas été surpris de la trouver morte. Au début, nous pensions que c'était juste un triste accident, comme je vous le disais. Quand nous avons su qu'elle avait été assassinée, ma foi… La vie n'est pas facile, pour ces filles. Une fois qu'elles ont touché à la drogue, elles sombrent dans une spirale négative.

— Quand vous êtes arrivé sur la scène de crime, vous avez entendu jouer de la musique classique, n'est-ce pas ?

Simmons la considéra un instant, le front barré par un pli pensif.

— En effet, oui. Au début, c'est un détail qui ne nous a pas plus marqués que ça. Là encore, nous étions en désaccord avec la famille. La maman de LaTara jurait ses grands dieux qu'ils n'avaient jamais eu le moindre disque classique à la maison. Un CD passait sur la chaîne, dans la chambre de la jeune fille.

— Savez-vous de quelle œuvre il s'agissait ?

— Je suis sûr que l'information a été consignée dans le dossier. Mais de mémoire je ne pourrais pas vous le dire.

Un coup discret frappé à la porte mobilisa leur attention. Une seconde version légèrement rajeunie de Simmons hésitait à l'entrée du bureau. Taylor rit intérieurement. A croire que ces fils d'agriculteurs nourris au maïs ne se fabriquaient qu'en format XXL.

— Entre, Shay.

Le jeune homme s'avança pour serrer la main de son frère. Taylor perçut une entente profonde entre eux.

— Shay, je te présente les inspecteurs Jackson et McKenzie. Ils enquêtent sur une série d'homicides à Nashville et ils s'intéressent à LaTara. Tu peux leur dire ce que tu sais d'elle ?

Sous l'attention générale, le plus jeune des deux frères Simmons rougit.

— Pauvre LaTara… C'est triste, ce qui lui est arrivé. Je l'ai vue sombrer peu à peu dans la drogue. Elle n'allait plus à l'église, a arrêté de venir en classe, s'est mise à découcher. On était en terminale, je crois, lorsqu'elle a commencé à coucher pour de l'argent. On disait que c'était à cause de son enfance. Son oncle lui a infligé des sévices sexuels lorsqu'elle avait sept ou huit ans, et elle a dû témoigner contre lui, toute petite. Ça l'avait terrorisée. Elle me parlait parfois de sa frayeur devant le juge. Je crois qu'elle ne s'en est jamais remise, de cette sale histoire.

— Vous semblez bien la connaître.

Shay haussa les épaules.

— Au début, j'avais essayé de l'aider. Mais elle avait quelque chose d'une souris effrayée, vous voyez le genre ? Le moindre bruit la faisait sursauter. Puis elle a commencé la drogue, et là on ne pouvait même plus l'atteindre. Elle était ailleurs. Elle avalait des médicaments, fumait un peu de hasch, prenait des amphétamines. Puis je pense qu'elle est passée aux drogues dures quand elle a arrêté le lycée.

Le shérif intervint.

— Nous avons trouvé une prescription pour de la méthadone dans sa chambre. Il semble qu'elle essayait de tourner la page. Elle n'avait pas tout à fait réussi à sortir de la drogue, car les analyses toxicologiques révélaient encore des substances opiacées dans son sang. C'était une gentille fille, très douce. C'est un triste gâchis de voir un jeune finir de cette façon.

— Que saviez-vous d'autre à son sujet ? Vous vous souvenez qui elle fréquentait ? Si elle avait un petit ami ? Un mac ? Un dealer attitré ? Avait-elle des amis proches ? Des ennemis ?

Shay réfléchit quelques instants.

— Rien de tout cela, non. Je n'ai pas souvenir d'un petit ami. Il y avait bien un gars qui tournait autour d'elle, un petit jeune, pas bien épais. Mince ! Comment il s'appelait lui, déjà ? Il faudrait que je retrouve son nom sur une vieille photo de classe. Sinon, pour le reste, elle faisait tout en douce. Sa mère était très sévère avec elle. Mais ça lui a fendu le cœur, lorsque LaTara est morte.

— Elle vit toujours par ici, sa mère ?

— Bien sûr. Toujours dans la même maison, d'ailleurs. Celle où LaTara est morte, la pauvre.

Shay se tourna vers son frère.

— Il faut que j'y aille, Steve. Bubba m'a remplacé pour un quart d'heure, mais c'est l'heure de sa pause déjeuner.

Le shérif se leva et libéra son frère d'un signe.

— Allez, file. Et viens manger à la maison ce soir. Judy prépare un rôti. Merci d'être venu répondre aux questions.

Les deux frères se tapèrent mutuellement dans le dos. Puis le shérif sourit à Taylor.

— D'ailleurs, on cause, on cause… Vous devez être impatients de voir les dossiers, je suppose. Je vais vous laisser potasser tranquillement, puis je répondrai à vos questions éventuelles. En attendant, j'en ai un en cellule de dégrisement qui est mûr pour repartir chez lui. Si vous avez besoin de moi, appelez Debbie.

Taylor et McKenzie les remercièrent, puis les deux frères sortirent côte à côte en sifflotant. Taylor prit le premier dossier sur la pile et tendit le second à McKenzie.

— Allez, au boulot.

En moins d'une demi-heure, ils eurent fait le tour des maigres informations disponibles. D'après le rapport, LaTara avait été découverte par sa mère, Marie Bender, qui, affirmait avoir tiré le corps de sa fille hors de la baignoire avant d'appeler les secours. La scène de crime n'avait pas été préservée, donc. Dans le lecteur de CD, on avait trouvé une version récente des *Quatre Saisons* de Vivaldi. Et l'appareil avait été réglé pour que « L'Hiver » passe en boucle. Personne n'avait saisi la signification de ce message musical. Ils s'étaient donc contentés de classer le CD avec les pièces à conviction. Taylor n'était pas complètement certaine de décrypter le message non plus. Mais la présence même de cette musique, si étrangère aux habitudes des Bender, ne pouvait manquer de frapper l'attention. Surtout à la lumière de ce qui s'était passé deux jours plus tôt sur Love Hill.

McKenzie procéda en silence à un échange de dossiers avec elle. Taylor finit par observer :

— Il n'y a qu'un élément qui me saute vraiment aux yeux.

— Lequel ? La blessure à la tête ?

— Non, ce n'est pas ça. LaTara a reçu un grand coup sur le crâne puis elle s'est noyée dans la baignoire. Certains signes indiquent qu'elle avait eu un rapport sexuel récent, mais aucune trace de sperme n'a été recueillie. Ce qui peut s'expliquer, bien sûr, par le fait qu'elle se trouvait dans une baignoire remplie d'eau. Cela m'étonnerait qu'ils se soient servis d'un kit de viol pour faire une recherche d'ADN. Ils n'avaient aucune raison de le faire, puisque rien ne semblait indiquer qu'il y avait eu agression sexuelle. Et on savait d'autre part que la victime se prostituait. L'enquête a été menée comme cela se fait dans les petites villes : l'autopsie faite à Nashville et les éléments de preuve envoyés au FBI pour analyse. Les analyses médico-légales standard ont été faites. Rien à redire. A part que le crime n'a pas été résolu.

— Alors qu'est-ce qui te saute aux yeux ?

— D'après la description que j'ai lue de la scène de crime, il y avait une surface humide sur le tapis à l'extérieur de la salle de bains.

Elle laissa quelques secondes à McKenzie pour méditer sur cette donnée. Et vit son visage s'éclairer au moment où le déclic se fit. Elle réprima un sourire.

— Tu penses qu'il l'a tuée, puis qu'il l'a sortie de la baignoire pour la posséder sexuellement ?

— Si l'on admet qu'il s'agit du même meurtrier, cela correspondrait à sa forme assez particulière de fétichisme sexuel. Mais pour le savoir il faudrait demander à la mère si elle a tiré le corps de sa fille dans sa chambre ou si elle l'a laissé dans la salle de bains.

Elle nota la question par écrit pour la poser au shérif. Toutes sortes d'idées lui passaient par la tête. Il était possible que la mère ou un intervenant des urgences ait éclaboussé le tapis. Mais le scénario du viol post mortem paraissait plausible, compte tenu du mode opératoire du tueur.

Simmons passa la tête par l'entrebâillement de la porte.

— Ça va ? Vous avez besoin de moi ?

Taylor agita la feuille qu'elle avait à la main.

— Vous arrivez à point nommé. Vous vous souvenez du tapis mouillé à côté de la porte de la salle de bains ?

— Mmm… Montrez-moi ça.

Elle lui tendit le rapport. Simmons parcourut le feuillet en frottant son menton.

— Oui, ça me revient. Il semble que sa mère l'ait tirée hors de la baignoire. La salle de bains n'est pas trop grande, donc j'imagine qu'il s'agissait d'éclaboussures. C'est ce que nous avons pensé à l'époque, en tout cas. La tache était à droite du lit de LaTara. Pourquoi cette question ? Vous pensez que ça peut avoir de l'importance ?

— L'hypothèse à laquelle je pense donne froid dans le dos. Mais s'il s'agit du même meurtrier nous devons examiner la possibilité. Vous n'avez pas fait de recherche de sperme ?

— Non, puisqu'il n'y avait pas eu agression sexuelle. Enfin… c'est ce qu'il nous avait semblé, quoi. Nous sommes passés à côté de quelque chose ?

Simmons s'était soudain renfermé, comme s'il se sentait remis en cause. Taylor le mit dans la confidence pour lui montrer qu'ils étaient dans son camp :

— Nous suspectons l'assassin d'être un nécrosadique. Autrement dit, quelqu'un qui tue les femmes pour les posséder sexuellement ensuite. Si ce meurtrier est bien celui auquel nous pensons, il est possible qu'il ait sorti le corps sans vie de LaTara de la baignoire pour l'emporter dans la chambre, assouvir son désir puis le replacer dans le bain. Il a lavé une de ses victimes récentes. Et celle de ce matin était immergée dans une rivière quand nous l'avons retrouvée.

— Je commence à me demander s'il n'est pas aussi fétichiste de l'eau, intervint McKenzie.

Le visage de Simmons exprimait un dégoût horrifié.

— Il prend son pied avec des cadavres ? C'est quoi, ce type. Un Ted Bundy bis ?

— Une variante, oui. Bundy déterrait ses victimes et procédait à des actes sexuels avec les restes découpés pendant des semaines. Le meurtrier auquel nous avons affaire se débarrasse apparemment des corps au bout d'un laps de temps assez bref. Le FBI enquête sur une série de crimes en Europe, commis selon un mode opératoire quasi identique. Certains éléments tendent à prouver qu'il s'agirait d'un seul et même meurtrier. Aujourd'hui, nous cherchons à déterminer quand et comment il a commencé à tuer dans le Tennessee. L'année dernière, à Chattanooga, il y a eu un meurtre similaire à celui-ci : fille maigre et noire, trouvée dans sa chambre, sur fond de musique classique. J'attends des nouvelles de leur bureau des homicides pour en savoir plus.

Simmons avait toujours l'air vaguement paniqué. Elle tenta de le remettre en selle.

— Votre frère a dit que la mère de LaTara vivait toujours par ici. Pensez-vous qu'il serait possible de lui poser quelques questions ? Si elle a elle-même porté le corps dans la chambre, tout s'arrête là et on ne vous embête pas plus longtemps. Mais si ce n'est pas la mère et que le meurtrier l'a effectivement déplacée…

— Après trois ans, vous croyez vraiment que… ?

— On ne perd rien à essayer, dit McKenzie.

Simmons parut enfin reprendre du poil de la bête.

— Allez, on y va. Miss Marie habite à moins de cinq minutes d'ici.

21

Taylor traversa un petit jardin à l'abandon et s'immobilisa devant une maison basse et délabrée à la périphérie de Manchester. Si le meurtre avait eu lieu un kilomètre plus loin en direction du centre-ville, l'enquête aurait été du ressort de la police urbaine et non de celui du shérif. L'heure tournait. Il s'agissait de faire vite s'ils voulaient regagner Nashville dans les temps. Son amie Sam avait appelé pour lui dire qu'elle pratiquerait l'autopsie de la seconde victime en toute fin d'après-midi. Taylor, qui voulait être présente, lui avait demandé de l'attendre. Mais elle avait très envie de boucler d'abord en beauté leur périple à Manchester.

Simmons frappa à la porte et la mère de LaTara vint leur ouvrir. Mme Bender était une grande femme longiligne, avec un port élégant, une peau d'une belle couleur café noir, des yeux limpides et sans expression. En trouvant le contingent de flics planté sur le pas de sa porte, elle soupira et s'effaça pour les laisser entrer. Taylor nota qu'elle avait un bras nettement plus court que l'autre.

L'intérieur de la maison était plus soigné que l'extérieur. Le mobilier, bien qu'usé, était propre et entretenu avec beaucoup de dignité. Dans un coin de la pièce se trouvait une discrète machine à coudre, avec des pièces de tissu étalées sur une table. Des rideaux, apparemment. Sur le buffet,

Taylor vit une carte de visite qui confirma son impression première : Marie Bender était couturière.

Leur hôtesse les fit passer dans sa cuisine et leur servit un verre de citronnade faite maison. Alors que le shérif expliquait la raison de leur visite, Taylor fut touchée par l'expression de souffrance dans les yeux de Marie Bender.

— Vous avez un suspect pour le meurtre de ma fille ?

— Pas encore, madame. Enfin… peut-être. Je ne veux pas vous donner de faux espoirs. Pour l'instant, il s'agit juste de préciser certains détails. Vous accepteriez de reparler de ce qui s'est passé ce jour-là ?

— S'il le faut, je suis prête, oui. Je veux que le meurtrier de LaTara soit traduit en justice. C'est le seul combat que je peux encore mener pour elle. Je l'ai perdue une première fois, ma fille, lorsque la drogue me l'a prise. Je l'ai vue se détruire et faire le tapin comme une fille née dans la rue. J'aimerais que sa fin soit élucidée et qu'elle repose en paix. Elle était si malheureuse… Je n'ai jamais réussi à réparer le mal qui lui a été fait.

— Son oncle ? demanda doucement McKenzie.

Le regard de Mme Bender se durcit.

— Son ordure d'oncle, oui. J'espère que son âme pourrit en enfer. Il a volé toute la joie de vivre de ma petite fille. Elle ne s'est jamais remise des saletés qu'il lui a faites. Et Dieu sait qu'elle a essayé de s'en sortir, pourtant. Elle avait commencé une cure de désintoxication. Mais c'était dur, vraiment dur, pour elle. Il n'y avait que l'héroïne pour lui apporter un peu d'oubli. Et ce n'est ni à moi ni à personne de lui jeter la pierre. Son papa nous avait abandonnées ; Eddie était la seule figure masculine dans sa vie. Et il l'a souillée et trahie.

Taylor tourna un regard interrogateur vers Simmons, qui lut dans ses pensées.

— Non. Aucune chance pour qu'Eddie Bender soit

l'assassin. Il a été trouvé mort dans sa cellule. Les violeurs d'enfants ne sont pas appréciés, dans l'univers carcéral.

Elle hocha la tête et reporta son attention sur Mme Bender.

— Madame, lorsque vous avez trouvé LaTara, d'après le rapport de police, vous l'avez sortie de la baignoire et vous l'avez tenue dans vos bras en attendant les secours.

Une profonde tristesse noya les yeux de Marie.

— Oui, je l'ai sortie du bain. Je savais qu'elle était morte. N'importe quel idiot aurait pu s'en rendre compte. Mais je voulais ces derniers instants avec mon enfant dans les bras. Je n'aurais pas dû la toucher. Le shérif Simmons m'a expliqué que j'avais commis une erreur. Mais ça a été plus fort que moi.

— Où, exactement, avez-vous emmené votre fille ?

— Comment ça, où je l'ai emmenée ?

— Quand vous l'avez prise dans vos bras, l'avez-vous transportée dans sa chambre ?

— Oh non, je n'en aurais pas eu la force…

Marie Bender se mit à pleurer.

— Je me suis assise avec elle, par terre, juste à côté de la baignoire. Je me souviens que tout était froid, le carrelage sous moi et le corps privé de vie de ma petite fille.

— Vous êtes absolument certaine de ne pas avoir quitté la pièce ?

Elle s'essuya les yeux.

— Absolument.

— Avez-vous renversé de l'eau dans la chambre ? Ou tout autre liquide qui aurait pu mouiller le tapis ?

— Non. Personne n'a compris pourquoi il y avait cette grande tache humide dans la chambre de LaTara.

Le cœur de Taylor battit soudain plus vite.

— Madame Bender, avez-vous porté récemment votre tapis à nettoyer ?

— Je n'ai pas les moyens de faire appel à une entreprise

de nettoyage, inspecteur. Je fais ce que je peux pour garder ma maison propre tout en travaillant.

Elle montra son membre déformé.

— LaTara m'était d'une grande aide pour le ménage, avant. Ce n'est pas si simple de fonctionner avec un seul bras.

Taylor lui posa la main sur le bras.

— Je comprends tout à fait, madame. Pourriez-vous nous excuser quelques instants ?

Mme Bender se leva et les laissa seuls dans la cuisine. Taylor parla à voix basse pour éviter de la perturber inutilement.

— Shérif, cela vous ennuierait si nos techniciens de la police scientifique venaient découper le morceau de tapis en question ? Après tout ce temps, les chances sont minces, mais s'il y avait moyen de trouver un échantillon d'ADN…

— Nous sommes assez bien équipés sur le plan médico-légal, dans le service. Nous pourrions nous charger de la manip. Cela vous ferait gagner du temps.

Taylor hocha la tête.

— Si cela ne vous dérange pas, j'accepte volontiers.

— Cela ne me dérange pas, non. A condition que miss Marie soit d'accord. Je vais lui poser la question.

Le shérif revint avec une Marie Bender à l'expression crispée par la méfiance.

— Vous allez me le remplacer ?

Bangor avait posé exactement la même question au sujet de sa colonne. Taylor hocha la tête.

— Nous ferons l'impossible pour que votre maison retrouve son aspect normal le plus tôt possible. Vous avez ma parole.

— Bon. Alors allez-y, si ça peut faire avancer les choses.

Simmons ouvrit son téléphone.

— J'appelle mes techniciens de scène de crime.

Donnez-moi dix minutes et je devrais pouvoir rameuter quelqu'un.

Mme Bender se rassit à table avec eux. Taylor prit une gorgée de citronnade et la trouva exceptionnelle. Elle en fit part à son hôtesse. Le sourire que lui adressa Marie Bender était à la fois chaleureux et assombri par la nostalgie.

— LaTara adorait ma citronnade. Elle me manque trop, cette fichue gamine.

Marie Bender prit le temps de se ressaisir.

— Pourquoi maintenant, inspecteur ? Comment se fait-il que vous vous intéressiez au décès de ma fille après tout ce temps ?

Taylor décida d'être franche. Mme Bender semblait être de taille à regarder la vérité en face.

— J'espère que je me trompe, madame, mais il se pourrait que la mort de LaTara soit liée à une série de meurtres commis ces jours-ci à Nashville. Vous souvenez-vous du morceau de Vivaldi qui passait ce jour-là ?

— Dans la chambre de ma fille ? Si je m'en souviens, oui. Moi, ce n'est pas mon style de musique, et LaTara, elle, n'aimait que le rap. Je ne sais pas d'où il sortait, ce CD.

— LaTara avait-elle des amies proches ? Des confidentes ?

— Quand elle était plus jeune, oui. Mais lorsqu'elle s'est enfoncée dans la drogue je n'ai plus vraiment su qui elle fréquentait, à la longue. Elle avait renié sa religion, n'écoutait plus ce que je disais. Je ne suis pas fière d'avoir à le dire, mais j'ai fini par la mettre à la porte. C'était contraire à la foi chrétienne et je le regrette amèrement aujourd'hui. Mais je hais la drogue et je ne tolérais pas son comportement relâché sous mon toit. Lorsqu'elle a sorti la tête hors de l'eau et qu'elle a décidé de décrocher, je l'ai accueillie à bras ouverts, croyez-moi. Vous n'imaginez même pas comme elle s'est battue pour contrer les forces qui la tiraient sans cesse vers le bas.

— Vous ne lui connaissiez pas de petit ami, alors ?

— Non. Je n'en voyais pas tourner autour d'elle, en tout cas. C'était une belle fille, ma LaTara. Mais la drogue l'avait abîmée et il y a eu un temps où elle n'était plus trop jolie, hélas. Elle recommençait à se ressembler juste avant… juste avant son départ définitif.

Le shérif les rejoignit dans la cuisine en compagnie d'une jeune femme brune. Elle avait une coupe hérisson, un visage aux pommettes très hautes et un air de grande assurance. On la sentait bardée de compétences, malgré son jeune âge.

— Anne Clift, adjointe du shérif, dit-elle en leur serrant la main. Si vous voulez bien me montrer la chambre, madame Bender ?

Ils quittèrent la cuisine en rang d'oignons. Taylor fit signe à McKenzie de rester en arrière. Le shérif et son adjointe pénétrèrent dans la pièce et Marie se força à les suivre. Taylor n'osait imaginer ce que cette mère devait ressentir.

Trois ans après le meurtre, rien, visiblement, n'avait bougé dans la chambre de LaTara. La petite fille y était encore très présente avec des dominantes roses, des motifs floraux, un bric-à-brac d'objets familiers. Il y avait des posters aux murs, un lit étroit avec un couvre-lit brodé. Taylor fut frappée par les similitudes et les différences entre cette pièce chaleureuse, rassurante, et la chambre sombre, humide et dépouillée d'Allegra Johnson. Et pourtant ces deux filles avaient fini de la même façon, droguées et prostituées l'une et l'autre, mortes mille fois trop tôt et peut-être de la main du même meurtrier. Y avait-il eu quelque chose chez Allegra qui avait rappelé LaTara Bender au tueur nécrophile ?

Le shérif agit sans perdre de temps. Il sortit un mètre ainsi qu'un schéma de la scène de crime d'origine et entreprit de mesurer l'espace séparant la salle de bains de la chambre. Après quelques délibérations rapides, Anne Clift dessina un rectangle sur le tapis à l'aide d'un marqueur orange puis se mit à genoux, traça des quadrants et frotta toute la surface à l'aide de tiges cotonnées trempées dans de l'eau déminéralisée. Elle préleva ainsi une cinquantaine d'échantillons qu'elle étiqueta méticuleusement avant de découper le rectangle qu'elle avait délimité. Une fois roulé, le morceau de tapis rentrait facilement dans un sac en papier. Le temps de l'étiqueter et de le sceller, et l'affaire était réglée.

Ils prirent congé de Mme Bender. Taylor lui donna sa carte et lui demanda d'appeler si un détail oublié lui revenait à l'esprit. Ils la laissèrent debout dans l'encadrement de la porte, perdue dans l'univers gris, sans forme ni couleur où la mort violente de sa fille l'avait plongée.

22

Le sous-sol était à présent sombre et vide.

Assis à son bureau, dans un angle de la pièce, Gavin fixait l'écran de son ordinateur sans le voir. Le vaste espace obscur derrière lui semblait croître et respirer en silence. Et les ombres s'étiraient de façon menaçante. Il n'aimait pas trop être seul au sous-sol.

La sonnerie de sa messagerie internet l'arracha à sa rêverie mélancolique. Il jeta un coup d'œil sur l'écran. Muerte venait d'ouvrir un *chat* privé avec lui.

> Hé, salut, Muerte ! Tu tombes à pic. Je suis de nouveau tout seul. Elles sont parties l'une et l'autre.

La réponse arriva aussitôt :

> A QUEL JEU TU JOUES, PUTAIN ?

Muerte était remonté contre lui, apparemment. Mais en quel honneur ? La dernière fois qu'il s'était énervé ainsi contre lui, c'était à cause de la voiture. Avec le recul, Gavin reconnaissait qu'il avait effectivement manqué de prudence. Mais il était encore débutant, après tout. Quelle gaffe avait-il pu commettre cette fois-ci, pour mettre Muerte hors de lui ? Ah, la musique ! Il n'aurait pas dû lui parler de la musique. Les instructions de Muerte étaient toujours très minutieuses. Gavin soupira. Il n'y pouvait rien s'il avait une nature d'artiste. La musique, pour lui, faisait partie intégrante de la scène. Il avait besoin d'entendre enfler ses crescendos pendant qu'il travaillait. C'était plus fort que lui.

Il décida de faire l'autruche :

Je ne vois pas ce que tu veux dire…

Ne fais pas l'innocent, O.K. ? Comment as-tu osé t'adresser à moi dans la vraie vie ?

Gavin fronça les sourcils. Lui ? S'adresser à Muerte dans la vie réelle ? Comment cela ?

Muerte, tu te trompes. Je n'ai pas été en contact avec qui que ce soit récemment.

Alors qu'il tapait le point final, il connut un bref instant de doute. Il avait bel et bien pris contact avec quelqu'un, ces jours-ci. Quelqu'un d'éloigné. Quelqu'un d'inatteignable. Dans sa poitrine, Gavin ressentit comme une brûlure. Il commença à taper une question puis s'arrêta net. Non, c'était idiot. Totalement impossible.

Un autre message s'afficha :

Ecoute-moi bien, petit Gavin. Tu n'as pas le droit de sortir des limites que nous nous sommes fixées. PAS LE DROIT. Ne t'ai-je pas déjà donné tout ce dont tu pouvais rêver? Des amis, un lieu où donner forme à tes instincts les plus puissants, une famille, ainsi que le bénéfice de toute ma vaste expérience ?

Oh, mon Dieu… Il ne voulait pas perdre Muerte. C'était au-dessus de ses forces. Ses doigts volèrent sur les touches.

Mais tout à fait. Je te suis reconnaissant de tout ce que tu m'as apporté, Muerte. Mais je ne comprends pas. Qu'ai-je fait de mal ?

L'écran demeura muet pendant de longues minutes. L'équivalent en ligne d'un silence de mort. Gavin mit un moment à se rendre compte que Muerte l'avait appelé par son vrai prénom. Comment l'avait-il appris ? Les mots apparurent alors, affluant en rapide succession à l'écran :

> Tu ne sais réellement pas qui je suis ? Ce courriel ne serait qu'une coïncidence ? Non... non, je ne crois pas à ce genre de hasard, Gavin. Je suis désolé, mais notre relation s'arrête là.

NON !

Le désespoir qui envahit Gavin se répandit en lui comme un poison liquide. Il ne pouvait pas renoncer à l'amitié de Muerte. C'était une des rares personnes qui le comprenaient, qui se souciaient de lui. Mais il était trop tard. Muerte avait quitté le *chat*. Et il était rendu à sa solitude. Aveuglé par les larmes, il laissa ses doigts suppliants courir sur le clavier :

> S'il te plaît, non. Je te jure que je ne le savais pas. Que je ne sais toujours rien.

Gavin resta en ligne une heure entière à attendre, mais aucune réponse ne vint. Muerte était parti, le laissant comme privé de la moitié de son âme. C'était fini, et bien fini. Il était de nouveau incomplet.

23

Taylor et McKenzie prirent congé de l'équipe de Manchester, déclinant une invitation du shérif à venir se restaurer au Jiffy Burger, où on servait, disait-on, les meilleurs hamburgers de tout le Sud. Mais impossible pour eux de s'attarder à Manchester plus longtemps. Ils étaient attendus pour l'autopsie.

Le shérif ne voulut rien entendre et réussit à les convaincre de s'arrêter au passage pour prendre deux repas à emporter. Le tout à ses frais, bien entendu. Simmons passa un coup de fil avant leur départ, afin que tout soit prêt et emballé à leur arrivée. Le parking du Jiffy Burger était bondé. Taylor se gara en double file et envoya McKenzie au pas de course. Il revint au bout de trois petites minutes avec leurs repas ainsi qu'une invitation ouverte de la fille du maire à revenir quand ils voudraient.

En reprenant l'autoroute vers le nord, Taylor conduisait d'une main et tenait son hamburger de l'autre. La viande était juteuse à souhait.

— Simmons avait raison, il n'est pas mauvais, commenta McKenzie, la bouche pleine.

— C'est un euphémisme !

Elle fut interrompue par la sonnerie de son portable.

— Réponds pour moi, O.K. ? Mets le haut-parleur.

McKenzie prit l'appel et annonça avec un faux accent

écossais à couper au couteau que « l'inspecteur Jackson était déjà en ligne et qu'elle allait répondre dans un instant ».

Taylor étouffa un éclat de rire. Qui aurait cru que l'inspecteur McKenzie aurait de l'humour ? Non seulement elle commençait à se sentir plus à l'aise en sa compagnie, mais elle avait le sentiment qu'il pourrait faire un jour un excellent inspecteur. Elle finit d'avaler sa bouchée.

— Inspecteur Jackson, je vous écoute.

— Ici Clyde Stone, de la brigade des homicides de Chattanooga. J'ai eu votre message au sujet du meurtre non élucidé pour lequel vous souhaitez un complément d'information. En quoi puis-je vous être utile ?

— Ah super, merci de rappeler. J'ai eu une concordance ViCAP de votre juridiction pour une victime répondant au nom de Sharonda Guilmet. Vous vous souvenez de cette affaire ?

— Ah, Sharonda… Drôle d'histoire, ouais. Elle a été assassinée l'année dernière. C'était une professionnelle qui se prostituait pour de la drogue. Vous voyez le profil. On l'avait perdue de vue pendant un temps. Et on l'a retrouvée morte dans son petit studio, maigre comme un fakir, avec de la grande musique qui passait à fond.

Extrême maigreur et musique classique ? C'était la signature de leur tueur !

— De quelle musique s'agissait-il ?

Elle l'entendit remuer des papiers.

— Ah, voilà… Un truc qui s'appelle *Requiem*, de Mozart. Du classique un peu glauque, où ça psalmodie beaucoup et des machins comme ça.

Taylor faillit éclater de rire. « Psalmodier » n'était pas tout à fait le terme qu'elle aurait utilisé.

— La messe de requiem était de circonstance. L'inanition était-elle la cause officielle du décès ?

— C'est exactement ça, oui. Personne ne l'a plus revue

pendant deux semaines, même si nous n'avons pas la date exacte de sa disparition. Et elle resurgit dans son lit sous la forme d'un sac d'os. C'était vraiment étrange.

— Pas de mise en scène ? Pas de pose particulière ?

— Non. Elle était juste allongée dans son lit avec les couvertures tirées sur elle. Vous avez un suspect pour moi ?

— Pas encore, non. Mais je crois que je pourrais en avoir bientôt un à vous proposer. C'est le troisième meurtre avec musique classique que j'ai répertorié. Le second avec l'inanition comme cause de décès. Aujourd'hui, nous avons trouvé une autre victime flottant sur un lac. Elle doit être autopsiée ce soir. Ce qui nous en ferait quatre, rien que pour le Tennessee. Avez-vous recueilli des éléments de preuve ?

— Rien de très marquant. Le kit de viol était positif pour le sperme. Nous l'avons entré dans le CODIS mais il n'en est rien ressorti.

— Hé ! Mais vous avez de l'ADN, alors ?

— Ben oui. Mais savoir s'il vient du meurtrier…

— Clyde, vous venez de faire mon bonheur ! Pourriez-vous me faxer les résultats ainsi que les références CODIS ? Je les transmettrai à Quantico. Le FBI enquête sur une série de meurtres similaires commis en Italie et en Angleterre. Il semble que notre homme ait été très actif des deux côtés de l'Atlantique. Y aurait-il moyen, d'autre part, de me faire parvenir vos dossiers par messager spécial ? Je n'aurai pas le temps d'aller jusqu'à Chattanooga. Si vous êtes d'accord pour partager vos infos, je pourrais peut-être, en contrepartie, vous aider à élucider votre affaire.

— Pourquoi pas ? Je vous envoie tout ça.

— Clyde, je vous nomme à l'instant mon nouveau meilleur ami. Mille fois merci.

Elle lui donna ses coordonnées et raccrocha.

— Et maintenant, McKenzie, allons avoir comment notre dame du lac s'en sort à l'institut médico-légal.

Ils approchaient du dénouement. Elle le sentait par tous les pores de sa peau.

24

Baldwin et Memphis travaillaient d'arrache-pied depuis deux heures sur la reconstruction du profil d'« Il Macellaio » lorsque le portable de Baldwin sonna. Voyant que c'était Taylor, il s'excusa.

— Alors ? Tu as du neuf ?

— Un peu, oui ! J'ai une grande nouvelle pour toi. Le crime de Manchester relève manifestement de la même série que les deux autres. Même chose pour celui de Chattanooga. Et on a de l'ADN répertorié pour ce dernier.

— Non ? Sérieux ? C'est excellent !

— On peut le dire, oui. Je viens également de recevoir un appel de Taschen Books, à New York. Ils ont trouvé les pages de copyright des deux catalogues. J'attends toujours leur fax. Nous avançons à grands pas, je le sens. Et pour toi ? Comment ça se passe ?

— Nous avons comparé les crimes italiens et anglais, Highsmythe et moi. J'ai modifié certains détails du profil à la lumière de ses analyses. Tu penses avoir le profil ADN bientôt ?

— Il figure dans le CODIS. Ton analyste forensique peut déjà y avoir accès. Le nom de la victime est Sharonda Guilmet. Là, je me prépare à assister à l'autopsie de notre Ophélie du lac. Je te tiens au courant. J'attends des infos de Chattanooga par courrier spécial.

— Ce sont de grandes nouvelles, ma chérie. Tu me tiens au courant, O.K. ? Tu te souviens de Pietra Dunmore ?

— Absolument. Elle est venue à Nashville avec Charlotte pour l'affaire Blanche-Neige.

— C'est elle qui est en charge de l'affaire « Il Macellaio ». S'il y a un recoupement à trouver, on peut faire confiance à Pietra. Elle mettra le doigt dessus.

— Super. Je te rappelle après l'autopsie. Je pense que j'aurai tous les éléments.

— Cela t'ennuierait si nous venons aussi ?

— Assister à l'autopsie ? Pas du tout.

— Entendu, merci.

Il raccrocha et se tourna vers Memphis, le pouce levé en signe de victoire.

— Nous sommes de la partie. On y va ?

25

Le parking de l'institut médico-légal était quasiment vide, à la notable exception du coupé BMW 330ci de Sam. Le soleil se couchait dans un ciel post-orageux qu'enflammait un tourbillon torturé d'énormes nuages lie de vin. Toujours flanquée de son équipier, Taylor s'immobilisa devant la porte d'entrée.

McKenzie râlait.

— Deux autopsies en deux jours, ça commence à faire. Je tablais sur un peu moins de meurtres et un peu plus d'agressions.

Taylor introduisit sa carte dans la borne de détection automatique.

— Tout espoir n'est pas perdu pour toi, McKenzie. La brigade des homicides, neuf fois sur dix, c'est routine et ennui à tous les étages, avec un maximum de paperasse et de suivis de procès. Ces vagues de meurtres sont rares.

Ils pénétrèrent dans le hall d'entrée que les luminaires de sécurité peinaient à arracher des ténèbres. L'aspect des lieux était relativement sinistre dans la pénombre, comme si des fantômes flottaient dans l'obscurité mélancolique.

— Il paraît qu'au temps où tu étais encore lieutenant tu avais fait un grand ménage dans la pègre. Lincoln m'a dit que la criminalité avait baissé, quand tu étais aux commandes.

C'était la première fois qu'il faisait ouvertement allusion à sa rétrogradation. Elle hocha la tête.

— Avant la décentralisation, lorsque j'avais encore ma petite équipe, notre taux d'élucidation des homicides frisait les 84 %. Depuis, entre les rivalités internes, les coups de poignard dans le dos et le fait que le chef de la police ne soit pas en phase avec ses troupes, les mailles du filet se desserrent. Et l'adversaire nous sent moins solides. Les délinquants ont une plus grande marge de manœuvre et ils le savent. Quant à l'appel aux communautés à se policer elles-mêmes, c'est du grand n'importe quoi. Mais bon… qu'y pouvons-nous, à notre petite échelle, McKenzie ?

— J'ai entendu dire que tu te battais pour récupérer ton grade de lieutenant ?

Ils longeaient le couloir qui menait aux salles d'autopsie. Taylor pesa ses mots avec soin. Elle n'avait pas confiance en McKenzie. Pas complètement, en tout cas, même après les révélations qu'il lui avait faites aujourd'hui. Parce qu'elle n'était pas encore sûre à cent pour cent qu'il ne soit pas une taupe mandatée par Delores Norris — un espion du même bord qu'Elm & Co, chargé de la surveiller et de se servir de ses éventuelles confidences comme d'autant d'armes à retourner contre elle. McKenzie lui était a priori sympathique. Elle voyait en lui un de ces jeunes inspecteurs passionnés qui ne demandaient qu'à apprendre. Mais elle avait appris à se méfier. Son expérience avec Dan Martin lui avait servi de leçon. Alors que Dan et elle avaient été amants !

— McKenzie, je ne peux rien te dire, O.K. ? Ne le prends pas contre toi. Mon représentant syndical et mon avocat ont été formels, l'un et l'autre : j'attends et je la ferme.

Le visage de McKenzie s'affaissa.

— Tu penses que je suis un pion aux ordres du chef de police.

Sa déception manifeste lui fendait le cœur, mais elle ne

pouvait pas se permettre le moindre risque. Sous son air de jeune chiot triste, il avait peut-être de sacrés talents d'acteur. Taylor soupira. Et se promit de rechercher à la première occasion ce qui l'avait fait basculer ainsi dans le cynisme.

— Sérieusement, McKenzie : je sens chez toi un flic motivé, honnête et solide dans sa tête. Je considère a priori que nous allons bâtir une relation de travail solide, toi et moi. Mais pour le moment je n'ai pas le choix : il faut que je me protège, point barre. Je sais que tu peux le comprendre.

Les lèvres serrées, il la dévisagea un instant en silence.

— Oui, je peux comprendre. Mais je veux quand même que tu saches que j'ai plus appris en deux jours avec toi que depuis cinq ans que je suis entré dans la police. Tu es de loin le flic le plus compétent que j'aie jamais rencontré. Et tu sais maintenant qu'il ne s'agit pas de viles flatteries de ma part pour essayer de t'attirer dans mon lit. On t'a fait un coup bas, et je veux mettre le peu de poids que j'ai dans la balance pour t'aider à retrouver ton ancien grade. Et cela pour une raison bien simple, Jackson : c'est que je n'aspire qu'à une chose, sur le plan professionnel, c'est de pouvoir bosser pour quelqu'un comme toi.

Sa réponse la cloua sur place. Elle accepta le compliment sans un mot et le remercia d'un signe de tête. Parce qu'elle était trop submergée par l'émotion pour se risquer à faire entendre sa voix. Et aussi parce qu'elle voulait retrouver son autorité et ses fonctions. La façon dont elle avait été manipulée, bafouée par ses supérieurs pouvait la mettre dans des états de rage noire, si elle ne se surveillait pas de près.

Sam s'était trompée au sujet de McKenzie. Il n'avait pas flashé sur elle, il la respectait. Et elle préférait de loin ce second cas de figure.

Ils se séparèrent pour passer chacun dans un vestiaire et enfiler des tenues stériles sur leurs vêtements de ville. Puis ils se retrouvèrent dans le sas avant les salles d'autopsie.

— Prêt, McKenzie ?

Il hocha la tête et elle poussa la porte du sanctuaire où Sam officiait encore à cette heure tardive. Ils la trouvèrent penchée, scalpel en main, sur le corps de la victime dont l'autopsie semblait déjà bien avancée. La légiste leva les yeux à leur approche.

— Ah, vous voilà enfin ! J'ai presque fini, là. Désolée de ne pas vous avoir attendus, mais il n'était pas utile que vous assistiez aux prémices, de toute façon.

— Mille excuses, Sam. Nous avons été retenus à Manchester. Baldwin et le flic de la Met de Londres devraient arriver d'un instant à l'autre, au fait.

— Super. Plus on est de fous, plus on rit. Vous avez peut-être eu une longue journée, mais je n'ai pas arrêté, ici. Faut-il les attendre ?

— Non, c'est bon, s'éleva la voix de Baldwin en provenance du sas.

Taylor éprouva une impression étrange à les voir entrer côte à côte, Memphis et lui. Une même expression concentrée se lisait sur leurs traits. Ils étaient absorbés par l'enquête, mais pas seulement : l'attention des deux hommes était clairement focalisée sur elle. Négligeant Memphis, elle s'avança droit sur Baldwin et lui effleura les lèvres d'un baiser rapide. Il la prit par les épaules et se tourna vers l'Anglais. « Elle est à moi, O.K. ? disait son regard cinglant. Alors, pas touche. » Taylor ne put s'empêcher de sourire. Elle aimait le côté jaloux de son homme. C'était adorable.

Sam tapota le creux de sa paume à l'aide de son scalpel.

— Prêts ? La cause du décès est l'inanition. Elle était déjà morte lorsqu'elle a été déposée dans la rivière. Pas trace d'eau dans les poumons. Comme chez la victime précédente, les drôles de marques en cercle sont présentes dans le dos. Une différence majeure avec Allegra Johnson, cependant : ses yeux étaient maintenus ouverts avec une colle de type cyanoacrylate. Je devrais pouvoir vous donner la marque précise dès demain. J'ai noté tout ce que nous avons observé jusqu'à présent. Vous trouverez le document sur cette table.

— De cette façon, il lui était impossible de détourner les yeux de son bourreau, observa Taylor à voix basse.

— Et il a pu la regarder mourir, compléta Memphis.

Il fallut quelques instants à Taylor pour prendre la pleine mesure de l'horreur que la jeune femme avait dû vivre. Très vite, son émotion se mua en colère. Elle n'avait qu'une hâte : mettre la main sur ce pervers nécrosadique.

— Combien de temps est-elle restée dans l'eau ? demanda Baldwin.

— Pas très longtemps. Moins de cinq heures, en tout cas. A aucun moment elle n'a été submergée. Sans doute parce qu'elle est restée accrochée à cette branche. Elle présente des marques d'injections répétées. Principalement dans son bras gauche.

Taylor médita la question un instant.

— C'est une consommatrice régulière ?

— Les cicatrices sont assez récentes. Et on ne voit aucune marque entre les doigts, les orteils et les cuisses, tous endroits où des traces sont généralement visibles lorsque quelqu'un se shoote depuis longtemps. A première vue, je dirais que sa toxicomanie est assez récente.

— S'injectait-elle ces substances elle-même ? demanda Memphis.

Sam lui jeta un regard indécis. Quatre enquêteurs investissant son espace pour la bombarder de questions, c'était un peu trop pour une seule légiste.

— Peut-être, oui. Probablement, même. Mais laissez-moi terminer mon compte rendu, car j'ai une bonne nouvelle pour vous. Nous allons peut-être pouvoir obtenir un profil ADN de notre homme. J'ai trouvé un minuscule fragment de peau sous un ongle. Suffisant, je pense, pour qu'on puisse établir l'empreinte génétique. Ce qui me permettrait de le coincer si vous avez d'autres échantillons pour comparaison.

— Des échantillons, nous en avons en pagaille. Et parlant de ça…

Taylor informa Sam de ce qu'ils avaient appris au sujet des meurtres de Manchester et de Chattanooga. McKenzie leva le sac contenant le rectangle de tapis prélevé à Manchester.

— Voici encore de l'ADN, avec un peu de chance. Vous vous en chargez ? Ou faut-il faire appel à Tim ?

Sam secoua la tête.

— Je préfère que vous confiiez tout cela à Tim. Tous mes collaborateurs sont déjà partis et je dois filer récupérer mes enfants. Je suis sur le point de remettre la miss dans son tiroir réfrigéré, et bye-bye. Tim a quelque chose à vous montrer, d'ailleurs. Je crois qu'il essayait de rassembler le maximum d'éléments avant de faire son rapport.

McKenzie hocha la tête et Taylor s'obligea à reporter son attention sur le corps.

— A propos de rapports, Sam, j'aurais besoin de consulter un de tes comptes rendus d'autopsie vieux de trois ans.

— Il devrait se trouver dans les archives. Kris te le sortira demain matin. Pourquoi veux-tu te plonger là-dedans ? J'ai fait une connerie ?

— Comme si cela t'arrivait ! Non, c'est juste un meurtre qui pourrait être lié à notre série. Une fille noire, jeune, un fond de musique classique. Ça te rappelle quelque chose, non ?

— Tu dis que c'est moi qui ai fait l'examen post mortem ?

— C'est ce qu'affirme le shérif Simmons, du comté de Coffee. Un type bien. Qui a l'air de savoir ce qu'il fait.

— Comme ça, au débotté, ça ne me rappelle pas grand-chose. Mais si je lisais le rapport cela me reviendrait. Tu sais combien je pratique de ces charmantes opérations par an ?

— Trop.

— Tu l'as dit, fillette. Revenons à notre dame du lac. Nous avons identifié les fleurs de son bouquet.

— Des marguerites, des bleuets et des coquelicots.

Memphis se tenait à quelques pas et jouait avec un des coquelicots qui reposait dans un récipient en inox.

— C'est ça, oui. Avec un collier de violettes, comme dans le tableau.

— Quel tableau ? s'étonna Taylor.

— John Everett Millais, peintre préraphaélite, intervint Memphis en tournant vers elle un visage éclairé d'un large sourire.

Sam sourit à travers son masque anti-projection.

— Bien vu. C'est effectivement l'*Ophelia* de Millais. J'ai demandé à un de mes techniciens d'autopsie de faire un brin de recherche.

— Et vous ? Comment le saviez-vous ? demanda Taylor à Memphis.

— Je vis à Chelsea, à deux pas de la Tate Gallery, où se trouve l'original.

— Comme c'est commode..., commenta Baldwin.

Taylor perçut la nuance de surprise dans sa voix, et s'interrogea sur la nature exacte de la rivalité entre les deux hommes. Seraient-ils en compétition vis-à-vis d'elle ? Ou s'agissait-il d'un duel purement intellectuel ? Intéressant, tout ça. Elle percevait très nettement des vibrations émanant de Memphis, en tout cas. Et elle devait reconnaître qu'elle commençait à voir ce type d'un meilleur œil. Il ne correspondait pas à l'image plutôt négative qu'il lui avait donnée lorsqu'ils s'étaient croisés malencontreusement, le matin même. Il alliait une grande compétence à un charme indéniable.

Elle s'aperçut soudain qu'elle avait le regard rivé sur lui et détourna abruptement les yeux. Sam commença à ranger son matériel.

— Tu n'as pas vu Tim de la journée, c'est ça ?

Taylor secoua la tête.

— Non. On était à Manchester à remuer de la vieille poussière.

— Il a trouvé une carte postale du tableau dans l'herbe, près de la rive du lac. L'image exacte de la scène.

— Une carte postale du tableau ? Ouah !

Elle tourna les yeux vers Baldwin.

— C'est la signature d'« Il Macellaio ». Incroyable. Il s'agirait donc bien du même type. Un criminel transatlantique.

Il secoua la tête et s'excusa. Taylor le vit s'éloigner et ouvrir son téléphone. Il devait appeler son équipe à Quantico pour la mettre au courant.

Elle se tourna vers McKenzie.

— Ça t'ennuierait d'appeler Tim pour lui fixer rendez-vous quelque part ? S'il était libre tout de suite, ce serait parfait. Et note qu'il faut appeler Kris demain pour lui demander de sortir le rapport d'autopsie de LaTara Bender.

— O.K., ça marche. Je reviens tout de suite.

Sam avait abandonné son scalpel et recousait l'incision formant un Y sur la poitrine de la victime.

— Tu peux nous montrer son dos, Sam ?

Baldwin et Memphis se rapprochèrent. Sam coupa son fil puis roula le corps de la fille vers elle, exposant la peau nue de son dos avec les étranges taches circulaires qui s'étaient formées à intervalles réguliers sur tout l'arrière du corps, des épaules aux mollets. Il y avait juste un endroit, au-dessus du coccyx, qui restait vierge de toute marque. Taylor l'examina et réfléchit aux particularités de la position sur le dos.

— Du fait de sa maigreur, elle doit avoir un creux dans le bas du dos où son corps n'est pas en contact avec le support. Ça explique l'espace entre les cercles.

— Regarde son bras, dit Sam.

Une sorte de couture de couleur sombre courait sur

sa peau. Alors que le bras gauche ne présentait aucune anomalie particulière.

— C'est bizarre. Pour Allegra, c'était l'inverse.

Taylor examina le membre de plus près en laissant venir une image du corps d'Allegra.

— Peut-être ont-elles été stockées au même endroit ?

Sam haussa les épaules.

— C'est possible.

— L'hypothèse paraît cohérente, intervint Memphis. Mais aucune de mes trois victimes n'avait ce genre de marques.

— Les Italiennes non plus, dit Baldwin. Seules les deux dernières victimes américaines en sont pourvues.

— Donc, il a trouvé un nouveau système pour les entreposer, conclut Memphis.

Taylor lui jeta un regard admiratif.

— Vous êtes plutôt bon, à ce petit jeu.

— J'ai eu… pas mal de pratique.

McKenzie les rejoignit devant la table d'autopsie et désigna la victime.

— Bonne nouvelle. Notre Ophélie a enfin été identifiée. Elle s'appelle Leslie Horne et elle a vingt-deux ans. Tim a trouvé une correspondance d'empreintes dans la base de données : elle avait été arrêtée pour racolage sur la voie publique. Il nous demande de le retrouver dès que possible au CJC. Il s'occupera des éléments de preuve que nous avons récupérés à Manchester.

Ils restèrent un instant tous les cinq en silence autour de la victime qui avait à présent un nom, une identité — une vie perdue.

— Je pense qu'elle connaissait Allegra Johnson, murmura McKenzie.

Taylor lui jeta un regard surpris.

— Qu'est-ce qui te fait dire cela ?

— Parce que l'adresse de Leslie figure dans la base de données. Et qu'Allegra avait la même.

Au moment où Taylor voulut quitter la salle d'autopsie à la suite de Baldwin, Memphis et McKenzie, Sam la retint.

— Attends une seconde, s'il te plaît.

Taylor fit signe aux trois autres.

— Allez-y, continuez, je vous rejoins.

Elle se tourna vers Sam qui tripotait nerveusement une petite scie à main. Taylor découvrit une émotion inattendue dans son regard : la colère.

— On peut savoir à quoi tu joues, Taylor ?

— Je ne comprends pas ta question. Tu trouves peut-être que l'enquête n'avance pas assez vite, mais je bosse comme une malade et je…

— Je te parle de tes relations avec cet Anglais.

Taylor fronça les sourcils.

— Qu'est-ce qu'elles ont, mes relations avec Memphis ?

— Tu flirtais avec lui.

— Arrête !

Sam jeta la scie qui atterrit sur le plateau avec un fracas métallique.

— Tu le draguais ouvertement, ma chérie. Et devant ton fiancé et ton nouvel équipier, pourrais-je ajouter.

— N'importe quoi !

Sam contourna la table d'autopsie pour se planter devant elle.

— Ce n'est pas la première fois que je te vois cette expression, Taylor. Tu es attirée par ce type.

La poitrine comme dans un étau, elle se força à répondre calmement.

— C'est là que tu te trompes, justement. Il est attirant, c'est vrai, mais il ne m'attire pas. Tu vois la nuance ?

Sam secoua la tête.

— Fais attention aux signaux que tu laisses passer, Taylor. Car lui est intéressé, en tout cas. Il te dévore littéralement des yeux, ma fille. Et toi, c'est tout juste si tu ne fais pas la roue comme un paon sous son regard fasciné !

— Tu as fini de déblatérer, Sam ?

— Moi, je déblatère ? Tu oublies à qui tu t'adresses, là. Depuis la maternelle, j'ai toujours été là pour tenir ton mouchoir chaque fois que tu es tombée amoureuse. Memphis fait flamber ta libido. Et c'est réciproque.

— Tu es injuste, franchement. Je ne le connais pas, cet homme. Je ne sais rien de lui !

— Mais tu aimerais faire plus ample connaissance.

— Sam !

Les occasions où elle avait élevé la voix contre son amie se comptaient sur les doigts d'une seule main. Consciente qu'elle perdait le contrôle de son humeur, Taylor se mordit violemment la lèvre. Elles se mesurèrent du regard quelques instants, puis Sam finit par hausser les épaules.

— Tu es une grande fille, Taylor. Mais souviens-toi quand même de ce qui s'est passé, la dernière fois que tu as été physiquement attirée par un collègue.

Sam se détourna sur cette dernière pique retentissante et Taylor se retrouva à fixer l'arrière de la tête de son amie. Elle pivota sur ses talons et sortit de la salle d'autopsie à grands pas. Jamais elle n'aurait cru que Sam se permettrait de lui lancer une vacherie pareille. Comme s'il y avait le moindre point commun entre ce qui se passait aujourd'hui et la situation frelatée avec Dan Martin !

Elle se débarrassa de sa tenue stérile et rejoignit McKenzie dans le vestibule.

— Ça va ?

— Très bien, oui, répondit-elle sèchement. On se tire d'ici ?

*
* *

A 20 h 30, Taylor et McKenzie étaient toujours occupés avec Tim. En sortant de l'institut médico-légal, Baldwin et Memphis étaient retournés directement à leur hôtel pour retravailler leur profil. Taylor s'était surprise à soupirer de soulagement en les voyant partir. Cinquante fois au moins, elle avait fait défiler la scène de l'après-midi dans sa tête. Et elle ne voyait toujours pas ce que son attitude avait pu avoir de déplacé. A aucun moment, elle n'avait flirté avec ce Memphis de malheur ! Et elle était furieuse contre Sam d'avoir proféré ces insinuations stupides.

Chassant l'incident de ses pensées, elle s'était lancée à corps perdu dans le travail. Pendant qu'ils assistaient à l'examen post mortem, les documents de Chattanooga étaient arrivés. Juste à point pour la distraire de sa colère. Elle les avait étudiés de près avant de les passer à McKenzie. Tim avait saisi dans leur base de données la signature ADN récupérée suite à l'autopsie de Leslie Horne. Il avait pris ensuite tous les échantillons prélevés à Manchester et leur avait fait suivre le même chemin. S'il y avait une concordance, elle apparaîtrait forcément. Il envoya également à Pietra Dunmore, à Quantico, une copie de tous ces fichiers.

Taylor était partagée sur la suite du programme. Retourner à la résidence Napier en pleine nuit pour rechercher la famille de Leslie Horne ? Elle n'était pas d'un naturel à reculer facilement devant l'épreuve, mais la perspective n'était pas très engageante. Sans un escadron complet de flics armés, ils courraient des risques non négligeables.

Autant recourir à une solution moins hasardeuse. Elle appela Gerald Sayers chez lui pour demander qu'un de ses hommes leur apporte Tyrone Hill sur un plateau.

Gerald jura énergiquement pour la forme, puis accepta sans trop se faire prier de conduire Tyrone au CJC. Il leur promit qu'il serait là à 21 heures. Cela lui laissait le temps de rédiger une partie de son rapport.

L'idée de croiser Elm dans un couloir du département des homicides n'était pas non plus très enthousiasmante. Mais, ce risque-là, Taylor était disposée à le prendre. Il était temps de mettre une partie des événements de la journée par écrit.

Les hamburgers de Manchester étaient déjà loin. Elle appela un restaurant thaï et passa commande pour trois. Ils auraient juste le temps de se caler l'estomac avant l'arrivée de Tyrone.

McKenzie était toujours occupé avec Tim à finaliser les données de Manchester. Et il avait l'air passionné, y compris par les aspects techniques et administratifs de l'enquête. Tim, de son côté, semblait prendre plaisir à expliquer ses méthodes. Elle avait presque oublié que McKenzie participait à sa première vraie enquête criminelle — il avait fait un sacré chemin en deux jours.

Deux jours… Quarante-huit maigres petites heures. Et ils avaient déjà accompli une avancée spectaculaire. Ne pas perdre son élan : voilà qui était primordial, dans ce genre d'investigation. Et elle sentait à quel point ils étaient près d'aboutir.

Leurs repas arrivèrent et ils inhalèrent avec bonheur l'odeur de coriandre fraîche et de crevettes. Tim avait quasiment terminé et ils le laissèrent partir dès qu'il eut fini de manger. Ils quittèrent le laboratoire à pied et traversèrent jusqu'au CJC. De loin, on entrevoyait quelques silhouettes obscures qui glissaient sur le parking. Taylor frissonna et l'appel de Fitz lui revint soudain à la mémoire. L'inquiétude pour son ancien second revint la submerger avec force. Elle avait été tellement prise par l'enquête qu'elle n'avait pas pensé à reprendre de ses nouvelles. Affichant son numéro, elle appuya sur la touche d'appel. Mais Fitz ne répondit pas et elle dut se contenter de laisser un message. D'un ton aussi joyeux et dégagé que possible, elle mentionna qu'ils bossaient sur une affaire passionnante et le pressa de rentrer le plus vite possible pour leur donner un coup de main.

— Allez, je t'embrasse, Fitz. On t'attend !

Sourcils froncés, elle glissa le portable dans sa poche. Elle n'aimait pas du tout cette histoire. *Une coïncidence ? Tu parles !* Surtout lorsqu'il s'agissait du Prétendant. Qu'un homme avec les mêmes caractéristiques physiques que lui surgisse soudain sur une île où Fitz était coincé pour cause d'avarie…

Oh, mon Dieu ! Elle n'avait pas pensé à cela… Fitz lui avait dit qu'ils étaient en panne. Et s'il s'agissait d'un sabotage ?

Taylor ressortit son téléphone et appela une seconde fois. Au cas où. Toujours pas de réponse. Et pas de messagerie non plus, cette fois-ci.

Elle se força à ravaler ses inquiétudes. Fitz était un grand garçon, après tout. Et peut-être que le Prétendant avait juste voulu, à travers Fitz, lui adresser un de ses habituels clins d'œil.

Parlant de clins d'œil, qu'est-ce que « Il Macellaio » avait voulu signifier, en choisissant la villa de Bangor ? Y avait-il un lien avec son ancien amant ? Elle aurait quelques questions à poser à Arnold Fay. Mais il y avait une autre voie qu'elle pouvait également explorer.

Elle repoussa résolument ses hésitations et ses scrupules. McKenzie n'était pas un gamin sans défense mais un officier de police confirmé. En pénétrant dans le bâtiment, elle le trouva devant le distributeur de boissons.

— Ils nous attendent, annonça-t-il en lui tendant un Coca.

Elle accepta la boisson et le remercia d'un sourire.

— J'ai une mission pour toi, McKenzie : va faire un tour chez Bangor, passe un peu de temps avec lui, fais-le parler et essaie de voir en quoi il pourrait être visé. En s'introduisant chez lui, « Il Macellaio » a pris un gros risque. Et j'aimerais savoir quel message il cherche à nous faire passer.

— Tu sais que j'étais justement en train d'y réfléchir ? Il doit exister un lien quelconque entre eux, même si Bangor n'en a pas forcément conscience. Je suis content d'avoir l'occasion de lui reparler. Il est intéressant, ce type.

Il détourna les yeux et elle sut où cette histoire allait les mener. McKenzie avait tapé dans l'œil de Bangor et le sentiment était réciproque. Elle décida de le mettre de nouveau en garde. Et pas seulement pour apaiser sa propre conscience.

— Ecoute, Bangor a un faible pour toi. Mais dis-toi bien une chose : rien ne prouve qu'il te livrera toute la vérité.

— Je serai sur mes gardes. Je suis assez bon juge des caractères, dans l'ensemble.

— O.K. Ce sera ta mission pour ce soir, alors. Vois quelles informations tu peux glaner. Et maintenant allons saluer M. Hill.

Gerald se trouvait dans le bureau des homicides en compagnie d'un jeune homme noir qui n'en menait visiblement pas large. Tyrone Hill était grand et lourdement musclé, avec des tatouages rampant le long de ses bras et de son cou. Il avait noué un keffieh de soie noire sur son crâne rasé. Il portait un débardeur blanc ajusté sur un jean noir taille basse, une ceinture avec une boucle massive sous forme d'un signe « dollar » en cristal et des baskets blanches sans lacets. Mais il était surtout agité et suant. Taylor tourna un regard interrogateur vers Gerald, qui se contenta de sourire.

— J'ai trouvé mon ami que voici en possession d'une arme. Tyrone sort tout juste d'un petit séjour à la prison de Riverbend, et comme il a été libéré sous condition il sait qu'il risque gros. Mais je lui ai expliqué que s'il faisait un réel effort pour répondre à tes questions, Taylor, je pourrais me laisser convaincre de fermer les yeux. Pour cette fois-ci, en tout cas. Il sait que si je le surprends une seconde fois c'est Riverbend direct. Pas vrai, Tyrone ?

Ce dernier marmonna quelque chose et Gerald lui tira le bras d'un geste sec. Ce Tyrone Hill n'était guère plus qu'un adolescent, constata Taylor. Et il était manifestement dans ses petits souliers. Tant mieux. Cela leur faciliterait la tâche.

— Allons discuter en salle de conférences. Nous aurons plus de place.

Tyrone s'y sentirait plus tranquille. Il était tendu, sur le qui-vive et nerveux comme une puce. La menace de la prison ne suffisait pas toujours à délier la langue d'un informateur confidentiel.

Une fois qu'ils furent assis tous les quatre, Taylor se renversa contre son dossier et chercha à mettre Tyrone à l'aise. Elle prit son ton le plus conciliant.

— Tyrone, j'apprécie que vous soyez venu. Nous voulons mettre la main sur l'homme qui a tué Allegra. Et vous allez peut-être pouvoir nous aider. Mais dites-moi, pour commencer, si vous connaissez une certaine Leslie Horne ?

Le jeune proxénète avait l'air paniqué et sur ses gardes. Avant qu'il ait pu balbutier une réponse, Elm les fit tous sursauter en déboulant dans la pièce comme un bolide furieux.

— Mais qu'est-ce que vous fichez, bande d'incapables ? Vous ne pouvez pas interroger un meurtrier ici ! Il faut le menotter, vociféra-t-il en se dirigeant en droite ligne sur Tyrone.

Taylor se leva pour s'interposer entre son lieutenant et son informateur.

— Lieutenant, il ne s'agit pas d'un suspect, mais d'un informateur confidentiel qui travaille avec l'unité d'investigation spéciale.

— N'essayez pas de me raconter des histoires, jeune fille ! Je reconnaîtrais Dominick Allen entre mille. Cela fait des années que la police de La Nouvelle-Orléans le recherche. Enchaînons-le tout de suite ou il va encore nous échapper.

Taylor chercha le regard de Gerald, qui secoua discrètement la tête. C'était déjà la deuxième fois qu'Elm leur parlait de La Nouvelle-Orléans. Son comportement était pour le moins déroutant. Et il tremblait d'impatience de passer les menottes à Tyrone.

— Cet homme ne vient pas de La Nouvelle-Orléans, lieutenant. Il est de Nashville. Son nom est Tyrone Hill et non Dominick Allen.

Elm se figea un instant en les fixant de ses yeux exorbités. Puis deux rides pensives se formèrent entre ses sourcils. Il se calma petit à petit, le regard fixé sur Tyrone. Son attitude restait suspicieuse, mais il se détourna et quitta la pièce. Taylor ne comprenait rien à son intervention. Ce type lui paraissait plus cinglé d'heure en heure.

Se retournant vers Tyrone, pétrifié, elle reprit place sur sa chaise.

— Je suis désolée pour cette interruption. A l'évidence, vous connaissez Leslie Horne, Tyrone. Dites-moi qui est sa famille pour que je puisse la prévenir.

— Il est malade, ce type. J'y suis jamais allé, moi, à La Nouvelle-Orléans.

— Je sais. Ne vous inquiétez pas pour lui, Tyrone. Parlez-moi plutôt de Leslie.

— C'est moi, sa famille. Elle a personne d'autre.

— Elle avait aussi Allegra, peut-être ? Elles étaient amies ?

Il hésita, mordilla un pan de lèvre sèche et fendillée.

— Oui et non. Elles étaient capables de se battre comme des chiffonnières, toutes les deux. Puis trois secondes plus tard elles se tressaient les cheveux mutuellement et partaient bras dessus bras dessous pour s'acheter une paire de pompes. J'ai jamais trop compris pourquoi elles se tapaient dessus de temps en temps. A part la rivalité habituelle, quoi.

— Donc Leslie travaillait aussi pour vous ?

— Mouais.

Il avait l'air authentiquement bouleversé, et Taylor adoucit le ton.

— Quand avez-vous vu Leslie pour la dernière fois ?

Elle vit à sa tête qu'il se perdait en calculs frénétiques pour trouver la réponse la moins compromettante possible.

— Dites-moi simplement la vérité. Tout ce que je veux, c'est trouver l'homme qui l'a tuée.

— Ouais, c'est ça. Comme si ça vous empêchait de dormir qu'un Black quelconque ait buté deux filles noires de la cité.

Taylor tapa du plat de la main sur la table.

— Eh bien, oui, ça m'empêche de dormir la nuit, justement ! La couleur de votre peau, je m'en tape, O.K. ? Un crime est un crime. Et il serait grand temps que vous me disiez ce que vous savez. Maintenant, je veux une réponse. Quand avez-vous vu Leslie pour la dernière fois ?

Tyrone l'enveloppa de la tête aux pieds d'un bref regard admiratif. Il était sans doute en train de calculer à quel montant il pourrait facturer ses services s'il parvenait à la coller sur le trottoir. Mais il perdit un peu de son attitude défensive et accepta de parler.

— Trois semaines.

— Et vous n'avez pas signalé sa disparition ?

— Elle était avec Allegra.

Taylor résista à la tentation de se frapper le front. Evidemment que Leslie et Allegra avaient disparu ensemble ! D'où la synchronie parfaite. Il en enlevait deux à la fois et les mettait au rebut l'une après l'autre. Laquelle avait poussé son dernier soupir la première ? Impossible de le savoir avant que Sam ne détermine l'heure exacte du décès. Mais il semblait d'ores et déjà évident qu'elles étaient mortes plus ou moins au même moment.

— Elles se sont fait ramasser ensemble par un même client ?

— Ouais. Un type dans une de ces voitures prieuses s'est garé le long du trottoir et leur a demandé de venir avec lui. Il avait l'air plutôt normal, le mec. Pas le genre cinglé. Alors je les ai laissées partir. Mais après ça je ne les ai plus jamais revues.

— A quoi ressemblait ce client ? demanda Taylor, le cœur battant.

— Ben... Le genre passe-partout, quoi. Discret. Un mixte. Plutôt clair de peau, taille moyenne. C'est tout ce que j'ai remarqué. Moi, c'est plutôt les petits billets verts qui m'intéressent, vous voyez le truc ?

— Vous pourriez l'identifier si vous le revoyiez ?

Tyrone secoua la tête.

— Il est arrivé avec son paquet de pognon qu'il m'a agité sous le nez. Il en a demandé deux et l'affaire était réglée. Je n'ai pas trop fait attention à lui. Mais, si c'est le meurtrier et que c'était sa voiture et pas une bagnole volée, il n'est pas trop malin, le gars.

Taylor rit.

— Sur ce point, nous sommes entièrement d'accord, vous et moi, Tyrone. Ça veut dire quoi, pour vous, un « mixte » ?

— Un sang-mêlé. C'est tout ce que j'ai remarqué chez lui.

— Il est biracial ?

— Oui, c'est ça. Si on jacte le politiquement correct.

Taylor réfléchissait fébrilement. Ainsi, « il Macellaio » serait métis ? D'où, peut-être, sa double attirance pour les victimes blanches et noires.

— Et la « voiture prieuse », c'est quoi ?

— Vous savez, ces bagnoles écolos qui économisent l'essence. Des Toyota.

— Une Prius ?

Tyrone se mit à rire.

— C'est comme ça que vous les appelez, vous, les Blancs.

— O.K. Donc, il s'agit d'un homme noir à la peau claire qui conduisait une Prius. De quelle couleur était-elle ?

— Blanche. Et je ne dirais pas que c'était un Black, le gars. Il a trop de sang délavé dans les veines pour ressembler à quoi que ce soit. Il faut savoir être fier de ses origines.

Le poing serré, Tyrone se frappa trois fois la poitrine.

La fierté. Etait-ce la fierté qui l'avait conduit à devenir proxénète et dealer ? Et il appelait les voitures écologiques des « prieuses ». Intéressant.

— Il n'y a rien d'autre dont vous vous souvenez ? Un autocollant sur le pare-brise, par exemple ? A moins que vous n'ayez noté le numéro d'immatriculation pour être sûr de récupérer vos filles ?

— Non, même pas. Je n'avais aucune raison de les surveiller ; elles revenaient toujours. Avec moi, elles étaient heureuses. Elles avaient tout ce qu'il leur fallait.

Tout, oui. Sauf la sécurité. Il les avait gentiment remises en mains propres au tueur. Mais à quoi bon le lui faire remarquer ?

— O.K., Tyrone, vous avez été très coopératif. Gerald, j'ai fini avec ce monsieur. Merci pour votre aide à tous deux.

Elle serra la main de Gerald, le laissa se débrouiller avec Tyrone pour son histoire de port d'arme illégal et se tourna vers McKenzie.

— Bon, on arrête là pour ce soir. Va bavarder avec l'ami Bangor et je boucle ici. Demain sera un autre jour.

— Tu es sûre que tu n'as plus besoin de moi ?

— Sûre et certaine.

— A demain, alors. Nous sommes sur la bonne voie. Nous allons le coincer bientôt.

Taylor le regarda partir avec un pincement au cœur, en se demandant s'il était vraiment judicieux d'envoyer ainsi l'agneau à l'abattoir. Elle finit par se détourner et regagner le département des homicides. Elm se tenait à l'entrée de son bureau.

— Evelyn ? dit-il en la voyant.

Ramenée en arrière dans le temps, Taylor eut une vision de son grand-père regardant sa mère, Kitty, d'un œil absent, en l'appelant par le prénom de sa femme. D'un coup, les pièces du puzzle se mirent en place.

— Je suis Taylor Jackson, monsieur Elm.

Il secoua la tête comme pour dissiper son état de confusion.

— Oui, bien sûr, je suis au courant. Inutile de vous présenter chaque fois que nous nous croisons. N'oubliez pas de me laisser un compte rendu de votre journée. C'est tout, pour le moment.

Taylor poussa un profond soupir et se dirigea vers son coin de bureau pour appeler son représentant syndical, un type super du nom de Percy Jennings. Elle lui laissa un message pour lui demander de la rappeler sur son portable. Cette histoire demandait à être réglée. Et rapidement. Quelques secondes plus tard à peine, son portable sonna.

— Que se passe-t-il, ô déesse ? Ton affaire se présente au mieux et tu devrais retrouver ton ancien grade sous peu. Il faut juste que je fasse dégager l'Oompa.

— Cool. C'est une bonne nouvelle. Mais nous avons un autre petit problème, là. Bouge pas une seconde, O.K. ? Je cherche un endroit un peu plus tranquille.

Elle sortit, traversa le couloir et se glissa dans les toilettes pour dames. Dès qu'elle ouvrit la porte, les plafonniers se réveillèrent, illuminant l'obscurité carrelée. Personne d'autre en vue, donc. Parfait. Elle verrouilla la porte, au cas où.

— Me revoici, Percy. Désolée. Mais nous avons une situation un peu compliquée avec le lieutenant Elm.

— Ne m'en parle pas. C'est un pinailleur pas possible. Tu n'imagines pas le nombre de plaintes que nous avons à cause de lui. Il est complètement incohérent, oublie tous les noms et donne des ordres contradictoires.

— Je crois savoir pourquoi. Là, il vient de m'appeler Evelyn. Et, il y a une demi-heure, il est entré au pas de charge alors que nous entendions un témoin, convaincu que nous tenions un meurtrier de La Nouvelle-Orléans. Ce n'est pas la première fois que j'assiste à ce type de comportement. Mon grand-père était atteint de la maladie d'Alzheimer, sous une forme particulièrement terrible. Et je crois qu'Elm souffre de la même pathologie. Ce qui expliquerait pourquoi il paraît à peu près normal le matin et il débloque à fond le soir. Le matin, Elm se montre presque agréable, comparativement. C'était comme ça pour mon grand-père. Son état empirait au fur et à mesure que la journée avançait.

— Aïe… C'est moche, comme maladie. Il vit toujours ?

— Mon grand-père ? Non. Il est mort il y a quelque temps. Elm n'est pas jeune, mais il lui reste quelques bonnes années à vivre. La tête va partir d'abord, mais son corps sera plus lent à suivre.

— Pas top, comme perspective. Je vais en parler à qui de droit.

— Essaie d'agir avec la plus grande discrétion, Percy. C'est une pathologie terriblement humiliante. Je pense qu'il sent confusément que ça ne tourne plus très rond. Mais je doute que le diagnostic ait déjà été posé. Ça promet d'être délicat, dans le meilleur des cas.

— Entendu, Taylor, merci de m'avoir prévenu.

Elle glissa son portable dans sa poche et s'approcha d'un lavabo pour s'asperger le visage à l'eau fraîche. Il lui était douloureux de repenser à son grand-père. Il avait souffert d'une maladie dégradante et personne n'avait su soulager son désarroi. Elle ne l'avait pas très bien connu, son grand-père maternel, cela dit ; Kitty, sa mère, n'avait jamais été proche de ses parents. Taylor fit la grimace. C'était la première fois qu'elle se rendait compte que sa mère et elle avaient au moins un point commun : des rapports filiaux on ne peut plus distants…

Mais ce n'était pas le moment de se laisser distraire par des considérations familiales déprimantes.

Lorsqu'elle regagna l'aire de bureaux, Elm avait disparu et tout était éteint. Le lieutenant était rentré chez lui, constata-t-elle avec soulagement. A présent qu'elle soupçonnait la vérité, elle ne pourrait plus le regarder qu'avec pitié. Et il percevrait la nature particulière de son émotion, même s'il n'en comprenait pas la cause.

Sur son bureau, elle trouva un bout de papier avec l'écriture en pattes de mouche de Rowena.

« Le fax est dans ton tiroir du haut. »

Et dire qu'elle l'avait presque oublié ! L'information qu'elle avait attendue toute la journée !

Elle ouvrit son tiroir avec impatience et trouva une page de couverture de Taschen Books, Manhattan, puis une page de copyright. Editeur, designer, directeur de production. Parfait. Un de ces noms correspondait peut-être à celui de son meurtrier.

Elle les nota tous soigneusement, puis appela Baldwin pour lui communiquer la nouvelle.

— Excellent. Tu veux venir nous retrouver pour boire un verre avant notre départ pour Quantico ? Nous sommes dans le steak-house du Loews Vanderbilt avec Memphis.

— Ça marche. Je vous rejoins dans cinq minutes.

Elle remonta l'avenue West End en voiture et conduisit jusqu'au Loews Vanderbilt. Le voiturier la salua et prit ses clés. Captant son reflet dans la vitre, elle se recoiffa d'un geste rapide puis pénétra dans le grill.

Baldwin fut le premier à la repérer et lui fit signe de loin. Elle prit place dans un box face aux deux hommes et commanda un verre de Seghesio Zinfandel, un vin de Californie que Baldwin et elle avaient découvert depuis peu, et qui était devenu leur favori du moment.

Memphis buvait un scotch, à en juger par l'odeur tourbeuse qui se dégageait de son verre. Elle n'aimait aucun whisky, leur trouvait un goût de copeaux de bois marié à des relents de moisi. Baldwin, lui, tenait une chope de bière à la pression.

— Nous avons un avion à 10 heures, au fait. J'ai décidé de retourner à Quantico dès ce soir, finalement, pour traiter tout de suite ces nouvelles informations. Je voudrais intégrer le profil modifié dans les bases de données pour te donner les résultats demain… Il faut que j'appelle pour confirmer nos vols, d'ailleurs. Tu as dîné ?

— C'est fait. On a mangé thaï, au bureau.

— Bien… Memphis a fait une observation très judicieuse, au fait. Il pense que nous pourrions avoir affaire à un meurtrier biracial.

Elle commença à sourire à Memphis puis se contint.

— Et zut ! Vous venez de me coiffer au poteau. J'ai bavardé avec le proxénète de Leslie et d'Allegra, ce soir. Il m'a raconté que mes deux victimes du moment sont montées ensemble dans une Prius blanche, avec ce qu'il a appelé un mixte.

— Drôle de terme.

— Oui, mais surtout drôle de coco.

— Donc, le témoin a confirmé qu'il a embarqué les deux victimes en une seule fournée ?

— Ça en a tout l'air, oui.

— Autre chose, encore ? demanda Memphis.

— Non, c'est tout, hélas.

Baldwin lui effleura la joue.

— Je suis sûr que nous le tenons presque. Je reviens dans une minute. Soyez sages, tous les deux.

Taylor jeta un regard noir à Baldwin. A croire que tout le monde s'était ligué contre elle, aujourd'hui. Dès que Baldwin fut sorti du box, Memphis se déporta sur sa gauche de façon à se trouver en face d'elle, les yeux dans les yeux.

— Vous venez ici souvent, mademoiselle ? Vous habitez chez vos parents ?

— Highsmythe…

— Appelez-moi Memphis. Et ne vous inquiétez pas, je vous taquine. J'aime bien vous asticoter un peu.

— J'ai remarqué.

Elle se détendit légèrement. Sam s'était trompée ; elle n'avait pas dragué Memphis. Si tel avait été le cas, elle l'aurait su sans risque d'erreur possible. Elle lui sourit de nouveau. Cette fois, sans s'inquiéter de ce qu'on pourrait en penser.

— Alors, Memphis, j'espère que vous vous plaisez à Nashville ? Dommage que nous vivions à ce rythme de dingues depuis deux jours. Mais avec un peu de chance le meurtre d'aujourd'hui nous aura rapprochés du dénouement de l'enquête.

— Comme c'est joliment dit. Peut-être devriez-vous jouer du Shakespeare, vous aussi. Voyons, il vous faudrait un rôle de femme forte, une femme qui ne se laisse jamais mener par le bout du nez. Viola, peut-être ? Non, je sais ! La courageuse Portia du *Marchand de Venise*.

Elle but une gorgée de Zinfandel. Il était parfait, audacieux avec juste ce qu'il fallait de notes épicées.

Memphis se pencha plus près.

— Dites-moi, pourquoi avoir choisi le métier de flic ? Vous avez perdu votre petit frère ? Eté maltraitée enfant ? Tradition de sévices sexuels dans la famille ?

Il lui adressa un lent sourire complice auquel elle eut du mal à ne pas répondre.

— Vous pouvez vous confier à moi en toute liberté,

jeune fille. Je suis le genre d'homme à qui une femme peut livrer ses secrets.

Il se passa la langue sur les lèvres. Lentement et de façon tout à fait suggestive. Si Baldwin voyait ça, il lui arracherait les yeux.

— Highsmythe, arrêtez.

— Quoi ? demanda-t-il en toute innocence.

Baldwin revint à la table et Taylor aurait juré qu'une main avait effleuré son genou *avant* que Memphis ne reprenne sa place sur la banquette.

— Tout est réglé, annonça-t-il. Alors, vous en êtes où ? Vous avez étudié les noms sur la page de copyright ?

— Non, Memphis s'interroge sur ma vocation de flic.

— Ah, c'est facile. Son père.

— Baldwin…

Il lui jeta un regard surpris.

— Quoi ? Je me trompe ?

Il se pencha vers Memphis d'un air de conspirateur.

— Le père de Taylor n'est pas à proprement parler un citoyen modèle, si vous voyez ce que je veux dire.

— Baldwin !

— Il est à l'origine de cette cicatrice ? s'enquit Memphis.

Taylor porta la main à sa gorge.

— Oh, mon Dieu, non ! Mon père est un escroc, d'accord, mais il n'a jamais, jamais levé la main sur moi. Cette petite décoration au cou me vient d'un suspect. Baldwin m'a sauvé la vie. C'était notre première enquête ensemble.

Memphis se renversa contre le dossier de la banquette.

— Romantique… Quant à votre paternel, n'en faites pas un drame. « Allez raconter à un individu lambda que son père est malhonnête et il s'en offusquera. Mais le même se vantera volontiers d'avoir eu un arrière-arrière-grand-père pirate », dit toujours mon père. Un jour viendra où on se souviendra du vôtre avec une affection émue.

Taylor haussa les épaules.

— C'est une philosophie typiquement britannique ? Comme la fameuse poignée de main secrète ?

— Il existe une poignée de main secrète ? Je l'ignorais. C'est sans doute la raison pour laquelle je suis flic à la Met au lieu de me prélasser dans les domaines familiaux.

Il lui sourit ; ses yeux bleus scintillaient d'amusement. Il prenait plaisir à l'asticoter, en effet. Sam avait tort. Tort à cent pour cent. Elle ne flirtait pas avec Memphis, mais lui flirtait avec elle. Ouvertement et sans réserve. Mais Baldwin avait gâché le jeu en mettant son père sur le tapis. Avoir à partager cette information personnelle gênante avec un parfait étranger ramenait en vrac les souvenirs de sa pénible réalité familiale.

Memphis jouait avec sa fourchette.

— Je ne sais pas de qui est la citation. Pas de mon père, en tout cas. C'est quelque chose qu'il a dû lire quelque part. Mais elle s'applique bien, non ?

— Vous me donnez des conseils, maintenant ?

— Le père de Memphis est un comte, Taylor. Tu reçois un nouvel éclairage sur ta dynamique familiale de la part du vicomte Dulsie. Je serais très attentive, à ta place.

Baldwin lui adressa un petit sourire gentiment loufoque. Elle fronça le nez.

— Je vois. Un beau jour, un de mes lointains descendants se penchera sur son passé et verra son ancêtre Win paré de qualités romantiques. Il trouvera amusant que son arrière-grand-père ait volé, menti et fréquenté des tueurs ? Désolée, mais le scénario ne me convainc pas. Vous ne connaissez pas mon père, Memphis. Ce n'est pas un individu très édifiant.

— Il doit y avoir du bon chez lui. Il a engendré une fille dotée d'une solide capacité à distinguer le bien du mal.

Taylor baissa les yeux sur son verre. Elle s'était toujours posé la question : ses valeurs morales, ses facultés à faire abstraction de ses sentiments envers sa famille et de ses remords filiaux s'étaient-elles constituées en réaction aux actes de Win ? Comment un homme qui n'avait aucune considération pour la loi pouvait-il être le père d'un enfant qui ne vivait que par elle ?

Elle termina son vin.

— Vous avez vu l'heure ? Vous allez rater votre avion, messieurs. Inspecteur Highsmythe, devez-vous encore passer à votre hôtel ?

— Nous revenons aux formalités ? Comme vous voulez, mademoiselle Jackson. J'ai juste mon sac à prendre à la réception.

Il se leva et la gratifia d'une courbette ironique. Sans un mot, il quitta la salle de restaurant et passa dans le hall de l'hôtel. Baldwin jeta quelques billets sur la table puis ils sortirent à leur tour pour attendre Memphis sur le trottoir. Lorsque Baldwin voulut lui prendre la main, elle se dégagea.

— Qu'y a-t-il, Taylor ?

Elle plongea son regard dans le sien, notant distraitement que sous l'effet de l'éclairage public un feu sombre semblait s'y consumer. Mais elle était trop remontée pour y prêter attention.

— Qu'est-ce qui t'a pris, franchement ? Vous êtes devenus des amis à la vie et à la mort, Memphis et toi ? De quel droit lui as-tu parlé de mon père ? Tu sais que je n'ai pas forcément envie de crier la biographie de Win sur les toits.

Baldwin comprit enfin à quel point elle était perturbée et se confondit en excuses.

— Je ne pensais pas que cela te poserait problème… C'est la première fois que tu réagis de cette façon.

— Ce gars est un parfait inconnu pour moi ! Je ne vois pas pourquoi tu lui confies des détails sordides sur *ma* vie.

Tout Nashville, il fallait le reconnaître, avait assisté en

direct à certains aspects torrides de son intimité. Et Taylor avait conscience d'en rajouter. Mais c'était plus fort qu'elle.

— Taylor, ne sois pas si susceptible. Je te dis que je suis désolé. Personne ne te juge responsable des écarts de conduite de ton père. Et Memphis est trop gentleman pour utiliser ces informations contre toi.

Laissant Baldwin remettre son ticket au voiturier, Taylor releva ses cheveux en queue-de-cheval. *C'est ce que tu crois, Baldwin.* Memphis touchait un point sensible chez elle. Pourquoi, elle n'en avait aucune idée, mais elle avait envie qu'il la voie sous le meilleur jour possible. Peut-être que Sam avait raison, finalement, et qu'elle cherchait à se faire mousser devant lui. Et quand on ajoutait à cela la lueur de désir dans les profondeurs de ses yeux clairs... Elle soupira. Alors que tout allait si bien, pourquoi fallait-il qu'elle se trouve confrontée aux avances d'un Anglais chic et choc ?

Il avait un côté huppé, Memphis, avec ses cheveux blonds retombant sur le front au-dessus de ses yeux couleur de bleuets de plein champ. Mâchoires solides, nez droit, belle dentition. Et cet accent insensé où chaque lettre, chaque son était articulé, dessiné, comme étiré à l'infini. Encore une chance qu'elle soit résolument insensible au charme des blonds. Pendant une fraction de seconde, elle avait senti l'absurde vertige d'une attirance. Comme si elle avait pu basculer et tomber. Baldwin avait un type irlandais accusé, avec ses cheveux presque noirs et la clarté de ses yeux verts. Des yeux de chat. Des deux, c'était incontestablement Baldwin le plus accompli sur le plan physique. Il était plus beau, plus grand, plus musclé. Alors que Memphis, lui, avait la distinction altière du lévrier.

Ce n'est pas bientôt fini, Taylor ? C'est quoi, ce bazar, dans ta tête ?

Baldwin revint vers elle. Il lui jeta un regard étrange, comme s'il lisait clairement dans ses pensées. Ce qui lui arrivait plus souvent qu'à son tour, d'ailleurs. Elle pria pour qu'il n'ait pas pris le temps de scruter jusque dans les marécages de son psychisme perturbé.

— Où est Memphis ? demanda-t-il.

— Je ne suis pas sa baby-sitter. Comment voudrais-tu que je le sache ?

— Hé… ça va, au moins ?

— Oui, oui, très bien. Pourquoi voudrais-tu qu'il y ait un problème ?

Baldwin l'observait avec une intense curiosité. Taylor avait l'impression qu'il venait de la prendre la main dans le sac, en train de commettre un acte répréhensible. C'était absurde, totalement absurde. Elle prit une inspiration profonde, puis rejeta tout l'air d'un coup.

— Sérieusement, tout va bien, O.K. ? C'est juste que je n'ai pas trop envie de lui parler de ma vie privée. Il est… Enfin, rien. Je préfère oublier Win, c'est tout.

— Je promets de ne plus prononcer son nom en public.

Il se pencha et l'embrassa avec une douceur désarmante. Elle accepta le baiser et lui serra la main en signe de pardon.

Memphis franchit les portes vitrées de l'hôtel, les traits marqués par l'excitation. Baldwin tapota le cadran de sa montre.

— On va finir par le louper, cet avion.

— Désolé de vous avoir fait attendre. Mais j'ai des nouvelles de mon équipière, à Londres. Apparemment, on aurait trouvé un témoin qui aurait assisté à la dépose d'un des trois corps.

— Encore une bonne nouvelle, se réjouit Baldwin. J'ai demandé au voiturier de nous appeler un taxi. On en parlera dans l'avion.

Taylor lui jeta un regard surpris.

— Tu n'as pas ta voiture ?

— Elle est à la maison. Nous avons eu droit à un chauffeur.

— Oui, très chic, commenta Memphis.

Le voiturier avança le 4Runner de Taylor.

— Autant que je vous conduise à l'aéroport, non ? De toute façon, il faut que je fasse un dernier saut au bureau.

— Ça ne te dérange pas, ma chérie ?

— Bien sûr que non. Allez, grimpez.

Le centre-ville était calme. Quelques rares voitures circulaient sur West End et quelques étudiants ivres de l'université Vanderbilt se tenaient au coin de la rue, prêts à traverser pour regagner leur campus. Au passage, Taylor leur envia leur innocence. Ils n'avaient encore aucun moyen de savoir à quel point le monde était entaché par la corruption, le vice, la cruauté. Sauf, bien sûr, s'ils avaient déjà été touchés personnellement dans l'enfance.

Ils parlèrent des conséquences positives que ce témoin potentiel pourrait avoir sur l'enquête, pendant que Taylor conduisait en direction de l'aéroport John C. Tune. Elle ne put s'empêcher de penser qu'elle avait été enlevée en passant par ce même aéroport et transportée, inconsciente, livrée aux caprices d'un tueur qui tenait toute sa famille entre ses griffes. Elle se força à respirer calmement, à chasser l'angoisse qui crispait sa mâchoire et ses épaules. Une main vint se loger sur sa nuque, des doigts habiles dénouèrent les zones de tension. Elle se tourna vers Baldwin avec un sourire reconnaissant et le vit tapoter sur son Blackberry. A deux mains.

Elle tressaillit, appuya involontairement sur le frein et le massage s'interrompit.

— Qu'est-ce qui se passe ? s'étonna Baldwin.

— Rien.

Dans le rétroviseur, elle croisa le regard bleu amusé de Memphis. Il souriait.

— Absolument rien.

26

Gavin, qui ne vivait qu'à deux pas du comté de Williamson, ne s'y rendait que très rarement. Mais aujourd'hui il n'avait pas le choix. Il était à court d'encre pour son imprimante et, comme il travaillait avec un matériel assez sophistiqué, il ne connaissait qu'un seul spécialiste de bureautique, dans toute la région, qui vende les bonnes cartouches. Il se rendit donc à Franklin, situé à vingt minutes au sud de Nashville. Le gérant était un homme taciturne. Gavin appréciait leurs échanges qui se limitaient à un « Il me faudrait ceci ou cela » suscitant invariablement un : « Vous pourrez venir les chercher tel ou tel jour. »

Son fournisseur — « ami » étant quand même un terme un peu trop fort — n'était même pas présent dans le magasin. Il s'était contenté de laisser le paquet sur le comptoir avec « Gavin Adler » écrit dessus en grosses lettres. Gavin laissa cent quatre-vingt-dix dollars en cash dans un tiroir sous le bureau. L'argent serait en sécurité. Le quartier était tranquille.

Sortir de chez lui avait été encore plus douloureux que d'habitude, aujourd'hui. Il avait besoin de pleurer la perte de sa douce poupée disparue. Tout ce qu'il voulait, c'était rester à la maison, respirer l'odeur qui flottait encore autour du cercueil, regarder les photos qu'il avait prises. Et confier son chagrin à Muerte, surtout. Muerte savait exactement ce qu'il ressentait après le départ d'une poupée. Mais son ami ne voulait plus lui adresser la parole.

Il lui restait la possibilité de *chatter* un moment avec Nécro, mais ce ne serait pas la même chose. Nécro n'avait pas dépassé le stade du jeu de rôle. Il se contentait de payer des femmes pour qu'elles fassent mine de dormir pendant l'acte sexuel. Et Nécro pensait que lui, Gavin, procédait de même. Muerte était seul à savoir que ses poupées lui appartenaient en propre et lui offraient jusqu'à leur vie.

Il remonta dans sa Prius, traversa le centre de Franklin et tourna à gauche devant le McDonald's, avant de récupérer la voie rapide en direction de l'ouest. Le soleil était bas dans le ciel. Ebloui, il descendit le pare-soleil et mit ses lunettes aux verres teintés. Très vite, les banlieues de Franklin cédèrent la place à des étendues verdoyantes, avec de grandes maisons paisibles et une abondance de vaches dans les prés.

Il pensa à sa poupée et pleura un peu. Il détestait les voir partir. Leur disparition le dévastait à tel point qu'il s'était arrêté de les collectionner pendant un certain temps. S'il ne s'était jamais fait pincer, à l'époque, c'était uniquement parce qu'il avait eu de la chance. Pour arrêter de prendre des risques insensés, il s'était contenté de satisfaire ses pulsions grâce à internet. Puis il était tombé sur Muerte et sur Nécro. Muerte avait ravivé la flamme en lui et nourri ses fantasmes. Muerte lui avait rendu son sentiment de puissance, avait fait fleurir en lui des désirs nouveaux. Il lui avait rouvert les portes du possible et l'avait encouragé à les franchir. Aujourd'hui, il voulait montrer à Muerte qu'il était devenu aussi fort que lui. Mais à quoi bon, s'ils ne se parlaient plus ? Il fallait qu'il trouve le moyen de rentrer de nouveau en grâce.

Le viaduc massif à arche double qui permettait à la Natchez Trace Pathway de croiser la Highway 96 apparut devant lui. Gavin admira l'élégance de l'immense ouvrage d'art, la beauté des lignes, la grâce des courbes qui évoquaient des seins de femme. Il avait presque atteint le pont lorsqu'il vit une voiture immobilisée sur le bas-côté. Une voiture et une fille.

Son pouls battit plus vite et il ralentit automatiquement son allure. Elle lui faisait signe. Lui intimait de s'arrêter. Gavin n'en croyait pas ses yeux : elle était époustouflante. La taille fine, des traits délicats, de longs cheveux tressés à l'africaine. Il se gara derrière sa voiture, le cœur battant comme un tambour. Elle se dirigea vers lui, ses hanches minces ondulant au rythme souple de sa marche. Sa peau était d'un très beau café au lait. Il n'en revenait pas. Etait-ce un signe ? Il était pétrifié.

Elle tapota sur sa vitre. Lorsqu'il croisa son regard, il sut et fit descendre sa vitre.

— Ouah ! C'est trop sympa que vous vous soyez arrêté ! Ça fait vingt minutes que je suis en rade ici et je n'ai vu personne.

Elle lui adressa un sourire ouvert, spontané. Gavin ne savait pas trop quoi répondre. Mais elle était disposée à parler pour deux, apparemment.

— Cela vous ennuierait de m'emmener ? Je suis en panne d'essence et la batterie de mon portable est morte. Mon père n'arrête pas de me rappeler qu'il faut que je le recharge, mais voilà. J'ai oublié. Oh, cool, une Prius…

La fille contourna la voiture pour se diriger côté passager. Gavin la suivit avec des yeux écarquillés, conscient qu'il devait avoir l'air d'un parfait idiot. Il se hâta d'arranger ses traits en une expression qui pouvait paraître amicale, puis il déverrouilla ses portières.

La fille ouvrit sans hésiter et s'installa sur le siège passager en laissant tomber son sac à dos à ses pieds.

— Alors ? Qu'est-ce que ça donne comme musique, là-dedans ?

Lorsqu'elle tendit la main vers son iPod, Gavin dut refréner un « Laisse ça tranquille ! » excédé. Il avait horreur que l'on touche à ses affaires. Mais ce qui lui arrivait était de l'ordre de la grâce. Un signe du ciel. Une chance comme celle-ci ne se renouvellerait jamais. Il déglutit et réussit à prononcer quelques mots :

— J'ai un assortiment de musiques. Où voulez-vous que je vous dépose ?

La fille pencha la tête sur le côté, comme un épagneul.

— A Bellevue. J'allais au YMCA. Je suis surveillante de baignade et je suis carrément en retard, là. A tous les coups, ils vont me virer. Tiens, on ne s'est pas déjà vus quelque part, d'ailleurs ? On se connaît, non ?

Comment répondre ? Quelle était la meilleure conduite à suivre ? Et si... ? Il faillit éclater d'un rire joyeux. Il pouvait lui dire n'importe quoi. Lui raconter toutes sortes d'histoires. Elle ne ferait pas la différence, de toute façon. Elle ne saurait jamais.

Il passa une vitesse.

— Le YMCA, oui, oui, tout à fait. Il me semble te reconnaître aussi.

Il n'avait jamais vu cette fille de sa vie. Et pourtant elle était là, tout près de lui, quasiment emballée sous forme de paquet cadeau. Son front se couvrit soudain de sueur. Etait-ce une épreuve à soutenir ? Ou une magnifique opportunité ?

La fille continuait à déblatérer sur la liste de titres de son iPod. Pourquoi n'avait-il rien qui soit « fun » ? Même pas un peu d'Ashanti ou du rap *old school* de Run DMC ?

— J'aime surtout le classique, répliqua-t-il.

— Ouais, bof...

Elle avança une lippe boudeuse et Gavin fut à deux doigts d'éclater de rire. Il prit soudain conscience qu'il n'avait pas ri depuis longtemps. Depuis une éternité, même. C'était donc bien un signe du destin. Cette fille — son cadeau, sa poupée — l'avait fait sourire.

— Comment t'appelles-tu ? demanda-t-il.

— Kendra. Kendra Kelley. Et toi ?

Sa décision était déjà arrêtée, à ce moment-là, même s'il n'en prendrait conscience que beaucoup, beaucoup plus tard.

— Gavin Adler.

— Gavin, c'est cool, comme prénom. Hé, tu viens de manquer la sortie. Il faut que tu y retournes par là.

Il ne répondit pas. Plus que trois kilomètres et il pouvait l'avoir chez lui. A la maison. Il finit quand même par s'accorder quelques secondes pour écouter la petite voix qui serinait au fond de sa conscience. *Ne fais surtout pas ça, espèce d'idiot. Une capture de poupée, ça se prépare longtemps à l'avance. Tu ne sais rien d'elle. Ce n'est pas une prostituée ; quelqu'un pourrait s'apercevoir de son absence. Ne prends pas le risque.*

Mais sa colère contre le traitement cruel de Muerte le prenait à la gorge. Il ne l'avait pas fait exprès. L'idée que Tommaso pouvait être Muerte ne lui avait jamais traversé l'esprit.

Dire que Tommaso était comme lui… Incroyable. C'était purement par hasard que le recoupement s'était fait. Un hasard bouleversant, d'ailleurs. Dans sa tête résonnait la voix de Muerte/Tommaso, comme si elle venait s'inscrire sur les lignes d'un écran imaginaire. « Hé, quoi, tu es malade ? Ce n'est même pas la peine d'y penser, Gavin. Elle ferait une poupée délicieuse, mais tu n'as rien préparé. Pas de préparation, pas de poupée. C'est la règle. Et, ces règles, tu les connais aussi bien que moi. »

Mais si je réussis ? Si personne ne s'inquiète de sa disparition ? Je serais passé à côté d'une occasion magnifique.

Ne le fais surtout pas, tu m'entends ?

Mais je me sens si seul…

Gavin songea au reposoir à poupées qui attendait dans l'obscurité. Vide de tout contenu. Abandonné. Et il était doué pour ce qu'il faisait. Il pouvait la faire disparaître et avoir une nouvelle poupée pour lui. Et elle l'avait cherché, en plus. Quelle écervelée elle faisait !

— Ga-vin, chantonna Kendra. Tu te trompes de route !

Elle lui sourit, avec ses lèvres pleines, ses dents parfaites, ses tresses qui s'entremêlaient. Il crut qu'il allait exploser. Elle ferait une si jolie poupée… Il voyait déjà le moment où ses clavicules se détacheraient sur sa poitrine osseuse. Elle n'était pas bien épaisse. Il n'aurait pas longtemps à attendre avant de pouvoir l'aimer librement.

— C'est plus rapide par ici. Je prends un raccourci.

Il accéléra et négocia les virages de la Highway 100 à grande vitesse. Plus que quelques centaines de mètres. Et Kendra à côté de lui papotait toujours. Il cessa de l'écouter. Oublia d'écouter sa conscience. Refusa de lire les avertissements lancés par Muerte sur un écran imaginaire. Il allait lui montrer. Et tant pis s'il ne se conformait pas aux instructions de Muerte. Il avait bien commencé seul, après tout. Rien ne l'empêchait de poursuivre ses aventures en solitaire. C'était sous l'influence de Muerte qu'il s'était lancé dans l'art-performance. Les tableaux, il les mettait en action et pas seulement en scène, allant ainsi un pas plus loin que Tommaso. Leur rivalité les poussait à aller toujours de l'avant et c'était lui, Gavin, qui caracolait sur le cheval de tête. Il était plus artiste que Muerte et avait atteint à un plus grand raffinement dans son décor. Muerte se contentait d'imiter, et lui était le chef d'orchestre. Là où son rival était resté le premier violon.

Le Chef d'Orchestre. Comme il aimait son surnom !

Il atteignait l'allée qui menait à sa maison. Il ralentit, bifurqua. Avec ces fichus gravillons, il avait tout intérêt à modérer son allure. Il avait toujours eu l'intention de paver la voie d'accès, mais n'avait jamais mis son projet à exécution.

— Je crois vraiment que tu te trompes de chemin, insista Kendra avec juste une pointe d'appréhension dans la voix.

Il vit les premiers signes du doute dans le regard limpide de ses yeux chocolat. Il s'immobilisa devant le ranch et la sentit paniquer enfin.

— Ton papa ne t'a jamais dit de ne pas monter en voiture avec des inconnus ?

Et cette fois Gavin sourit pour de bon. Les yeux de Kendra s'écarquillèrent et elle se jeta sur sa portière. Mais il fut plus rapide qu'elle. Avec le refrain insistant qui chantait dans sa tête — *ne le fais pas, ne le fais pas, ne le fais pas* — il lui assena un coup de cartouche sur le crâne. L'impact la ralentit suffisamment pour qu'il puisse frapper une seconde fois. Le deuxième coup l'assomma. Elle s'affaissa contre la portière, le sang coulant sur son visage.

Gavin respirait bruyamment. Il rétorqua en triomphe à la petite voix inquiète : *Tu vois ? Je suis le Chef d'Orchestre.*

Quelle superbe victoire ! Mais il n'avait pas un instant à perdre. Il se précipita hors de sa voiture et courut côté passager. Dans sa hâte, il perdit l'équilibre, chuta à genoux contre son pare-chocs arrière droit. Il se redressa, ouvrit la portière et Kendra lui tomba toute cuite dans les bras.

Elle était légère comme une plume. Il la porta jusqu'à la porte d'entrée. Au moment où il tournait la clé dans la serrure, il songea qu'il aurait peut-être dû passer par le garage. D'habitude, il emportait toujours ses poupées à la faveur de la nuit. Et, même s'il ne faisait plus vraiment grand jour, sa silhouette devait se dessiner sur la porte, éclairée par les dernières lueurs du couchant.

La fille commençait à peser dans ses bras. Il regarda autour de lui avec inquiétude. Mais tout se passait bien. Il n'y avait personne à des kilomètres à la ronde.

Il prit soin de refermer à clé derrière lui et se dirigea tout droit vers la porte du sous-sol. Art, son chat, miaula avec indignation, déconcerté de voir son maître s'affairer sans même lui prêter attention.

Parvenu en bas de l'escalier, il ouvrit le reposoir en Plexiglas. Il déshabilla sa conquête, essuya le sang sur son visage, puis la manœuvra de manière à l'insérer dans la boîte à poupées. Les bras et les jambes de la fille s'affaissèrent comme si elle était en chiffon. Son érection était si forte qu'il sentait la pression douloureuse contre la fermeture Eclair de son jean. Il était hors d'haleine.

— Allez hop, tu vas te caser là-dedans, ma jolie.

Elle entrait à la perfection. Pile au format. Gavin rabattit le couvercle, actionna les fermetures extérieures et attrapa une chaise. Les jambes coupées, il s'assit lourdement, sans détacher son regard incrédule de sa prise miracle.

Il avait une poupée toute neuve.

Et elle était venue à lui.

27

Taylor avait cherché refuge dans son ancien bureau, à distance de ses collègues de la brigade de nuit. Furieuse, elle visionnait un enregistrement des actualités régionales du soir. Si elle les avait eus sous la main, elle aurait volontiers étranglé quelques journalistes. Et un ou deux flics avec, pour faire bonne mesure. Car il y avait eu des fuites dans leurs rangs. Et elle avait été trop occupée à jouer à des petits jeux avec cet idiot d'Anglais pour garder la haute main sur la situation. Voilà qui lui servirait de leçon.

Channel Four avait dû mettre le paquet et réussi à faire parler un témoin de la scène de crime de Radnor Lake — l'un des deux gardes forestiers, selon toute probabilité. Mais ils avaient forcément fait confirmer l'info par un officier ou un technicien présent sur la scène. Et c'était ce qui la mettait hors d'elle. Jamais son équipe n'aurait fait une chose pareille. Pas au temps où ils travaillaient encore sous ses ordres, en tout cas.

D'un œil consterné, elle vit Demetria Kalodimos lire sa copie, avec, en arrière-plan, une image de l'entrée du parc de Radnor Lake. Demetria céda ensuite l'antenne à Cynthia Williams, qui informa tout le Middle Tennessee, une partie du Kentucky ainsi que la pointe nord de l'Alabama qu'une carte postale d'un tableau célèbre avait été découverte à proximité du corps et que la police pensait qu'il existait un lien avec le meurtre de Love Circle.

Taylor interrompit la projection en pestant avec force. Et ce n'était même pas la peine d'essayer d'étouffer l'histoire dans l'œuf. Les médias avaient déjà réussi à imposer ce surnom impossible : le Chef d'Orchestre — accrocheur à souhait. Super. Vraiment super. Tous les illuminés du coin allaient sortir du bois et les envoyer sur de fausses pistes. Les chaînes de télévision nationale s'en mêleraient et la nouvelle finirait par passer à l'international.

Cela aurait au moins le mérite de lui servir de coup de pied aux fesses. Il s'agissait de coffrer ce type au plus vite. Et tant pis pour sa fatigue et l'heure tardive.

Elle retourna à sa table de travail dans le bureau collectif, mit son ordinateur en marche et lança une première recherche dans leurs bases de données. Celle qui recensait les permis de conduire, pour commencer, où elle saisit les noms figurant sur la page de copyright. Si seulement un signal pouvait s'allumer, indiquant : « Voici votre tueur » ! Ce serait tellement commode, songea-t-elle en frottant ses paupières lasses.

Les noms trouvés en page de copyright n'avaient rien de rare, hélas. Nashville fourmillait de Gavin Adler, d'Al Hardy et de Paul Theroux. Les autres noms sur la liste étaient féminins et elle les avait éliminés d'emblée. Ces crimes portaient une signature distinctement masculine.

Sa première recherche donna sept résultats, rien que pour le nom Theroux. Taylor travaillait rapidement, vérifiant les adresses et les casiers judiciaires pour chaque nom, et établissant des références croisées avec le fichier des permis de conduire et le registres des propriétés foncières.

En fin de course, il lui restait quarante-six possibilités. C'était encore beaucoup trop. Elle devait affiner davantage sa recherche.

Elle ajouta « conducteur de Prius » comme nouveau critère et se retrouva avec huit candidats possibles. C'était déjà mieux. Beaucoup mieux. Deux G. Adler, trois A. ou Al Hardy et trois P. ou Paul Theroux. Et les huit étaient propriétaires de Prius blanches, ce qui paraissait énorme. Peut-être une erreur du système ? Taylor refit une vérification pour les huit. Mais les Prius et les Infiniti G35 avaient détrôné les BMW à Nashville en tant que « voiture favorite ». C'était sans doute ce qui expliquait le nombre encore élevé de résultats.

La réflexion faite par Tyrone Hill lui revint à la mémoire : la probabilité pour qu'un tueur se serve de son véhicule personnel pour procéder à un enlèvement paraissait infime. Mais elle ne perdait rien à essayer. Elle écumerait les fichiers des agences de location, si ces premières recherches n'aboutissaient à rien.

Elle commença par les prénoms complets. Les initiales renvoyaient presque toujours à des prénoms de femme.

Grâce aux immatriculations qui figuraient dans le fichier des permis de conduire, elle obtint les adresses. Puis elle recoupa avec le registre des infractions et il ne lui resta plus que quatre noms au final : deux Al Hardy et deux Paul Theroux. Tous les Gavin Adler avaient un casier judiciaire vierge. L'un d'eux, en fait, était si étonnamment irréprochable qu'elle le rajouta à sa liste. Ils avaient affaire à un meurtrier particulièrement prudent. Il avait pu échapper sa vie durant à toute confrontation avec la police.

Cinq suspects éventuels, ce n'était pas si mal. Et elle pouvait s'estimer heureuse que sa recherche ait donné quelque chose. Il lui était arrivé à plusieurs reprises de se retrouver sans résultats du tout après des heures passées à interroger les bases de données.

Jetant un coup d'œil à sa montre, Taylor vit qu'il n'était pas loin de minuit. Après une brève hésitation, elle sortit ses clés de voiture de sa poche. Tant pis si elle tirait quelques honnêtes citoyens de leur sommeil. C'était elle qui avait l'arme et l'insigne, après tout. Elle appela Bob Parks et lui demanda de relever le défi avec elle. Il était hors de question qu'elle aille frapper aux portes toute seule en pleine nuit. Parks était passé depuis peu en équipe de nuit. Et c'était à lui qu'elle devait s'adresser en cas de besoin dans des situations comme celles-ci. Bob accepta sans se faire prier de l'accompagner dans son périple. La nuit était calme à Nashville, sur le plan criminel.

Ils visèrent d'abord les quatre adresses les plus proches du centre-ville. Mais personne ne leur ouvrit. Deux maisons comportaient des garages qui pouvaient abriter la fameuse Prius blanche. Parks les cocha d'une croix. Elle enverrait quelqu'un d'autre le lendemain pour une seconde tentative.

Les deux autres pavillons paraissaient abandonnés, en revanche. Les coordonnées que Taylor avait notées étaient vraisemblablement caduques. Les bases de données avaient le défaut de ne pas toujours être à jour. Ils mirent un point d'interrogation à côté des deux noms. La cinquième et dernière adresse était perdue dans les bois. Ils tombèrent d'accord pour aller y faire un saut. Ensuite, sauf rebondissements inattendus, Taylor repartirait directement chez elle et Parks reprendrait ses patrouilles.

Elle suivit Parks sur la Highway 100, filant sur l'asphalte baigné de lune, attentive aux cerfs susceptibles de bondir soudain en travers de cette portion de route. Ils se trouvaient dans une zone boisée, rurale, où les habitations étaient dispersées.

Ils manquèrent l'un et l'autre l'allée privée qu'ils devaient prendre et durent faire demi-tour en pleine cambrousse. Taylor se retrouva en tête et repéra l'embranchement au second essai. L'adresse était notée en blanc sur un côté seulement de la boîte aux lettres noire. C'était bien là. Elle remonta à basse allure sur les gravillons de l'allée et descendit de voiture. Derrière elle, les phares de Parks l'éblouirent. Elle ferma les yeux, les rouvrit et laissa sa vision s'accommoder.

Personne là non plus, apparemment. La maison basse, de type ranch, était plongée dans le silence. Pas un son. Pas une lueur. Et pas de Prius blanche non plus.

Ils frappèrent quand même à la porte à deux reprises. Rien. Pas une réaction. Déçus, ils regagnèrent leurs véhicules, le gravier crissant bruyamment dans la nuit sous leurs bottes respectives.

— Vous laissez tomber ? demanda Parks.

Elle s'étira en se massant le creux du dos avec les poings.

— Oui. Il est tard. J'enverrai une patrouille demain matin.

— Vous avez eu des nouvelles de Fitz ?

— Aucune, non.

— Je suis sûr qu'il ne lui est rien arrivé. Inutile de vous faire du souci, belle dame.

Sa radio grésilla. La présence de Parks était requise. Ebriété et trouble à l'ordre public devant le Corner Pub. Il frotta sa moustache d'un geste las, s'inclina galamment et ressortit en marche arrière.

Taylor lui fit un signe d'adieu et resta un instant debout à côté de la portière ouverte de sa voiture, à fixer la maison aveugle. Il se pouvait que son occupant soit un gros dormeur. Ou peut-être qu'il n'y avait personne. Un long frisson glacé lui parcourut soudain toute la longueur du dos. Et si c'était le type qu'ils recherchaient et qu'il rôdait là, en chasse, juste derrière elle ?

Tu ne crois pas que tu en fais un peu trop, là, Taylor ?

Avec un bâillement à se décrocher la mâchoire, elle grimpa à bord du 4Runner.

Il était grand temps de rentrer dormir.

*
* *

Une activité inhabituelle résonnait dans la nuit. Le son de deux voitures roulant sur le gravier de l'allée. Des bruits de pas contournant la fontaine. Une ombre… Oh, nom de Dieu ! Quelqu'un venait de passer devant la fenêtre du sous-sol ! Gavin n'avait pas à craindre d'être surpris. Il avait appliqué une pellicule spéciale qui obscurcissait la vitre de l'extérieur tout en laissant entrer la lumière. Mais la présence d'inconnus devant chez lui le glaçait d'effroi.

Lorsqu'il entendit frapper, il se pétrifia encore un peu plus sur sa chaise. Il était tard. Largement passé minuit. Peut-être avait-il simplement *l'impression* que quelqu'un cognait à sa porte. Dans son état somnolent, il rêvait sans doute à demi. Il était au sous-sol et les jeux d'Art au-dessus de sa tête avaient pu le tirer en sursaut de son sommeil. Mais non, les coups redoublèrent. Toutes les lumières étaient éteintes, par chance. Il demeura immobile, osant à peine respirer sur sa chaise.

La poupée gémit doucement dans son sommeil. Il se leva et s'approcha du cercueil pour la regarder. Il avait lutté contre lui-même toute la soirée. Il mourait d'envie de reprendre contact avec Muerte. Mais il restait offensé par son attitude.

Dehors, les portières des voitures claquèrent, l'une après l'autre. Les moteurs ronflèrent. Sûrement une erreur d'adresse.

Sûrement une erreur d'adresse.

Il se le répéta, encore et encore, les bras serrés autour de ses épaules pour contenir le tremblement violent qui l'agitait.

28

Il était tard — 2 heures du matin passées — lorsque Baldwin entendit frapper à la porte. Levant les yeux, il vit Memphis à l'entrée de son bureau. Ils étaient arrivés à Quantico à minuit et il avait trouvé à loger Memphis sur place, dans les locaux de l'académie du FBI.

— Vous devriez être en train de dormir, observa-t-il. Une grosse journée nous attend demain.

— Je pourrais dire la même chose pour vous. Je me suis endormi mais mon horloge interne est convaincue qu'il est l'heure de se lever. J'imagine que vous n'avez pas de vrai thé, par ici ? Une goutte d'alcool fort, peut-être ?

Baldwin se frotta le crâne.

— Je vais aller vous trouver cela. Et je vous informerai des nouveaux développements.

Il sortit dans le couloir et longea la rangée de petits bureaux cloisonnés où travaillait son équipe. Techniquement, il était le chef d'unité, même s'il faisait des allées et venues constantes entre la BAU à Quantico et son travail à l'antenne locale du FBI, à Nashville. Le département des sciences du comportement à Quantico se divisait en plusieurs unités spécialisées. La première unité, la BAU 1, s'occupait de l'évaluation des menaces et du terrorisme. La deuxième des crimes contre les adultes, et la troisième des crimes contre les enfants. En tant que chef d'unité, il dirigeait la seconde depuis quatre ans. Il avait aussi un pied dans la première, même si son implication à un haut niveau restait extrêmement confidentielle. Le terrorisme était la priorité des priorités, au FBI, avec les nouvelles orientations consécutives aux attentats du 11 septembre. Sous sa seconde casquette, il profilait des assassins de haut vol pour la CIA, dans le cadre d'une opération sous couverture baptisée « Les Faiseurs d'Anges ». Cette partie de sa vie professionnelle, par chance, connaissait un temps de répit.

Il avait prévenu son équipe qu'il aurait besoin d'elle pour finaliser son profil à l'intention de la police métropolitaine de Nashville. Dans le cadre de cette mission, il avait choisi deux excellents profileurs experts : Charlaine Shulz, ancienne inspectrice des homicides à Little Rock, avec un rire sonore et une perspicacité sidérante pour tout ce qui touchait au meurtre. Et Wills Appleby, brillant psychiatre reconverti profileur, avec qui Baldwin avait fait sa médecine à l'université John Hopkins. Ensemble, ils avaient enchaîné sur leur internat en psychiatrie, où ils en avaient bavé de conserve.

Baldwin avait ensuite poursuivi son cursus par des études de droit, avec le projet de faire carrière comme éthicien médical. Au lieu de quoi, il était tombé sur Garrett Woods. Garrett avait immédiatement perçu en lui un potentiel dont il ignorait être porteur. Détourné de sa voie initiale, il s'était retrouvé profileur au FBI et n'avait pas connu un seul instant de regret depuis. Il était agent spécial superviseur, à présent, et Garrett, lui, avait pris la tête de tout le département des sciences comportementales.

Baldwin, à son tour, avait recruté Wills, qui était son plus ancien ami, à l'exception de quelques connaissances qu'il avait gardées de Hampden-Sydney où il avait fait ses premières années de fac.

Ses profileurs n'étaient pas tous des docteurs en psychologie ou en psychiatrie avec un haut niveau d'études. Il savait que l'instinct ne s'apprend pas dans les livres. Certaines personnes l'avaient, d'autres non. Wills faisait partie des quelques rares psychiatres qui étaient également profileurs. Mais la majorité des membres de son équipe était d'anciens officiers de police. Il était plus simple d'enseigner les composantes psychologiques du profilage à des policiers que d'inculquer un flair professionnel à des universitaires trop cérébraux. L'expérience pratique de l'investigation, la capacité à déchiffrer une scène de crime ne pouvaient être transmises de façon théorique. Toutes ses recrues passaient par un programme de formation à la fois complexe et intensif. Rares étaient ceux qui échouaient, cependant. Il avait acquis un discernement presque infaillible pour repérer ceux qui s'adapteraient à ce travail d'intuition et d'analyse.

Infaillible à une exception près. Il avait commis une bourde colossale en embauchant Charlotte Douglas.

Sans même s'en rendre compte, il s'était immobilisé devant le bureau qu'elle occupait encore quelques mois plus tôt. Charlotte les avait tous roulés dans la farine. Et en beauté. Elle avait passé la batterie de tests psychologiques du FBI sans révéler l'ombre d'une faille, et avait même réussi à décrocher le poste de directrice adjointe de la deuxième unité d'analyse du comportement, la BAU 2. Mais alors qu'elle s'élevait ainsi dans la hiérarchie elle n'avait jamais cessé de détourner les outils du FBI — principalement les bases CODIS et ViCAP. Pour poursuivre des tueurs, certes. Mais à des fins purement personnelles.

Dans les couloirs, on chuchotait que l'ordinateur de Charlotte contenait quelques éléments brûlants, susceptibles de contraindre maint agent à la soumission par voie de chantage. L'enquête était encore en cours. Bon débarras, songea Baldwin, avant de ressentir un assaut immédiat de remords, comme chaque fois qu'il pensait à Charlotte. Elle avait été dangereuse pour lui sur quantité de plans.

Il brûlait de curiosité de savoir ce que ses petites fiches contenaient sur lui. Ex-amant, déjà, pour commencer. Il était convaincu qu'elle avait pris des notes détaillées sur chaque minute qu'ils avaient passée ensemble, même si leur histoire avait été plus qu'éphémère. Mais quels autres secrets avait détenus l'inquiétante Charlotte ? C'était, assurément, une femme brillante. Il avait été quasiment impossible de casser le cryptage qui protégeait ses fichiers cachés. Pour l'instant, ils n'avaient repêché que le tiers de ce que recelaient les profondeurs de son disque dur. Cette femme était comme ces anciens manuscrits où les codes demeuraient indéchiffrables, car écrits dans des langues mortes et à jamais perdues. Le cerveau retors de Charlotte resterait sans doute à jamais un continent noir — un territoire inexploré.

Baldwin s'arracha à sa méditation en découvrant que Pietra Dunmore, membre à temps plein de son équipe, avait le regard fixé sur lui. Il lut dans ses yeux d'un brun soyeux qu'elle savait où ses pensées s'étaient évadées. Elle se contenta de lui adresser un signe discret de tête, trop polie pour faire une observation. Elle aussi avait été une proche collaboratrice de Charlotte.

— Vous devriez être couchée à cette heure, Pietra.

— Très drôle… chef ! Taylor Jackson m'a fait parvenir les références des empreintes génétiques déjà fichées dans la base CODIS. Et je viens de voir qu'il y a identité des profils avec le meurtre de Chattanooga. La base de données aurait normalement dû afficher la correspondance lorsque nous avons lancé les recherches pour les crimes de Londres et de Florence. J'ai envoyé un rapport à l'équipe en charge du logiciel CODIS pour signaler le problème.

Baldwin soupira.

— Allez savoir si Charlotte n'avait pas mis la main sur l'info pour la rediriger sur son site privé.

— C'est une possibilité, oui. Et si c'est le cas le fichier finira par émerger. Quoi qu'il en soit, « Il Macellaio » est bel et bien en cause dans au moins un des quatre meurtres de Nashville. J'ai une autre séquence ADN en cours de lecture, pour la victime d'hier. Mais je n'aurai pas le résultat avant demain.

Baldwin hésitait entre le soupir découragé et le poing levé en signe de triomphe. Il s'y attendait, c'est vrai. Mais cette nouvelle donne bouleversait complètement l'idée qu'il s'était faite du meurtrier. Et mettait à mal le profil qu'il avait patiemment élaboré.

— Privation de nourriture, étranglement, nécrophilie. C'est un joyeux drille, celui-ci. Dire qu'il sévit aussi sur le continent américain !

Pietra avait l'air en colère. Ce que Baldwin n'avait aucun mal à comprendre. Elle était afro-américaine, menue ; son type physique faisait d'elle la victime idéale pour le tueur.

Baldwin se massa le crâne du bout des doigts.

— Bon. Je vais introduire tout ça dans le profil officiel. Cela fait déjà deux jours que je travaille sur cette hypothèse, au cas où. Je n'en aurai pas pour longtemps à inclure les modifications.

— Je veux bien vous aider.

— Ça ira, ne vous inquiétez pas. Nous aurons déjà bien assez de boulot demain. Essayez de dormir un peu, plutôt.

— A vos ordres, chef.

Elle disparut dans le couloir et il poursuivit son chemin jusqu'au bureau de Garrett, tout en continuant à réfléchir. Le meurtrier avait bel et bien changé de mode opératoire alors qu'il multipliait les allées et venues au-dessus de l'Atlantique. Les meurtres florentins ainsi que les deux derniers commis à Nashville étaient de loin les plus élaborés ; les crimes londoniens, en revanche, semblaient plutôt avoir été commis à la sauvette. « Il Macellaio » vivait à Florence où il avait une bonne connaissance du terrain. Ce qui voulait sans doute dire qu'il avait également un endroit à lui dans le Tennessee. Une maison, une chambre tranquille quelque part.

Les meurtres de Londres avaient été commis sous le coup de l'urgence et sans effort de mise en scène. Leur homme s'était trouvé là-bas en tant que visiteur — pour son travail, à cause d'une femme, en touriste, qui sait ? Mais sa pulsion de meurtre était devenue moins contrôlable, son désir de chair morte moins répressible. Même loin de sa base, hors de de sa zone de confort, il n'avait pu se résoudre à attendre d'être de retour à Florence. Les crimes londoniens s'étaient étalés sur une période de trois mois. Donc, un trimestre durant, il avait vécu ou était venu régulièrement en Angleterre. Mais alors pourquoi le Tennessee ?

Conscient qu'il se faisait attendre, Baldwin se dirigea vers le fond du couloir où se trouvait le bureau de son supérieur. Garrett était à Washington, mais il gardait toujours une bouteille en réserve dans son bureau. Le directeur de l'unité des sciences du comportement était buveur de scotch, lui aussi. Et il plaçait généralement sa bouteille dans le tiroir du bas à gauche. *Bingo, la voilà.* Dewar's White Label. Il regarda le niveau. Parfait. Cela suffirait largement pour un dernier petit verre avant le coucher.

Il repartit en direction de son propre bureau. Cette enquête le travaillait plus que de raison. Peut-être était-il en train de perdre la main. Ou la bonne distance, plus exactement. Il luttait depuis un moment pour ne pas admettre qu'avec Taylor dans sa vie son job prenait à la fois plus et moins de place qu'avant. Chaque instant passé loin d'elle lui coûtait. Il n'excluait pas que ses sentiments puissent obscurcir ses facultés de réflexion. Peut-être devait-il réexaminer son rôle au sein de l'unité, ainsi que ses buts et ses motivations. Tenter de découvrir s'il voulait garder ses fonctions à Quantico ou s'il préférait retourner à Nashville à temps plein. A moins qu'il ne parvienne à convaincre Taylor d'intégrer son équipe au FBI, ce qui lui permettrait de garder un œil sur elle. Le Prétendant ne renoncerait jamais à jouer sa partie. Pas tant qu'il ne les aurait pas détruits l'un et l'autre. S'il arrivait quelque chose à Taylor, pouvait-il espérer vivre encore en bonne intelligence avec lui-même ? Ce n'était même pas la peine d'y penser.

Il se força à laisser cette question de côté pour le moment. Il y reviendrait lorsque l'enquête serait terminée. « Il Macellaio » l'obsédait. Il sentait qu'il passait à côté d'un élément central qui éclairerait toute l'affaire sous un jour nouveau.

Mais lequel ?

Memphis allait et venait dans le bureau de Baldwin lorsqu'il avisa la photo encadrée sur le plan de travail. Un très beau portrait de Taylor qui mettait en valeur sa peau lumineuse, la couleur de miel de ses cheveux, les yeux gris et la bouche généreuse. Le sourire était tout juste esquissé, l'expression rêveuse. Elle avait très clairement été photographiée à son insu.

Hallucinante, quand même, sa ressemblance avec Evan.

D'accord, c'est vrai, la couleur des iris n'était pas la même. Mais cette bouche, cette lueur doucement moqueuse dans le regard… Dans les ombres et les creux du visage de Taylor, il lisait Evan en filigrane.

Taylor lui manquait déjà. Ce qui l'attirait chez elle, il n'était pas encore en mesure de le définir précisément. Son intelligence. Son visage. Le fait qu'elle soit vivante et qu'Evan ne le serait plus jamais ?

— Quel sac de nœuds, pesta-t-il à voix basse.

Baldwin revint enfin avec une bouteille de Dewar et deux verres à whisky en cristal taillé. Il fallait reconnaître que le bougre avait une sacrée classe. Et bon goût, avec ça.

Il posa le tout sur le bureau et leur servit chacun trois doigts.

— Alors comme ça, vous buvez pendant les heures de travail ? lança-t-il à Baldwin.

Celui-ci haussa les épaules.

— Cela nous aidera peut-être à dormir, l'un et l'autre.

Memphis fit tinter son verre contre le sien.

— Peut-être.

SAMEDI

29

Le gros titre du *Tennessean* fit grincer les dents de Taylor.

DEUX VICTIMES EN DEUX JOURS.
UN TUEUR EN SÉRIE SÉVIRAIT-IL DANS
LES RUES DE NASHVILLE ?

Inquiète, elle parcourut l'article. Mais à part le détail déjà mentionné de la carte postale trouvée à Radnor Lake il n'apportait aucun élément nouveau. Pour l'instant, personne n'avait encore fait le lien avec le *serial killer* florentin.

Elle passa un rapide coup de fil à Dan Franklin, le porte-parole du département, et lui refila le bébé. Pendant un court instant, elle se réjouit de n'être que le modeste inspecteur de service. Elle laissait volontiers à Franklin et à Elm la joie de se faire rosser par les médias.

Taylor se prépara du thé dans une grande théière ; le soleil du matin entrait à flots par sa fenêtre de cuisine. Elle se sentait bien. Ses pérégrinations nocturnes aux quatre coins de Nashville lui avaient quand même laissé le temps de dormir quelques heures. Elle avait confirmé cinq adresses sans rencontrer âme qui vive et sans avancer d'un iota. Mais une nouvelle journée commençait. Elle avait un meurtrier à épingler et la ferme intention de l'identifier rapidement. Première chose à faire, maintenant : informer Baldwin qu'ils avaient une fuite. Il lui avait laissé un message sur son répondeur quelque part, dans les petites heures de la nuit, pour l'informer qu'il était arrivé à Quantico. Elle s'en voulait de lui avoir parlé sèchement, la veille. Entre les mises en garde de Sam et ses propres fantaisies idiotes, elle avait fini par craquer. L'attention fascinée que Memphis avait portée sur elle l'avait plongée dans une sorte de griserie narcissique. Mais dès que le profil serait terminé Memphis retournerait en Angleterre. Baldwin, lui, reviendrait à Nashville. Et ils traqueraient le tueur ensemble. Sans tiers entre eux pour semer la confusion.

Coinçant le téléphone entre l'oreille et l'épaule, elle laissa passer trois sonneries. Puis la voix bourrue et ensommeillée de Baldwin vint couler à son oreille. Il paraissait tendu mais il se radoucit très vite.

— Je te tire du lit, *mi amore* ?

— Salut, toi. Non, j'étais réveillé. Enfin, presque.

Elle l'entendit bâiller vigoureusement.

— Tu n'as pas dû te coucher plus tôt que moi, hier ?

— Tu n'imagines même pas. Le rendez-vous avec la Met de Londres est dans une heure. Je dois disposer d'environ deux minutes pour tenter d'ingérer une dose aiguë de caféine. Et toi, ça va ?

— Fatiguée aussi. J'ai passé la moitié de la nuit à frapper aux portes pour essayer de confirmer des adresses obtenues à partir du catalogue Picasso. J'ai pris les noms sur la page de copyright et j'ai cherché tous les porteurs de ces identités sur Nashville. Puis j'ai recoupé avec les conducteurs de Prius blanches. Mais ce serait bien si tu faisais quelques recherches de ton côté sur vos bases de données du FBI.

— Avec le critère « Prius blanche » ?

— Mon informateur a vu Allegra et Leslie monter dans une Prius pour une passe. Et depuis on ne les a plus revues.

— Oui, je sais, tu me l'as dit. Je doute juste qu'un criminel aussi organisé que lui ait fait la connerie de procéder à un enlèvement avec son propre véhicule. Mais je ferai la requête quand même. Et je t'enverrai les résultats par fax. Je vais demander à Pietra de s'en charger.

— Quel pied d'avoir une équipe à ses ordres !

— Pourquoi ce soupir ? Le département de police de Nashville part en vrille, ce matin ?

— Hier soir. Désolée, je n'ai pas eu l'opportunité de t'en parler. Je crois que mon remplaçant a Alzheimer. Et je ne dis pas ça pour plaisanter. J'ai averti Percy hier et je lui ai demandé de se renseigner. Mais j'ai un autre problème encore pire. Les médias en savent assez pour devenir dangereux. Il faut qu'on chope cette raclure avant qu'ils ne fassent le rapport avec « Il Macellaio » et qu'ils ne déclenchent une crise internationale.

— Nous ne sommes plus très loin du but, Taylor.

— J'aurais tellement préféré qu'on avance ensemble, sur cette enquête. Cela dit, tu as raison, je sens aussi que nous le serrons de près. Tu rentres quand ?

— Cet après-midi. Dès que j'aurai terminé la présentation et que je me serai débarrassé de Lord James *appelez-moi-Memphis* Highsmythe, vicomte de Dulsie.

— Bah… Il n'est pas si mal que ça.

Elle n'en revenait pas d'avoir sorti une énormité pareille. Surtout après les avances que Memphis s'était permis de lui faire. Depuis quand se sentait-elle tenue de prendre sa défense ?

— J'avais l'impression que tu l'appréciais, ajouta-t-elle.

— Je ne le déteste pas. Il est brillant, intuitif, et c'est un excellent flic. Disons qu'il donne une nouvelle dimension au concept de « flegme britannique ». Normalement, j'ai horreur de profiler mes collaborateurs, mais ce type est dévoré par une souffrance noire. Et il surcompense en jouant sur les nerfs de son entourage. Comme s'il s'immisçait jusque dans nos tripes, de façon à susciter chez l'autre le mal-être qu'il a en lui. Tu as eu l'occasion de t'en rendre compte par toi-même. C'est un excellent enquêteur. Je pense qu'il aurait juste besoin de bosser plus.

— Je suis contente que tu rentres cet après-midi, en tout cas. J'ai envie d'élucider cette affaire et tu me manques.

— Dans cet ordre-là ? la taquina-t-il.

— Non, tu me manques avant tout autre chose. Ça te va comme ça ?

— A la perfection, mon amour. A plus tard, je te rappelle.

— Bonne chance pour ta présentation.

Elle raccrocha et porta sa tasse de thé à ses lèvres. *James Memphis Highsmythe*. Elle comprenait ce que Baldwin voulait dire. Le « vicomte » avait une façon bien à lui de s'immiscer en l'autre, en effet. Et elle l'avait un peu trop dans la peau.

Refoulant cette pensée, Taylor se leva pour rincer sa tasse à l'évier, glissa son Glock dans son holster, fixa son insigne à sa ceinture et prit la direction du centre-ville.

McKenzie était déjà installé devant sa table de travail avec un café *latte* fumant devant lui. L'odeur la fit saliver. Il leva vers elle un regard souriant.

— Il y en a un pour toi qui t'attend sur ton bureau.

— Merci, c'est sympa. Comment vas-tu, ce matin ?

— Tu n'as pas entendu la nouvelle ?

— Quelle nouvelle ?

— Elm est parti en congé maladie. Pour une durée indéterminée. Tu savais qu'il était malade ?

Elle s'assit, café en main.

— Ecoute, j'ai parlé de lui à mon représentant syndical hier soir.

McKenzie haussa les sourcils d'un air de surprise.

— Tu as déposé une plainte contre lui ?

— Non, pas du tout. Mais j'ai découvert pourquoi il avait un comportement si incohérent.

— Et c'est quoi, l'explication ?

Elle hésita une fraction de seconde. Tous ces jours, McKenzie avait été d'une louable franchise avec elle. Accorder sa confiance à son équipier lui faciliterait considérablement l'existence.

— Tu sais garder un secret, McKenzie ?

— Evidemment.

— Maladie d'Alzheimer.

McKenzie se renversa contre son dossier.

— Je ne suis pas vraiment surpris.

— Tu connais ?

— Mon père, oui. Il est en maison médicalisée, maintenant. Je ne pouvais pas le prendre en charge, après le décès de ma mère.

Il parlait sans pathos, se contentant d'énoncer les faits.

— Ah, zut… Je suis désolée, McKenzie.

Il reprit une gorgée de café avec un sourire un peu triste.

— Que veux-tu y faire ? C'est comme ça. J'ai pensé qu'il pouvait y avoir un problème de cet ordre chez Elm, mais j'ai préféré la fermer.

— Ah oui, pourquoi ?

— Par correction.

Taylor décida ici et maintenant qu'elle portait Renn McKenzie dans son cœur.

— Et tu as entendu autre chose encore ?

— Comme qui allait le remplacer, par exemple ? Non.

Elle se détendit lorsqu'il assortit sa réponse d'un sourire. Ce n'était pas le moment de s'énerver sur ces questions de hiérarchie. Elle avait un tueur à coffrer et une piste brûlante à suivre. En quelques mots, elle informa McKenzie de son épopée nocturne.

Il parut consterné.

— Mais pourquoi est-ce que tu ne m'as pas appelé ?

J'étais juste occupé à discuter avec Bangor. J'aurais pu protéger tes arrières.

— Je suis une grande fille, McKenzie. D'ailleurs, je n'étais pas seule. Parks a fait le boulot avec moi.

— Oui, peut-être, mais, ton équipier, c'est moi. S'il t'était arrivé quelque chose, j'aurais été franchement mal. Alors la prochaine fois tu me fais signe, O.K. ? Je ne suis pas un grand dormeur, de toute façon.

— C'est drôle, moi non plus. Bon d'accord, je te le promets. Et Bangor ? Qu'est-ce qu'il avait à raconter ? A-t-il divulgué quelques savoureux secrets ?

McKenzie rougit. Taylor se demanda ce qu'elle avait dit exactement pour le rendre aussi nerveux. Il se ressaisit très vite et lui répondit avec une feinte nonchalance.

— Oh, il m'a parlé de choses et d'autres… Il a été question de cinéma, essentiellement. C'est un homme fascinant. Nous n'avons pas trouvé de liens entre la fille Johnson et lui. Ce qui est ressorti, surtout, ce sont ses activités de mécénat au bénéfice du Frist Center. Il fait de fréquents dons d'argent pour aider le centre à financer ses expos. En ce moment, il contribue à en sponsoriser une qu'ils font venir d'Italie. Il y a un mois, il a organisé une réception chez lui afin de collecter des dons. Il est donc lié au monde des arts, ici à Nashville.

Il lui adressa un sourire entendu et Taylor comprit où il allait en venir.

— McKenzie, ne me dis pas que tu as réussi à obtenir la liste des invités !

Son sourire s'élargit jusqu'aux oreilles.

— Si ! J'ai pensé que nous pourrions faire des recoupements avec les noms et adresses que tu as déjà.

Elle lui assena une tape sur l'épaule.

— Tu as fait du beau boulot, petit. C'est pile le type d'informations qu'il nous faut. On va s'y mettre tout de suite, tiens. Nous allons envoyer des patrouilles pour vérifier les adresses où j'étais cette nuit. En gardant pour nous celle qui nous paraîtra la plus intéressante. Mais voyons d'abord ta liste d'invités. Des fois qu'une des personnes mentionnées sur la page de copyright y figurerait. Et si, en plus, il s'agit d'un propriétaire de Prius…

Rowena Wright passa dans le bureau.

— Taylor ? appela-t-elle pour attirer son attention.

Elle tourna la tête en souriant, mais bondit de sa chaise en voyant le visage décomposé de sa collègue. Elle avait le teint gris, les épaules affaissées, les yeux hagards. Et semblait avoir pris vingt ans d'un coup.

— Rowena ! Qu'est-ce qui t'arrive ?

— C'est ma nièce, Kendra. Elle n'est pas rentrée chez elle cette nuit. Son père vient de m'appeler. Il a trouvé sa voiture abandonnée sur le bord de la Highway 96, dans le comté de Williamson.

— A-t-il remarqué des traces de lutte ? demanda McKenzie en ouvrant de grands yeux.

Taylor lui jeta un regard d'avertissement. Ce n'était pas la question à poser à une tante bouleversée et au bord de la crise de panique.

Rowena frissonna.

— Non, rien. Elle ne répond pas sur son portable. Cette gamine passe sa vie à écrire texto sur texto, et aucun de ses amis n'en a reçu d'elle depuis hier. Je viens de remplir les documents pour signaler sa disparition, mais je voulais t'en parler personnellement, Taylor. J'aimerais que tu te mettes à sa recherche. Toi et personne d'autre. C'est une chouette gamine, ma nièce. Un peu fofolle, tête de mule comme pas deux, mais adorable, avec le cœur sur la main. Elle est… Oh, mon Dieu, je ne pourrais pas supporter qu'il lui arrive malheur, Taylor !

— Je te promets de faire tout ce qui est en mon pouvoir. Comment s'appelle-t-elle ?

— Kendra. Kendra Kelley.

— Tu as une photo d'elle que tu pourrais me laisser ? Et tu veux bien me mettre en ligne avec son père ?

— Oui… Oui, bien sûr.

— On va s'installer dans le bureau d'Elm pour passer quelques coups de fil. McKenzie, viens avec moi.

Rowena tira une photo de son vaste sac à main. En la lui prenant des mains, Taylor sentit sa respiration se suspendre. Kendra était menue, fine comme un roseau, et ses longs cheveux étaient tressés à l'africaine.

Le type même de fille qui faisait vibrer « Il Macellaio ».

Elle jeta un coup d'œil à McKenzie.

— Tu sais, pour ces adresses ? Elles sont désormais notre priorité numéro un.

Baldwin mit fin à sa conversation téléphonique avec Taylor et fit la grimace. Il sortit trois comprimés de paracétamol en attendant que l'eau de la douche se réchauffe. Le mal de tête foudroyant avec lequel il s'était réveillé s'aggravait de seconde en seconde. Le scotch avait systématiquement cet effet sur lui. Memphis et lui avaient parlé de choses et d'autres, échangeant des anecdotes en éclusant leur bouteille. Puis, à 4 heures du matin, ils avaient fini par ramper jusqu'à leurs lits respectifs. Il était trop vieux pour se farcir une stupide gueule de bois. Surtout sans avoir été réellement ivre la veille.

Mais rien de tout cela n'avait d'importance. Il devait rester centré sur « Il Macellaio » et rien que sur lui.

Il prit sa douche, se rasa et quitta l'appartement qu'il avait gardé en vue de ses séjours occasionnels à Quantico. En cinq minutes, il atteignait le campus du FBI. Et son mal de tête le quitta au moment où il franchit les grilles. Il réfléchissait à son profil.

Sa présentation devrait permettre d'appréhender le tout et pas simplement l'addition des parties. Et pour une affaire de cette envergure il considérait qu'il lui fallait le soutien d'une équipe complète. Il avait inclus Wills et Charlaine, puis ajouté un expert médico-légal et un analyste informatique. Pietra était sa personne-ressource pour toutes les questions forensiques. Et il avait fait appel à Kevin Salt, expert d'entre les experts et informaticien de génie. Il entra dans son bureau et poursuivit le long du couloir jusqu'au cube occupé par Kevin. Il frappa sur la barre, déclenchant un son métallique.

— Kevin, briefing sur « Il Macellaio » dans cinq minutes. Tu es prêt ?

— J'ai tout ce qu'il faut sous la main, oui. Je vais aller installer mon matériel.

Il prit son ordinateur portable et s'engagea dans le couloir. Une fois déplié, Kevin frisait les deux mètres. Blanc comme un cachet d'aspirine avec des cheveux d'un roux flamboyant, il avait été meneur de jeu au basket pour l'UCLA. Mais il s'était blessé au genou, pendant sa dernière année universitaire. Alors qu'il aurait eu le niveau pour entrer dans la NBA et qu'il avait été pressenti par les Lakers et les Nuggets. Un sacré gâchis. Mais lorsque Baldwin avait vu sa moyenne à l'examen d'entrée du FBI il ne l'avait plus lâché. Taylor avait son Lincoln, mais Baldwin était prêt à parier que Kevin pouvait le devancer d'une longueur. Ce serait une course d'épreuves fascinante entre deux hommes très différents et néanmoins suprêmement doués l'un et l'autre.

Il s'avança jusqu'au box de Pietra. Elle avait l'air épuisée mais elle l'accueillit avec le sourire.

— Pietra, réunion dans cinq minutes.

— C'est parti. Je passe récupérer Charlaine et Wills.

L'Anglais est déjà en salle de conférences. Il est un peu trop fringant à mon goût, lui, de bon matin.

— Le monde est injuste. Il a pourtant à peine dormi, lui aussi. Je fais un tour au percolateur et je vous rejoins.

Il entra en salle de pause et l'odeur du café frais lui monta à la tête comme un alcool fort. Il se versa une tasse, puis une seconde. Il lui sembla sentir la caféine se répandre dans ses veines et lui redonner une énergie nouvelle. Il était temps d'en finir.

« Cette fois, c'est parti. Nous allons bientôt mettre fin à ta carrière, espèce de salopard. »

30

Gavin se leva à 7 heures, la tête douloureuse et le corps meurtri. Il avait passé la quasi-totalité de la nuit au sous-sol, à observer la poupée et à se tourmenter au sujet de ses mystérieux visiteurs nocturnes.

Il passa dans la cuisine en bâillant. Art était assis devant sa gamelle vide et miaulait à fendre l'âme. Gavin pesta contre sa mémoire capricieuse. Tourneboulé par sa miraculeuse trouvaille de bord de route, il avait complètement oublié de s'arrêter pour faire ses courses. Art avait un appétit presque disproportionné, pour un félin de sa taille. Et il se trouvait régulièrement en rupture de stock. Il aurait dû s'organiser mieux et acheter ses boîtes et ses croquettes en gros. Mais, une fois de plus, il s'était laissé prendre de court.

Rien à faire. Art avait besoin de nourriture. Gavin fit le tour de la maison pour s'assurer que portes et fenêtres étaient closes puis roula jusqu'au Publix le plus proche. Cette fois, il acheta un assortiment de boîtes et dix kilos de croquettes. Avec cela, il devrait être tranquille un moment.

A la caisse, il repensa à son coup de chance de la veille et son humeur vira de nouveau à l'euphorie. Sous le coup de l'excitation, il laissa tomber son portefeuille. « Du calme, mon petit Gavin. Tu vas te faire remarquer, si tu continues. » Il paya pour ses achats, les rangea dans ses sacs réutilisables, puis grimpa dans sa Prius. Il n'avait qu'une hâte : rentrer chez lui pour voir s'il avait rêvé ou si une nouvelle poupée l'attendait bel et bien au sous-sol.

Il était à environ six kilomètres de chez lui lorsqu'il passa devant une voiture de police garée sur le bas-côté, avec le radar braqué sur lui. Bon, rien à craindre de ce côté-là. Il mettait un soin jaloux à ne jamais attirer l'attention sur lui et respectait scrupuleusement les limitations de vitesse. Un spasme anxieux lui laboura la poitrine lorsque le véhicule de police démarra cependant juste derrière lui pour s'engager dans la circulation en allumant son gyrophare.

La réaction de Gavin fut de pure panique. Comment était-ce possible ? La poupée avait-elle réussi à s'extirper de sa boîte et trouvé un moyen pour demander de l'aide ? Ou était-ce lié aux coups frappés à sa porte durant la nuit ? La personne avait pu revenir de jour pour s'introduire chez lui. Comment allait-il se sortir de ce traquenard ? L'éclat de la lumière bleu et blanc l'aveuglait. Ce n'était même pas la peine d'espérer échapper à son poursuivant ; il mit donc son clignotant et s'immobilisa sur le côté de la route. *Bluffer*. Il ne lui restait plus qu'à bluffer d'une façon ou d'une autre. C'était ce que Muerte ferait à sa place. Il déglutit péniblement et descendit sa vitre. Lorsqu'il s'était arrêté ainsi sur le bas-côté, la veille, la pulpeuse Kendra était venue à lui. Mais cette fois ce fut un grand policier blond, solidement charpenté, qui s'avança dans sa direction. Un haltérophile, conclut Gavin en jaugeant son anatomie. Il était lui-même un fana de muscu, même s'il était plus finement caréné que cette armoire à glace. Le policier s'approcha lentement, la main gauche sur la hanche. De la droite, il toucha l'arrière de la voiture, paume tournée vers le bas. Il ne souriait pas.

— Présentez-moi votre permis ainsi que la carte grise et l'attestation d'assurance du véhicule, s'il vous plaît, demanda-t-il en le gratifiant d'un regard peu encourageant.

Gavin farfouilla à la recherche de ses papiers. Il réussit à sortir son portefeuille et à en extirper son permis. Mais où avait-il fourré le reste ? Ah oui, la boîte à gants. Se promener sans ses papiers pouvait vous coûter quelque chose, dans l'Etat du Tennessee. Et il n'aurait jamais pris le risque de rouler sans les prendre avec lui.

Gavin était malade de terreur. Sans un mot, il tendit les attestations requises au représentant de l'autorité. La bouche sèche, il vit le policier prendre les papiers et se diriger vers sa voiture de patrouille.

Cinq minutes s'écoulèrent ainsi, puis le flic revint se pencher à sa portière.

— Savez-vous pourquoi je vous ai demandé de vous ranger sur le côté ?

— N… non, balbutia Gavin.

Arrête de bégayer comme ça, idiot. Le flic, évidemment, entendit le tremblement dans sa voix.

— Est-ce que tout va bien, monsieur ?

— Oui… Oui, bien sûr. Je suis désolé. C'est la première fois que je me fais arrêter.

Le gros blond parut se dérider un peu.

— Jamais la moindre infraction routière ?

— Jamais, non.

Gavin sourit faiblement.

— Vous roulez sans ceinture. C'est une infraction passible d'une amende et je vais devoir verbaliser. Vous pouvez payer votre contravention en ligne ou vous présenter au tribunal le 17 juillet. Comme vous n'avez pas d'antécédents, vous devriez échapper à l'inscription au registre des délits routiers. Si j'étais vous, je paierais la contravention afin d'être tranquille. Cela vous évitera de perdre des points d'assurance.

Gavin n'entendait que vaguement ce qu'il lui racontait. Le flic allait le laisser partir et c'était tout ce qui l'intéressait. Il porta la main à son épaule et constata qu'il avait effectivement oublié de s'attacher. Pour un acte manqué, c'était un acte manqué. Il fallait vraiment qu'il soit perturbé pour ne pas mettre sa ceinture.

— Oui, bien sûr, je comprends. Merci pour les conseils, c'est très gentil à vous.

Il en faisait peut-être un peu trop, là ?

— Je vais payer, je veux dire.

« Arrête de l'ouvrir, Gavin. »

Le policier lui tendit sa contravention puis lui souhaita une bonne journée. Dans le rétroviseur, Gavin le regarda regagner son véhicule et parler dans son émetteur radio. Ne sachant trop s'il pouvait s'en aller ou non, il attendit encore un moment, puis il tourna lentement la clé de contact, mit son indicateur de changement de direction et se réinséra dans la circulation. Le flic le laissa partir sans broncher.

Il hésita, se demandant s'il était bien prudent de rentrer chez lui. Mais le flic avait son adresse, de toute façon. Il était déjà grillé sur ce plan-là.

Il allait devoir se débarrasser en vitesse de la poupée. Et cette pensée le rendait malade. Muerte saurait lui indiquer la procédure à suivre. A part que Muerte l'avait laissé tomber comme une vieille chaussette. Et il n'avait plus que Nécro vers qui se tourner.

Il défit le cadenas du sous-sol et dégringola l'escalier au pas de course. Sans même un regard pour la poupée, il mit son ordinateur en marche et ouvrit une conversation privée avec Nécro. Pas de réponse. Il était dit que tous ses amis le laisseraient tomber juste au moment où il avait besoin d'eux.

Une dernière fois, il allait tenter de fléchir Muerte. Et tant pis s'il devait le supplier. S'humilier devant lui.

Il se mordit la lèvre en rédigeant sa supplique. Pas un son ne s'élevait dans la pièce, hormis le cliquetis des touches sous ses doigts.

Muerte, j'ai de gros ennuis et j'ai besoin de toi. Je te jure sur ma vie que je n'avais jamais comprls que nous étions en contact professionnel. Je n'ai pas encore digéré le choc, d'ailleurs. Mais s'il te plaît pardonne-moi, juste pour cette fois-ci. Parle-moi. J'ai besoin de toi. Je t'en supplie.

Il se renversa contre son dossier et fit pivoter sa chaise de manière à avoir la poupée en face de lui. Le regard qu'elle fixait sur lui était noir de fureur. Une sensation de chaleur monta dans sa poitrine. Il prit son appareil photo et commença à la mitrailler. L'œil rivé à l'objectif, il faillit ne pas entendre le discret signal qu'émit l'ordinateur derrière lui. Un nouveau message. La poupée ferma les yeux, brisant le sortilège. Il retourna à sa chaise de bureau et découvrit avec soulagement l'icône qui clignotait. Victoire. Muerte était de retour sur le *chat*.

Je veux la vérité, Gavin : hier, c'était un accident ?

Le cœur de Gavin battait furieusement. Son cerveau avait cessé de fonctionner et ses doigts sur les touches opéraient en mode automatique.

Tu veux parler de mon courriel à Tommaso ? C'était le plus pur des hasards. Je n'arrive pas à y croire, tu sais : tu es réellement un photographe italien ?

Il y eut un court temps mort. Puis trois lettres apparurent à l'écran :

Oui.

Gavin en avait le vertige. Les possibilités lui semblaient soudain infinies. Tommaso et Muerte… Une seule et même personne. *Tommaso. Etait. Muerte.* Tommaso, l'artiste dont il vénérait l'œuvre, le photographe le plus incroyable, le plus surprenant, le plus talentueux du monde, était également l'architecte de son univers en ligne, l'homme qui l'avait rendu à lui-même et lui avait fait le don magnifique de sa liberté intérieure. L'homme qui l'avait soutenu, aimé comme un frère. Oui, Muerte était sa seule, sa vraie famille. La sorcière qui l'avait adopté n'avait jamais compté.

Il était trop abasourdi pour réagir.

Gavin, tu es encore là ?

Il lutta contre les larmes en actionnant les touches :

Je ne savais pas… Tommaso est la dernière personne à laquelle j'aurais pensé… Ne sois pas fâché contre moi.

Je te crois, Gavin. Tu n'avais aucun moyen de deviner. Quant j'ai reçu ton courriel, j'ai eu le sentiment d'une intervention divine. Nous étions destinés à être réunis. A travers nos paroles et nos actes. Tu as été un très bon élève.

Gavin respira plus librement. Muerte allait tout arranger. Il avait toujours des solutions.

Bon, alors, dis-moi ce qui t'arrive, maintenant ?

J'ai eu une contravention, Muerte.

Pour excès de vitesse ?

Non.

Gavin comprit qu'il devait tout dire. Toute l'histoire se déversa sous ses doigts en un torrent de mots écrits sans souci de cohérence ou d'orthographe. A la fin de son récit, il était hors d'haleine. La réponse ne fut pas longue à arriver.

Quel imprudent tu fais, mon Gavin. Tu savais que c'était de la folie, pourtant. Il faut que tu liquides la poupée. Même s'ils ne le savent pas encore, ils ont ton identité, maintenant.

Je ne peux pas m'en défaire tout de suite. Elle n'est pas encore mûre.

Pauvre insensé ! Tu ne comprends donc pas ? Réfléchis cinq minutes, Gavin. Tu ne peux pas prendre le risque de te faire pincer. Etrangle ta captive et bazarde-la. NE JOUE PAS AVEC ELLE, SURTOUT. Tu placeras le corps dans un endroit isolé sans mise en scène et sans indices. Ne laisse rien qui puisse leur permettre de remonter jusqu'à toi.

Il y eut un temps de pause, puis un autre message apparut.

Je crois qu'il est temps que nous nous rencontrions physiquement, Gavin. As-tu un passeport ?

Oui.

Débarrasse-toi de la poupée et fais ton sac. Je t'enverrai des instructions ainsi qu'un billet d'avion. Tu suivras mes consignes à la lettre, Gavin. Il ne faudrait pas que tu te fasses confondre maintenant.

Tommaso ?

Oui ?

Comment as-tu su, toi, que mon nom dans la réalité était Gavin ?

Gavin détestait avoir à dire adieu à ses poupées.

La faible luminosité de l'écran se reflétait sur son visage, le baignant dans de sourdes nuances de gris et d'ombre. Une à une, il fit défiler les photos qu'il avait prises. Lentement. Amoureusement. Les couleurs sur l'écran jouaient sur ses traits à mesure que le diaporama avançait. La main qui reposait sur la souris suait à présent abondamment. Une goutte se forma, glissa le long du cordon blanc et finit par s'écraser sur le sol, laissant une tache sombre sur le ciment.

Clic.

Ah, la voilà… Sa préférée. Quelle passion, quelle furie dans ses grands yeux bruns ! Les couleurs qui enflammaient ses joues montaient des profondeurs de son être. Rien qu'au vu de la photo, il avait l'impression d'entendre les perles de couleur tressées dans ses cheveux claquer contre le Plexiglas en signe de protestation. Même le délicat semis de taches de rousseur sur sa peau café au lait semblait hurler de colère.

Rebelle était le mot qui la définissait le mieux. Elle refusait de plier. Refusait de reconnaître que sa vie allait prendre fin. Il le lisait dans ses pupilles dilatées, l'espoir insensé qu'il renoncerait à la tuer.

Clic, fit la souris. Il découvrit d'autres photos mais revint très vite à sa préférée. Le seul bruit qui s'élevait dans le sous-sol était le va-et-vient rauque de sa respiration. Gavin se ressaisit. Le son haletant lui faisait penser à un chien. Répugnant. Il modula son souffle puis revint à l'écran.

Là, de nouveau, sur la quatrième photo, il retrouvait la même étincelle, la même énergie. Quelle puissance dans son regard ! La mâchoire si fine, la joue creusée, l'omoplate se détachant comme un poignard à l'arrière de l'épaule. Et puis la délicate amorce d'un sein — un arrondi à peine esquissé. Le souvenir de ses mamelons couleur de rubis sombre.

Clic.

La photo suivante était moins enivrante. L'étincelle s'était éteinte, cédant la place à la résignation. Il avait su capter l'instant précis où l'espoir sauvage avait été réduit à néant. Il avait préféré cueillir au cœur de son objectif la révolte et l'indignation. Mais l'instant de vérité avait également son charme.

Clic. Clic.

Clic. Clic. Clic. Clic.

Les instructions de Tommaso avaient été claires : détruire le disque dur et tout effacer. Il ne pouvait pas emporter son ordinateur en voyage ; ce serait trop risqué. Son index dressé s'attardait au-dessus de la souris. Mais c'était au-dessus de ses forces. Il ne pouvait pas anéantir son œuvre. Sa collection secrète de photos représentait tout son univers. Il y tenait plus qu'à sa vie. Il ouvrit un disque SSD supplémentaire sur lequel il copia l'intégralité de son dossier « Mes images ». Puis il créa un système de protection par mot de passe qui crypterait les fichiers sur le disque. Personne, jamais, ne devinerait le mot de passe qu'il avait choisi. Il le nomma à voix haute, en s'adressant à la poupée. Elle était tellement mignonne. Une fois qu'il eut terminé, il ferma tout soigneusement.

Malgré les recommandations de Tommaso, il ne pouvait se résoudre à faire disparaître ce qui pouvait aussi bien être caché. Il avait la ferme intention de revenir.

Il abandonna l'ordinateur et alluma sa petite lampe de bureau. L'ampoule incandescente de quarante watts illumina la poupée, l'arrachant à la pénombre.

A aucun instant, elle n'avait abdiqué pour de bon.

Il l'avait aimée. Et il l'aimait toujours.

Mais le moment de séparation était arrivé. Gavin sortit la seringue qu'il gardait en réserve pour les urgences telles que celle-ci.

La puissance était en lui, maintenant. Il avait un voyage plus important à faire. Une nouvelle priorité.

Il allait retrouver son frère.

31

Baldwin n'écoutait que d'une oreille pendant que Highsmythe exposait ses conclusions sur les trois meurtres londoniens. L'Anglais ne manifestait aucun signe d'inconfort malgré la bouteille de whisky à laquelle ils avaient fait un sort la veille. Et comme Memphis avait une bien meilleure descente que lui son absence de gueule de bois était révélatrice.

Memphis s'exprimait avec une remarquable aisance et connaissait son dossier sur le bout des doigts. Il avait mené son enquête dans les règles de l'art, avec patience et méthode. De l'excellent travail policier.

Les meurtres londoniens avaient commencé trois mois plus tôt. Trois prostituées. Trois strangulations. Chacun des cadavres avait été mis en scène et accompagné d'une carte postale de tableau célèbre. *June flamboyante* de Lord Frederic Leighton ; *Vénus et l'Amour découverts par un satyre* du Corrège ; *Le Tepidarium* de Lawrence Alma-Tadema. Les trois toiles représentaient des femmes allongées. Seul, dans le tableau de Leighton, le personnage féminin était vêtu. Et la scène de crime avait été à l'avenant : ils avaient trouvé la victime vêtue d'une longue chemise de nuit qui tombait en plis souples jusqu'à ses pieds.

Memphis avait préparé des diapos sur lesquelles il fournissait des indications détaillées. Pour les trois meurtres, il montra d'abord la scène du crime, puis la carte postale correspondante, ensuite les deux superposées et enfin les deux côte à côte. La ressemblance entre les victimes décédées et les tableaux était si troublante qu'elle donnait froid dans le dos.

Les trois jeunes femmes avaient été étranglées ; les trois avaient été exceptionnellement fines et menues. Il avait été impossible de déterminer si elles avaient été affamées comme les victimes italiennes ou si leur maigreur avait une autre origine, liée aux contraintes de leur métier. Chacune des trois femmes avait été assaillie sexuellement à plusieurs reprises. Et toujours post mortem. L'ADN décelé sur la troisième victime avait été l'indice clé qui avait permis de confirmer le lien avec les meurtres florentins.

« Il Macellaio » n'était plus le même. De meurtrier occasionnel, il était devenu tueur opportuniste et il avait gagné en efficacité. En férocité, aussi. Quelque chose, manifestement, avait changé dans sa vie. Quelque chose qui l'avait poussé à modifier son mode opératoire consacré. Le détail le plus anodin suffisait parfois à faire décompenser un psychotique. Il y avait des dénominateurs communs que Baldwin pouvait explorer pour expliquer cette soudaine frénésie de crimes : un décès, par exemple. Ou un changement professionnel. Ou un gros facteur de stress.

Pour couronner le tout, leur tueur s'était spécialisé aux Etats-Unis dans les victimes aux ascendances africaines. Un nouvel élément du puzzle pour le moins déconcertant. Les *carabinieri* venaient de leur faxer un rapport — aucun des meurtres commis les dix dernières années à Florence sur des femmes noires ne cadrait avec le mode opératoire d'« Il Macellaio ».

Baldwin communiqua l'information à Memphis. Celui-ci l'accueillit d'un simple hochement de tête et passa la parole à l'équipe du FBI afin qu'ils formulent leur plan d'attaque.

Tout en écoutant Pietra débattre avec Memphis des aspects médico-légaux, Baldwin griffonnait des annotations sur le type d'individu que le meurtrier lui paraissait être. Lorsqu'il eut terminé, son bloc-notes était rempli de pattes de mouche mais il avait le sentiment d'avoir presque cerné son personnage.

Son regard glissa sur la table. Des dossiers, des photos, des articles de journaux étaient soigneusement empilés au centre. Son équipe écoutait avec une attention soutenue ; toutes les têtes étaient penchées, les stylos crissaient sur le papier. Sur un tableau blanc à sa droite, les hypothèses avaient été répertoriées avec différentes couleurs de marqueurs. Sur un autre tableau, à sa gauche, figuraient les faits. Le gauche paraissait dépouillé à côté du droit. Mais cette situation allait changer.

Memphis tapota du bout du doigt sur une des photos prises à Radnor Lake.

— On assiste de toute évidence à une escalade.

Baldwin acquiesça d'un signe de tête.

— Deux corps en deux jours, oui.

— Sur le plan artistique, je veux dire. Ses crimes de Nashville sont très élaborés. Alors que les scènes londoniennes sur lesquelles j'ai enquêté étaient moins travaillées. Même ses meurtres italiens étaient moins aboutis. Ce type se considère comme un artiste unique et compte bien être reconnu comme tel par un large public. Les deux scènes de crime de Nashville recréent point par point les tableaux qu'elles sont censées reproduire. Il ne se contente pas de placer sa victime dans une pose particulière. Ce qu'il a fait à Nashville correspond à un vrai projet dans lequel il a investi du temps, des moyens, des efforts. Mes meurtres londoniens, à côté, c'est de la boucherie, ni plus ni moins. Les cartes postales semblaient presque avoir été ajoutées par acquit de conscience. D'un côté on pourrait dire qu'il se perfectionne ; de l'autre qu'il aurait tendance à se relâcher. Etrange.

Baldwin marqua son accord d'un signe de tête avant de prendre la parole. Son profil était aussi complet que possible et composait un récit qui donnait la chair de poule. Il n'était pas mécontent de ses résultats.

Son profil se divisait en cinq parties. Charlaine s'était chargée de la mise en pages. Après les avertissements et limitations de responsabilités de rigueur, il commençait par une présentation suivie d'une analyse de chacun des meurtres, une énumération du matériel de preuve trouvé sur les différentes scènes de crime. Notamment, bien sûr, les deux poils pubiens qui leur avaient permis d'établir l'identité des profils ADN.

Le deuxième chapitre de sa présentation abordait la victimologie. Ils avaient examiné soigneusement les motifs récurrents qui se dégageaient. Toutes les victimes européennes étaient blanches, de sexe féminin, de petite taille avec une ossature fine, et âgées de dix-huit à vingt-six ans. Leur couleur de cheveux variait du blond foncé au châtain ; pour les yeux, le meurtrier ne semblait pas manifester de préférence particulière. On ne pouvait pas dire qu'il tuait et retuait chaque fois la même femme. Mais il avait un type physique de prédilection. Les treize victimes européennes avaient été disposées dans une attitude particulière, avec carte postale à l'appui.

Memphis soutint un point de vue que Baldwin trouva fascinant : « Il Macellaio » avait pleinement réalisé son fantasme pictural dans sa mise en scène de Love Hill ; non seulement il avait intégré la victime dans un décor, mais il l'avait placée face au tableau qui avait nourri son inspiration. Il était en pleine évolution, comme s'il était travaillé par un élan artistique intimement lié à ses pulsions meurtrières et nécrophiles. Ses mises en scène devenaient de plus en plus théâtrales, l'amenant à prendre des risques énormes, ouvrant la porte à de nouvelles erreurs.

Il passa la parole à Charlaine qui précisa les différences et les exceptions notables. En Italie, les premières victimes étaient mortes de faim alors que les dernières avaient subi une strangulation, au même titre que les victimes londoniennes. En ce qui concernait la périodicité, la fréquence italienne avait presque été languide en comparaison avec le rythme londonien : dix victimes en dix ans à Florence ; trois en trois mois sur le sol britannique. L'appartenance sociale de ces jeunes femmes avait également changé. Les Italiennes avaient été pour la plupart des étudiantes — des filles timides, effacées, menant une existence isolée. A Londres comme à Nashville, « Il Macellaio » s'en était pris à des prostituées — une profession à haut risque où les disparitions n'étaient que rarement signalées.

Les lieux de dépôt des corps à Londres se démarquaient eux aussi des scénarios italiens. Les prostituées anglaises avaient toutes été abandonnées dans des endroits publics alors que les étudiantes florentines s'étaient retrouvées éparpillées dans le secret des collines, comme les victimes du célèbre « Monstre de Florence ». A Nashville, les deux jeunes femmes assassinées avaient été placées de façon à créer le choc, au contraire. Encore une incohérence dans ce profil particulièrement tortueux.

Baldwin fronça les sourcils. Si la concordance des profils ADN n'avait pas été aussi clairement établie, il aurait conclu sans une hésitation à un imitateur, un *copycat*.

Cette pensée l'aiguilla dans une direction qu'il n'avait pas encore explorée. Le Prétendant avait appelé et leur avait fait savoir dès le début qu'il était innocent du crime de Love Circle. Mais quel poids accorder à une parole d'assassin ?

Le Prétendant pouvait avoir placé à dessein un échantillon d'ADN d'« Il Macellaio » à Londres pour orienter les enquêteurs sur une fausse piste. Quant au Tennessee, ils étaient bien placés pour savoir qu'il y avait séjourné.

Baldwin secoua la tête. Non, l'hypothèse ne fonctionnait pas. Cette série de meurtres ne portait pas vraiment la marque du Prétendant. Tous les crimes qu'il avait copiés jusqu'à maintenant présentaient un trait commun : le sang. L'homme aimait passionnément le sang. Or aucune de ces seize victimes n'en avait présenté la moindre trace. Tout cela n'était décidément pas son style.

Baldwin reporta de nouveau son attention sur Charlaine, qui analysait à présent la phase londonienne du criminel. Ils avaient établi qu'« Il Macellaio » ne vivait pas chez lui à Londres, qu'il avait dû occuper un appartement temporaire ou qu'il était descendu à l'hôtel. En visiteur. Autrement dit, il faudrait diffuser le profil dans d'autres pays pour vérifier si des meurtres non élucidés correspondaient au mode opératoire. Il n'était pas inhabituel pour un tueur en série d'être itinérant. Mais on les voyait plus rarement faire une carrière internationale. Si leur assassin était voyageur, il devait figurer quelque part dans leurs fichiers.

Il leur restait à comprendre ce qui avait motivé les déplacements de l'Italie à l'Angleterre, puis de Londres aux Etats-Unis. Avait-il des contrats ? Des missions ?

Ils passèrent ensuite à une discussion sur les lieux de l'enlèvement. Toutes les Londoniennes avaient été cueillies dans la rue, alors que les Italiennes avaient été kidnappées dans un environnement considéré comme sûr, nommément leur appartement. Le fait que les Anglaises aient été des prostituées expliquait, évidemment, qu'elles soient montées sans difficulté dans une voiture inconnue.

La troisième partie du profil tentait de déterminer si le tueur était organisé ou désorganisé. Une question à laquelle son équipe n'avait pas eu grand mal à répondre. « Il Macellaio » était clairement un agresseur organisé, qui planifiait chaque étape et chassait hors de son environnement immédiat. Très probablement, ils avaient affaire à un homme affable, amical et de bonne compagnie qui comptait pas mal d'amis. Quelqu'un qui créerait la stupéfaction lorsqu'on apprendrait qu'il tuait depuis des années et de sang-froid. Il ne faisait aucun doute qu'« Il Macellaio » savait se fondre dans la masse.

L'évaluation constituait le gros du profil. De nouveau, il s'agissait de caractériser les victimes. Etaient-elles visées pour elles-mêmes ou pour ce qu'elles représentaient ? Baldwin estimait qu'« Il Macellaio » combinait les deux tendances. Il ciblait des femmes qui l'aidaient à concrétiser des fantasmes bien précis et tout particulièrement ses pulsions nécrophiles. Il était persuadé qu'il avait été en contact direct avec la mort dans sa petite enfance.

La dernière section du profil offrait des suggestions concrètes en donnant des indications sur le physique, l'allure, le comportement, le degré d'intelligence et de raffinement, les motivations : tout ce dont les forces de l'ordre auraient besoin pour capturer, interroger et juger ce meurtrier bien particulier.

A la fin du profil, une image très claire se dégageait de leur tueur. Les preuves matérielles, l'intuition, les années d'expérience dans le domaine de l'investigation leur permettaient de cerner l'homme qu'ils recherchaient.

Ils étaient prêts à chasser le chasseur.

32

Taylor et McKenzie finissaient de mettre au point leur plan d'attaque. Ils n'avaient plus qu'une idée fixe : retrouver Kendra Kelley au plus vite. La sensation atroce au creux de l'estomac de Taylor lui soufflait qu'« Il Macellaio » était mêlé à cette disparition. Elle avait enquêté assez souvent sur des tueurs en série pour sentir leur patte, leur présence. Elle ne pouvait que prier pour qu'ils n'arrivent pas trop tard.

Baldwin lui avait faxé une copie du profil pour qu'elle dispose du maximum d'éléments. Dieu merci, il serait à Nashville dans quelques heures. Il était merveilleux dans ce genre de situation, où il restait calme, avec la tête toujours froide, aigu dans ses appréciations.

Elle avait le sentiment qu'elle devrait s'équiper avec une artillerie lourde, partir bardée de bazookas et de rage, mais elle se contenta de prévoir quelques magasins supplémentaires. McKenzie avait son arme de service et portait un fusil Remington 870. Rien de tel pour semer la terreur dans le cœur d'un coupable présumé que le son du coulissement d'un fusil à pompe — un claquement profond, métallique, aussi caractéristique et effrayant que le grondement d'un loup fou de rage. Il s'agissait d'un outil effroyablement efficace dont elle espérait ne pas avoir à faire usage.

Grâce à McKenzie, ils n'avaient plus qu'un nom, un seul. Un nom qui figurait à la fois sur la page de copyright du catalogue, sur la liste d'invités de Bangor et dans le registre des conducteurs de Prius blanche : Gavin Adler était leur homme. Et elle était convaincue qu'il s'agissait bel et bien d'« Il Macellaio ».

Et dire qu'elle avait frappé à sa porte, la veille !

Elle avait réuni toute une batterie de policiers pour les assister dans l'opération. Organiser ses hommes, distribuer les tâches : elle avait l'impression d'être de nouveau aux commandes. Ce qui ne l'empêchait pas d'être furieuse contre elle-même. La nuit précédente, la maison longue et basse sur la Highway 100 avait déclenché un signal d'alerte. Rural, isolé, le lieu se prêtait aux agissements d'un tueur qui aimait prendre son temps. Si Kendra y était enfermée et qu'ils la retrouvaient morte, elle ne se pardonnerait pas d'être repartie sans avoir poussé ses investigations plus loin.

Pire que cela, même : elle avait donné l'alerte au meurtrier en frappant à sa porte. Et elle avait le sale pressentiment qu'il leur avait déjà filé entre les doigts.

Enfin… Tout était prêt. Chacun savait très précisément comment intervenir et à quel moment. Un bulletin avait été diffusé dans tout le Tennessee, enjoignant de contrôler les conducteurs de Prius blanches au cas où « Il Macellaio » serait déjà en fuite. Taylor avait appelé Julia Page et fourni les informations nécessaires pour obtenir la commission rogatoire. Julia était d'accord pour les cautionner à condition qu'ils l'autorisent à être présente. Taylor lui avait rappelé qu'elle devait rester discrète. Il était vital qu'ils agissent à l'insu des médias, tant qu'ils ne sauraient pas avec certitude si Adler avait ou non fait une nouvelle victime.

La malheureuse Rowena était assise à son bureau, raide comme la justice, le regard perdu dans le vide, et feuilletait nerveusement ses dossiers. Taylor était sidérée de la voir ainsi, le dos droit. Cette femme avait une force intérieure qui valait celle de dix hommes. Elle était flic, elle savait de quoi le tueur était capable et quels risques courait sa nièce. Et pourtant elle participait quand même aux recherches à sa façon.

Au moment où leur équipe s'ébranla pour quitter les locaux Taylor lui passa le bras autour des épaules.

— Je la trouverai, Rowena. Je te le promets.

— Merci, Taylor. Si quelqu'un peut le faire, c'est toi.

Taylor hocha la tête puis fit signe à McKenzie. Ils prirent une Caprice et roulèrent à vive allure à travers les rues du centre-ville. Une demi-heure à peine s'était écoulée depuis que Rowena, le visage décomposé, avait fait irruption dans leur bureau. Le ciel était d'un bleu profond et l'humidité de l'air exceptionnellement basse. Une journée magnifique.

Pendant qu'elle conduisait, McKenzie lui lisait des extraits du profil à voix haute :

— D'après eux, « Il Macellaio » serait un individu de sexe masculin, biracial, âgé entre trente et trente-cinq ans, qui aurait été adopté ou élevé en famille d'accueil. C'est un solitaire mais il a quelques amis qui l'apprécient pour sa solidité et sa fiabilité. Il exerce une profession artistique — probablement dans le domaine de la photo ou des arts plastiques. Son métier lui confère une envergure internationale qui lui permet de se déplacer souvent sans éveiller les soupçons. Il est propriétaire à Nashville et à Florence mais locataire à Londres.

— Ce portrait correspond en partie à Adler. Nous savons qu'il était en contact avec Bangor via le catalogue Picasso. Il se peut qu'il soit un artiste local. Ou un mécène.

Taylor tressaillit lorsque son mobile sonna. C'était le standard. *Oh, non…* Elle répondit, le ventre serré, craignant qu'on leur annonce la découverte d'un nouveau corps artistiquement disposé quelque part.

— Inspecteur, ici le standard. J'ai là un officier de police,

Barry Armstrong, du secteur ouest. Il a un message urgent à vous transmettre.

— O.K. Merci. Passez-le-moi.

Armstrong la salua brièvement.

— Je ne vais pas y aller par quatre chemins : j'ai appris que vous étiez à la recherche d'une Prius blanche. J'ai verbalisé un type ce matin, à Bellevue, qui correspond à votre description. J'ai ses coordonnées, ça vous intéresse ?

— Oui, bien sûr.

— Son nom est Gavin Adler et il vit un peu en retrait, sur la Highway 100. Un type craintif, pas bavard. Terriblement nerveux. Je l'ai arrêté parce qu'il n'avait pas sa ceinture et je lui ai collé une contravention. Et il m'a paru… je ne sais pas… presque soulagé. Il n'avait pas l'air très clair, ce type.

— Adler est le nom de notre suspect, Barry. Vous êtes dans le coin ? Vous pourriez nous retrouver sur place ?

— O.K. Je préviens mon responsable. Je peux y être dans cinq minutes.

— Alors retrouvez-moi au début de l'allée.

— Vous savez où c'est ?

— Oui, le pire, c'est que j'étais sur place hier soir.

Elle raccrocha et tourna la tête vers McKenzie.

— Essaie de joindre Julia Page pour voir si la commission rogatoire est prête. S'il le faut, nous ferons une perquisition coercitive, mais je voudrais que tout soit dans les règles. Heureusement que nous avons la juge Bottelli.

— C'est une dure, commenta McKenzie en tripotant le micro de la radio.

— Sévère mais juste. Et nous avons la cote, avec elle. Allez, appelle !

Taylor se raccrocha au volant des deux mains et enfonça l'accélérateur.

*
* *

La maison n'avait plus l'air aussi sinistre, en plein jour. Le jardin minimaliste à l'avant était entretenu, même si le gazon aurait eu besoin d'un coup de tondeuse. Et une petite fontaine coulait doucement. N'importe qui pouvait vivre dans un tel endroit. Un monstre était-il tapi derrière ces murs ? Taylor avait enfilé son gilet pare-balles et vérifiait l'état de son Taser. Ils étaient parés. McKenzie se tenait à son côté, fusil en main, les narines pincées. L'officier Armstrong était également en poste à quelques mètres de là. Quant à Julia Page, elle avait surgi in extremis, avant que l'encre sur la commission rogatoire n'ait eu le temps de sécher. La juge Bottelli avait accepté le principe d'une perquisition en flagrance au vu des éléments de preuve rassemblés chez Bangor, de la page de copyright manquante et de la description faite par Armstrong de l'homme qu'il avait verbalisé, ce matin-là, et dont le physique correspondait point pour point à celui qui avait été établi dans le profil. Sachant de plus que la vie d'une adolescente était en jeu, ils avaient tous les éléments nécessaires pour effectuer une entrée en force. On avait déjà fait des perquisitions coercitives pour bien moins que cela.

Tim Davis, caméra vidéo en main, se préparait à filmer toute l'action. Keri McGee était attendue d'un instant à l'autre pour aider Tim à geler la scène et relever les indices. Paula Simari resterait à l'extérieur avec Max en laisse et lâcherait le chien si le suspect s'évadait. Max serait un poursuivant infiniment plus efficace qu'un humain, si entraîné soit-il. Taylor eut une pensée nostalgique pour Marcus et Lincoln. Mais l'équipe qu'elle avait sous la main ferait l'affaire. Il le fallait.

S'ils s'étaient trompés sur le compte d'Adler, ils en prendraient pour leur grade — même si elle avait déjà perdu le sien. Mais Taylor sentait qu'ils étaient sur la bonne piste. Au bon endroit. Derrière le charmant jardin et la jolie petite fontaine, le mal était tapi dans l'ombre.

Ils étaient en place. Armstrong couvrait leurs arrières, McKenzie et elle entraient en première ligne.

— Tu vas frapper ? s'enquit McKenzie à mi-voix.

— Non. Je ne suis pas d'humeur à me ramasser une balle, ce matin. On entre en force.

Ils comptèrent trente secondes pour laisser à Armstrong le temps de se mettre en place, puis Taylor souleva le pied droit et défonça la porte d'un grand coup de botte. Elle sentit le coup se répercuter dans sa hanche mais la serrure céda. Le battant s'ouvrit à la volée et alla claquer contre le mur. Ils se ruèrent à l'intérieur, McKenzie se portant expertement sur la droite alors qu'elle se rejetait sur la gauche. Parfait. Le jeunot avait fait son entrée dans les règles de l'art.

Elle sut immédiatement que la maison était vide. Et qu'elle avait été désertée dans la plus grande précipitation. A l'étage, des vêtements étaient éparpillés sur le lit, des tiroirs de commode avaient été laissés ouverts. Et il n'y avait plus de brosse à dents dans la salle de bains.

Ils firent rapidement le tour de toutes les pièces. Le long des murs du living, des étagères s'alignaient, toutes bourrées de haut en bas de CD de musique classique. Dans le vestibule, Taylor nota le cadenas étincelant sur une porte qui devait donner accès au sous-sol. Un magnifique chat abyssin se tenait assis là, levant vers eux le regard triste de ses yeux ambre.

McKenzie arriva en courant de la cuisine.

— L'oiseau s'est envolé. Pas de voiture dans le garage.

Armstrong examina le cadenas.

— Je vais aller chercher un coupe-boulon dans mon coffre.

Il sortit par la porte fracassée, examina les dégâts et

gratifia Taylor d'une moue appréciative qu'elle accueillit d'un simple haussement de sourcils. Une sueur d'angoisse lui mouillait le dos. Elle n'avait qu'une hâte : entrer dans ce sous-sol. En attendant, elle se pencha pour caresser le chat, qui décrivit des cercles autour de ses chevilles en ronronnant bruyamment. Il n'avait pas l'air inquiet. Peut-être que son maître n'était pas si loin que ça, après tout.

— McKenzie, va voir dans la cuisine si le chat a à manger.

— *Hein* ? Pourquoi est-ce que tu veux savoir ça ?

Elle se contenta de le fixer sans répondre jusqu'à ce que le regard de son équipier s'éclaire. Il hocha la tête et s'exécuta.

— Il a trois bols de croquettes et un énorme saladier plein d'eau. De quoi tenir au moins une semaine, je pense.

Ils l'avaient sans doute manqué de peu. Elle soupira.

— Crois-tu que M. Adler se soit juste absenté pour quelques jours ? Ou a-t-il lâchement abandonné son chat ?

— Je ne sais pas, mais viens voir là, Taylor.

Dans le séjour, McKenzie lui montra un poster sur le mur. *Les Demoiselles d'Avignon*…

— O.K. Sinistre à souhait, vu les circonstances. Et voilà qui confirme le lien avec Bangor, en tout cas.

Armstrong arriva avec son coupe-boulon et ils retournèrent dans le couloir.

— Attention de bien mettre des gants, prévint Taylor. Il s'agit de préserver les empreintes.

— Oui, oui. Pas de problème.

Une fois équipé, il plaça les mâchoires du coupe-boulon sur le loquet et le coupa en deux. Le cadenas chuta sur le sol avec un bruit métallique, puis finit dans un des sacs pour pièce à conviction de Tim.

Derrière la porte, un escalier plongeait tout droit dans les ténèbres. Taylor trouva un interrupteur et deux ampoules de très faible intensité apportèrent une lumière discrète. Elle songea à la dernière expédition qu'elle avait faite dans un sous-sol d'apparence tout aussi anodine, qui abritait un studio de tournage pornographique dans ses profondeurs cachées. Mais ce qu'elle risquait de trouver ici promettait d'être pire.

Elle descendit avec précaution, se préparant à une éventuelle attaque surprise. Mais elle ne vit personne. Dans la pénombre, elle distingua une sorte d'immense boîte en plastique. Un cercueil en Plexiglas avec une jeune femme à l'intérieur. *Kendra Kelley.* Et elle était aussi immobile que le marbre.

Deux fermetures de chaque côté de la boîte maintenaient le couvercle en place. Une séparation centrale divisait le cercueil en deux moitiés égales, chacune suffisant à accueillir une personne très menue. Kendra se trouvait dans le compartiment de droite. Taylor vit que le fond ouvert était percé de trous circulaires à intervalles réguliers. Inutile de chercher plus loin : de là venait l'étrange motif à pois sur les peaux d'Allegra et de Leslie. Nul doute, maintenant, qu'ils se trouvaient dans l'antre de leur meurtrier.

— Nom de Dieu, faites-moi de la lumière, Armstrong ! Vite, vite, vite ! Et apportez vos tenailles.

— Elle est encore vivante ? lança la voix de McKenzie dans un murmure étranglé.

— Je ne sais pas.

Pendant qu'Armstrong remontait en courant, elle examina rapidement les lieux. Dans un angle se trouvait un bureau avec un ordinateur ouvert. Mais l'écran était aveugle. Elle nota la présence d'un poêle à bois, d'une petite table ronde avec une bouteille de vin vide et des bougies à demi consumées. Devant le poêle était disposé un matelas avec deux oreillers. Taylor réprima un haut-le-corps. Elle n'était pas encore prête à se pencher sur l'usage qui avait dû être fait de cette couche. Pas encore.

Seule pour l'instant Kendra Kelley importait. Dès

qu'Armstrong eut ouvert le couvercle, elle se pencha sur la jeune fille. Sa peau avait une teinte grisâtre et elle n'avait pas soulevé les paupières. Sans grand espoir, Taylor posa un doigt sur la carotide. Mais elle sentit une faible, très faible pulsation, comme les battements d'un minuscule cœur d'oiseau.

— Elle vit encore ! Appelez les secours !

Taylor se pencha à l'intérieur du cercueil pour contrôler sa respiration. Le souffle de la jeune fille était ténu, soulevant à peine sa poitrine. Elle secoua la tête.

— Armstrong, je crains que nous n'ayons pas le temps d'attendre l'ambulance. Vous pouvez la transporter ?

— Bien sûr. Au Baptist Hospital ?

— Avec sirène et gyrophare. Vite. Il ne lui reste qu'un souffle de vie.

Lorsqu'ils la soulevèrent hors du cercueil, les paupières de Kendra se soulevèrent faiblement. Ses yeux étaient exorbités par la panique, ses pupilles dilatées.

— Vous n'avez rien à craindre de nous, Kendra, murmura doucement Taylor. Nous sommes de la police. Il est parti, vous êtes en sécurité.

Une seule larme fragile roula sur la joue de la jeune fille. Kendra lui chuchota un mot à l'oreille.

— Poupée…

Puis elle ferma les yeux. Elle était trop faible pour pleurer encore. Taylor scruta la pièce et découvrit une seringue vide sous la boîte en Plexiglas.

— Grouillez-vous, Armstrong. Il a dû lui inoculer quelque chose. Foncez à l'hôpital.

Ils remontèrent en courant pour installer Kendra sur la banquette arrière de la voiture de patrouille. Puis Taylor appela Rowena et lui annonça que sa nièce l'attendait à l'hôpital.

Les techniciens de scène de crime arrivèrent peu après

et quadrillèrent la maison pour se mettre au travail. Paula et Max avaient été appelés pour intervenir ailleurs. Tim Davis prenait des empreintes sur le cercueil pendant que Keri filmait pour la postérité. McKenzie était monté téléphoner au juge pour demander que la commission rogatoire soit étendue à tout le contenu de la maison. Quant à Julia Page, elle se tenait devant le cercueil, le visage livide, et prenait des notes dans un petit carnet en moleskine.

Taylor, pour sa part, s'était attelée à l'ordinateur d'Adler. Le chat gris, roulé en boule sur ses genoux, ronronnait comme un bienheureux.

— As-tu jamais vu une chose pareille, Taylor ? demanda Tim.

Surprise, elle leva les yeux. Il ne l'appelait jamais par son prénom, d'ordinaire.

— Jamais, non. Ça dépasse tout ce qu'on peut imaginer.

La pièce était brillamment éclairée, à présent, grâce aux projecteurs de Tim. Elle se représenta la pénombre, les flammes du poêle jetant leurs reflets sur les murs en ciment, le son étouffé des cris des victimes alors qu'elles mouraient à petit feu dans cette boîte effroyable. L'ordinateur était allumé mais exigeait un mot de passe. Qu'allait-elle faire, sans Lincoln ? Elle fit quelques tentatives dérisoires. Gavin. Adler. GAdler. Rien. Sur la contravention dressée par Armstrong, elle avait sa date de naissance. Elle l'essaya à l'endroit, puis à l'envers. Toujours rien. Puis le mot prononcé par Kendra lui revint à l'esprit. Poupée.

Le terme lui semblait paré d'une improbable innocence. Mais rien ne lui interdisait d'essayer. Elle tapa « poupée ». Rien. Puis « POUPÉE ». Toujours aucun résultat. Elle tenta alors « POUPÉES » et l'ordinateur réagit. Victoire. Quelques secondes plus tard, le bureau s'affichait. Voilà ce qui s'appelait un coup de chance.

— Ouvre-toi, sésame, chuchota-t-elle.

Elle vit clignoter une icône — *iChat*. Elle n'était pas une adepte des messageries instantanées en ligne, mais elle en savait suffisamment pour y jeter un coup d'œil. Elle ouvrit le fichier. Une conversation était en cours et Adler n'avait pas pris la peine de l'effacer. A mesure qu'elle lisait, Taylor sentit un mélange de stupeur et d'effroi lui comprimer la poitrine. Il leur avait bel et bien filé sous le nez, en effet. Mais ce n'était pas tout. Elle jura avec force et sortit son mobile de sa poche. Elle appela d'abord le standard pour étendre à la Géorgie l'avis de recherche sur les Prius blanches. Puis elle composa un second numéro.

— Baldwin ? Je t'appelle du sous-sol de Gavin Adler. Nous nous sommes trompés. Ce n'est pas « Il Macellaio ».

— Qui est Gavin Adler ? Qu'est-ce que tu racontes ?

— Ils sont deux, Baldwin.

— Deux quoi ?

— Tu es toujours à Quantico ? demanda-t-elle.

— Pour l'instant, oui. Je prends l'avion dans une heure.

— Il serait peut-être plus simple que tu restes sur place. Je te rejoindrai là-bas. On trouvera plus facilement un vol pour Florence de Washington que d'ici.

— Ouah… Pas si vite. Explique-toi, d'abord.

Les mots se bousculaient dans sa bouche :

— Toutes nos pistes, ici, pointaient dans la même direction : Gavin Adler, dans le comté de Davidson. Nous avons perquisitionné et nous venons de trouver une de ses nouvelles victimes, Kendra Kelley, détenue dans un cercueil en plastique. C'est ici, dans cette maison, qu'ont été affamées et tuées Allegra Johnson et Leslie Horne. Mais « Il Macellaio » est toujours à Florence. Et Gavin Adler est son frère.

— Son frère biologique ? Ou symbolique ?

— Son vrai frère. Et ils travaillaient ensemble. Je viens juste d'avoir un aperçu de leur univers et je peux t'assurer qu'il est terrifiant. J'ai un prénom pour « Il Macellaio », au fait : Tommaso. C'est tout ce que je sais sur lui pour l'instant. J'attends un spécialiste informatique pour continuer à explorer le disque dur.

— Nom de Dieu, ils sont deux… Attends une seconde.

Elle l'entendait remuer des papiers, l'imagina passant la main dans ses cheveux pour essayer de réfléchir plus vite.

— C'est un ordinateur de bureau ? finit-il par demander.

— Non, un portable.

— Bon. Prends-le avec toi, file à l'aéroport et rejoins-moi ici. Je me charge de tes supérieurs. Adler a fui en Italie ?

— Apparemment, oui. Le dénommé Tommaso a ordonné à Gavin de le rejoindre. De tout laisser tomber, de liquider la « poupée », comme ils appellent la victime que nous avons trouvée ici. Tommaso a donné à Gavin des instructions pour se rendre à l'aéroport d'Atlanta — pensant sans doute que celui de Nashville serait surveillé. Un billet pour Rome l'attend au comptoir d'Alitalia. Et il l'appelle « mon frère ».

— Cela ne prouve pas qu'ils soient apparentés.

— Baldwin, réfléchis. Le profil ADN de Chattanooga correspond à celui de Londres, qui correspond à celui de Florence. Alors que nous savons désormais qu'il s'agit de deux tueurs distincts.

— Nom d'un chien, oui, bien sûr ! Comment ai-je pu être aussi aveugle ? S'ils partagent une information génétique identique, il ne peut y avoir qu'une explication.

— Exact, compléta-t-elle. Ils ne sont pas seulement frères. Nous avons affaire à des jumeaux monozygotes.

33

Taylor mit fin à sa communication avec Baldwin, ferma l'ordinateur et chercha une housse. Elle n'en trouva pas mais réussit à repérer un cordon pour brancher le portable sur le secteur. Tim finissait son exploration minutieuse du cercueil ; le sous-sol avait été passé au peigne fin. Ils avaient toutes les preuves du monde pour faire condamner Adler. Si seulement ils parvenaient à mettre la main sur lui…

Keri McGee surveillait toutes ces activités d'un œil expert. Elle attendit que Julia Page monte prendre l'air pour s'approcher de Taylor.

— Faut-il que je coupe votre conversation téléphonique de mes enregistrements ?

Taylor sourit à la jeune femme.

— Inutile, non. C'est juste une initiative que je m'octroie. Si je me fais virer, tant pis. Mais Quantico est mieux équipé que nous pour analyser ce genre de matériel. Je vais quand même faire un crochet par le centre-ville pour plaider mon cas auprès de… qui je trouverai sur place. Baldwin a dit qu'il se chargeait de tout régler, mais je peux difficilement m'en aller sans rien dire, avec du matériel de preuve sous le bras.

— O.K. Je vous ai entendue, au téléphone. De vrais jumeaux, alors ?

— Ça en a tout l'air, oui.

Keri releva la frange qui lui tombait sur les yeux.

— Un de mes deux grands-pères était cajun, vous savez. Un jour, nous sommes allés le voir sur le bayou, où il pêchait dans sa barque à fond plat, avec des mocassins d'eau qui se tortillaient dans l'eau noire, des moustiques gros comme ma main qui nous tournaient autour. Nous venions de rendre visite à une cousine qui avait eu des jumeaux. Quand nous lui avons montré les photos, mon grand-père a fait une drôle de tête. « Des vrais jumeaux, c'est quoi ce truc-là ? » On était un peu surpris qu'il pose cette question, mais maman lui a expliqué que c'était deux petits garçons identiques et nés en même temps. Là, il a hoché la tête et il a marmonné : « Ah, ils sont nés équipiers, ces deux-là. Des équipiers-nés. » On dirait que c'est ce que vous avez là, inspecteur Jackson. Des équipiers de naissance associés dans leurs pulsions meurtrières. Je me demande ce qui a fait d'eux les individus qu'ils sont.

— Des équipiers-nés, hein ? Ils sont étroitement en phase pour le meurtre, en tout cas. Moi aussi, je me demande ce qui les a rendus esclaves d'une pulsion aussi terrible, Keri. Lorsque nous en saurons un peu plus à leur sujet, je pourrai peut-être répondre à votre question… Votre grand-père était un homme perspicace, on dirait ?

— Trop perspicace, peut-être. Il m'a dit ce jour-là que ma vie croiserait d'autres jumeaux comme ceux-là, mais loin de lui. Avec le recul, je trouve ses paroles assez prophétiques.

Taylor sentit ses bras se hérisser de chair de poule.

— Oui, Keri. C'est un peu étrange.

— Je me remets au boulot, inspecteur. Soyez prudente. Et bonne chance pour attraper ce duo.

McKenzie l'attendait en haut de l'escalier avec le chat dans les bras. L'animal avait la tête nichée au creux de son épaule et affichait une satisfaction béate.

— Il s'appelle Art, expliqua McKenzie. J'ai vu le nom sur son collier.

— « Art le Chat ». Le choix du nom n'est pas vraiment surprenant, pour des amateurs d'art appliqué comme eux…

Taylor caressa les oreilles félines, et elle aurait été prête à jurer que l'abyssin souriait.

— Comme il avait l'air malheureux et perdu, j'ai pensé le réconforter un peu, expliqua McKenzie. Maintenant, je n'ose plus le reposer.

— Hum… McKenzie, nous avons du pain sur la planche ici. As-tu trouvé des photos récentes d'Adler ? Quelque chose qui pourrait nous aider à l'identifier ? Nous n'avons que sa photo de permis, pour le moment, et elle date de 1988. Il a eu le temps de changer de tête depuis.

— Non, il n'y a rien ici. Strictement rien, à part la collection de CD et les installations du sous-sol. Pour le reste, tout est strictement fonctionnel. Euh… Jackson ? J'ai plus ou moins promis à Art que je m'occuperais de lui.

Taylor se passa la main sur le front.

— Tu as raison, il faut qu'on appelle les services spécialisés afin que…

— Ah non ! Ils le… ils le…

Il lui jeta un regard effaré tout en articulant sans bruit le mot « euthanasieraient ».

— Pas forcément. Qu'est-ce que tu proposes ?

— Je peux le garder chez moi ?

Il avait l'air d'un gamin de huit ans suppliant ses parents d'adopter un bâtard errant. Taylor ne put s'empêcher de rire.

— Que cela reste entre nous, McKenzie. Tu seras famille d'accueil pour le chat en attendant que nous ayons le temps de réfléchir à une solution pour lui. Ça marche ?

Il hocha la tête avec un large sourire.

— Bon, voilà qui est réglé. Il faut que je retourne au CJC pour obtenir la permission de partir pour Quantico. Même si je ne sais pas à qui je vais devoir la demander. Tu veux bien rester ici pour superviser le traitement de la scène de crime ? Tim a des tonnes d'indices et d'empreintes qu'il va numéroter après avoir noté leur emplacement. Je veux que tu gardes un œil sur toute la procédure. Ensuite, j'aimerais que tu prennes la photo de permis d'Adler, et que tu la soumettes à Bangor en même temps que celle de cinq autres individus plus ou moins ressemblants. Tu verras s'il l'identifie ou non. Quelles sont les nouvelles au sujet de Kendra ?

— Les médecins la bourrent de Narcan pour contrer l'effet des opioïdes. A priori, elle a été prise juste à temps.

Taylor soupira de soulagement.

— Ouf. Elle est en état de répondre aux questions ?

— Loin s'en faut, non. Pourquoi pars-tu à Quantico ?

— La *task force* pour « Il Macellaio » s'y trouve déjà réunie. Et il leur faut cet élément du puzzle, précisa-t-elle en montrant le portable. Baldwin arrange le coup avec nos supérieurs. Je plaiderai pour qu'ils te laissent venir aussi. Depuis le début, tu apportes ta contribution à l'enquête.

— O.K., si tu veux. Mais ne te fais pas de bile pour moi s'ils refusent, j'ai de quoi m'occuper ici.

Il ne mourait pas d'envie d'être du voyage, de toute évidence. Elle regarda McKenzie s'éloigner en chantonnant doucement à l'intention du chat blotti dans ses bras. L'homme au fusil à pompe avait craqué pour une boule de poils. L'abyssin avait une personnalité désarmante, cela dit. « Allez, remue-toi, Taylor. Tu as plus urgent à faire que de t'inquiéter des penchants protecteurs d'un de tes inspecteurs pour un chat de criminel. »

Elle se reprit. McKenzie n'était pas « un de ses inspecteurs », mais son équipier. Elle n'avait pas récupéré son grade. Pas encore.

En chemin, elle fit un saut chez elle pour se munir de son passeport au cas où et jeter quelques vêtements dans un sac. Lorsqu'elle déboula au CJC, les ordres étaient passés concernant son départ pour Quantico. Joan Huston, une commandante avec qui elle avait déjà travaillé par le passé, l'attendait au service des homicides.

Taylor la salua, sans trop savoir à quoi s'attendre.

— Mon commandant.

Joan Huston sourit et lui tendit des documents.

— Je supervise la section des homicides en attendant que nous ayons des informations plus précises en ce qui concerne la santé du lieutenant Elm, précisa la gradée, en passant machinalement les doigts dans ses cheveux châtains. Vous avez le feu vert pour Quantico. En ce qui concerne l'inspecteur McKenzie, nous n'avons pas jugé utile de vous l'adjoindre, en revanche. Vous avez toute licence pour vous rendre à Quantico et même à l'étranger si nécessaire, dans le cadre de votre mission externe. Vous nommer chargée de mission temporaire à l'unité de comportement du FBI a été la solution la plus simple que nous ayons trouvée à si court terme. Tous les frais sont pris en charge par le FBI, ce qui a aidé le chef de la police à avaler la pilule. Faites vite, car votre avion n'attendra pas. J'espère que vous me tiendrez au courant des progrès de votre enquête.

Elle s'était attendue à un parcours d'obstacles... et voilà qu'on déroulait le tapis rouge sous ses pieds ! Baldwin avait dû passer quelques coups de fil efficaces.

— Comptez sur moi. Merci pour votre aide.

— Elle vous est acquise. Faites ce qu'il faut pour que nous soyons fiers de vous. Quand vous reviendrez, nous verrons sans doute un peu plus clair dans la situation, ici.

Elles échangèrent une poignée de main. Taylor s'était toujours bien entendue avec Joan Huston. Et elle appréciait de voir un hiérarchique lui sourire de nouveau. Le vent serait-il enfin sur le point de tourner en sa faveur ?

A cette heure, le trajet jusqu'à l'aéroport se déroula sans encombre. Elle abandonna son 4Runner aux soins d'un voiturier d'Executive Travel et se fit conduire en navette jusqu'au terminal. Il lui restait quarante minutes avant son vol pour Washington, et elle avait encore à faire contrôler et enregistrer son arme de service. Voyager armée donnait presque toujours lieu à d'infernales complications. En arrivant aux guichets, cependant, elle apprit que tout avait été prévu et arrangé d'avance. On lui fit même passer le contrôle de sécurité en accéléré et, moins d'un quart d'heure plus tard, elle montait à bord de son avion.

Un embarquement record. Collaborer avec le FBI avait ses avantages : ces gens-là avaient un sens aigu de l'efficacité. Chapeau bas. En attendant, elle mettrait les deux heures de vol à profit pour s'employer à une activité rentable.

Taylor posa la tête contre le hublot et s'endormit avant même que l'appareil n'ait quitté le sol.

34

Elle n'ouvrit les yeux qu'au moment où l'avion toucha le tarmac pour décélérer sur la piste qui longeait le Potomac. Elle régla sa montre à l'heure locale, se brossa les cheveux et se passa du stick sur les lèvres. Baldwin l'attendait à sa porte d'arrivée. Encore un de ces appréciables passe-droits dont jouissait le FBI. Sur la passerelle télescopique, elle trouva un employé de la compagnie aérienne qui lui remit sa valise trolley et son étui à revolver. Elle fixa le portable d'Adler sur son sac et fit rouler le tout. Baldwin fut la première personne qu'elle vit en émergeant de la passerelle. Beau comme un dieu dans un pantalon en toile claire et une chemise blanche de chez Brooks Brothers. Il avait l'air adorablement BCBG, et ses yeux verts la firent craquer comme au premier jour. Mais il avait les traits marqués. Trop de nuits courtes ; trop de meurtres. Et la fatigue, tôt ou tard, présentait sa facture. Mais son visage s'illumina à son approche et il l'enlaça avec une tendresse à couper le souffle.

Incroyable. Sa simple présence physique suffisait déjà à lui donner un sentiment de stabilité intérieure.

L'aéroport Reagan National avait changé depuis la dernière fois qu'elle y avait mis les pieds. Il fallait dire que son précédent périple côté capitale remontait à une éternité. Et Washington était une ville en perpétuel mouvement, où seuls les grands monuments du passé maintenaient leur présence immuable.

Baldwin lui entoura les épaules et l'entraîna vers la sortie. Dehors, l'humidité de l'atmosphère lui fit l'effet d'un gant de toilette collé sur le visage, même si elle savait que l'air n'était pas plus sec à Nashville. Se frayant un chemin dans la foule hétéroclite qui moulinait dans toutes les directions, ils se dirigèrent vers le bord du trottoir, où était stationnée une de ces berlines noires censément anonymes qui sentaient le véhicule d'agence gouvernementale à plein nez. Baldwin lui ouvrit sa portière. La clim réglée à fond la fit frissonner. Baldwin prit place à l'arrière avec elle, et le chauffeur slaloma vers la sortie entre la masse des taxis et des voitures particulières. Dix minutes plus tard, ils filaient vers le sud, sur la I-95, en direction de Quantico.

— Tu es prête à affronter l'équipe ? demanda Baldwin.

— Autant que faire se peut, oui. Briefe-moi déjà sur la situation.

— Départ prévu pour l'Italie demain matin. Les *carabinieri* ont le signalement d'Adler. Il a atterri à Rome en début d'après-midi et a réussi à passer la douane avant que l'alerte ne soit donnée. Enfin, que dis-je ? L'alerte était déjà donnée, mais ils ont été un peu lents à la détente, nos amis italiens. Adler a voyagé malin, et il est parti d'Atlanta, où il a pris le premier vol en partance. La Prius est déjà à la fourrière, grâce à notre antenne en Géorgie. Ah oui, nous avons un portrait de notre homme — la copie de son passeport, en fait.

Il lui tendit la photo d'identité en noir et blanc, beaucoup plus récente que celle du permis de conduire. L'homme qui semblait la fixer droit dans les yeux ne suscita pas en elle une onde de choc faite de terreur et de répulsion mêlées. Il éveillait plutôt… l'ennui. Il n'était pas très attirant, mais pas laid non plus. Alors que les mélanges d'origines donnaient souvent des résultats d'une beauté insolente, aucun magnétisme ne se dégageait de Gavin Adler. Il avait un visage rond, des cheveux bouclés, une peau si claire que, n'était le renflement léger des lèvres, elle l'aurait considéré comme caucasien. De grands yeux bruns. Un nez moyen, avec des narines légèrement plus épaisses que la moyenne. Il avait l'air… plus effrayé qu'effrayant. Comment ce petit homme au visage rassurant avait-il pu tuer quatre femmes pour se repaître sexuellement de leurs corps torturés ? Et comment avait-il réussi à monter ces installations élaborées dans son sous-sol pour hâter le décès de ses victimes ?

Taylor avait l'habitude du mal, le côtoyait au quotidien. Mais elle avait de la peine à discerner quoi que ce soit de démoniaque sur les traits de Gavin Adler.

— C'est lui ? L'homme qui nous tient éveillés la nuit en mobilisant les meilleurs experts du FBI ?

— C'est lui… à moitié. Nous avons demandé à Interpol ainsi qu'aux polices britannique et italienne d'utiliser leurs logiciels de reconnaissance faciale pour chercher un autre visage tel que celui-ci sur leurs registres de passeports. Mais nous ignorons de quelle nationalité est « Il Macellaio » et sous quel nom il voyage, ce qui ne facilite évidemment pas le travail. Nous ne connaissons pas non plus les dates exactes de ses déplacements. Nous n'avons que très peu d'éléments pour l'instant. Tommaso n'est pas un prénom rare, en Italie. C'est comme si on nous demandait de faire une recherche sur tous les hommes qui s'appellent Tom.

Taylor désigna l'ordinateur portable de Gavin.

— Nous allons bientôt en savoir un peu plus, j'espère. Je suppose que tes experts n'auront pas trop de difficultés à trouver l'adresse IP de son ordinateur. Ce qui devrait nous aider à localiser Tommaso. Qui n'est peut-être pas son véritable nom, j'imagine ?

— Peut-être que non. Peut-être que si. Nous avons fait

des recherches et une possibilité se dessine sur le front des Tommaso. Un photographe d'art honorablement connu se fait appeler ainsi. Ça reste très hypothétique, bien sûr. Mais il n'est pas exclu qu'il soit notre homme.

— Un photographe d'art, tu dis ?

— Absolument. Et ce n'est pas tout. Il photographie des œuvres picturales pour les catalogues d'exposition.

— Pour les musées ? Voilà qui rentrerait dans le profil ! Comment l'as-tu trouvé ?

— L'une de mes profileuses, Charlaine Shultz, est passionnée d'art. Lorsque j'ai prononcé le nom Tommaso, elle a immédiatement pensé à ce photographe. Nous avons lancé une recherche sur Google et il y a eu des tonnes d'occurrences. Nous savons même où il vit.

Baldwin marqua une pause.

— Tu devines où ?

Elle haussa les sourcils.

— La cité de Dante ?

— Gagné. Cela justifiait que l'on procède à quelques vérifications sur sa personne, vu les circonstances. C'est un artiste connu dans son milieu. Sa compagnie est recherchée. Il se fait simplement appeler Tommaso.

— Joli début. Vous avez drôlement avancé, en quelques heures, ton équipe et toi.

— Et tu sais ce que ce signifie « Tommaso » ?

— Thomas, je suppose ?

— Thomas, oui. Qui vient de l'araméen « toma » qui veut dire… jumeau.

Elle émit un rire cinglant.

— Comme c'est mignon !

— On a de la peine à y croire, en effet. Taylor, je ne veux pas les perdre, ces deux-là. Une fois qu'on les aura arrêtés, je tiens à les entendre, à essayer de comprendre.

Des jumeaux monozygotes tueurs en série nécrosadiques. Tu imagines ?

La voix de Baldwin avait pris ces mêmes intonations songeuses qui revenaient chaque fois qu'il était confronté à la réalité du mal. C'était sa vocation, sa passion, de comprendre les mécanismes en œuvre dans la psyché meurtrière.

— Non, je n'imagine pas du tout. Qu'est-ce qui a bien pu induire ce type de pathologie chez ces deux individus, si normaux en apparence ?

— C'est ce qui rend cette affaire fascinante. Quand il s'agit de vrais jumeaux, c'est comme si on avait affaire à une seule et même personne dans deux corps différents. Si l'un ressent le désir pathologique de communier avec les morts, il n'est pas surprenant que l'autre soit animé par des pulsions identiques. Cela touche, bien sûr, la question brûlante de l'inné et de l'acquis.

Taylor leva les yeux vers lui.

— Tu penses qu'ils ont été élevés dans un environnement qui, d'une façon ou d'une autre, a induit ce type de comportement chez eux ?

— Je ne peux rien affirmer avant que nous ayons découvert qui ils sont vraiment. Nous avons appris que Gavin Adler était un enfant adopté. Nous essayons de savoir par qui. Avec un peu de chance, cela nous donnera aussi l'identité de son frère. Je suis curieux d'explorer leur enfance. Cela dit, il n'y a pas d'environnement, si terrifiant soit-il, qui crée des tueurs en série à coup sûr. Le criminel pervers tue sous l'effet d'une contrainte intérieure implacable. Mais il n'est pas toujours facile de définir le mécanisme en jeu dans sa compulsion. Quant aux penchants nécrophiles, là encore, il s'agit d'une pathologie très mal comprise. Savais-tu que la nécrophilie n'était pas autre chose, au fond, que le désir de posséder sexuellement un partenaire qui n'offre aucune résistance ? L'immense majorité des nécrophiles, semble-t-il, se cantonne au stade du fantasme. Ils sont peu nombreux à mettre leurs pulsions perverses en acte. Et lorsqu'ils le font ils vont se mettre à la recherche de partenaires disposés à jouer un rôle, à « faire le mort », si on peut dire. Ces « somnophiles », comme on les appelle, cherchent à avoir des rapports sexuels avec un partenaire entièrement passif, totalement soumis. Les plus extrêmes iront jusqu'à droguer leurs proies — comme dans les histoires de « drogue de viol », par exemple.

— Tu veux dire que les gars qui mettent en douce du Rohypnol dans la boisson d'une fille sont des nécrophiles ?

— Absolument. Ils veulent un contrôle total et sans limites. Il n'y a qu'à regarder ce qui se raconte sur les sites Web spécialisés. Certains partenaires acceptent même d'être filmés pendant des séances de ce qu'on appelle « sleepy sex ». Les photos ou vidéos sont ensuite rebalancées sur le site.

— C'est… dérangeant. Penser qu'il existe des courants souterrains d'hommes et de femmes dont la sexualité est conditionnée par ces rituels fétichistes… Enfin, on a tous nos bizarreries, je suppose. D'après ce que j'ai compris de leur échange en messagerie instantanée, Adler ignorait jusqu'à hier que Tommaso était son frère. Tu crois qu'ils se sont rencontrés grâce à un de ces sites ?

— Va savoir… Nos deux frères, en l'occurrence, ont dérapé vers une forme de paraphilie nettement plus sinistre, puisque l'acte de tuer devient indispensable à leur plaisir. Ils représentent une version extrême du nécrophile de base, si l'on peut dire. Je ne serais pas surpris, lorsqu'on connaîtra leur histoire, de découvrir qu'ils ont travaillé dans ou près d'une morgue, ou pour une entreprise funéraire. Quoi qu'il en soit, ils dépassent de loin tout ce que j'ai pu rencontrer jusqu'ici. Et l'art ? La peinture ? Laisser des cartes postales sur la scène de crime ? Réfléchis.

Elle fit ce qu'il lui demandait.

— Des femmes statiques, murmura-t-elle. Figées. Silencieuses et disponibles.

— Exactement.

Il se renversa contre son dossier et lui prit la main.

— Je vais te dire une chose : Adler panique. On sait que dès qu'un tueur sort de sa routine il commet *toujours* des erreurs. Or il a complètement perdu le contrôle, là. Nous allons les arrêter, Taylor. Lui et son frère. Et, à Florence, nombreux sont ceux qui dormiront d'un sommeil plus paisible lorsqu'ils sauront qu'« Il Macellaio » ne rôdera plus dans les rues, à guetter sa proie.

— Faudra-t-il les appeler « I Macellai », à présent ?

— Les deux bouchers ? Sans doute, oui.

— Il est parti en laissant son chat, au fait.

— Adler ?

— Oui. McKenzie va le recueillir chez lui. Je n'ai pas eu le cœur de le lui refuser. Le service de contrôle des animaux l'aurait sans doute piquée, la pauvre bête. Devine comment il l'avait appelé, son chat ?

— Aucune idée ?

— Art.

Baldwin secoua la tête.

— Adler est un peu artiste, dans son genre, puisqu'il est designer. Sait-on où il avait son studio ?

— Pas encore, non. McKenzie doit se charger de trouver son adresse professionnelle. Ce qui ne devrait pas être trop compliqué, a priori. Je n'ai pas eu l'impression qu'Adler travaillait de chez lui. Mais nous en saurons beaucoup plus dès que nous aurons percé le contenu de son ordinateur.

— Finalement, ça s'est passé comme pour le Fils de Sam.

Baldwin faisait allusion à David Berkowitz, un tueur en série qui avait longtemps défrayé la chronique.

— Comment cela ?

— Souviens-toi. Il a fini par se faire arrêter à cause

d'une banale contravention pour stationnement interdit. Adler, lui, s'est fait repérer à cause de sa ceinture de sécurité.

— Le plus petit écart de conduite peut être fatal au *serial killer*, en effet. Mais dans le cas d'Adler je crois qu'il s'est passé le contraire de ce qui est arrivé pour Berkowitz. S'il n'avait pas été contrôlé le matin, je pense que nous l'aurions coffré, au contraire. Au lieu de prendre la fuite, il serait resté auprès de sa victime. Et nous l'aurions pris sur le fait.

— Comment va-t-elle, au fait, la petite Kelley ?

— Physiquement, elle devrait se remettre. Il lui a injecté une dose massive d'héroïne, mais on l'a bourrée de Narcan à temps. Psychiquement, je m'interroge sur les séquelles, en revanche. N'oublie pas qu'il a maintenu les yeux de sa dernière victime ouverts avec de la colle. Imagine ce qu'elle a dû vivre, enfermée dans son cercueil à la Blanche-Neige, à se sentir mourir à petit feu sans pouvoir échapper au regard de son tueur, ne serait-ce qu'en fermant les paupières. Dieu sait jusqu'où il serait allé avec Kendra… Les cicatrices émotionnelles risquent d'être difficiles à effacer.

— Nous y sommes, annonça Baldwin.

Taylor regarda par la vitre. Ils étaient arrêtés devant un restaurant dont l'enseigne proclamait « The Globe and Laurel ». Il était presque 22 heures et elle n'avait rien avalé depuis le matin. L'eau lui monta à la bouche. Baldwin entendit son estomac gronder et la regarda d'un air penaud.

— Tout le monde est déjà arrivé. J'ai pensé que ce serait bien de manger avant de nous mettre au travail.

— Lumineuse initiative, mon cher.

35

Toute la tablée commanda à boire et Wills Appleby poussa Memphis à essayer la Lager. De la bière, il en avait bu en abondance quand il était étudiant, pour faire comme tout le monde. Mais il n'avait jamais été vraiment amateur. Le courage lui manqua d'avouer qu'il préférait un bon verre de cabernet.

La serveuse apporta leurs boissons et il prit une gorgée. *Ah, tiens… Surprenant* ! Il devait reconnaître que la blonde se laissait boire. Son portable sonna. C'était Pen. Il porta le téléphone à son oreille et avait tout juste eu le temps de saluer sa collègue lorsque Taylor Jackson fit son entrée dans la salle. Sa présence lui fit l'effet d'un coup au plexus.

Elle souriait, échangeait des poignées de mains, et il voyait le mouvement de ses lèvres pulpeuses à mesure qu'elle faisait le tour de la table. Elle lui serra rapidement la main puis s'éloigna pour être présentée à cette véritable tour humaine qu'était Kevin Salt. Un type que Memphis appréciait, même s'il devait lever la tête pour lui parler. Il était également plus petit que Baldwin. Mais de la même taille que Taylor, en revanche. Ils pouvaient se regarder droit dans les yeux. Ce qui, forcément, l'amenait à se poser des questions sur ce que cela donnerait à l'horizontale.

— Memphis ? Tu es encore en ligne ?

— Désolé, mon ange. J'ai eu un moment de distraction.

— Un jupon est passé par là, j'imagine.

— On pourrait dire ça, oui. Alors où en étions-nous ?

Pen avait fiévreusement tenté de reconstituer le dernier séjour londonien de l'homme qu'on appelait Tommaso. Memphis écoutait d'une oreille alors qu'elle livrait son récit échevelé : personne, jusqu'à présent, ne se souvenait avoir loué un appartement à l'artiste. Ils écumaient tous les hôtels pour essayer de retrouver sa trace dans les registres. Parallèlement, ils avaient questionné les conservateurs du British Museum, de la National Portrait Gallery, du Saatchi, du Tate Modern et du Tate Britain — tous endroits où Tommaso aurait pu être amené à exercer ses talents de photographe. Ils avaient cru trouver un témoin, mais finalement cela n'avait rien donné. Pour l'instant, ils n'avaient pas obtenu grand-chose, mais ils comptaient avoir bientôt plus de résultats.

— Bon boulot, Pen. Super. Rappelle-moi quand tu auras du concret, d'accord ?

Il raccrocha et retourna à ses blondes. A la bière et à la femme qui l'attirait irrépressiblement.

Les femmes du groupe accueillaient l'intruse de Nashville de bonne grâce. L'équilibre des attractions-répulsions se modifiait subtilement autour de la table : la femme du chef était présente. Et son poids pesait dans la balance. Charlaine Shulz et Pietra Dunmore faisaient preuve de déférence l'une et l'autre. Wills Appleby salua Taylor comme une vieille amie en l'embrassant sur les deux joues. Rien de surprenant si ces deux-là se connaissaient. Memphis avait déjà noté que Wills et Baldwin étaient unis comme les doigts de la main. De brillants cerveaux, l'un et l'autre ; avec d'évidents points communs et de longues années d'amitié derrière eux. Lui aussi avait des amis sûrs de longue date. Dommage qu'aucun d'eux ne soit attablé ici, ce soir. Il n'aurait peut-être pas ressenti aussi douloureusement ce maudit décalage avec les autres.

Il avala une cuillerée de soupe. Chacun avait repris sa place, la conversation redevenait générale, des sourires s'échangeaient. Il ne lui restait plus qu'à essayer de déconnecter ses propres sens en folie. Cela vaudrait beaucoup mieux pour toutes les parties concernées.

Taylor commanda une Leatherhead Lager et un filet de bœuf à point. Memphis lui jetait des regards en coin. Il avait l'air de se demander s'il n'avait pas poussé le bouchon un peu loin avec elle, à Nashville. Elle s'efforça de ne plus lui prêter aucune attention. Ce snob d'Anglais pouvait l'observer tant qu'il voudrait. Il finirait bien par se lasser, si elle ne lui retournait pas ses regards appuyés. Bizarrement, la pensée qu'il puisse flirter avec une autre lui procura une sensation désagréable dans la poitrine. Comme un pincement au cœur. Pour éviter de s'intéresser à Memphis, elle se concentra sur le décor du restaurant, le motif de tartan de la moquette. Le Globe and Laurel était bourré d'objets liés aux Marines. Des croix et des insignes militaires couvraient les murs ; au plafond était suspendu un océan d'épaulettes appartenant à divers corps de police. Le concept plaisait à Taylor. Elle nota également que leur table était la seule, dans tout le restaurant, où dînaient des représentantes du sexe féminin.

Baldwin repoussa les restes de son entrée.

— Taylor, après le repas, Kevin prendra le portable avec lui pour voir ce qu'il peut en tirer.

— Je vais jeter un coup d'œil tout de suite, d'ailleurs, annonça Salt.

Taylor posa l'ordinateur devant lui.

— Tenez. Le mot de passe est « POUPÉES ». Au pluriel et en majuscules.

Kevin Salt se mit aussitôt à la tâche. Il ouvrit l'ordinateur sur ses genoux et commença à pianoter à un rythme frénétique sur le clavier.

— Taylor, pourquoi ne présenterais-tu pas rapidement tes dernières conclusions à l'équipe ?

Baldwin lui souriait. Encourageant.

— Bon. Si tu insistes…

Elle n'avait rien préparé. Pas de compte rendu écrit, pas la moindre présentation PowerPoint. Elle se contenta de relater le déroulement de son enquête, depuis la victime initiale dans la maison de Hugh Bangor jusqu'aux meurtres de Chattanooga et de Manchester, en passant par l'Ophélie noyée du lac Radnor. Puis elle poursuivit par la perquisition chez Gavin Adler et expliqua comment ils avaient décrypté jusqu'au plus petit indice, exploré piste après piste pour remonter jusqu'au tueur. Tous écoutèrent dans un silence fasciné.

— Il semblerait que Kendra Kelley soit tirée d'affaire. C'est une très bonne nouvelle et la dernière chose que j'ai à vous apprendre pour ce soir.

Charlaine ouvrait de grands yeux.

— Impressionnant. Mes compliments. Vous avez mené votre enquête à un train d'enfer.

Taylor la remercia, mais son visage resta grave.

— Nous n'avons pas encore mis la main sur nos meurtriers.

Kevin intervint sans même lever les yeux de son écran.

— J'ai quelque chose, là… Tommaso accédait au forum par le biais de différents serveurs. Il me faudra un peu de temps supplémentaire pour déterminer d'où, exactement. Le type n'est pas con. Il brouille les pistes en envoyant des paquets par des serveurs multiples. Mais tous proviennent d'Italie centrale. Ils ne sont pas deux mais trois à se retrouver sur ce *chat* privé. Le pseudo du troisième est Nécro. Apparemment, il envoie ses post des Caraïbes. Il ne parle pas avec « LaMuerte69 » — le pseudo sous lequel se cache Tommaso. Il ne communique qu'avec Adler. Lequel se faisait appeler « Thanatos Song ». Classe, le mec. Avez-vous une idée de l'identité de ce Nécro90 ?

Taylor et Baldwin échangèrent un regard.

— Tu ne crois quand même pas que… ?

— Il en serait capable.

Memphis se pencha en avant.

— Cela vous ennuierait de partager votre petit aparté avec le reste de la classe ?

Taylor tourna les yeux vers Baldwin et attendit qu'il acquiesce d'un discret signe de tête :

— Le mois dernier, nous avons eu quelques heurts avec un meurtrier imitateur qui se fait appeler le Prétendant. Il a réussi à nous filer entre les doigts. L'un de mes anciens inspecteurs, Pete Fitzgerald, m'a appelée récemment de la Barbade pour me dire qu'il avait cru le reconnaître sur l'île. S'il est entré en communication avec Gavin Adler, il est tout à fait possible qu'il soit Nécro.

— Ce qui voudrait dire que nous avons d'autres meurtres probables sur les bras, précisa sombrement Baldwin.

— Avez-vous une idée de l'endroit où ces trois-là ont pu se rencontrer ? questionna Memphis.

Taylor secoua la tête.

— Nous ignorions l'existence de ce Nécro jusqu'à maintenant. Et rien ne prouve qu'il soit effectivement le Prétendant. Nous n'en sommes qu'au stade des suppositions.

— Tous les échantillons d'ADN que vous nous avez fait parvenir sont concordants, intervint Pietra. Je suppose que nous allons en recevoir d'autres bientôt, prélevés sur la scène d'aujourd'hui. J'attends toujours la fin du séquençage pour l'ADN de Leslie Horne. Mais pour l'instant il s'agit toujours de la même empreinte génétique.

Salt déplia sa silhouette interminable en serrant précieusement le portable contre sa poitrine.

— Désolé de vous faire faux bond, braves gens, mais je vais continuer à travailler là-dessus pour voir si je peux préciser l'adresse IP. Charlaine, j'aurais besoin de ton aide. Nous emporterons nos repas à Quantico.

Il s'éloigna à longues foulées. Charlaine les pria de l'excuser et lui emboîta hâtivement le pas. Le reste de la tablée fut servi peu après et ils dînèrent avec appétit. Mais ils étaient tous saisis par un sentiment d'urgence qui n'avait rien à voir avec la faim. La frénésie d'agir les tenaillait. Baldwin porta sa serviette à ses lèvres.

— O.K., Wills, ton avis ? Qu'est-ce qu'on fait, maintenant qu'on sait qu'ils sont deux ?

Memphis ne laissa pas au psychiatre le temps de répondre.

— Il faut remonter aux sources : voir pourquoi Adler a été adopté et si c'est son vrai nom. Chercher les parents. Ça nous donnera sûrement des infos sur Tommaso.

— C'est la meilleure façon de procéder, en effet, approuva Wills.

Taylor sentit monter une inquiétude fébrile.

— Mais ça va nous prendre un temps fou ! Et pendant ce temps les souris dansent ! Je propose qu'on file à Florence sans traîner pour les arrêter avant qu'ils ne fassent un massacre.

Baldwin hocha la tête.

— Je suis d'accord avec toi. Mais les *carabinieri* sont sur leur piste. Et Memphis a raison. Nous devons commencer par les fichiers d'adoption. Il nous faut les vrais noms.

Memphis termina son steak et reprit son verre de bière en fixant Taylor ouvertement.

— Retournons à Quantico, O.K. ? Je crois pouvoir vous indiquer un point de départ possible pour nos recherches.

36

Thomas Fielding, alias Tommaso, alias LaMuerte69, s'humecta les lèvres. Il y avait si longtemps qu'il attendait et préparait ce moment ; si longtemps que son plan était en gestation. Il allait et venait dans l'appartement, époussetait ses tableaux, prenait et reposait un à un les objets d'art qu'il avait collectionnés au fil des ans. Son cœur battait la chamade. Son frère. Son *petit* frère — même si deux minutes seulement les séparaient en âge — serait là dans quelques instants. Après une vie entière d'arrachement.

Tommaso était arrivé très jeune en Italie. Ses parents adoptifs avaient fait l'un et l'autre une carrière militaire ; son père comme mécanicien dans l'aviation et sa mère comme médecin. Ils avaient été des parents merveilleux pour lui. Lorsque son père avait été muté à l'Aviano Air Base, juste au-dessus de Venise, sa mère avait applaudi des deux mains. Lui, Thomas, avait appris la langue de son nouveau pays à l'école, s'était attaché à la version italienne de son prénom. Tous les soirs, après la classe, on l'avait déposé à l'hôpital, devant l'entrée des urgences, et il parcourait les couloirs à la recherche de sa mère. Mais ce n'était pas à la morgue qu'il avait vu son premier cadavre. Le premier corps de femme qu'il avait eu sous les yeux avait été celui de sa mère biologique.

Cependant, c'était à la vie qu'il voulait penser aujourd'hui. Son chemin et celui de son frère avaient toujours été appelés à se croiser. La rencontre se produisait un peu plus tôt que prévu, *ma perché no ?*

Gavin allait franchir le seuil d'une minute à l'autre. *Gavino.* Le Faucon Blanc, en italien. Tommaso brûlait d'impatience. Se *consumait* d'impatience.

37

Memphis, Wills, Baldwin et Taylor montèrent dans une même voiture et roulèrent jusqu'à Quantico en silence. Le chauffeur s'immobilisa devant un check-point. La voiture fut contrôlée ainsi que leurs papiers, puis on les laissa passer sans un mot. Taylor trouva l'aspect des lieux presque familier. Sans doute s'en était-elle fabriqué une image mentale, à force de voir des films et d'entendre Baldwin en parler. La grosse berline noire s'immobilisa devant un petit immeuble de bureaux de quatre étages.

— Je croyais que vous travailliez sous terre ? observa-t-elle, surprise.

— Tu regardes trop les séries TV. Cela fait plusieurs années que l'unité des sciences du comportement a quitté les sous-sols. Nous avons été libérés de notre cage.

Wills et Memphis partirent devant côte à côte, laissant à Baldwin un moment de tranquillité pour lui presser la main. Il se pencha vers son oreille.

— On les tient, Taylor. Grâce à toi. Je suis impressionné par ton travail d'investigation.

— Merci. Mais je serai plus tranquille quand nos deux zigotos seront à l'abri derrière les barreaux.

Cinq minutes plus tard, ils se retrouvèrent attablés en salle de conférences. Taylor avait à peine entrevu la célèbre académie de Quantico, mais peu importait. Baldwin lui ferait visiter les lieux une fois l'enquête terminée.

— Alors, Memphis ? Ta suggestion ? lança Baldwin.

Le Britannique s'enfonça dans son fauteuil, les bras croisés sur la poitrine.

— J'ai étudié l'anthropologie à Oxford et nous avons fait pas mal d'études sur les vrais jumeaux. Je crois que l'on peut raisonnablement partir de la supposition que si l'un des deux a été adopté l'autre a subi le même sort. Or je me souviens d'un article que j'avais lu, à l'époque, au sujet d'une agence d'adoption aux pratiques peu respectueuses. C'était ici, aux Etats-Unis, à New York. Ils séparaient les jumeaux monozygotes, ce qui est contraire à l'éthique.

Baldwin claqua des doigts. Il se souvenait de cette histoire. Il avait vu passer une étude de cas sur ces problèmes d'adoption de jumeaux, lorsqu'il était étudiant en droit.

— Je vois de quelle agence tu veux parler, oui. Mais son nom m'échappe pour l'instant.

— Louise Wise. Le prénom de ma mère est Louisa. C'est sans doute pour ça que j'ai gardé ce nom en tête.

— Louise Wise Services ! Exact ! Bravo…

Baldwin gratifia Memphis d'un regard appréciateur. C'était la meilleure suggestion qu'il avait entendue de la journée.

— Nous avons la date de naissance de Gavin Adler : 14 septembre 1980. Si elle est exacte, elle nous fournira un repère utile. Mais ce n'est pas gagné d'avance. Il n'est pas dit qu'ils soient nés à New York. Et la date indiquée sur le permis peut être fausse.

— C'est une piste, en tout cas, dit Memphis.

Baldwin fixa le flic britannique droit dans les yeux.

— Bon d'accord, finit-il par acquiescer. On se lance.

*
* *

Ils étaient installés pour travailler à la chaîne, elle et Baldwin, et Memphis et Wills. Elle repérait les enfants nés viables, puis les indiquait à Memphis, qui faisait les recoupements entre le registre des adoptions et celui des hôpitaux. Baldwin passait des coups de fil au sujet de tous les noms qu'il trouvait en lien avec l'agence d'adoption Louise Wise et transmettait l'information à Wills.

Depuis plus d'une heure, Taylor décryptait péniblement les registres en ligne, en sélectionnant les naissances multiples entre 1979 et 1981. Une tâche fastidieuse, très laborieuse. Chaque fois qu'elle tombait sur des jumeaux masculins, elle devait lancer une nouvelle requête. Elle notait alors le numéro d'archives et le transmettait à Memphis.

Faire des recherches informatiques n'était pas qu'une bénédiction. Elle commençait à avoir des douleurs dans le poignet. Et n'osait se demander comment Kevin Salt s'était arrangé pour leur ouvrir l'accès à ces registres. Quant à savoir si elle ne passait pas à côté de certaines données… La lecture sur écran n'était pas son fort. Elle préférait de loin tenir une bonne vieille feuille de papier entre ses mains.

Il n'était pas loin de 3 heures du matin et ils n'avançaient qu'à tout petits pas. Baldwin sortit faire du café. Et Wills s'excusa également. La porte venait à peine de se refermer derrière eux lorsque Memphis poussa une exclamation.

— Je crois que je tiens quelque chose, là.

Taylor perçut l'excitation dans sa voix.

— Quoi ? Qu'avez-vous trouvé ?

Il se renversa contre son dossier pour s'étirer et son torse musclé se dessina sous sa chemise. Taylor se força à regarder ailleurs. Etrange coïncidence, tout de même : Baldwin sortait de la pièce et, hop, Memphis faisait une découverte.

— Alors, Highsmythe ? Vous la sortez, votre info ? Nous n'avons pas que ça à faire.

Memphis l'observa un instant.

— Vous me faites penser à une Amazone, Jackson.

Elle lui jeta un regard noir.

— Comme c'est original ! Si vous croyez que je vais couper mon sein droit pour dégainer plus vite, je crains d'avoir à vous ôter vos illusions.

Il se leva et vint la rejoindre de son côté de la table. Elle redressa la taille par réflexe. Il prit la chaise à côté de la sienne et la tira tout près. Puis il se pencha pour lui effleurer une mèche de cheveux.

— Quelle vision… Vous, torse nu, épée au poing, pourfendant les hommes sur votre passage. Me feriez-vous tomber aussi sous votre lame, Jackson ?

— Sérieusement, Memphis ! Vous me jouez le grand jeu, là ? demanda-t-elle, mi-hilare, mi…

Oui, mi-*quoi*, au juste ? Elle s'écarta — un peu trop précipitamment. Ce type était un danger public. Mignon. Drôle. Accent craquant. Magnifique paire de fesses. Mais Highsmythe était un joueur. Et la dernière fois qu'elle était tombée dans les bras d'un homme qui cherchait une rencontre purement sexuelle elle l'avait payé bien trop cher.

— Qu'avez-vous trouvé, alors, Memphis ?

— Vous. Je vous ai trouvée, vous.

Il voulut se rapprocher, mais elle se leva si brusquement qu'elle renversa sa chaise. A distance prudence, elle se tourna vers lui, index brandi, et se fit penser avec horreur à une vieille institutrice.

— Stop ! Ça suffit. Je ne suis pas libre et vous le savez. Et c'est auprès de mon compagnon que vous êtes venu chercher de l'aide, merde ! Nous avons deux tueurs en cavale. Alors arrêtez votre… votre cinéma. *Capisci* ?

Il eut la sagesse de ne pas tenter de se rapprocher.

— Vous croyez que c'est juste un rapide épisode entre les draps qui m'intéresse ?

Rapide épisode entre les draps. Incroyables, ces Anglais... Les rois de l'euphémisme. Il avait une façon de renommer toujours les choses, avec sa fichue distinction britannique. Son accent aristo lui donnait envie de hurler.

— Croyez-moi, *mon ami*, je ne suis pas la femme qu'il vous faut. Trouvez d'autres opportunités ! Je parie que vous avez des beautés BCBG — comment les appelez-vous déjà ? des « Sloanes Rangers » — tout autour de vous, à Londres. Mais je vous rappelle que je suis chasse gardée.

Elle était tellement furieuse qu'elle entendait le son laborieux de sa propre respiration. « Arrête ton cirque, Taylor. Tu ne vas pas appeler la brigade des mœurs parce que cet idiot d'Anglais te drague ! Il ne t'a rien fait. »

Memphis éclata de rire. Elle était à moitié tentée de se joindre à lui, mais son petit sourire triomphant lui donnait plutôt envie de le frapper. Ou de l'embrasser. *Hé là, piano, ma fille. Tu le sors d'où, encore, ce fantasme ?*

— Comment peut-on être flic à Nashville et connaître l'expression « Sloane Ranger » ? demanda Memphis.

Elle lui jeta un regard suspicieux.

— Je fréquentais une école privée, à Nashville. L'une de mes camarades de classe venait de Londres.

— Savez-vous que vous n'avez jamais répondu à ma question ? Comment, mis à part vos problèmes de père, êtes-vous passée d'une école pour jeunes filles sages à l'âpre métier de flic ? C'est le port d'arme qui vous excite ?

— Et qu'est-ce qu'un vicomte fait à la police métropolitaine de Londres ? riposta-t-elle du tac au tac.

— Bien joué. Nous avons plus de points communs que vous ne le croyez, Taylor. Nous sommes nés tous deux dans la soie.

— Et alors ? Ça n'a rien à voir.

Elle se radoucit un instant.

— Vous ne savez rien de moi, Memphis. Rien. Et je préfère que nous en restions là. A tout à l'heure. J'ai à faire.

Quittant la salle de conférences, elle se dirigea vers les toilettes situées à l'opposé de la cuisine où se trouvait Baldwin. Dieu sait qu'elle préférait ne pas tomber sur *lui* en ce moment. Elle ferma la porte à clé, s'aspergea vigoureusement à l'eau froide puis se figea un instant, les doigts crispés sur le rebord en porcelaine, à scruter son visage dans le miroir. Joues empourprées, pupilles dilatées : elle était excitée — *sexuellement* excitée. Et à cause de qui ? Un type qu'elle ne connaissait pas et ne désirait pas connaître. Qui la considérait comme un vulgaire bout de viande !

« Alors pourquoi entres-tu dans son jeu, espèce de grande cruche ? » C'était plus fort qu'elle, épidermique, comme un subtil tremblement intérieur. Et Memphis le sentait. Comme s'il avait un flair particulier pour ces choses-là.

— Oh et puis zut ! cria-t-elle à l'adresse du miroir.

Il fallait arrêter de se prendre la tête avec ce Memphis. Arrêter de le laisser grignoter ses résistances, surtout.

Lorsqu'elle regagna la salle de conférences, les trois hommes étaient penchés sur la table et lisaient quelque chose. Baldwin tourna la tête à son entrée. Son visage était impassible mais elle vit l'excitation dans ses yeux.

— Ah, te revoilà. Memphis a peut-être retrouvé nos jumeaux.

Elle se risqua à croiser le regard de Memphis mais n'y vit rien de menaçant. Normal. Le type n'était pas stupide. Avec Baldwin dans la pièce, il filait droit. Tant qu'il se tenait tranquille, ils pourraient peut-être enfin avancer un peu.

— Alors ? demanda-t-elle.

Memphis se redressa.

— Si l'on admet que notre hypothèse de départ est juste et que nos jumeaux sont effectivement passés par l'agence Louise Wise, nous avons là deux garçons nés le

14 juin 1980 à Manhattan, d'une certaine Lucinda Sheppard. Son mari — le père — s'appelait Michael Rickards. Elle était caucasienne, lui afro-caribéen d'origine.

— Cela rentre dans notre profil, en effet. Sait-on pourquoi les parents les ont donnés à adopter ?

— L'initiative n'est pas venue des parents ; les deux nourrissons étaient orphelins à moins de quatre mois. Lucinda Sheppard a tué son mari avant de retourner son arme contre elle. Elle était diagnostiquée schizophrène. Et a fait une décompensation paranoïaque, peu de temps après la naissance de ses enfants. Wills a trouvé le récit du drame dans les journaux. Le fait divers a bouleversé l'actualité quelque temps. Pendant vingt-quatre heures, les jumeaux sont restés seuls dans l'appartement, allongés dans leur berceau, avec vue sur la scène du carnage.

Taylor éprouva le sentiment éclatant d'évidence qui la submergeait chaque fois que la compulsion d'un criminel se clarifiait enfin.

— Pauvres petits bouts de chou, chuchota-t-elle.

Puis elle songea aux meurtriers effroyables qu'ils étaient devenus et sa compassion s'évanouit. Wills froissa les quelques feuilles de papier qu'il venait d'imprimer.

— O.K. Ceci vient des archives de Louise Wise Services. D'après leur compte rendu, aucun membre de leur famille n'a voulu les prendre à cause de leurs origines biraciales. Lucinda Sheppard, d'autre part, était de confession juive. Les jumeaux ont été récupérés par l'agence.

Baldwin lut par-dessus l'épaule de Wills.

— A quatre mois, ils étaient placés dans deux familles distinctes. Louise Wise Services était une agence d'adoption juive très en vue, à l'époque. Ils avaient plus ou moins révolutionné les habitudes d'adoption dans les années soixante-dix. Ils ne s'occupaient pas seulement d'enfants juifs mais recueillaient également des enfants amérindiens ou afro-américains — le terme serait « afro-caribéen » pour toi, Memphis — et étudiaient les comportements d'enfants nés de parents souffrant de pathologies psychiatriques. Les deux garçons ont été séparés, ce que seule l'agence Louise Wise faisait à l'époque. Pour le psychiatre en chef de l'institution, c'était trop demander à la famille adoptante que d'exiger de lui confier deux enfants en même temps. De nos jours, on ne laisserait plus passer un acte de barbarie pareil. Mais dans le temps c'était considéré comme une expérience intéressante, voire bénéfique pour les enfants. Même si maintenant ça nous donne froid dans le dos.

— Gavin Adler est l'un des deux jumeaux, donc. On sait comment s'appelle l'autre ? demanda Taylor en retenant son souffle.

Memphis prit le papier des mains de Wills.

— Thomas Fielding. Et là ça devient fascinant. Ils ont poussé le côté expérimental jusqu'à confier Gavin à une famille noire et Thomas à un couple de Blancs. Un an après son adoption, Thomas est parti vivre en Italie, avec sa nouvelle famille. Son père était mécanicien à la base aérienne d'Aviano ; sa mère exerçait comme médecin militaire.

— Médecin ? Intéressant. Et comment sait-on que Thomas est resté en Italie ?

Wills secoua la tête.

— S'il y est toujours, Kevin le trouvera.

Baldwin tapota Memphis sur l'épaule.

— Super boulot. Et maintenant, ouste ! Tout le monde au lit. Nous décollons pour l'Italie dans moins de trois heures.

DIMANCHE

38

Gavin avait perdu son chemin dans le dédale compliqué des rues. Florence lui donnait le vertige. La foule dense le tiraillait, le bousculait en tous sens ; des troupeaux entiers de touristes défilaient sous la bannière des guides qui levaient bien haut leur parapluie ou leur petit drapeau. Des mots, des appels, des bribes de langues inconnues le souffletaient au passage : italien, anglais, allemand, français, espagnol, russe. Tommaso ne l'avait pas préparé à cette effrayante multitude. Gavin avait toujours été profondément angoissé par la foule.

Son taxi l'avait déposé devant le Dôme, conformément aux instructions de Tommaso. Jusque-là, ses explications avaient été aisées à suivre. Atterrir à Rome, prendre le train Pendolino jusqu'à Florence, descendre à la gare. « Attention, Gavin, à Santa Maria Novella. Pas à Rifredi, surtout. Tu trouveras ton billet déjà réservé. De la gare, le Dôme n'est qu'à dix minutes à pied, mais ce sera plus facile pour toi de prendre un taxi. »

Il avait suivi les consignes à la lettre et tout s'était passé à la perfection. Il avait connu un moment d'éblouissement en découvrant la façade néogothique du *Duomo* avec ses marbres blancs, verts et roses. Dépassé par l'immensité des lieux, il s'était dévissé le cou pour essayer de mieux voir, de capter tant d'improbable beauté. Il était censé se diriger vers le sud, en traversant la piazza della Repubblica, puis prendre la première rue sur sa droite. L'appartement de Tommaso donnait sur une petite rue, la via Montebello, qui partait de cette place. Au téléphone, l'itinéraire lui avait paru d'une simplicité élémentaire. Mais à présent il regrettait de ne pas avoir pu pousser en taxi directement jusque chez son frère.

Voilà pourquoi il n'avait jamais cédé à son envie de voyager, pourquoi il s'était toujours contenté de rester à rêver dans son fauteuil. L'implacable masse humaine l'avait dévié de sa trajectoire et il avait dû prendre une mauvaise direction. Devant lui, soudain, se dressèrent les statues les plus extraordinaires. Il demeura un instant bouche bée face aux proportions imposantes du *David* de Michel-Ange. Il savait qu'il s'agissait d'une copie, bien sûr, mais quelle splendeur ! De la splendeur partout où il portait les yeux ! Tous ces bronzes, ces fontaines, ces pierres baignées d'histoire étaient d'une déchirante beauté. Son rêve d'Italie prenait enfin corps.

Gavin trouva un coin d'ombre et sortit de sa poche le plan qu'il avait pris en sortant de la gare. Il chercha un instant, puis finit par constater qu'il se trouvait sur la fameuse place de la Seigneurie. Rien n'était perdu. Il avait juste à revenir sur ses pas, puis à bifurquer vers le sud.

Comme il traversait la via Porto Rosso, un homme l'agrippa par le bras.

— *Tommaso, bastardo ! Che cosa è accaduto ai vostri capelli ? Mi dovete i soldi ! Dove sono i miei soldi ?*

L'inconnu souriant lui donnait de grandes claques dans le dos tout en lui parlant italien à une vitesse supersonique. Gavin avait l'impression qu'il le taquinait gentiment, mais il ne comprenait pas un mot de ce qu'il lui racontait. Tout ce qu'il avait retenu, dans l'histoire, c'était qu'il l'avait appelé Tommaso.

Son compagnon poursuivait joyeusement son monologue sans paraître s'inquiéter de son absence totale de réponse. La main posée sur son bras, il progressait à grands pas en l'entraînant Dieu sait où. Gavin, médusé, se laissait guider. Jusqu'au moment où l'inconnu le laissa soudain planté sur place et l'abandonna sur une dernière accolade.

— *Ciao, Tommaso. A domani. Ciao, ciao.*

Gavin demeura seul dans une ruelle. Définitivement perdu, cette fois. Et sans la moindre idée de ce qui allait lui arriver. Il commençait à paniquer lorsqu'il vit le nom de la rue et le numéro : il était devant chez Tommaso !

L'homme l'avait pris pour son frère. Alors qu'il connaissait Tommaso au point même de savoir où il habitait. C'était hallucinant. Et maintenant ? Devait-il frapper ? Sonner ?

Il n'eut à faire ni l'un ni l'autre. Tommaso avait dû le guetter, car la porte de bois s'ouvrit en bas de la maison.

La dislocation qu'il ressentit fut immédiate, bouleversante. C'était comme se regarder dans un miroir avec le vertige en plus. Et Tommaso ressentait de toute évidence la même chose. Gavin vit sa mâchoire s'entrouvrir. Puis il se trouva soudain enveloppé dans une étreinte vigoureuse et entraîné dans un vestibule parfumé. La porte se referma derrière lui, jetant ses ombres dans l'entrée. Gavin perçut des senteurs de bois et de romarin, dominées par une forte odeur de chlore.

Ces odeurs étaient à la fois familières et inconnues. Il secoua la tête, cherchant à affiner, à analyser. Il reconnut alors les fragrances sous-jacentes. Son cœur battit joyeusement.

Tommaso lui prit la main et leurs regards en réplique se trouvèrent.

— Il y a si longtemps que j'attends ce moment. Entre, mon frère. Tu es ici chez toi.

39

Taylor réussit à récupérer en partie de sa fatigue sur le vol Alitalia. Memphis, placé à quelques rangées derrière elle, était passé à sa hauteur dans l'allée, avec son éternel sourire suffisant et sûr de lui. Une chance qu'il soit installé à bonne distance.

Elle ne se souvenait pas de la dernière fois où elle avait été épuisée à ce point. Baldwin s'était calé à côté d'elle, tout de suite après le décollage, pour s'abîmer dans un profond sommeil. Elle suivit son exemple et n'ouvrit les yeux que lorsque l'avion amorça sa descente sur Florence.

L'aéroport était bondé. Florence — la sublime *Firenze* — était une destination prisée par les touristes, et ils arrivaient au cœur de la haute saison. Non seulement la ville était un concentré de splendeurs, mais elle ouvrait sur la Toscane avec ses paysages immémoriaux, doux vallonnements blonds hérissés de cyprès qui avaient enchanté les voyageurs à travers les siècles.

Ils furent accueillis par un homme séduisant avec des yeux d'un brun profond, des cheveux d'un gris lumineux peignés en arrière, avec une nette implantation en pointe sur le front. Il avait une belle largeur d'épaules, mesurait un peu moins d'un mètre quatre-vingts et portait un impeccable costume de soie noire. Son anglais était bon, quoique lourdement teinté d'accent. L'Italien les repéra au premier coup d'œil. Taylor imagina qu'ils se détachaient du lot, même au milieu de cette mer d'étrangers.

— *Buona sera,* agent spécial Baldwin, inspecteur Jackson. Je suis l'inspecteur-chef Luigi Folarni et je dirige la *task force* « Macellaio ». Je vous conduis à votre hôtel. L'inspecteur Highsmythe n'était pas du voyage ?

— Me voici, me voilà.

Memphis les rejoignit en haussant un sourcil sarcastique.

— Vous essayez de vous débarrasser de moi, Jackson ?

— Nous vous aurions attendu… Une minute.

— Désolé, mais j'ai dû appeler mon service. Nous savons à présent où Tommaso a séjourné. Il aurait sous-loué un appartement à Battersea… Bonsoir, inspecteur Folarni.

— *Buona sera,* inspecteur. Si vous voulez bien me suivre, nous allons récupérer vos bagages, puis je vous déposerai à votre hôtel. Vous devez avoir hâte de vous délasser.

— Nous avons hâte de nous mettre au travail, surtout, répliqua Baldwin en souriant.

Folarni se rembrunit.

— A cette heure-ci ? Vous ne trouverez personne dans nos bureaux. Tous mes hommes sont rentrés chez eux.

Le bel Italien marchait si vite que Taylor dut allonger le pas pour se maintenir à sa hauteur. Apparemment, Folarni était pressé de suivre l'exemple de ses troupes et de regagner *la sua casa*. Elle était habituée à cette façon de procéder. Les Italiens avaient d'excellentes capacités de travail mais, une fois leur journée terminée, ils tenaient à décompresser. Ce qui leur permettait de bien gérer leur niveau de stress. Ils étaient capables de déconnecter le soir et de reprendre tranquillement l'enquête le lendemain matin. Il fallait dire qu'ils vivaient depuis bien plus longtemps qu'elle avec le spectre d'« Il Macellaio ».

Mais elle avait beau se répéter qu'ils devaient respecter les coutumes locales, elle bouillonnait d'impatience. Et refusait d'attendre une nuit de plus avant de se lancer sur la trace des jumeaux. Baldwin semblait sur la même longueur d'onde, par chance.

— Inspecteur-chef Folarni…

— Appelez-moi Luigi, *per favore*. Tous ces titres nous compliquent la vie, *non credete ?*

— Ne pourriez-vous pas au moins nous communiquer un rapport succinct sur les dernières avancées de l'enquête ?

Folarni poussa un profond soupir.

— S'il le faut, nous ferons un saut rapide à mon bureau. Mais depuis notre conversation téléphonique, hier soir, il n'y a guère eu d'éléments nouveaux. Depuis le temps qu'« Il Macellaio » hante nos rues, un soir de plus ou de moins ne fera pas grande différence. Je suppose que cette charmante jeune femme aimerait se rafraîchir un peu, après ces longues heures de vol ?

Taylor s'apprêtait à décliner, mais Baldwin lui pressa le bras.

— Les inspecteurs Jackson et Highsmythe peuvent aller se reposer dans leurs chambres. Et vous me ferez le rapport. *Inoltre, parlo italiano. Sarà piu veloce cosi.*

— Quel frimeur, marmonna Memphis.

Taylor lui jeta un regard sévère. Le visage de Folarni s'éclaira à la perspective de pouvoir s'exprimer rapidement dans sa propre langue.

— *Si, si, capisco. Benissimo.*

Folarni était manifestement soulagé d'apprendre que Baldwin parlait un italien parfait. Ils sortirent du hall des arrivées, Baldwin et Folarni devant, devisant dans la langue du pays, Taylor et Memphis marchant à quelques pas derrière. Ils s'immobilisèrent devant une Alfa Romeo.

— Jolie petite caisse, commenta Memphis.

— Chut ! murmura Taylor.

Ils grimpèrent sur le siège arrière et Baldwin passa devant.

L'aéroport Amerigo Vespucci n'était qu'à quelques kilomètres du centre-ville. Ils filèrent à une vitesse terrifiante le long de la viale Guidoni. Une chose à laquelle Taylor n'avait jamais réussi à s'habituer, c'était à la conduite florentine. La circulation évoquait New York, avec des voitures plus petites et plus de cris et de gesticulations.

Ils atteignirent leur hôtel en un temps record. Luigi Folarni descendit de voiture, lui ouvrit sa portière et lui souhaita une excellente soirée en s'inclinant sur sa main. Pendant ce temps, Memphis et Baldwin sortaient leurs bagages du coffre pour les confier au groom. Moins d'une minute plus tard, l'Alfa Romeo repartait sur les chapeaux de roue avec Baldwin et Folarni à son bord.

Memphis suivit le véhicule des yeux.

— Ouf. Je ne suis pas mécontent de rester là, finalement. Il conduit comme un malade. On va récupérer nos chambres ? Tu peux te rafraîchir dans la mienne, si tu préfères.

— Memphis, pitié, change de disque, O.K. ?

Mais elle ne put s'empêcher de sourire en songeant qu'ils venaient de se tutoyer pour la première fois. Même si, en un sens, elle aurait préféré garder ses distances.

On pouvait compter sur Baldwin pour sélectionner les meilleurs hôtels, où qu'il soit. Leurs chambres donnaient sur la via de Tornabuoni, tout près du Ponte Santa Trinita, à un pont de distance du Ponte Vecchio. Ils étaient en plein dans le quartier chic, au royaume du shopping de grand luxe. Les noms les plus prestigieux s'affichaient sur les enseignes : Gucci, Ferragamo, Cartier, Bulgari, Versace, pour n'en citer que quelques-uns. Leur hôtel était niché sur un côté du palais Strozzi. Logés en plein centre historique, ils n'étaient qu'à un jet de pierre du QG des *carabinieri*. Taylor connaissait bien les lieux. Quelques mois plus tôt, Baldwin et elle avaient passé ici même leur lune de miel.

Elle prit sa clé à la réception et faussa d'autorité compagnie à Memphis. Elle était fatiguée, affamée et pressée de passer à l'action. Elle donna un pourboire au portier et se débarbouilla en vitesse. Voilà. Prête à reprendre le taureau par les cornes. Baldwin s'était débrouillé magistralement pour convaincre le chef des *carabinieri* de leur communiquer les informations nécessaires afin qu'ils puissent se mettre au travail. Les talents linguistiques de Baldwin lui ouvraient bien des portes. Il parlait l'italien avec l'aisance et la fluidité d'un autochtone. Et ce n'était qu'un échantillon de ses nombreux talents. Elle venait d'apprendre qu'il maîtrisait couramment jusqu'à treize langues.

Elle régla sa montre à l'heure locale. La Tag Heuer que Baldwin lui avait offerte le mois précédent, pour son anniversaire, affichait plusieurs fuseaux horaires sur son écran. Elle régla le second fuseau sur Nashville pour éviter de réveiller son petit monde au milieu de la nuit. Puis elle mit son portable en charge et appela McKenzie.

C'était l'heure de la pause de midi, à Nashville, mais il répondit à la première sonnerie.

— Hé, salut ! Tu es arrivée à bon port ? Tout va bien ?

— Oui. *Tutto bene*. Tu as de quoi écrire ? Je te communique mes coordonnées à Florence… C'est bon ? Tu as noté ? Raconte-moi où vous en êtes, maintenant.

— Déjà, pour commencer, les médias ont fait le lien entre le Chef d'Orchestre et « Il Macellaio »…

— Merde.

— Comme tu dis. Et ils font un battage du tonnerre autour de leur trouvaille. Mais nous avançons. Dans les enregistrements des caméras de sécurité de Radnor Lake, on aperçoit la Prius blanche d'Adler garée sur le petit parking côté ouest, à 3 heures du matin. Il a passé carrément la barrière, a disparu pendant vingt minutes. Puis on le voit ressortir vers 3 h 20. Voilà. On n'a rien, aucune trace filmée de l'endroit où Leslie Horne a été mise à l'eau.

— La présence de la voiture est déjà en soi une preuve valable. Autre chose ?

— J'ai parlé à Pietra Dunmore, du FBI. Nous avons les résultats, pour l'ADN de Manchester. Tu as eu un coup de génie en découpant ce bout de moquette. L'empreinte génétique correspond, là aussi.

— Je pense que LaTara était sa première victime. D'Adler, je veux dire. Tu as montré les six portraits à Bangor ?

— Oui. Et il a reconnu Adler au premier coup d'œil. Gavin est le designer choisi par la Frist pour le catalogue de l'exposition sur les grands maîtres italiens. Tu avais raison. Adler tourne dans les milieux de l'art à Nashville. Bangor affirme qu'Adler porte le crâne rasé, au fait.

— Et tu sais comment ils se sont connus ?

— C'était à l'occasion de la réception que Bangor a donnée il y a quelques semaines, pour tous les organisateurs de l'expo — y compris les artistes chargés du catalogue, bien sûr. Adler a reçu une invitation à ce titre. Avec le poster des *Demoiselles d'Avignon* qu'Adler a dans son séjour, ça a dû faire tilt, lorsqu'il a vu le tableau chez Bangor. Je suppose que l'idée de la mise en scène macabre avec Allegra a dû germer à ce moment-là. C'est la seule explication possible, je crois. Hugh dit qu'ils ont parlé un moment de sa copie des *Demoiselles*. Et qu'ils n'ont plus communiqué ensuite pendant le reste de la soirée.

Taylor griffonna une note pour Baldwin, au sujet du crâne tondu d'Adler. C'était sans doute la raison pour laquelle il avait pu passer la douane sans être inquiété. Il ne ressemblait plus à sa photo.

— Super boulot, McKenzie. Tu pourras porter les photos au shérif de Manchester ? Et lui demander de les montrer à son frère, ainsi qu'à Marie Bender, pour identification éventuelle ?

— C'est déjà fait. J'ai plein de super nouvelles pour toi,

d'ailleurs. La famille adoptive d'Adler était de Manchester. Ils sont décédés, à présent — ses parents, je veux dire. Mais il a fréquenté le même lycée que LaTara. Mme Bender s'est d'ailleurs souvenue qu'Adler était ami avec sa fille. Ah oui, il y a un petit côté louche dans le décès brutal des parents Adler. Ils sont morts juste avant le dix-huitième anniversaire de Gavin. Empoisonnés dans leur sommeil par une fuite de monoxyde de carbone, ou quelque chose comme ça…

— Comme c'est commode ! Tu crois qu'il a tué ses parents ?

— Ça ne me paraît pas impossible.

— A vérifier, donc. Tu as travaillé comme un forçat, McKenzie. Merci d'avoir pris tout ça en main.

— De rien. Autre chose encore : Tim a trouvé une paire d'Asics, chez Adler, qui correspondent à l'empreinte trouvée derrière chez Hugh — chez M. Bangor, je veux dire. J'ai parlé au jeune qui vivait à côté de chez lui, Christopher Gallagher, celui pour qui l'ex-ami de Bangor a été condamné. Le soir où nous avons trouvé le cadavre d'Allegra, il a été vu par plusieurs personnes à une fête à Houston. Il est donc définitivement hors de cause. J'ai parlé d'Arnold Fay au directeur de la prison de Riverbend : tout le monde là-bas est d'accord pour affirmer qu'il est sur le droit chemin et qu'il purge sa peine sans se plaindre. Il semble donc établi que ni Fay ni Gallagher n'aient quelque chose à voir avec le crime. Nous en avons reparlé un peu, Bangor et moi. Et d'après lui ils étaient effarés tous les trois par ce qui s'était passé.

— O.K. Bon travail d'investigation. Nous avons tous les éléments pour faire condamner Adler. Reste à mettre la main sur nos deux frères macabres, maintenant.

Il était presque 21 heures et Baldwin n'était toujours pas revenu. Gérer les formalités nécessaires pour que trois instances policières différentes puissent agir sur le sol italien n'était sûrement pas une sinécure. Et Taylor ne lui enviait pas sa tâche. Mais elle commençait à tourner en rond. Avec l'estomac dans les talons.

Tous les restaurants avaient rouvert après leur pause de l'après-midi, et les cafés avaient rafraîchi leurs stocks de *caffe freddi* et de *gelati*. C'était idiot de rester bouclée dans sa chambre alors qu'elle connaissait une terrasse, pas loin, où il y aurait moyen de grignoter un petit quelque chose en buvant un bon verre de vin. Elle connaissait suffisamment l'Italie pour savoir que l'enquête resterait en suspens jusqu'au lendemain. Ils prendraient le temps de dîner tranquillement, tous les trois, s'accorderaient une bonne nuit de repos et partiraient d'un bon pied tôt le matin.

Elle alla frapper chez Memphis. Un large sourire éclaira ses traits lorsqu'il la trouva devant sa porte.

— *Signorina* Jackson ! *Che piacere !*

— *Buona sera,* Memphis. J'ai faim, pas toi ?

— Je mangerais bien quelque chose, oui. Les repas des compagnies aériennes ne sont plus ce qu'ils étaient. Mais on ne devrait pas attendre le retour de ton homme ?

— Il a dit qu'il appellerait dès qu'il aurait terminé. Je ne sais pas pour toi, mais j'ai une faim de loup. J'ai besoin de me sustenter un minimum pour tenir jusqu'au dîner. D'ailleurs, nous ne serons pas loin. Je connais un endroit sympa. Viens, c'est juste à côté.

Elle sortit de l'hôtel, avec Memphis déambulant à son côté, tel un joyeux labrador. Les ombres s'allongeaient sur la ville ; le coucher du soleil était imminent. Les journées d'été étaient incroyablement longues. Une pensée traversa l'esprit de Taylor. Elle fit demi-tour et attrapa Memphis par le bras.

— Quoi ?

Mais elle se contenta de sourire.

— Suis-moi.

Elle l'entraîna jusqu'au pont de la Sainte-Trinité, gardé à chaque angle par une statue représentant une des quatre saisons. Ils n'eurent pas à marcher loin. Le soleil était sur le point de disparaître, dessinant la silhouette du pont suivant, le mythique Ponte Vecchio. Ce monument médiéval était, avec le dôme de Santa Maria del Fiore, une des balises incontournables qui permettaient de naviguer à vue dans la capitale florentine. Lors de son dernier séjour, Taylor avait repéré ce moment de beauté particulière, juste avant la tombée de la nuit.

Et elle ne fut pas déçue cette fois-ci. La perspective donnait le vertige. Le soleil formait une boule de feu incendiant l'horizon, à l'ouest, et les eaux ensanglantées de l'Arno reflétaient la silhouette caractéristique du pont, ainsi que le corridor Vasari, qui reliait le palais Pitti au palais Vecchio.

Memphis soupira à côté d'elle.

— Ah, miss Jackson, je suis bouleversé. Notre premier coucher de soleil partagé.

Elle regretta immédiatement son geste. Connaissant Memphis, elle aurait dû s'attendre à ce qu'il interprète ses intentions de travers.

Sans un mot, elle se détourna de la vue et repartit sur la rue de Tornabuoni. Memphis lui emboîta le pas. Ils repassèrent devant l'hôtel, puis prirent à droite et traversèrent la cour centrale du palais Strozzi pour déboucher sur une petite place sans ornementations particulières. C'était une de ces « piazze » innombrables, sagement tapies au cœur des rues florentines. Dans leurs renfoncements secrets, on trouvait les meilleures glaces fabriquées maison, et de petits magasins abritant des montagnes de trésors inattendus qui vous tendaient les bras. Mais Taylor avait trop faim pour flâner devant les vitrines. Rêvant de *crostini*, elle choisit une table dans le patio du Colle Bereto.

Ce bar était un de ses postes d'observation préférés de la vie italienne. Les jeunes commençaient à affluer vers 22 heures, entre théâtre et cinéma, et commandaient des martinis ou des cosmopolitans. A cette heure, il restait un grand choix de tables libres. Ils prirent des amuse-gueule et une bouteille du plaisant Nero D'Avola dont Taylor avait gardé le souvenir. Un groupe de jeunes filles s'installa à trois tables de là, pouffant, se poussant du coude et jetant des œillades à Memphis. Taylor devait reconnaître qu'affalé dans son fauteuil, avec ses manches de chemise relevées sur ses bras hâlés, il était particulièrement irrésistible.

Elle prit une gorgée de vin et regarda autour d'elle sur la place. En essayant de ne pas se focaliser sur le mouvement de va-et-vient des doigts de Memphis caressant la tige de son verre. Qu'y avait-il donc chez cet homme pour la mettre dans une effervescence pareille ? Elle se sentait bizarrement attirée alors qu'il n'était pas du tout son type. Cela n'avait rien de sexuel, décida-t-elle. Il s'agissait plutôt d'une forme de curiosité intellectuelle.

— Nomme-moi ta fleur préférée ? demanda-t-il soudain.

— Quoi ?

— Ta fleur préférée. Allez, un effort. Nous sommes coincés ici pendant que M. le Super Agent Baldwin se tape tout le travail préparatoire. Ça peut encore durer des heures. Autant en profiter pour faire connaissance.

— Memphis, je ne pense pas que…

— C'est une distraction des plus innocentes, miss Jackson. Quelles sont les fleurs que tu aimes par-dessus tout ?

Elle secoua la tête, prit une nouvelle gorgée de vin.

— Bon. Les roses. Tu es content ?

Le visage de Memphis s'éclaira d'un sourire presque triomphant.

— Je le savais.

— Quoi ?

— Laisse tomber. Ta nourriture préférée ?

Elle soupira.

— N'importe quoi d'italien.

— Ta couleur ?

— Le gris.

— Mmm… Intéressant. A cause de tes yeux extraordinaires, sans doute.

— Memphis…

— O.K., O.K. Ton film culte ?

— Pfff… Tout le monde s'en fiche.

— Pas moi. Ton film préféré, Taylor.

Elle avait l'impression déstabilisante de répéter une scène déjà vécue. Baldwin lui avait posé les mêmes questions, il y avait déjà longtemps. Dans un cadre assez similaire, en plus, avec une bouteille de vin entre eux : une séance à cœur ouvert de découverte mutuelle. Avoir maintenant la même conversation avec Memphis lui procurait un vague sentiment de trahison. Elle étouffa cette pensée dans l'œuf. Cela devenait une habitude de tout refouler, ces derniers temps.

— J'ai bien aimé *Gladiator.* Ça te va ?

— C'est en accord avec le thème italien. Mais j'aurais parié plutôt sur un film comme *Diamants sur canapé.*

— Sûrement pas, non. J'étais en colère contre Audrey Hepburn lorsqu'elle a abandonné le chat sous la pluie.

— Elle est quand même revenue le chercher.

— Mais c'était égoïste de sa part quand même. Je n'aime pas les égoïstes. Elle voulait attirer l'attention, c'est tout.

— Intéressant. On continue. Ton groupe préféré, maintenant.

— Combien de temps avons-nous ?

— La nuit entière, si tu veux.

Elle leva les yeux au ciel.

— Je n'ai pas de préférence. J'aime toutes sortes de musiques.

— Comme quoi, par exemple ?

— Police, U2… Je suis plutôt Stones que Beatles, je tire plutôt côté blues que dans le sens du jazz, et j'aime passionnément le classique. C'est bon ?

— Hé ! Tu vis à Nashville. Et tu ne mentionnes même pas la country and western ?

Elle lui sourit.

— *Country and western ?* C'est mignon. Il y a longtemps que nous avons laissé tomber le « and western ». Non, ce n'est pas mon style. Même si un brin de Johnny Cash ne saurait nuire.

— Tu te moques de moi, maintenant.

Elle sirota son vin sans répondre.

— Encore un : le livre que tu as le plus aimé ?

— Sois gentil, mange tes olives.

Il les resservit en vin.

— Juste un dernier effort. Le roman qui a marqué ta vie.

Taylor réfléchit un instant. Ce choix-là était particulièrement difficile.

— *Le Cœur et la Raison*. Non… *Orgueil et préjugés.*

— Jane Austen ? Tu aimes Jane Austen !

Il avait l'air tellement éberlué qu'elle éclata de rire.

— Evidemment que j'aime Jane Austen ! Qui ne l'aime pas ? Comme n'importe quelle adolescente, j'ai voulu me fiancer avec M. Darcy.

— Tu as réussi, d'ailleurs. Ton Baldwin est largement aussi tête de mule que ton héros Darcy. *Jane Austen…* un comble. Je ne vous imaginais pas l'âme aussi romantique, mademoiselle Jackson.

— Arrête de m'appeler comme ça.

Elle se détacha les cheveux, les secoua, puis les renoua en queue-de-cheval pour se dégager le cou.

— Je suis forcément romantique, puisque je suis flic. C'est un métier d'idéaliste ; je le fais avec l'espoir insensé de transformer le monde. Sinon, à quoi bon faire ce boulot ? Et j'aimerais que tu cesses de parler de Baldwin sur ce ton. Il est super-correct, super-respectueux avec toi. Et tu n'arrêtes pas de parler de lui avec dédain.

Memphis haussa les épaules.

— Pourquoi est-ce que tu l'appelles par son nom de famille, ton homme ? Si vous étiez de vieux camarades d'école, d'accord. Mais venant de sa compagne je trouve ça limite.

Elle hésita, chercha ses mots, et finit par murmurer :

— Je l'appelle Baldwin parce que c'est le nom qu'il m'a proposé de lui donner. Il y a longtemps. Et depuis il ne m'a jamais demandé de l'appeler autrement.

— Tu l'aimes.

Dans la voix de Memphis perçait une profonde désolation. Elle faillit lui prendre la main pour le consoler. Et se contint juste à temps.

— Oui, je l'aime. Il est… ça paraît stupide de dire ça, mais il est l'autre moitié de moi-même. Avant de le rencontrer, je n'étais… pas complète. Tu vois ce que je veux dire ?

Une souffrance lointaine assombrit le bleu des yeux de Memphis.

— Oui, je vois. Quand j'ai perdu Evan, ma femme, je me suis vu comme séparé de moi-même. Tout ça pour une connerie d'accident de la route. Un moment d'inattention, et c'est fini. Plus rien. Depuis, je suis comme ces amputés avec leur membre fantôme… Evan était enceinte, tu sais.

Taylor encaissa le coup — comme un uppercut dans le ventre. Et oublia un instant de respirer sous le choc. En cet instant, c'était plus qu'elle ne souhaitait en apprendre sur Memphis. Elle préférait ne pas se pencher de trop près sur ses aspects vulnérables. C'était déjà bien assez compliqué qu'ils aient tous ces points communs. Ils venaient l'un et l'autre d'un milieu privilégié et avaient choisi un métier qui ne pouvait que choquer leur famille. Tous deux avaient eu à se battre pour obtenir le respect de leurs pairs, à en faire un peu plus que la moyenne pour prouver leur détermination. Elle était persuadée que son titre de vicomte n'avait pas facilité la vie de Memphis, à la Met de Londres. Même s'il se garderait vraisemblablement de l'admettre. Elle avait elle-même dû faire face à bien des préjugés, alors qu'elle venait juste du milieu bourgeois de Belle Meade. Ce qui la situait loin, très loin de la haute aristocratie dont Memphis était le digne rejeton.

Un silence mélancolique flotta autour d'eux quelques instants, les enveloppant dans une sorte de détachement paisible. Puis Memphis reprit l'offensive.

— Ton animal préféré ?

— Oh, non, ça suffit... Parle-moi de toi, plutôt. Comment le fils d'un pair d'Angleterre se retrouve-t-il flic à la Met ? Est-il bien vu de travailler pour vivre lorsqu'on appartient à la haute noblesse terrienne ?

— Tiens, tiens, je vois qu'on a fait sa petite enquête. Tu n'as pas pu résister à la tentation d'en savoir plus sur moi ?

Elle haussa les épaules.

— Tu es situé un peu haut sur l'échelle sociale pour faire joujou avec la classe ouvrière, non ?

Memphis fit la grimace.

— Ouille... Evan a insisté pour que j'exerce un vrai métier, admit-il doucement. Elle aurait refusé de m'épouser, sinon. Tu connais le terme « morganatique » ?

— Non.

— Certaines personnes appellent cela un mariage de la main gauche. C'est un vieux concept, réservé aux unions aristocratiques. On l'emploie lorsqu'une personne d'un rang élevé épouse quelqu'un qui est très en dessous de sa condition. Comme ton M. Darcy lorsqu'il épouse Elisabeth.

— O.K. Et quel rapport avec toi ?

— Le père d'Evan n'était pas un pair d'Angleterre. Cela la perturbait terriblement que le mien le soit.

Il se tut un instant, et posa sur elle un regard qui semblait percer ses défenses et lire jusque dans ses tréfonds les plus secrets. Ce regard la tenait prisonnière. Elle sentit qu'il voulait lui dire quelque chose d'important, qui lui permettrait de comprendre qui il était et ce qu'il attendait d'elle. Elle retint son souffle, à la fois suspendue à ses lèvres et rejetant de toutes ses forces ce qui allait suivre.

Mais il détourna brusquement les yeux et la tension retomba.

— Tu disais ? insista-t-elle.

Il la regarda, puis eut un geste d'indifférence.

— Je fais le malin, mais mon titre ne signifie rien pour moi, même s'il importe à mes parents. La condition de vicomte est moins excitante qu'on ne pourrait le penser. Par chance, mon père n'a jamais fait pression sur moi pour que j'adopte son mode de vie. C'est un monsieur plutôt philanthrope, tu sais. Moi, je suis comme toi, un idéaliste. Il a soutenu ma décision d'entrer dans la police et m'a même aidé à mettre un pied dans la maison. Ma mère était horrifiée, en revanche.

— J'adore. Avoir un vrai comte et une vraie comtesse comme parents… C'est la vie comme un roman, non ?

Il la gratifia de son sourire impudent.

— C'est triste d'avoir à détruire de si jolies illusions. Tout ce que nous possédons, ce sont quelques hectares paumés dans les Highlands, avec un château plein de courants d'air sur la lande. Une vieille bâtisse inchauffable, avec des toiles d'araignée partout et des fuites dans le toit. Trouver un bout de terrain plat pour jouer au polo relève du casse-tête. Et de toute façon c'est un bourbier huit mois sur douze. Les faisans ne manquent pas, en revanche. Il y a plus de moutons que d'habitants, et encore plus d'arbres que de moutons. Tu vois le tableau… Et ça fait des générations que ça dure.

— Les sœurs Brontë ne sont pas loin, on dirait ?

Memphis aboya un rire bref. Puis il sourit traîtreusement.

— Puis-je t'appeler Cathy ?

Elle se mit à rire.

— Explique-moi plutôt pourquoi tu n'as pas l'accent écossais.

— Disons que j'ai bénéficié d'une certaine éducation.

Taylor rit de nouveau.

— Tu es snob jusqu'au bout des ongles, Highsmythe. Et comment un lord écossais arrive-t-il à se faire appeler Memphis ?

— Ma mère avait tous les disques d'Elvis Presley. Et m'a traîné à Graceland quand j'avais huit ans. Après ce voyage, je leur ai tellement rebattu les oreilles avec Memphis, à l'école… Le nom m'est resté, du coup.

— Tu te rends compte, j'espère, que tout habitant de Nashville qui se respecte a été élevé dans la haine de la ville de Memphis et de tout ce qui s'y rapporte ?

— Grands dieux, mademoiselle Jackson, joueriez-vous au jeu de la séduction avec moi ?

D'un geste large de la main, elle repoussa sa nouvelle tentative de flirt.

— Appelle-moi Jackson ou Taylor, mais arrête avec tes stupides « mademoiselle ».

Il sourit, haussa des sourcils suggestifs.

— O.K., alors délivre-moi de la curiosité qui me hante, Jackson. Je parie que tu n'es pas fille à concevoir l'amour sage, sous la couette, type missionnaire ?

Cette fois, elle en avait assez entendu.

— Va te faire foutre, Memphis.

— Quel vocabulaire, mon Dieu ! Tu ferais honte à un camionneur.

Mais il sourit et elle comprit qu'il la taquinait. Bizarrement, cela ne la dérangeait plus tout à fait autant. Ils rirent ensemble — avec décontraction, pour la première fois.

Ils restèrent assis en silence, unis par une sorte de complicité tranquille, à siroter leur vin et à regarder autour d'eux. Puis Memphis rapprocha son fauteuil du sien. Il posa la main sur la table, à proximité de la sienne, et attendit qu'elle tourne les yeux vers lui, que les discrètes décharges électriques faites d'attirance et de reconnaissance mutuelle vibrent entre eux, comme autant de minuscules secousses sismiques. Si elle n'y prenait pas garde, elle allait finir par perdre pied dans cet océan bleu noirci par la souffrance.

— Je pourrais te réveiller de l'intérieur, Taylor. Ramener la vie en toi. Il suffirait que tu me laisses ma chance.

Il murmura ces mots à voix si basse qu'elle crut un instant qu'ils n'avaient pas été prononcés, qu'ils étaient juste venus s'inscrire d'eux-mêmes à la surface de sa conscience.

— Quoi ? riposta-t-elle, plus sèchement qu'elle ne l'aurait voulu.

Il se rapprocha encore et tendit la main pour jouer avec une mèche de cheveux échappée de sa queue-de-cheval. Elle sentait qu'elle devait se dégager, mais elle était comme hypnotisée, ne voyait plus rien que le mouvement caressant de son doigt sur ses cheveux. Allant et venant. Comme un cobra cherchant à endormir une mangouste.

Dans un sens, ce fut inévitable. La sensation des lèvres de Memphis venant interroger les siennes ne suscita en elle qu'un mouvement de surprise à peine esquissé. Le contact était doux, léger, un peu flottant. Puis la pointe de la langue de Memphis darda contre une muqueuse sensible et elle fut choquée de sentir sa bouche s'ouvrir, s'offrir. Un baiser. Juste un seul. Quelle importance, au fond ? Cela aurait pu continuer pour l'éternité, si elle s'était prêtée au jeu. Mais elle reprit ses esprits et le repoussa nerveusement.

— Qu'est-ce qui te prend, merde ?

Le son rauque, presque enroué, de sa propre voix la prit de court. Memphis paraissait meurtri. Mal à l'aise.

— Rien. Considère qu'il ne s'est rien passé. J'ai cru que… Mais peu importe. Il faut que j'aille passer un coup de fil.

Il se leva et quitta le bar sans un adieu, se dirigeant vers le palais Strozzi.

Taylor resta seule face à son verre vide à essayer de composer avec ce qui venait de se passer. Memphis se faisait fort de la « réveiller de l'intérieur » ? D'accord, elle ressentait une vague attirance, un petit truc très élémentaire, très chimique. Le baiser… Oh, non, elle ne voulait pas penser à ce baiser maintenant.

Cédant à sa pente naturelle, elle entreprit d'analyser l'incident. Ce qui lui arrivait ne voulait rien dire. C'était juste le signe d'une sexualité normale, après tout. Sentir ces élans vers l'autre sexe — même dans des situations de couple heureuses, satisfaisantes et stables — était inhérent à la condition humaine, non ? C'était un phénomène biologique élémentaire dû à la nécessité de reproduction de l'espèce. Le fait que cela arrive prouvait juste qu'on était vivant, sain, normalement désirant. Ensuite, c'était la façon dont on affrontait la tentation qui faisait de vous quelqu'un de bien ou non. Les moments comme celui-là permettaient de se définir, de mettre son sens moral à l'épreuve.

Taylor était convaincue que Memphis Highsmythe n'hésiterait pas à compromettre ses valeurs et son couple ; à ravager son corps et sa vie. Elle n'avait qu'un feu vert à lui donner et il serait sur elle, comme le loup sur l'agneau.

Il ne serait pas tendre. Elle sentait le brasier qui faisait rage en lui, un enfer qu'il amortissait soigneusement derrière la grâce de panthère qui marquait chacun de ses gestes.

Il avait suffi que leurs bouches se joignent une fraction de seconde pour qu'elle la perçoive, la force obscure qui nourrissait ses pulsions. Une force née de son désespoir, des débris de son mariage pulvérisé par la mort brutale de sa femme et de son enfant à naître. La noire passion de Memphis, elle ne la comprenait que trop bien. Elle avait déjà eu des hommes blessés, dans sa vie. Leur désir était frappé au sceau du désespoir. Et si la sexualité avec eux était toujours grandiose, la facture émotionnelle était lourde. Et c'était un prix qu'elle refusait de payer.

Baldwin n'était pas habité par une souffrance rageuse. Il était solide à l'intérieur, sans l'éclat dangereux d'un feu qui morcelait, dévorait, consumait…

Elle secoua la tête. « Arrête, Taylor. Tu n'y penses même pas, d'accord ? »

Baldwin. Il lui fallait Baldwin. Il suffirait qu'il la prenne dans ses bras pour qu'elle revienne sur terre, pour que le baiser s'efface, pour qu'elle oublie ces lèvres stupidement tentantes. Elle régla la note et sortit du café au pas de charge.

M'amener à la vie, tu parles ! Je voudrais bien voir ça.

Baldwin assista à l'intégralité de la scène. Il vit Memphis jouer le grand jeu et se pencher pour l'embrasser. Il fallait reconnaître, à la décharge de Taylor, qu'elle réagit sitôt le premier choc passé.

Il s'était préparé à un épisode de ce genre. Depuis le début, il voyait les signes chez Memphis, lisait l'alphabet de son désir comme s'il émettait un code en morse. Mais même s'il avait pressenti l'épreuve il n'en restait pas moins sous le choc. Le comportement de Memphis était totalement irrespectueux de sa relation avec Taylor. Sauf si elle l'y avait invité, bien sûr. Mais non. Ce n'était pas possible. C'était lui qu'elle aimait. Pas ce play-boy de la haute.

Memphis se leva et s'éloigna à grands pas sans se retourner. Taylor jeta quelques euros sur la table et partit dans la direction opposée. Fonçant droit sur lui, en fait. Baldwin se rejeta en arrière, sur le côté du bâtiment, puis repartit en marche avant comme s'il venait juste d'arriver.

Il prit une inspiration, tourna à l'angle du palais. Et la rattrapa par les épaules pour qu'elle ne perde pas l'équilibre. Il avait besoin de la tenir, de la serrer contre lui.

— Oups ! Tu tombes bien, mon chéri, j'allais justement t'appeler. Comment ça s'est passé, avec Folarni ?

Aucune trace de culpabilité sur son visage, qui s'était éclairé comme chaque fois qu'ils se retrouvaient. « Tu es une chic fille, Taylor. »

Il l'embrassa et elle se pendit à son cou. Ils étaient en Italie ; des amoureux enlacés au coin d'une place faisaient naturellement partie du paysage.

— Tu as faim ? demanda-t-il lorsqu'ils se détachèrent, au bord du vertige.

— Une faim d'ogre, oui. Même si j'ai déjà grignoté à l'apéritif avec Memphis. Il m'exaspère, ce type. On ne pourrait pas aller dîner quelque part, rien que tous les deux ?

— Ce ne serait pas très poli envers lui.

— Pff… C'est un grand garçon, il se débrouillera. Il m'énerve et je suis fatiguée de sa compagnie.

— Alors, vos souhaits sont des ordres, milady. Et si on allait chez Mamma Gina ? Peut-être qu'Antonio sera de service.

Main dans la main, ils revinrent sur leurs pas, le long de la Tornabuoni, et poursuivirent sur le pont. Il restait encore quelques traces de jour et les lumières du Ponte Vecchio se reflétaient dans l'eau sombre du fleuve. Saisi par la splendeur de la vue, Baldwin s'immobilisa un instant. Il nota que Taylor se raidissait à son côté, mais décida de ne pas l'interroger sur ses réticences. Dieu sait ce que Memphis avait pu tenter avec elle.

Au bout de quelques instants, par un accord tacite, ils reprirent leur progression sur le pont. Parvenus au bout, ils s'engagèrent dans une rue, sur leur gauche, qui abritait quelques-uns des meilleurs restaurants de Florence.

Alors que les odeurs magiques d'ail et de tomates cuisinées submergeaient ses sens, Baldwin lutta pour écarter le spectre du désastre de son esprit.

40

Gavin et Tommaso burent de savoureux *espressos*, partagèrent un plat tout simple de spaghettis *alla carbonara* et passèrent la soirée à se raconter leurs itinéraires réciproques. Ils avaient l'équivalent de trente années de séparation à se raconter.

Gavin était heureux comme jamais. Enfin il avait trouvé sa moitié, la part manquante de lui-même. Il ne s'était jamais senti aussi comblé. Même les poupées ne pouvaient lui apporter pareil sentiment de plénitude.

Maintenant encore, il restait sidéré par leur ressemblance physique. Deux détails seulement les séparaient : les cheveux de Tommaso et leur différence d'accent. Depuis quelques mois, Gavin avait pris l'habitude de se raser entièrement le crâne. Non seulement il appréciait le contact de sa peau glabre sous ses doigts, mais il limitait par la même occasion le risque de laisser des indices compromettants derrière lui. Ayant toujours vécu dans le sud des Etats-Unis, il avait d'autre part une articulation légèrement traînante. Alors que l'anglais de Tommaso était vierge de tout accent.

Après le dîner, Tommaso l'avait observé un instant en silence. Puis il avait disparu dans la salle de bains, pour en ressortir un peu plus tard avec un crâne aussi lisse que le sien. Comme il travaillait à l'intérieur, aucune démarcation ne séparait la partie fraîchement rasée du reste de son visage. A présent, personne ne pourrait plus les différencier.

Ils avaient découvert qu'ils soutenaient l'un et l'autre Manchester United, mais pour des raisons très différentes. Gavin parce que l'équipe portait le nom de la ville où il avait grandi, Tommaso parce que son père adoptif était leur supporter depuis toujours. Tous deux mettaient trois cuillerées de sucre dans leur café et le remuaient en se servant du manche de la cuillère. Soucieux de leur dentition, ils se passaient religieusement du fil dentaire matin et soir. Ils avaient été opérés tous les deux en urgence pour une hernie à l'âge de trois ans. Et ils s'évanouissaient l'un et l'autre à la vue du sang.

Mais c'était encore leur passion partagée pour l'art qui fascinait le plus Gavin.

— Je rêve, non ? murmura-t-il en secouant la tête. Quand je pense que je suis là, assis face à Tommaso, le photographe que j'admirais de loin, que je croyais inaccessible ! Et tu es comme un reflet de moi-même ! Je te jure que j'ignorais que tu étais Muerte.

— Je sais. Je voulais garder ce secret pour moi, Gavin. Il fallait d'abord que je m'assure que nous étions semblables, toi et moi. Et je n'avais qu'un moyen de le faire : créer pour toi un univers dans lequel tu pourrais t'épanouir. Je voulais ton bonheur. Et que tu saches que tu n'étais plus seul.

Ils firent la vaisselle ensemble puis s'installèrent sur le canapé en cuir clair avec un petit verre de *grappa.* Une puissante ivresse montait à la tête de Gavin : le changement horaire, le voyage, son frère jumeau et l'eau-de-vie se conjuguaient pour l'étourdir.

Tommaso se leva pour mettre un CD. Gavin ferma les yeux en reconnaissant la sonate *Au clair de lune*. Jamais il n'aurait imaginé que la vie puisse atteindre un tel degré de perfection.

— Quand as-tu su, Tommaso ? C'était comment, la première fois, pour toi ?

Une expression rêveuse adoucit les traits de son frère.

— Ma mère travaillait à l'hôpital de la base aérienne d'Aviano. Elle s'était arrangée avec une autre mère d'élève pour qu'elle me dépose là-bas, à la sortie de l'école, et j'avais un long couloir à suivre pour la rejoindre. Une fois, pour voir, je me suis glissé à l'intérieur de la morgue. Et j'étais fasciné, là-dedans. Le froid mortuaire, l'odeur… Il y avait une femme sur un brancard, juste à côté de la porte. Je ne sais pas pourquoi on l'avait placée là. Je me suis approché et j'ai passé la main sous le drap qui la recouvrait pour voir comment c'était fait, un mort. Là, j'ai découvert la texture particulière de sa chair, si lisse, si délicieusement froide. Je me suis aperçu que j'avais une érection et je me suis masturbé là, à côté de ce cadavre. Après, c'est devenu une drogue. C'était plus fort que moi, je passais beaucoup de temps dans la chambre mortuaire, qui n'était pas gardée. Je pouvais m'y amuser tant que je voulais. Je conserve de très beaux souvenirs de cette époque.

Gavin était impressionné.

— Pour moi, c'est arrivé plus tard, en fait. La première fois, c'était avec ma copine. J'avais envie d'elle, mais elle remuait trop, gémissait, donnait de la voix. Et moi je ne la supportais qu'inerte, silencieuse. Un après-midi, nous nous somme disputés violemment et je l'ai frappée. Elle s'est effondrée, et là elle n'a plus bougé du tout. J'étais embêté parce que je voyais bien qu'elle était gravement blessée. Alors je l'ai placée dans la baignoire et je lui ai mis la tête sous l'eau jusqu'à ce que son cœur s'arrête de battre. Mais quand je l'ai vue nue, comme ça… J'étais comme dingue. Je l'ai ressortie du bain et je l'ai touchée et tout. Après, ça a été dur pour moi de me contenir.

— Moi, je n'ai même jamais essayé de contenir quoi que ce soit. Quand ça me prend, c'est puissant.

— C'est pour ça que tu t'es mis à les tuer plus vite ?

— Voilà. Je ne peux plus attendre. Ces filles, elles ne sont pas heureuses, de toute façon. Regarde les existences qu'elles mènent. Nous, on les élève à une dignité artistique.

— C'est vrai, nous les arrachons à l'anonymat pour en faire des œuvres d'art... Moi, ça me plaît toujours autant, de prendre mon temps. Je pense à elles tellement fort. Et après c'est comme une récompense pour bonne conduite. Pourquoi crois-tu que nous aimions l'amour de cette façon, Tommaso ?

— Je ne sais pas. Je ne sais vraiment pas. Nous œuvrons au cœur de l'extase d'amour, toi et moi. Il n'y a sans doute pas de véritable explication.

— Et Nécro ? Tu le connais, lui aussi ?

— Pas du tout, non. Je l'ai trouvé sur internet alors que je te cherchais. Pendant quelque temps, j'ai cru que c'était peut-être toi. Mais il n'est pas aussi évolué que nous.

— C'est sûr.

Ils gardèrent le silence un moment. Puis Gavin posa la question qui lui brûlait les lèvres.

— Tommaso, quand tu as su, pourquoi n'es-tu pas venu me voir directement ? Tu ne voulais pas me dire que tu étais mon frère ? Depuis combien de temps es-tu au courant ?

Tommaso se resservit en *grappa*.

— Depuis un an seulement. Quand ma mère a su qu'elle allait mourir, elle s'est confiée à moi. Ils m'avaient expliqué dès le début que j'étais adopté, mais je ne m'étais jamais inquiété de ma famille d'origine. Mes parents m'aimaient comme si j'étais leur propre fils et cela me suffisait. Ils ne m'avaient jamais précisé que j'étais jumeau, par contre. Quand mon père est décédé, il y a six ans, il n'y avait plus que nous deux, ma mère et moi. Et je crois qu'elle savait que j'étais terriblement solitaire, que je n'avais personne d'autre qu'elle. Alors elle m'a fait ce cadeau en partant. Tu es né quand elle est morte.

— Ainsi elle connaissait mon nom depuis le début ?

— Ah non… Ni ton nom ni ton adresse. Elle savait seulement que nous avions été séparés par l'organisme qui s'est chargé de l'adoption. Au début, j'étais furieux. Puis j'ai commencé les recherches. Il existe une base de données où tu peux envoyer une requête pour retrouver tes parents biologiques. Comme les nôtres sont décédés j'ai reçu la réponse assez vite. Notre vraie mère était folle, en fait. Complètement schizo. Une nuit, elle a perdu la boule et elle a achevé notre père à coups de couteau. Puis elle s'est poignardée elle-même. Nous, on était là, dans l'appartement, et on est restés au milieu de ce bain de sang pendant au moins vingt-quatre heures. Les journaux en ont parlé pendant des semaines. Jamais on n'avait vu une scène d'horreur pareille, il paraît. Nous avons été confiés à l'agence Louise Wise, qui nous a fait adopter séparément. Le reste, tu connais.

— Mon Dieu… Tu as vu les articles de journaux ? J'aimerais bien les lire.

— Je les ai, oui. Mais nous avons tout notre temps.

— Tu as eu une enfance heureuse, avec de bons parents. Les miens étaient des sacrées peaux de vache.

— J'admire que tu les aies tués. Tu es devenu un homme à dix-huit ans, Gavin.

Mal à l'aise, ce dernier changea de position sur le canapé. Il n'aimait pas être rappelé à cette période de son passé. Tommaso avait raison. Il avait connu une nouvelle naissance ce jour-là. Tout comme il se sentait né de nouveau depuis la veille. Il avait du chemin à parcourir. Tommaso était un artiste célèbre, un homme raffiné, avec une culture et une assurance qu'il était loin de posséder.

— Je n'avais plus le choix. C'était eux ou moi. Je n'en pouvais plus.

— Je regrette que tu aies eu une enfance aussi affreuse. Mais parlons de quelque chose de plus joyeux : ta douce Ophélie dans les eaux murmurantes. As-tu apporté les photos ? J'ai vu le Millais, à Londres. Superbe tableau.

Gavin alla sortir son disque dur externe de son sac.

— Tu as quelque chose où je puisse le brancher ?

— Quoi ? Tu n'as pas apporté ton ordinateur ?

— Je l'ai laissé à la maison. J'ai eu peur qu'ils ne me demandent de l'ouvrir, au contrôle de sécurité. J'ai préféré télécharger mes photos là-dessus.

Une expression de profonde horreur déforma les traits de Tommaso.

— Si tu avais détruit les originaux comme je te l'avais demandé, tu n'aurais pas eu à t'inquiéter. Si tu as laissé ton portable chez toi, j'espère au moins que tu as effacé le disque dur ?

— J'ai mis un mot de passe pour protéger les fichiers.

— QUOI ?

Tommaso hurlait, à présent. Et son visage n'avait plus rien de familier. L'espace d'une seconde, Gavin se demanda s'il avait lui-même cet aspect-là lorsqu'il s'emportait. Un léger frisson lui parcourut le dos. Il se recroquevilla d'instinct, comme pour parer un coup.

— Dis-moi *au moins* que tu as tué la fille.

Gavin comprit qu'il avait commis une terrible imprudence.

— Je suis désolé. Je lui ai injecté une dose massive d'héroïne. Elle a dû mourir pendant la nuit. Il faudra que je rentre chez moi pour évacuer le corps. Surtout que dans une semaine Art n'aura plus de nourriture.

Tommaso devint livide.

— Sainte Marie mère de Dieu ! Tu t'inquiètes pour ton abruti de chat, en plus !

Gavin était anéanti. Comment son frère pouvait-il parler d'Art en ces termes ? Tommaso se dirigea à grands pas rageurs vers le téléphone. Gavin l'entendit parler à toute vitesse en italien. Puis il revint dans le salon, le visage déformé par une fureur homérique.

— Je viens de parler à un ami très intime qui travaille pour les *carabinieri*. Le FBI est arrivé à Florence et ils ont ton ordinateur. Les flics soupçonnent l'artiste Tommaso d'être « Il Macellaio ». Il faut qu'on se tire d'ici. Tu les as menés tout droit jusqu'à moi, triple idiot !

Les hurlements le brisèrent, faisant voler de nouveau en éclats les morceaux fraîchement recollés de son âme. Etre traité d'idiot par Tommaso l'atteignait plus cruellement que les pires insultes de ses parents. Ils l'avaient frappé à coups de ceinture, pourtant. Lui avait arraché la peau du dos et des jambes ; étaient même allés jusqu'à lui casser les doigts. Mais la colère de Tommaso était plus féroce, plus destructrice encore.

Il tenta de contre-attaquer.

— Je ne suis pas un idiot. Personne ne trouvera mon mot de passe.

— Gavin, tu es ravagé du cerveau ou quoi ? Mon adresse IP est sur ton portable et elle les conduira directement ici. Il faut qu'on se barre, putain, merde !

Gavin se leva en vacillant. Tant de furie émanant de son alter ego lui donnait le tournis. Il se sentait scindé en deux, comme si les voix qu'il entendait souvent résonner dans sa tête avaient pris un visage et un corps.

— J'ai effacé l'historique de nos conversations, Tommaso.

— Ça ne change rien. Tant que tu ne détruis pas le disque dur, ils peuvent retrouver les infos. Avec le FBI aux fesses, on est mal !

— Désolé, marmonna Gavin.

Mais Tommaso courait déjà partout pour rassembler quelques affaires, ainsi que des vivres.

— Je regrette… Je n'ai pas réfléchi. J'étais tellement heureux à l'idée de te voir.

Tommaso le prit avec rudesse par les épaules, plongea un instant son regard jusqu'au fond de son âme, puis le serra avec force dans ses bras.

— Je sais, petit Gavin. Je connais un endroit où nous réfugier. Mais promets-moi, à partir de maintenant, de m'obéir au doigt et à l'œil. Je suis le seul espoir qu'il te reste.

41

Le repas avait été délicieux, le vin magnifique. Taylor baignait dans un léger nuage d'ivresse lorsqu'ils reprirent à pied le chemin de leur hôtel. De nouveau, ils s'immobilisèrent sur le pont. Mais cette fois Baldwin la couvrit de baisers — sur les lèvres, le bout du nez, dans le creux entre les clavicules, juste en dessous de sa cicatrice, là où la chair était devenue si délicieusement sensible. Elle savait que les picotements étaient dus à la destruction nerveuse, mais elle préférait se raccrocher à sa théorie romantique.

Lorsqu'ils s'écartèrent l'un de l'autre, à bout de souffle et comme fondus de désir, elle s'aperçut que son téléphone vibrait. Toujours lovée entre les cuisses de Baldwin, elle le sortit de sa poche, vit un numéro inconnu s'afficher.

— Taylor Jackson, répondit-elle sèchement.

Pas de réponse, juste un grand silence vide. Elle se figea, les muscles rigides, les nerfs tendus. Il n'y avait qu'une personne au monde pour l'appeler et ne rien dire.

Elle allait couper lorsqu'elle entendit chuchoter.

— Tu m'as entendue ? Tu seras bientôt à moi, Taylor.

Le Prétendant. Mais à quel jeu jouait-il, ce type, tonnerre de Dieu ? Taylor en avait par-dessus la tête de ces appels qui lui glaçaient les sangs.

— Tu me veux ? Alors viens donc, et essaie de m'avoir, connard !

Elle referma le téléphone avec violence. Il y avait longtemps qu'elle ne s'était pas sentie aussi vivante. Elle refusait de laisser cet individu la hanter insidieusement une seconde de plus. Elle avait ouvert une porte. Avec un peu de chance, il viendrait s'y engouffrer.

Baldwin fronça les sourcils.

— Taylor, crois-tu vraiment qu'il soit prudent de…

Elle frappa le parapet du pont avec tant de violence qu'elle s'écorcha la paume. Retirant sa main en sursaut, elle suça la minuscule goutte de sang. Et se calma.

— Baldwin, j'en ai marre. Pourquoi est-ce que ce tueur fait une fixation sur moi, je n'en sais rien, mais il s'est juré d'avoir ma peau. Alors changeons de tactique et provoquons-le un peu, pour voir ce que ça donne. Je ne veux pas passer le reste de ma vie à me sentir traquée, surveillée, à me demander à quelle sauce il massacrera sa victime suivante. J'en ai plus qu'assez de ses manœuvres et je veux en finir. Qu'il vienne donc, il verra de quel bois je me chauffe.

— Tu crois qu'il est ici, à Florence ?

— Non. Il n'est pas encore prêt. Je doute qu'il donne un signal avant-coureur, le jour où il décidera de frapper.

Elle fit un pas pour s'éloigner, mais Baldwin la retint.

— Je refuse de te perdre, Taylor.

Résolue à tenir son cap, elle plongea son regard dans ses yeux verts.

— Tu ne me perdras pas. Mais je ne peux pas continuer éternellement à attendre et à trembler. J'ai besoin de passer à une approche plus dynamique. Il faut juste que tu me fasses confiance.

— Désolé. Mais ce n'est pas très évident, la confiance, pour moi, depuis quelques jours.

— A cause de Memphis ? Ne sois pas absurde. Il n'est rien pour moi.

— Mais tu es quelque chose pour lui, Taylor. Il est fou amoureux de toi. Fou de désir pour toi. Dès que quelqu'un prononce ton nom, il fait une poussée hormonale.

Elle tripota sa bague en dissimulant un sourire. Sa jalousie l'enchantait chaque fois.

— Oh, John... Pour moi, tu es le seul. Tu ne le sais pas ?

Taylor aurait été prête à jurer que quelque chose avait bougé dans les profondeurs de ses yeux. Son baiser lui ôta le souffle.

— C'est la première fois que tu m'appelles John, observa-t-il d'une voix rauque.

Elle ne dit rien. L'embrassa encore. Puis glissa les doigts dans ses cheveux noirs.

— Ironiquement, c'est à Memphis que tu dois cette initiative. Il m'a demandé pourquoi je ne me servais jamais de ton prénom. Comme je n'avais pas de bonne réponse à lui donner, j'ai pensé faire un essai...

— Gardons-le pour les occasions spéciales, alors. Je crois que je ne me lasserai pas d'entendre mon prénom sur tes lèvres... Tiens, je propose que la prochaine fois tu le prononces devant le maire.

Elle lui sourit sans répondre.

— Il faut que nous fixions une date, Taylor.

— Ce n'est pas le moment, chuchota-t-elle en lui effleurant les lèvres. Mais bientôt. Bientôt, mon amour, je te le promets. Pour l'instant, nous avons plus urgent à faire. Allons d'abord épingler nos jumeaux.

Ils quittèrent le pont. L'hôtel n'était qu'à cinq minutes. Ils prirent l'ascenseur jusqu'au troisième étage, puis redescendirent par l'escalier dans leur chambre au second.

Taylor refusa de reconnaître qu'elle avait eu la chair de poule tout le long.

LUNDI

42

L'aube arriva trop vite au goût de Gavin. Tommaso et lui avaient quitté Florence en voiture et roulé en pleine nuit dans les collines toscanes, jusqu'à atteindre une petite maison en pierre, sans électricité ni eau courante. Depuis que Tommaso les savait poursuivis, il n'avait eu de cesse de se replier dans cet endroit perdu en pleine nature. En chemin, Tommaso avait rappelé son ami de la police et appris que les *carabinieri* disposaient apparemment de leur photo. Il leur serait impossible de quitter le pays dans l'immédiat, mais Tommaso lui avait assuré qu'il avait une chambre, à Londres, où ils pourraient se réfugier s'ils trouvaient le moyen de passer la frontière.

Sans cesser de jurer et d'invectiver la terre entière, Tommaso avait conduit sa Renault minuscule, vieille d'au moins dix ans, jusqu'au cabanon en pierre. Ils avaient déposé tout leur matériel — nourriture, couvertures et bougies — dans leur refuge, puis ils avaient poursuivi encore sur sept bons kilomètres avant de faire basculer le véhicule du haut d'une berge. Il avait fallu, ensuite, le recouvrir soigneusement avec des herbes hautes et des branchages. Alors seulement ils avaient pu retourner à pied jusqu'à la petite maison, en essayant de ne pas laisser d'empreintes sur la route poussiéreuse. Ils ne virent personne, hormis une vache solitaire. Et Tommaso avait assuré qu'ils seraient en sécurité dans les collines. Il avait là son refuge, sa base opérationnelle, son laboratoire des plaisirs. Le cabanon lui avait permis de tuer pendant des années en toute impunité. Et, aujourd'hui encore, il leur offrirait tranquillité et sécurité.

Gavin avait terminé leur longue marche nocturne dans un tel état de fatigue que Tommaso l'avait pris en pitié et l'avait autorisé à se coucher, près de la cheminée éteinte. Faire un feu aurait été trop dangereux du fait de la fumée.

Lorsque Tommaso le secoua par l'épaule, Gavin émergea d'un sommeil de plomb. Il avait l'impression de n'avoir dormi qu'une heure ou deux, tout au plus. Mais de faibles losanges de lumière dansaient sur le sol en terre cuite. Le soleil était bel et bien levé.

— J'ai un cadeau pour toi, annonça Tommaso.

Son sourire était lumineux. Les griefs de la soirée précédente semblaient pardonnés. Gavin s'étira en bâillant. Il avait un sale goût dans la bouche, et pas seulement parce qu'il avait besoin de se laver les dents. Il voulait effacer le sentiment d'échec qui le hantait depuis la veille. Il suivit Tommaso hors de la minuscule chambre à coucher et s'immobilisa en oubliant tous ses déboires.

Elle était allongée sur la planche de bois grossière qui servait de table de cuisine. Son corps était menu, fragile comme celui d'un oiseau, avec des os délicats et une peau si pâle qu'on voyait le tracé de ses veines. A côté d'elle, Tommaso, immobile comme un Adonis de marbre, rayonnait d'une beauté presque effervescente.

— Tu as envie d'elle ? lui demanda-t-il.

— C'est ta poupée. Je la reconnais d'après la photo. Oh, Tommaso, comme elle est belle !

— C'est *notre* poupée, maintenant.

Le désir submergea Gavin. Elle était si claire, si différente… Les filles qui l'attiraient d'ordinaire avaient une beauté sombre, nocturne. Jamais encore il n'avait aimé une femme à la peau de lait. Les aréoles de ses seins étaient d'un rose délicat et se détachaient sur son corps d'albâtre. Un triangle doré marquait son pubis, doux comme un duvet de poussin. Tout, dans ce beau corps émacié, l'appelait, lui faisait signe. Les marques d'un violet foncé autour de son cou formaient un collier de désir et d'amour, de pardon et de remords. Tommaso avait fait cela pour *lui*.

Il effleura l'épaule de son frère et se plaça à son côté. Ils étaient parcourus de frémissements l'un et l'autre.

— Je l'ai apportée ici pour toi, Gavin. J'ai envie de te donner ce qu'il y a de meilleur en moi. Avant même de connaître ton existence, je rêvais de toi, de nous ensemble. Il y a un an que j'attends ce moment d'amour en partage. Je suis désolé pour mon comportement d'hier soir.

— C'est quoi, son prénom ? demanda Gavin, le souffle coupé.

Il passa les doigts le long du bras de la fille, traçant la veine où le sang avait cessé de couler. Tommaso sourit.

— Je ne sais pas. Cela n'a strictement aucune importance. Elle est à toi. Elle est à nous.

43

A 8 heures précises, Taylor et Baldwin franchirent côte à côte la porte du bureau des *carabinieri*. Silencieux et renfrogné, Memphis fermait la marche. Ils avaient pris leur petit déjeuner ensemble à l'hôtel — du salami, du jambon, des petits pains croustillants et des croissants avec de la confiture maison. Memphis était apparu à leur table avec ses lunettes de soleil sur le nez, un petit appétit et l'haleine chargée. Taylor ne s'était pas permis de porter de jugement ; il lui était déjà arrivé, plus jeune, de s'abrutir d'alcool pour réussir à dormir. En quittant l'hôtel, elle lui avait fait passer discrètement un chewing-gum qu'il avait accepté avec un faible sourire.

Folarni les accueillit comme s'ils étaient de vieux amis et leur commanda des *capuccini* d'office.

— J'ai d'excellentes nouvelles. Nous avons l'adresse de notre homme. La *residenza* du photographe correspond à l'adresse de facturation pour l'IP de l'ordinateur. Les portraits ont été diffusés ce matin aux actualités. Et nous avons eu une avalanche de coups de fil. Les citoyens de Florence ont hâte de se débarrasser d'« Il Macellaio ». Nous avons eu un *tassista*... Comment dit-on cela en anglais, déjà ? demanda-t-il à Baldwin.

— Un chauffeur de taxi.

— *Si*. Un chauffeur de taxi qui se souvient d'avoir transporté hier un homme qui correspond à la description de Gavin. Et il l'a déposé pas très loin de l'adresse en question.

Memphis fronça les sourcils.

— Les photos des deux hommes sont passées à la télévision ?

— *Assolutamente.* Et dans les journaux aussi. Il faut mettre un terme à leurs agissements criminels. Surtout à présent que le danger est multiplié par deux.

Memphis soupira.

— Ils ont probablement déjà quitté les lieux en apprenant à la télé qu'ils ont toutes les polices d'ici et d'ailleurs aux fesses. C'est ce que je ferais, si j'étais eux.

Luigi haussa les épaules avec une nonchalance tout italienne.

— C'est possible. Mais rien ne sert d'échafauder des théories à l'avance. Allons plutôt nous rendre compte sur place.

La via Montebello grouillait de policiers. Folarni n'avait pas opté pour une approche discrète. Il avait sorti l'artillerie lourde, au contraire, afin que les médias puissent se convaincre que c'était bien les *carabinieri,* et non pas la police, qui orchestraient la capture du double meurtrier.

Des petits commerçants au visage impassible avaient investi la rue et fumaient, les bras croisés, en observant le spectacle. Toutes les rues latérales étroites, aux pavés inégaux, étaient bloquées par des sirènes hurlantes, prévenant toute évasion possible.

Leurs armes sorties, les *carabinieri* en civil prirent la porte d'entrée d'assaut, fracassant à coups de bottes l'épais battant de bois. Beaucoup de bruit et de fureur pour rien : la maison était vide.

Ils interrogèrent tous les voisins qu'ils purent trouver. Une femme avec un nez busqué sous des cheveux gris en désordre expliqua à Folarni qu'elle avait vu le voisin d'en face quitter les lieux vers minuit. Mais elle jura ses grands dieux qu'il s'agissait d'un fantôme car il s'était dédoublé.

Déçu, Folarni se laissa choir sur le capot de son Alfa et sortit un paquet de cigarettes de sa poche. Taylor soupira en reconnaissant la marque. Elle en aurait volontiers grillé une avec lui.

Elle entraîna Memphis et Baldwin à l'écart.

— On est sûrs que c'est bien ici, au moins ?

— L'adresse correspond, oui. Et les voisins l'ont identifié sur les photos. Quelqu'un a dû les prévenir.

— Ou Tommaso a interrogé Gavin et appris qu'il avait laissé des traces compromettantes derrière lui, suggéra Memphis.

Baldwin hocha la tête.

— C'est bien possible, en effet. Gavin était encore inexpérimenté. Il n'est pas inhabituel qu'un tueur en série débutant commette des erreurs. Reste que nos oiseaux se sont envolés. Les alertes sont données aux frontières. En aucun cas, ils ne pourront quitter le pays. Mais ils peuvent être n'importe où en Italie.

— Sait-on si c'est ici, via Montebello, qu'« Il Macellaio » emmenait ses victimes ? s'interrogea Memphis.

— Allons voir à l'intérieur.

Folarni ne fit pas de difficultés pour les laisser entrer avec son équipe de police scientifique. Une recherche rapide révéla de bonnes empreintes, des cheveux, tous les éléments nécessaires pour établir les empreintes génétiques et les comparer à celles dont ils disposaient déjà. Mais ils ne trouvèrent aucune trace d'activité criminelle. Comme si l'homme qui vivait là était juste un passionné d'art ordinaire. Les murs étaient couverts de tableaux, de lithographies, de photos. Il n'y avait pas de réduit, de cave, de recoin secret. Et les voisins paraissaient vigilants. Mais les jumeaux avaient pu tout remettre en ordre en vue de leur arrivée.

En attendant, il était déjà 10 heures du matin. Et les fugitifs avaient une bonne longueur d'avance.

Ils passèrent dans la cuisine pour se concerter.

— Qu'est-ce qu'on fait, alors ? demanda Taylor.

Baldwin se passa les doigts dans les cheveux.

— Il faut chercher sur le cadastre. S'il ne tue pas ici, c'est qu'il doit avoir un autre lieu à lui, plus isolé. Un endroit à l'écart, où il ne court pas le risque d'être dérangé lorsqu'il ramène une fille. Cherchons sa tanière secrète.

Memphis approuva sa suggestion d'un signe de tête et ils allèrent la soumettre à Folarni. Sans une hésitation, le chef des *carabinieri* prit son téléphone. Il parlait un italien si rapide que Taylor fut incapable de le suivre. Mais Baldwin assura la traduction simultanée.

— Il se renseigne au service du cadastre, pour savoir si Tommaso a d'autres propriétés par ici.

— Dis-leur d'élargir leur champ de recherche. Qu'ils essaient avec le nom de Thomas Fielding, suggéra Taylor.

Baldwin lui adressa un clin d'œil et transmit la consigne.

— C'est bon. Ils ont entré ce nom aussi.

Un quart d'heure plus tard, ils n'avaient pas progressé d'un iota. La seule adresse connue pour Thomas Fielding se trouvait sur la via Montebello.

— On pourrait essayer une autre identité, proposa Memphis.

— Laquelle ?

— Gary Fielding.

Le père de Tommaso. Bien sûr ! Cinq minutes plus tard, ils avaient le nom d'un lieu-dit dans les collines. Ils se mirent en route sur-le-champ.

44

Tommaso découvrait un bonheur jusque-là inconnu. Observer Gavin avec la fille, assister à ses petits rituels amoureux, avait été une expérience forte pour lui.

Ils étaient allongés ensemble, tous les trois, sur le tas de couvertures et bavardaient en partageant un verre de vin. Ils passaient leurs souvenirs les plus lointains au crible, retraçant leurs tout premiers émois devant la chair sans vie, s'étonnant de chaque expérience similaire qu'ils avaient vécue à des milliers de kilomètres de distance. C'était fascinant. Aussi fou, aussi exaltant que tout ce qu'il avait pu imaginer. Des deux, il était le jumeau dominant. Il le savait ; il l'avait toujours su, d'ailleurs. Ses études sur la gémellité lui avaient fait croiser des concepts comme transfuseur/transfusé qui expliquaient qu'un des jumeaux prenne le pas sur l'autre. Lui, Tommaso, était le premier-né. Et, en tant que tel, il avait tout naturellement le rôle du meneur. Leur réunion remontait à vingt-quatre heures à peine. Mais il avait le sentiment qu'ils étaient proches depuis toujours.

Tommaso savait qu'il lui incombait d'aborder un sujet difficile. Il caressa le dos de la fille en guise de préambule.

— Il faut qu'on parle sérieusement, Gavin.

Son frère hocha la tête. C'était comme s'il savait où il voulait en venir avant même que les mots ne sortent de sa bouche.

— S'ils nous retrouvent, c'est ça ?

— Voilà. Jusqu'à présent, j'ai toujours été tranquille, ici. Mais maintenant qu'ils ont fait le lien entre Tommaso et « Il Macellaio »... Il vaut mieux ne pas trop traîner. On peut voler une voiture, rouler jusqu'à la frontière et passer à pied par la montagne. Ou, mieux encore, pousser jusqu'au lac de Garde et prendre un bateau pour la Suisse. Mais il nous reste à éliminer un dernier obstacle qui nous sépare...

Gavin regarda ses mains.

— Nos empreintes digitales.

— Oui. Nous devons les supprimer. Si nous sommes pris, ce sera le seul moyen qu'ils auront de nous différencier. Nous pouvons moduler nos voix, les calquer l'une sur l'autre et manipuler la police en refusant de donner des éléments pour nous distinguer l'un de l'autre.

— Et comment veux-tu supprimer nos empreintes ?

— Par le feu.

Livide, Gavin se dressa sur son séant.

— Ça doit faire mal, non ?

— Oui, ça fait mal. Mais ça ne dure pas. Et c'est le seul moyen. Voilà des semaines que je réfléchis au problème. Et c'est notre seule planche de salut. A présent que je t'ai retrouvé, je ne veux plus te perdre.

Gavin retomba sur le dos et scruta les poutres du plafond.

— Quand ? demanda-t-il dans un souffle.

— Là. Maintenant. Tout de suite.

Taylor expérimentait la tension très particulière qu'elle éprouvait au moment où les mailles du filet se refermaient sur un criminel. Ils avaient pris position autour de la propriété qui figurait au cadastre sous le nom de Gary Fielding. La vieille bicoque en pierre sèche donnait l'impression d'être déserte et laissée à l'abandon depuis des années. Mais un mince filet de fumée s'élevait de la cheminée délabrée, trahissant une présence.

— Il y a une heure à peu près qu'ils ont commencé à faire du feu, lui confia Folarni. Le propriétaire du terrain voisin a formellement reconnu Tommaso, qu'il affirme avoir déjà croisé à plusieurs reprises dans le coin. Ça ne prouve pas grand-chose, mais c'est encourageant.

— Luigi, s'ils sont là-dedans, je vais vous embrasser, je vous préviens.

Le *carabinieri* rougit joyeusement.

— Mon épouse pourrait trouver à y redire, *signorina.*

Ils rirent sous cape ensemble. Baldwin rampa jusqu'à leur position avec ses jumelles à la main.

— Ça n'a pas l'air de bouger beaucoup, à l'intérieur. Il m'a semblé distinguer une ombre, tout à l'heure. Puis j'aurais juré entendre un cri étouffé.

L'émetteur-récepteur de Folarni crépita contre sa jambe. Il écouta ce qu'on lui murmurait, puis replaça l'appareil sur sa hanche.

— C'est quand vous voulez, Baldwin. Nous sommes prêts. L'inspecteur Highsmythe est derrière la maison avec deux de mes officiers. Et il est sûr d'avoir vu quelqu'un à l'intérieur.

— Ça marche. A trois, on y va.

Baldwin compta, puis s'élança vers la maison. Ils marchaient courbés, au cas où l'un des jumeaux regarderait par les fenêtres. Taylor vit le cordon se resserrer peu à peu. La colline blonde était hérissée de cyprès, de gesse des prés et d'uniformes. Quel que soit le langage du pays, une descente policière restait une descente policière.

L'honneur revint à Folarni d'enfoncer la porte. Puis tout le monde s'engouffra à sa suite.

— *Arresto, arresto ! Non si muova ! Polizia !*

Immédiatement, ce fut le chaos. Taylor entra sur les

talons de Baldwin et prit connaissance de la scène. Un homme gisait à terre, comme s'il avait été abattu. Il ne lui avait pas semblé qu'on eût tiré, pourtant. Une odeur suffocante de chair brûlée épaississait l'atmosphère, mais elle ne parvint pas à en situer la provenance. Près de la cheminée on voyait un tas de chiffons d'où émergeait un pied de femme. Et puis il y avait un homme debout devant le feu. « Il Macellaio ». Le crâne lisse. Erigé. Avec un rayonnement rageur émanant de sa personne. Il tenait quelque chose au-dessus des flammes. Une poêle.

— *Smetta di muoverse !* Ne bougez plus ! hurlait Folarni.

L'homme dont Taylor ignorait s'il était Gavin ou Tommaso se retourna lentement et fit mine de lever les bras. Mais il tenait toujours la poêle dont le métal chauffé à blanc rougeoyait. Une arme terrifiante dont il pourrait faire usage s'ils approchaient avant de l'avoir maîtrisé. Indifférent aux cris et aux ordres des officiers, il se plia en deux à partir de la taille et posa la poêle à l'envers sur le sol en terre cuite.

Ce fut vers elle qu'il tourna la tête. Ses yeux plantés dans les siens, il abattit d'un coup ses deux paumes à plat sur le métal en fusion. Il poussa un hurlement à glacer les sangs mais ne détourna pas le regard. Taylor comprit qu'il allait s'évanouir ; personne ne pouvait supporter une douleur pareille sans perdre connaissance. Son visage cramoisi ruisselait de sueur ; ses yeux se révulsèrent et il s'effondra au sol à côté de la poêle fumante où des morceaux de chair se consumaient encore. Sa chemise prit feu.

— *Aqua ! Subito !* hurla Folarni.

Mais Memphis avait déjà attrapé une bouteille de vin ouverte sur la table et la vidait sur le vêtement en flammes. Le liquide couleur rubis s'étala comme une tache de sang sur le blanc de la chemise.

— Mais qu'est-ce qu'ils fabriquent, ces fous, nom de Dieu ? vociféra Memphis.

Baldwin rangea son arme dans son holster et se renversa contre le mur en plâtre fendillé.

— Oh, bon sang… Ils ont brûlé leurs empreintes digitales pour que nous ne puissions pas les différencier l'un de l'autre.

Folarni poussa une série de jurons, tout en dégageant les hardes qui dissimulaient le corps de la fille. Il la découvrit, marmonna quelques mots indistincts qui ressemblaient à une prière et fit le signe de croix. L'un des frères commença à s'agiter faiblement. La pestilence dans la pièce était à la limite du supportable. Il y avait l'odeur âcre de la peur mélangée à celle de l'urine, le tout sur un fond de décomposition déjà avancée. La fille, d'après l'un des experts de Folarni, était déjà morte depuis quelque temps. L'équipe faisait tout son possible pour tenter de l'identifier.

Le frère qu'ils avaient trouvé déjà évanoui en entrant ouvrit les yeux. Le regard à l'abri sous ses paupières mi-closes, il découvrit la scène. Ses mains étaient lacérées et des morceaux de peau en pendaient comme des feuilles mortes tombant d'un arbre frappé par l'hiver. Il était livide et en proie à une douleur intense. Il tourna la tête vers son frère, tombé sans connaissance à son côté, avec le vin sur sa chemise.

Puis il porta son regard sur elle et la fixa longuement.

Et il commença à rire.

Le travail d'investigation sur place était quasiment terminé grâce à la rapidité et l'efficacité des Italiens. Les deux frères avaient été évacués en ambulance, le corps était parti pour l'institut médico-légal et la police scientifique avait quadrillé méthodiquement la scène. On avait retrouvé la voiture de Tommaso, un véritable coffre aux trésors bourré de preuves matérielles. A défaut de pouvoir se rendre utile, Taylor prenait des notes en vue de son rapport. Elle ne put s'empêcher de sourire. Pour une belle arrestation, c'était une belle arrestation : un *serial killer* en double, deux continents, quatre juridictions et d'innombrables vies affectées. Si, avec cela, elle ne regagnait pas la confiance de sa hiérarchie, c'est que son cas était désespéré. Memphis et Baldwin parlaient à bâtons rompus dans un coin de la pièce. Elle sentit le regard de Memphis glisser sur elle. Ses yeux avaient la couleur de l'aventure et du danger. De nouveau, elle ressentit ce même attrait absurde. Un appel viscéral. De quoi pouvaient-ils bien parler, Baldwin et lui ? « Ce n'est pas ton problème, Taylor. » Elle avait d'autres soucis en ce moment. Leurs coupables présumés étaient arrêtés, mais le gros du travail d'investigation restait à faire.

Baldwin et Memphis mirent fin à leur discussion. Baldwin lui jeta un regard en coin et sortit de la maison. Memphis se dirigea vers elle d'un pas nonchalant. Elle se crispa un peu mais, pour une fois, il semblait avoir autre chose que des idées de drague en tête.

— Bravo, miss Jackson. Super boulot. C'est grâce à toi qu'on les tient.

Le compliment lui fit plaisir.

— Nous avons fait du bon travail d'équipe. Chacun a apporté sa pierre à l'édifice.

— C'est joliment dit. Malheureusement, notre coopération ici touche à sa fin. Je suis rappelé à Londres. J'essaie de différer un peu, mais je suis censé prendre mon avion ce soir.

— Ah bon… Nous terminerons ici sans toi. Il y a encore de quoi faire, surtout avec l'extradition. On risque d'être ensevelis sous le boulot.

Les yeux de Memphis étincelèrent de colère.

— Je sais, oui, merci.

— Hé ! Inutile de t'énerver contre moi. Je n'y suis pour rien.

— Ce n'est pas de l'énervement que tu suscites chez moi, Taylor. J'ai des enquêtes en cours qui m'attendent. Des rapports à pondre.

Il lui prit le bras, la forçant un instant à soutenir son regard.

— Je pense que c'est sans doute mieux pour tout le monde que je parte.

— Entièrement d'accord avec toi.

Elle s'éclaircit la voix.

— On te transmettra les infos, ne t'inquiète pas.

— Merci. Je crois que j'ai besoin d'air frais.

Memphis sortit à son tour. Le vide qu'il laissa en partant était palpable. Et elle s'interrogea une fois de plus sur la nature exacte de ses sentiments à son égard.

Il fallait qu'elle s'extirpe ce Memphis de la tête. Qu'elle se concentre sur son enquête pour rentrer chez elle, remettre sa carrière sur orbite, songer sérieusement à son mariage. Et pour cela elle ne connaissait qu'une seule recette : le travail.

MARDI

45

Taylor avait peine à croire que leur arrivée en Italie ne remontait qu'à deux jours. Elle avait l'impression d'être là depuis un mois.

Au moins était-elle délivrée d'un facteur majeur de stress : avec le départ de Memphis pour New Scotland Yard, sa tension nerveuse devrait retomber de façon spectaculaire. A présent que les deux « Macellaii » étaient démasqués, les supérieurs d'Highsmythe renâclaient à payer ses notes de frais alors qu'il avait d'autres enquêtes en cours. Qu'à cela ne tienne. Elle était prête à effectuer le travail supplémentaire sans rechigner. Ce serait le prix à payer pour sa délivrance.

Les jumeaux avaient été transportés à l'hôpital Santa Maria Nuova où ils étaient soignés pour des brûlures au second degré des doigts et des paumes. Leur tentative artisanale pour brouiller à jamais leurs identités n'avait abouti qu'à un résultat mitigé. Les brûlures étaient graves mais elles guériraient sans greffes. Une brûlure au troisième degré aurait peut-être fait leur affaire. Mais seuls l'acide concentré ou la chirurgie esthétique auraient pu abraser entièrement les dermatoglyphes. Cela dit, même avec ces techniques, ils auraient obtenu des empreintes digitales nouvelles, certes, mais permanentes, identifiables… et différentes.

Taylor comprenait ce que les jumeaux cherchaient à obtenir. Il y avait une logique pathologique derrière leur acte désespéré. Si leur ADN était identique, les jumeaux monozygotes n'avaient pas pour autant le même jeu d'empreintes. Effacer ces traces digitales, c'était les rendre interchangeables. Et, tant qu'ils ne pouvaient être identifiés formellement, il serait contraire à la loi de les séparer.

Mais leur pauvre ruse avait été facile à déjouer.

Baldwin et elle se tenaient dans le couloir, juste devant la chambre des deux frères. Les *carabinieri* n'avaient pas jugé utile de les hospitaliser séparément, dans la mesure où les lits étaient rares et où ils étaient, de toute façon, menottés et surveillés. La dermatologue, une petite dame élégamment coiffée avec un accent sicilien, leur fit son rapport dans un anglais parfait.

— Les extrémités de leurs doigts finiront par guérir. Les brûlures sont importantes et laisseront des cicatrices. Mais leurs empreintes ne sont pas définitivement effacées. Le patient A est le plus atteint des deux. Apparemment, sa main est restée plus longtemps sur le métal en fusion. Nous avons prévu un débridement demain matin pour retirer ce qui reste de chair morte. L'état du patient B ne nécessite pas un traitement aussi poussé.

— Combien de temps faut-il compter avant qu'on puisse essayer de reprendre leurs empreintes ? demanda Baldwin.

— C'est difficile à dire. Leurs paumes ont été complètement abrasées. Le degré de brûlure était plus important au creux de la main. *Dio mio*… C'est effroyable ce qu'ils se sont fait subir. Qui peut accepter de s'infliger volontairement une mutilation pareille ? Ils sont sous tranquillisants mais conscients, si vous souhaitez leur parler. Ils s'inquiétaient au sujet d'un chat.

— Le chat de Gavin, dit Taylor. Lequel des deux a posé la question ?

— Les deux, en fait. Ils ont échangé un regard puis ils ont parlé à l'unisson. En prononçant juste le mot « chat ».

Malins comme des singes, ces jumeaux.

Ils remercièrent le médecin. La dermatologue hocha la tête, leur serra la main, puis poursuivit sa tournée.

— Prête à les secouer un peu, Taylor ?

— Et comment que je suis prête.

Taylor ouvrit la porte de la chambre. Calmement allongés dans leurs lits, les deux frères se faisaient face. Leurs regards étaient si intenses, si passionnément concentrés que Taylor eut la conviction immédiate qu'ils communiquaient par la pensée. La vue de leurs visages posés comme en miroir l'un face à l'autre suscitait un étrange malaise. L'année précédente, Taylor avait enquêté sur des jumelles monozygotes, mais la ressemblance entre Thomas et Gavin était plus troublante, plus inquiétante. Un facteur psychologique devait jouer, sans doute, après tant d'années de séparation. Qu'ils aient grandi sans se connaître et que leurs chemins les aient menés vers la même effroyable perversion avait quelque chose d'implacable et de terrifiant. Des jumeaux monozygotes nécrophiles. Leur cas ferait le régal des plus prestigieuses revues scientifiques.

Ni l'un ni l'autre ne réagit à leur présence. Elle savait que Baldwin brûlait d'envie de les interroger et s'écarta d'un pas pour le laisser commencer.

— Je suis le docteur Baldwin, leur dit-il.

Aucun des deux ne broncha. Mais Taylor nota un léger mouvement de recul chez le patient A. Ainsi, ils n'aimaient pas les médecins. Voilà qui ne devait pas leur rendre ce séjour à l'hôpital très confortable. Intéressant.

Baldwin poursuivit.

— J'interviens au nom du FBI. Et voici ma collègue, l'inspectrice Jackson, du département de police de Nashville.

Elle guetta leur réaction. Mais aucun des deux hommes ne manifesta d'émotion en entendant mentionner le Tennessee.

— Vous avez été placés en état d'arrestation par les

autorités judiciaires italiennes et vous êtes tous les deux *indagato.* La charge principale retenue contre vous est le meurtre. Vous serez jugés et très probablement condamnés. L'Italie ne porte pas « Il Macellaio » dans son cœur. De plus, vous allez être séparés suite à cette conversation. Je vous signale également que si l'Italie a supprimé la peine de mort il n'en va pas de même aux Etats-Unis. L'un de vous deux sera extradé et, la loi fédérale s'appliquant, les Etats-Unis peuvent réclamer la peine capitale contre Gavin Adler.

Toujours rien. Pas un mot, pas un mouvement.

Baldwin prit une petite chaise en plastique qu'il plaça entre les deux lits, à leurs pieds. Il s'assit et sourit plaisamment.

— Vous pensez peut-être nous avoir mis en échec en vous attaquant à vos empreintes digitales. Mais vous avez échoué. Nous savons qui est qui.

Il se tourna vers le patient A.

— Vous êtes Gavin.

Il porta son attention sur l'autre lit.

— Et vous êtes Tommaso.

Le jumeau dans le lit B lui rit au nez.

— Jolie tentative. Mais vous vous mélangez déjà les pédales. Vous n'avez aucun moyen de nous identifier.

— C'est là que vous vous trompez, Tommaso. Vous pensez avoir été très malins, mais nous ne sommes pas idiots non plus. A l'heure où je vous parle, vos dossiers dentaires sont déjà acheminés par ici. Les dentistes du 31e escadron dentaire d'Aviano ont soigneusement conservé les traces des actes pratiqués sur chacun de leurs patients. Il a suffi d'un coup de fil aux archives pour qu'ils ressortent le dossier de Thomas Fielding.

Taylor intervint à son tour en s'adressant à l'homme dans le lit A.

— Imaginez-vous, Gavin, que le Dr Simpson de Manchester a été très déçu d'apprendre que la police lui réclamait les radios panoramiques de votre dentition. Lui aussi a conservé toutes ses archives. Et nous a indiqué que vos dents du bas se chevauchent très légèrement. Thomas a eu un appareil quand il était adolescent. Vos parents adoptifs ont refusé de faire la dépense, en revanche. Ils estimaient que ça irait bien comme ça.

Lorsqu'elle mentionna ses parents adoptifs, l'homme dans le lit A laissa transparaître un net malaise. Ils savaient déjà qu'il était Gavin ; que c'était lui qu'ils avaient trouvé évanoui en arrivant. A priori, son frère lui avait maintenu les mains pressées sur la poêle une fraction de seconde de plus que nécessaire, comme un enfant joueur arrachant les ailes d'une mouche « pour voir ce que ça fait ».

Baldwin porta le coup final.

— Quant à vous, Thomas, vous avez des amalgames. Les dentistes militaires étaient encore un peu à la traîne en matière de soins, et laissaient les soucis esthétiques aux praticiens privés. Alors que tous les garçons de votre âge, Gavin y compris, ont des pansements en résine pour combler leurs caries, vous étiez encore soigné avec des plombages. Les jumeaux monozygotes n'ont pas une dentition identique. Et les différences de mode de vie peuvent jouer un rôle en matière de santé dentaire. Vous vous êtes donc infligé cette affreuse souffrance pour rien. Gavin, vous repartirez aux Etats-Unis avec nous. Quant à vous, Tommaso, les Italiens ont une cellule réservée à votre intention.

Baldwin se leva. Taylor était impressionnée. Elle savait qu'il était fasciné par le cas et qu'il prenait sur lui pour ne pas essayer de tirer d'eux sur-le-champ toutes les informations qu'il brûlait d'apprendre.

Le jumeau du lit A, celui dont ils savaient qu'il était Gavin, se mit à pleurer doucement.

Taylor passa l'heure suivante au téléphone avec Julia Page, pour mettre au point les conditions d'extradition de

Gavin afin qu'il puisse être jugé à Nashville. Les autorités judiciaires italiennes étaient hostiles à la peine capitale et s'opposeraient, à ce titre, à l'extradition vers un Etat susceptible de condamner un des deux accusés à mort. Ils avaient, d'autre part, un joli petit casse-tête à résoudre. Un casse-tête qu'ils s'étaient bien gardés d'évoquer devant les deux frères. Les dossiers dentaires n'avaient qu'une fonction très limitée. En fait, les radios ne pouvaient prouver qu'une chose : l'identité de chacun des jumeaux.

Mais seule une marque de morsure très précise leur aurait permis de lier expressément Gavin aux meurtres dans le Tennessee et Tommaso aux crimes italiens et britanniques. Or aucun des deux hommes n'avait mordu une de ses victimes. Rien a priori ne permettait donc d'exclure que Tommaso ait commis les meurtres américains et que Gavin ait pu sévir en Italie et à Londres. De quoi semer le doute dans l'esprit de n'importe quel jury d'assises.

Ils savaient que Tommaso avait frappé en Europe et Gavin sur le continent américain. Mais ils n'avaient rien de tangible pour étayer leur conviction devant un tribunal. Un bon avocat de la défense saurait réduire tous leurs efforts à néant en jouant sur ces ambiguïtés. Des heures et des heures d'investigation seraient nécessaires pour relier expressément les preuves matérielles dont ils disposaient à un jumeau plutôt qu'à l'autre.

Lorsqu'elle eut fini de faire le point avec Julia, Taylor mordilla le bout de son crayon et réfléchit à la situation. Elle se demanda dans quelle mesure les jumeaux étaient informés des différentes méthodes qui permettaient de les identifier. L'idée d'effacer leurs empreintes digitales était basique mais ingénieuse. Auquel des deux revenait l'initiative ? Probablement à Thomas, dont les méthodes criminelles étaient plus violentes et qui tuait depuis plus longtemps.

Il faudrait compter un certain temps avant que tous ces problèmes de procédure soient réglés. Ce qui voulait dire que Baldwin et elle auraient un moment de tranquillité ensemble pendant que les Italiens, les ambassades, la Met de Londres, le FBI et la police de Nashville mettraient de l'ordre dans ce chaos. Les décisions de cet ordre étaient prises à un niveau hiérarchique largement au-dessus du leur.

Taylor n'avait qu'une envie en ce moment : un remontant. Elle trouva Baldwin au téléphone avec Pietra Dunmore, en train de s'assurer qu'elle avait la liste complète de leurs données médico-légales, afin qu'ils puissent faire avancer le dossier. Il reposa le combiné et se passa la main dans les cheveux.

— Je suis cassée, Baldwin, lui dit-elle. Allons boire un coup et rentrons à l'hôtel.

— O.K. J'arrive.

Il récupéra sa veste sur le dossier de sa chaise et l'enfila d'un mouvement d'épaules. Elle fit glisser sa main sur la douceur du lin. Dommage qu'ils ne puissent pas rester à flâner dans les rues de Florence, loin des problèmes qui les attendaient à leur retour.

L'avantage, à Florence, c'est que presque tous les trajets se font à pied. Il leur fallut à peine cinq minutes pour regagner le palais Strozzi, dont ils traversèrent la cour intérieure pour pousser jusqu'au Colle Berreto. Memphis était installé à une table solitaire, avec un verre de vin intact devant lui.

Taylor lutta contre l'assaut, désormais familier, de contrariété et de trouble attirance. Elle le surmonta et leva les yeux vers Baldwin.

— Qu'est-ce qu'on fait ? On se joint à lui ?

— Bien sûr. Il doit tuer le temps en attendant son avion.

Ils traversèrent la place et le saluèrent. Memphis leur proposa de s'asseoir et ils commandèrent des *espressos* et du tiramisu.

Memphis s'était comporté de façon quasi exemplaire depuis le matin. Et Taylor s'attendait à tout moment à une rechute de sa part. Elle savait que rien n'était réglé et qu'il aurait fallu revenir sur cette histoire de baiser. Mais Memphis était déjà sur le départ, et l'opportunité d'en parler ne se présenterait sans doute jamais plus. La scène de crime dans les collines toscanes ne lui avait pas semblé être le lieu indiqué pour ce genre d'explications.

Le portable de Baldwin sonna à ce moment. Il s'excusa et prit l'appel, après avoir vérifié d'un coup d'œil l'identité de son interlocuteur.

— Hé ! Ça va, Garrett ? lança-t-il gaiement. Quoi de neuf à Quantico ?

Taylor le regarda écouter un instant, les sourcils froncés. L'air soudain courroucé, il se leva et partit de l'autre côté de la place.

— Qu'est-ce qui lui arrive ? demanda Memphis.

— Je ne sais pas.

— Ah… Je crois comprendre ce qui le contrarie.

Elle lui jeta un regard interrogateur.

— Quoi ?

— Il y a eu un changement de programme, en fait. Je ne retourne pas à Londres tout de suite.

Taylor réprima un soupir. Elle aurait dû s'en douter. Cela paraissait trop beau, qu'elle s'en tire à si bon compte avec le sieur Highsmythe.

— Comment cela ?

— Il en était question depuis un certain temps, même si j'avais l'intention de refuser. On m'a proposé un poste. A Quantico.

Il fallut un moment à Taylor pour que la nouvelle se fraie un chemin jusqu'à sa conscience.

— Quoi ?

— On m'a proposé un poste à…

— J'ai compris, oui. Lequel ?

— Au sein d'un unité d'analyse comportementale. La BAU 1, celle qui s'occupe de terrorisme. Comme agent de liaison spécial avec la Met de Londres et New Scotland Yard. Je me suis dit : « Pourquoi pas, au fond ? » C'est sans doute pour ça que ton homme arpente la place de long en large. Il n'a pas beaucoup de sympathie pour moi.

— Moi non plus.

Il se pencha vers elle d'un air de conspirateur.

— Mais si, au contraire. Et cela nous permettra de nous voir plus facilement, chuchota-t-il.

— Ce n'est même la peine d'y penser, Memphis. C'est non. *Niet. Nada.*

— Alors pourquoi m'as-tu embrassé ?

— Ce n'est pas moi, andouille. C'est toi.

— Tu as participé activement.

Il se tut pour plonger son regard dans le sien.

— Et tu avais l'air d'apprécier.

Il était aussi infernal de lui faire entendre raison que de débattre avec un gamin de cinq ans sur la vie, la mort et l'éternité.

— Non je n'ai pas apprécié. Ce que j'apprécierais, en revanche, c'est qu'on tire un trait sur cet incident. Je suis prête à passer l'éponge, mais on n'en parle plus. Ça marche ?

— Absolument, ma chérie. Pour aujourd'hui, en tout cas.

Il tendit la main pour effleurer la sienne. Avec beaucoup de douceur. Elle retira son bras dans un sursaut.

— Bon retour, Memphis. Et évite de te manifester.

— Taylor…

Mais elle ne voulait plus rien entendre. Elle se leva sans un mot et quitta la table. Il n'avait qu'à se charger de l'addition, cette fois ! Sans un regard en arrière, elle rejoignit Baldwin, qui venait juste de terminer sa conversation avec Garrett.

— Il se passe quelque chose ? demanda-t-elle.

— Rien de spécial, non. Garrett voulait que je le briefe sur l'affaire. Tu es toute rouge, qu'est-ce qui ne va pas ?

Elle porta une main à sa joue.

— Rien.

— C'est Memphis ?

— Ce n'est rien, je t'assure. Il vient de cracher le morceau pour son entrée en fonction à la BAU 1.

— Allons marcher un peu.

Comme ils s'éloignaient côte à côte, sa main trouva tout naturellement la sienne. Les lumières de Florence les entouraient ; les cris des mendiants, les touristes, l'agitation s'étaient dissipés. Des nuits florentines émanait une magie très particulière. Et la main de Baldwin tenant la sienne chassait toutes ses craintes au loin. *C'est bien lui, j'en suis sûre.* Lui, le seul. Le vrai. L'homme qu'elle aimait. Alors qu'ils débouchaient sur la piazza della Signoria, il s'immobilisa et l'embrassa.

— Mmm…, chuchota-t-elle. Encore, s'il te plaît.

Il s'exécuta et ils reprirent leur flânerie main dans la main.

— Memphis n'ira pas à Quantico de sitôt, Taylor.

— Ah bon ?

— J'ai demandé qu'on le réexpédie à Londres.

Elle s'arrêta net, l'obligeant à la regarder.

— Tu n'as pas fait ça ?

— Je ne vois pas pourquoi je m'en serais privé.

— C'est injuste pour lui, Baldwin. Professionnellement, Memphis est à la hauteur. C'est un excellent flic.

Elle avait commis une erreur tactique en volant au secours de Memphis. Un feu amer brûlait dans le regard de Baldwin. Sa voix se durcit.

— Un excellent flic qui te fait des avances outrancières sous mon nez. Je pensais que tu apprécierais que je t'en débarrasse.

— Je suis une grande fille, Baldwin.

— Je sais. C'est bien ce qui m'inquiète.

Il passa les doigts dans ses cheveux et prit une profonde inspiration pour recouvrer son calme. Un calme qu'il ne perdait normalement jamais. La violence de leur conversation la surprit.

— Je n'ai pas envie de me disputer avec toi, Baldwin.

— Moi non plus. Mais nous devons regarder où nous mettons les pieds. Rien n'est plus tout à fait comme avant. C'est comme si je sentais le sol se dérober sous nos pas. Je ne sais pas encore quand ni comment, mais entre les menaces du Prétendant et les manœuvres de Memphis il va finir par nous tomber un sale truc sur le coin de la figure. Je veux garder un œil sur toi. Il est peut-être temps que je quitte Quantico pour de bon.

Elle se dégagea.

— Ne fais pas ça. Ce n'est pas ce à quoi tu aspires profondément. Je te connais, Baldwin. Tu n'es pas fait pour la sédentarité, la routine, les horizons rétrécis. Tu as besoin de te battre, d'agir, de lutter pour un monde moins corrompu.

Il lui jeta un drôle de regard.

— Parce que tu crois vraiment, sincèrement, que ma priorité n'est pas d'être avec toi à plein temps ?

Vaincue, elle détourna la tête.

— Dans ton cœur, oui. Mais dans ta tête ? Non, mon chéri. Tu as besoin de la BAU comme j'ai besoin de la police métropolitaine de Nashville. Le FBI fait partie de toi.

— C'est toi qui fais partie de moi. La BAU, c'est juste un boulot.

— C'est plus qu'un boulot pour toi. C'est toute ta vie.

— Non, Taylor. *Tu* es toute ma vie.

Il l'embrassa de nouveau. Plus intensément, cette fois.

— Et tu ferais mieux de ne pas l'oublier. Viens, maintenant. Rentrons dormir à l'hôtel. Nous avons une grosse journée, demain.

Taylor se laissa entraîner sans protester. Mais ils savaient l'un et l'autre que la conversation n'était pas terminée. Le débat ne faisait que commencer, au contraire.

46

De retour dans leur chambre d'hôtel, elle profita de la distance qui s'était creusée entre eux pour s'éclipser dans la salle de bains et prendre son temps pour se doucher. Les événements s'étaient bousculés, ces derniers jours. Trop de passions avaient été attisées. Baldwin ne pouvait pas quitter la BAU. Et surtout pas pour elle, en plus. Ce ne serait pas juste.

Elle se sécha et démêla ses longs cheveux mouillés. A présent que tout était fini, elle s'autorisa à méditer sur l'horreur des actes commis par les deux frères. A s'appesantir sur la terreur et les souffrances que leurs victimes avaient traversées. A imaginer comment elles s'étaient éteintes à petit feu, vivant la défaillance progressive de leurs organes, la douleur ne s'atténuant peu à peu qu'avec la perte graduelle de conscience.

Elle se brossa les dents, recracha le dentifrice puis ouvrit la bouche en grand pour examiner ses molaires, ses incisives — la façon dont chaque dent s'alignait avec ses voisines. Leur disposition était précise. Unique. Aussi singulière qu'une empreinte digitale. A quoi ressemblerait-elle si sa chair disparaissait ? Si elle avait été enfermée dans une cage en Plexiglas et qu'elle avait subi la torture d'une mort par privation de nourriture, avant de se décomposer au fil des jours ? Elle essaya de visualiser son crâne, vu à travers les yeux d'un anthropologue qui le déterrerait sur un quelconque site archéologique. Observerait-il les dents, l'arcade sourcilière, la cavité nasale et se dirait-il : « Ouah ! Elle a dû être belle, cette femme, de son vivant ! Ces dents devaient étinceler de bonheur lorsque ce crâne respirait encore. Beaucoup d'hommes ont dû la trouver attirante. »

Si seulement elle avait mis une gifle à Memphis, lorsqu'il l'avait embrassée ! Il avait raison, l'infâme. Elle lui avait bel et bien retourné son baiser. Et il lui faudrait désormais vivre avec ce petit écart de fidélité sur la conscience. Baldwin n'aurait pas forcément besoin de le savoir.

Elle écarta toute image de Memphis de son esprit. Autant se concentrer sur du positif, désormais. Elle avait résolu son enquête et mis la main sur les criminels. Un parcours sans faute où elle avait largement fait ses preuves. Ce qui ne pouvait que servir sa carrière. Elle aurait toujours le temps de s'inquiéter plus tard de l'évolution de la situation. Si Baldwin revenait à plein temps à Nashville, ce serait très agréable pour elle. Mais cette décision le rendrait malheureux, même s'il n'en avait pas encore conscience lui-même. Sans compter qu'elle avait ses propres zones d'ombre à éclaircir, ses propres démons à combattre. Et tout cela tombait au mauvais moment.

Avec un soupir, elle éteignit la lumière de la salle de bains et regagna la chambre. Elle improviserait des solutions. N'en avait-elle pas toujours trouvé, jusqu'à présent ?

Baldwin était déjà couché et lisait un article sur l'arrestation des frères assassins. Une édition spéciale de *La Nazione* était sortie pour l'occasion. Le réceptionniste, qui savait qu'ils étaient venus enquêter sur le célèbre tueur de Florence, leur avait gardé un exemplaire qu'il avait tendu avec un discret sourire en leur remettant leur clé. Le gros titre proclamait que le boucher avait été arrêté, « *Il Macellaio viene arrestato* ». Baldwin avait des cernes sous les yeux et elle se sentit submergée par une vague de tendresse presque insoutenable. Il leur fallait une coupure, un endroit où se retrouver, sans spectres, sans assassins. Sans inspecteurs de New Scotland Yard.

Baldwin tourna les pages du journal, les couvertures négligemment repoussées sur ses jambes. Il semblait plongé dans sa lecture mais elle vit qu'il l'observait. Elle sentait son regard sur elle ; elle percevait l'amour, la chaleur qui émanait de lui. Elle rampa contre lui, abandonnant la tête sur sa poitrine.

— Nous avons besoin de dormir. Laisse donc ce journal pour le moment.

— Dois-je comprendre que je suis pardonné, *mia cara* ?

Elle lui jeta un regard gêné.

— Il n'y a rien à pardonner. Je ne voulais pas me comporter en gamine capricieuse. Et je… enfin, c'est sans importance.

— Tu penses encore à Memphis ?

Sidérée, elle releva la tête. Sa capacité à percevoir ce qu'elle ressentait la prenait chaque fois au dépourvu.

— Taylor, cela saute aux yeux, même à cinquante mètres. Je n'ai jamais vu quelqu'un tomber amoureux aussi vite. Il ne renoncera pas comme ça, tu sais.

— Penses-tu ! C'est un banal séducteur. Je serais juste une croix de plus sur son tableau de chasse.

— J'aimerais autant que tu t'abstiennes de devenir une croix sur son tableau.

Elle leva les yeux au plafond.

— Tu sais très bien ce que je veux dire ! Je ne l'intéresse pas en tant que personne. Et je suis capable de le tenir à distance.

— Je doute qu'il laisse tomber aussi facilement. Je me suis renseigné un peu sur son parcours. Il a dû se battre pour se faire accepter à la Met. Entre la grande aristocratie et la maison poulaga, la compatibilité n'est pas évidente. Il a eu du mal à se faire un trou, au début. Puis il a perdu sa femme et son enfant. Elle était enceinte de huit mois lorsqu'elle est morte dans un accident de voiture. J'ai vu une photo d'elle, d'Evan, et votre ressemblance saute aux yeux. Après la mort d'Evan, il s'est jeté à fond dans le boulot et sa carrière a fait un bond en avant. C'est un excellent investigateur. Mais il est hanté par ses morts. Des morts que tu as réveillés, ramenés au premier plan. Il est au bord de la dépression, ce type.

— Il m'a raconté, pour sa femme.

— C'est un homme fragile, malgré ce qu'il a pu te laisser entendre. Il est sous traitement, voit un psy. Et il se raccroche à tout ce qui peut le sortir de son enfer intérieur.

— Donc, tu penses que pour lui je suis juste un rappel de sa femme morte ? Merci. C'est flatteur !

Sa colère flamba brièvement puis retomba.

— Je suis prête à rentrer à Nashville. Là, au moins, j'ai une prise sur mes ennemis.

— Tu le fuis, Taylor ?

Il y avait dans sa voix une vibration particulière, comme une trace de vulnérabilité.

— Baldwin, c'est quoi ton problème, au juste ? Tu es jaloux à ce point ?

Il referma son journal et le jeta par terre. Il était en colère, et elle sentait la violence du combat qu'il livrait pour ne pas se laisser emporter par le flot noir de ses émotions.

— Evidemment que je suis jaloux, merde ! Tu crois que je vais rester là, tranquille, pendant que ce type te tourne la tête en te jouant le grand jeu ?

Ainsi, il savait. Il savait les hésitations, les tentations, les imperceptibles vertiges. Les « et si ? » qui avaient oscillé aux frontières floues de sa conscience. Quoi d'étonnant s'il était soudain déterminé à tout quitter pour « jeter un œil sur elle » ? Il était temps qu'elle le délivre de ses inquiétudes. Elle lui saisit le menton et l'obligea à la regarder dans les yeux.

— Oui, mon chéri, Memphis est attirant, drôle et raffiné.

— Et le fils d'un pair d'Angleterre, ne l'oublie pas.

— Et le fils d'un pair. Mais il faut que tu saches que la pensée ne m'a jamais traversé l'esprit. Pas comme tu le crois, en tout cas.

— Donc tu admets y avoir pensé ?

— Baldwin, arrête. Je ne pense à rien du tout. Personne au monde ne compte pour moi autant que toi. Memphis n'est qu'un gamin. Toi, tu es un homme et tu es le seul. Et je t'interdis d'en douter, O.K. ?

— Je t'ai vue l'embrasser.

C'était donc ça. Elle s'était posé la question, ce soir-là, sur la petite place, lorsqu'elle était tombée sur lui en tournant à l'angle du bâtiment. Il y avait eu un côté un peu fabriqué dans la rencontre. Et elle s'était demandé s'il avait assisté à toute la scène.

Elle le força à tourner son visage vers le sien.

— C'était parfaitement outrancier de sa part et je le lui ai dit. Je crois lui avoir très clairement fait comprendre que je ne voulais rien avoir à faire avec lui. Et j'ai poussé un grand ouf en apprenant qu'il repartait pour Londres. A priori, il y a eu changement de programme, et nous allons encore l'avoir sur le dos quelque temps. Toi surtout, d'ailleurs. Je lui parlerai de nouveau et lui demanderai expressément d'arrêter son cinéma. Si ça ne marche pas, tu as ma permission pour lui casser la figure.

Elle sourit, se blottit contre lui, reposa la tête sur son épaule. Baldwin l'entoura de ses bras et elle fut frappée par la force possessive de son étreinte. Comme s'il avait redouté qu'elle ne lui file bel et bien entre les doigts. Il ne pensait tout de même pas sérieusement qu'elle l'aurait quitté, *lui*, pour ce play-boy anglais ?

Bien sûr que si, il l'a pensé, Taylor. Il a vu les regards que Memphis posait sur toi. Il l'a même vu t'embrasser, bon sang ! Il a bien dû remarquer que tu lui rendais son baiser, même si ça n'a duré qu'une seconde. Baldwin est humain. Un homme comme les autres. Ou presque.

— Mon loup, murmura-t-elle en l'embrassant dans le cou. Je suis désolée.

Il accepta l'invite. Roulant sur elle, il lui attrapa les cheveux sans ménagement.

— Tu m'appartiens, Taylor. Ne l'oublie pas.

Il écrasa sa bouche sur la sienne et l'embrassa à lui couper le souffle. Sans lui lâcher les cheveux, il glissa sa main libre entre ses jambes. Ils s'enlacèrent avec une passion éperdue, encore et encore, et elle en perdit le sens du temps. Tout ce qu'elle savait, c'est qu'elle y était presque, presque, lorsqu'elle entendit la sonnerie insidieuse du téléphone tout près de son oreille.

— Ne réponds pas, le supplia-t-elle, à bout de souffle, en l'invitant d'un mouvement de hanches.

— C'est le tien qui sonne.

Par un effort de volonté, il contint l'élan de ses reins.

Avec un grognement contrarié, elle tendit le bras vers son portable.

Il y eut un grésillement, puis rien. Un profond silence. Taylor frissonna comme si ce grand vide menaçait de l'engloutir. Puis vint la petite voix métallique, presque enfantine, qu'elle reconnaissait de ses précédents appels.

— On se voit bientôt, Taylor.

La communication fut coupée et le tremblement commença, gagnant tous ses membres. Ce n'était pas fini. Et cela ne finirait jamais, jamais…

Épilogue

Ils prirent l'avion de nuit pour Nashville et Taylor passa toute la durée du vol à réfléchir. A sa vie, à celle qu'elle partageait avec Baldwin, à son père et à la lettre qu'elle portait sur elle depuis trop longtemps. Elle avait pris des décisions et se sentait prête à franchir quelques petites étapes pour reprendre son existence en main. Ils atterrirent juste au lever du jour et la lumière chaude de Nashville les enveloppa de son calme. C'était là, dans sa ville, qu'elle se sentait finalement le plus en sécurité.

Leur maison tenait toujours debout lorsque le taxi les déposa devant chez eux, groggy l'un et l'autre, après une nuit sans sommeil. Sam s'était chargée de passer à la poste pour faire bloquer leur courrier jusqu'à leur retour. Mais le facteur devait repasser le jour même, et Taylor se dirigea droit vers la boîte aux lettres pour y déposer le courrier destiné à son père. Il était temps pour elle de prendre congé.

Elle ouvrit la petite porte métallique et vit que la boîte n'était pas vide. Une balle de revolver reposait en évidence, posée sur une feuille blanche. Sa peau se hérissa de chair de poule et elle recula comme si elle venait de tomber sur un crotale.

— Baldwin ?

Il dut percevoir la panique dans sa voix, car il arriva sur-le-champ.

— Qu'y a-t-il ? Qu'est-ce qui se passe ?

Elle pointa le doigt sur la boîte aux lettres.

— Regarde.

Il se pencha et jura avec force en voyant la balle.

— L'appareil photo et les gants, ordonna-t-il.

Elle sentit l'effort qu'il faisait pour contrôler la rage dans sa voix. Fouillant dans son attaché-case, elle en sortit un unique gant en latex et son appareil photo. Baldwin les accepta, le visage fermé, et prit une série de clichés.

— C'est lui, je parie ? chuchota-t-elle. Il est venu jusqu'ici.

Baldwin ne répondit pas mais récupéra la balle. Un calibre 40 Winchester de forme cylindro-ogivale creuse. Le projectile standard de son arme de service.

En la tenant délicatement dans sa paume, il lut la lettre rédigée à la main, puis la lui tendit. Elle se garda bien de la toucher, se contentant de déchiffrer les mots, pendant que la tension, petit à petit, lui vrillait la poitrine.

« Chère Taylor,

» Puis-je être le premier à vous féliciter, lieutenant ? Vous recevrez demain l'appel qui vous informera que vous réintégrez votre grade. Me permettrai-je de vous exprimer à quel point je suis fier de vous ? Vous avez fait montre de courage et d'ingéniosité pour enquêter sur le pauvre petit Gavin et sur son grand méchant frère Tommaso. Naturellement, je savais que vous vous en tireriez brillamment. C'est pour cette raison que j'ai retiré les pages de copyright des catalogues. Gavin n'aurait pas pensé aussi loin, tête de linotte qu'il est. Mais je savais que vous trouveriez ce petit indice et qu'il vous mènerait jusqu'à eux.

» En un mot comme en cent, bravo, gente dame.

» Gardez mon petit cadeau sous la main. On ne sait jamais quand vous pourriez en avoir besoin.

» En attendant nos proches retrouvailles, recevez, ma très chère Taylor, mes brûlants baisers et l'expression de ma sanglante affection.

» Le Prétendant. »

Note de l'auteur

Lorsque je me suis embarquée dans la rude traversée que fut l'écriture de ce roman, j'étais fascinée par l'idée de deux hommes, séparés très tôt après la naissance, élevés dans des milieux radicalement différents et présentant cependant les mêmes symptômes psychopathologiques assortis d'une compulsion meurtrière. L'intérêt, bien sûr, c'était d'avoir des crimes identiques sur deux continents différents, avec des dates échelonnées de telle manière qu'on pouvait croire qu'une même personne avait commis tous les meurtres. Les indices et les éléments médico-légaux devaient également désigner un seul et même auteur pour tous les meurtres.

Le postulat de base du livre est tellement hardi, tellement terrifiant que je me suis ravisée presque immédiatement. Des jumeaux monozygotes, tuant indépendamment l'un de l'autre, avec des scènes de crime quasiment identiques ? Impossible.

Et pourtant plus je poussais mes recherches, plus je m'apercevais que non seulement *c'était* possible, dans ce scénario particulier, mais que cela pouvait se passer exactement comme je l'avais décrit. Des études approfondies ont été conduites sur des jumeaux pour tenter d'en savoir un peu plus sur les parts respectives de l'inné et de l'acquis chez l'humain. Ces études mettent en lumière que des jumeaux monozygotes élevés séparément montrent une propension hallucinante à vivre des vies très parallèles. Les tests de QI auxquels ils sont soumis donnent la vertigineuse impression qu'une même personne les a passés deux fois. Les choix de carrière et de métier sont étonnamment similaires, étant donné qu'il semble exister une prédisposition épigénétique à développer certaines compétences, certains domaines d'intérêt.

Prenons le cas surprenant des jumeaux « Jim », par exemple. Jim Lewis et Jim Springer avaient été séparés à la naissance et élevés dans des familles différentes. Ils ne se sont rencontrés qu'en 1979, après avoir vécu trente-neuf ans l'un sans l'autre. Jim Lewis avait passé des années à rechercher son frère, et quand les jumeaux se sont retrouvés Lewis décrit leur première rencontre comme le fait de « se regarder à travers un miroir ». Et ils n'étaient pas seulement semblables en apparence. Tant de leurs actes et de leurs comportements coïncidaient qu'un écrivain se serait fait rire au nez s'il avait osé utiliser de tels éléments dans une histoire.

Enfants, ils avaient eu l'un et l'autre un chien appelé Toy. Tous deux avaient épousé une femme prénommée Linda, puis avaient divorcé pour se marier avec une Betty. Pour leur fils aîné, l'un avait choisi le prénom John Allen, l'autre John Alan. Les deux Jim se rongeaient les ongles et souffraient d'insomnies et de migraines. Ils passaient leurs vacances sur la même plage en Floride, conduisaient le même type de voiture, buvaient la même bière, fumaient la même marque de cigarettes, s'intéressaient aux courses automobiles mais détestaient le base-ball, laissaient des petits mots d'amour à leurs épouses et fabriquaient des meubles de poupées dans leur sous-sol. Et, par une coïncidence trop grande pour être autre chose que la réalité, ils sont morts le même jour de la même maladie.

Il y avait également des différences entre eux : ils ne s'exprimaient pas de la même façon et n'étaient pas coiffés de la même manière. Mais les composantes majeures de leurs existences étaient plus que simplement similaires : elles étaient identiques.

Cela paraît irréel mais c'est exact, certifié et irréfutable. Il existe de nombreux autres exemples, dans des études conduites sur les jumeaux du Minnesota, de monozygotes élevés séparément qui mènent des vies bizarrement parallèles. Plus les jumeaux sont séparés jeunes, plus ils se révèlent semblables.

Dès l'instant où j'ai lu l'histoire des deux Jim, j'ai su que Gavin et Tommaso avaient pris vie. Mais l'histoire s'est assombrie lorsque j'ai pris conscience de leur technique de meurtre préférée.

La nécrophilie est un sujet tabou, une des actions les plus viles et les plus sombres auxquelles un être humain puisse se livrer. Le sujet m'a profondément dérangée, m'a procuré des cauchemars, et j'ai même eu des pannes d'inspiration. J'ai souvent songé à laisser tomber et à m'orienter vers quelque chose d'un peu moins… perturbant.

Mais, lorsque je suis tombée sur un site internet qui traitait du viol avec usage de narcotiques et du diagnostic de nécrophilie qui s'ensuivait, j'ai su qu'il me fallait explorer ce territoire. L'immersion a été difficile et néanmoins fascinante par certains aspects. Dès qu'on a un tueur qui sort des sentiers battus et qui entre dans l'intimité de sa victime, soit par le sexe, soit par des armes de main spécifiques comme un couteau, cela donnera lieu à des enquêtes un peu plus étranges.

Mes recherches approfondies m'ont permis de tirer quelques conclusions. Oui, il serait possible et peut-être même vraisemblable d'avoir de vrais jumeaux tueurs en série, tout particulièrement si ces deux hommes ont été séparés peu après leur naissance. Oui, l'évolution de leur pathologie se produirait en parallèle. Pour mon histoire, j'ai trouvé qu'il serait trop horrible de mettre en scène deux tueurs fonctionnant indépendamment l'un de l'autre. J'ai donc choisi d'avoir un jumeau dominant guidant un jumeau dominé. C'est un choix qui m'a permis de continuer à dormir la nuit.

De nombreuses études réalisées par Louise Wise Services

sur les répercussions psychologiques de la séparation des jumeaux resteront sous scellés jusqu'en 2066. Quelque chose se cache dans ces conclusions d'études. Quelque chose que les myriades de psychiatres, psychologues et autres médecins impliqués ne voulaient pas que leurs sujets d'observation apprennent. Est-ce la culpabilité d'avoir séparé des enfants qui auraient dû rester ensemble ? Les expérimentations ont-elles mal tourné ? Ont-ils trouvé la clé de notre évolution ? Sait-on désormais que l'inné l'emporte sur l'acquis ? Ou vice versa ? Les questions abondent.

Quoi qu'il en soit de toutes ces hypothèses, j'ai choisi de penser comme un écrivain de roman policier, et j'en conclus qu'ils dissimulent une bombe dans leurs conclusions d'expérimentations, un secret si brûlant qu'ils refusent de le divulguer.

Peut-être qu'un vrai Tommaso et un vrai Gavin figurent parmi leurs sujets d'études. Peut-être que la génétique n'est pas fiable et que notre environnement joue le rôle principal pour déterminer celui ou celle que nous devenons. Ou peut-être — je dis bien « peut-être » — existe-t-il une prédisposition à tuer, un gène tueur.

Avec ces questions en tête, j'ai fait mon possible pour rester crédible. J'espère que vous pardonnerez à un écrivain son imagination débordante.

REMERCIEMENTS

Il faut un village entier pour écrire un livre et *The Cold Room* a peut-être été un des romans les plus difficiles, les plus exigeants en matière de recherches que j'aie jamais écrits. Je dois mes remerciements et toute ma gratitude à :

Premièrement, l'équipe :

Scott Miller — mon merveilleux agent, ami et partenaire qui sait toujours me faire rire.

Linda McFall, ma réviseuse, mon amie, ma santé mentale. Sans toi, mes livres ne seraient que l'ombre des histoires que j'aimerais raconter.

Stephanie Sun et MacKenzie Fraser-Bub — assistants d'édition par excellence, dont l'énergie et l'enthousiasme sont toujours appréciés.

Adam Wilson — mon bras droit, et parfois aussi mon bras gauche. Je ne pourrais pas y arriver sans toi.

Marianna Ricciuto — agent publicitaire pour les étoiles et infaillible soutien.

Christine Lowman, pour sa capacité à supporter mes maniaqueries.

Kim Dettwiller — agent publicitaire indépendant et enfant de Nashville. Tu es géniale !

Le reste de l'équipe Mira : Donna Hayes, Alex Osusek, Loriana Sacilotto, Heather Foy, Don Lucey, Michelle Renaud, Adrienne Macintosh, Megan Lorius, Nick Ursino, Tracey Langmuire, Kathy Lodge, Emily Ohanjanians, Margaret Marbury, Diane Moggy et les artistes Tara Kelly et Gigi Lau.

Deuxièmement, la recherche, qui est l'âme même de ce roman :

Sean Chercover, pour m'avoir donné le point d'entrée.

Le Bureau fédéral d'investigation (FBI) pour leur ouverture et leur générosité en temps et en expertise. Et tout spécialement :

Angela Bell, bureau des affaires publiques, FBI.

L'agent spécial Ann Todd, bureau des affaires publiques, laboratoire du FBI.

L'agent spécial superviseur Kenneth Gross, conseilleur divisionnaire en chef du CIRG, FBI.

L'agent spécial superviseur Mark Hilts, chef d'unité, BAU, CIRG, FBI.

Le Dr Vince Tranchida, médecin légiste en chef, Manhattan.

Le Dr Michael Tabor, odontologiste médico-légal en chef pour l'Etat du Tennessee.

L'inspecteur David Achord, du département de police de Nashville.

Elisabeth Fox, du département de police de Nashville (retraitée).

Shirley Holley, de la bibliothèque municipale de Manchester, Tennessee.

Le chef adjoint Bob Bellamy de la police de Manchester.

Le capitaine Frank Watkins des bureaux du shérif du comté de Coffee.

James Tillman, pour avoir partagé l'expression de son oncle Welton Keif qualifiant les jumeaux monozygotes « d'équipiers de naissance ».

John Elliot, ancien agent d'Interpol, pour m'avoir orientée dans la bonne direction.

Sharon Owen, pour son expertise en matière de pêche.

Christine Kling, experte en navigation.

Et, pour finir, les proches :

Zoë Sharp auprès de qui je resterai toujours redevable, pour avoir donné vie à Memphis ainsi qu'à ses particularités toutes britanniques (sans parler d'une longue et amusante discussion sur le terme correct pour « érection »).

Les Fabuleux Manieurs de Mots de la Ville de la Musique — Del Tinsley, JB Thompson, Janet McKeown, Peggy Peden, Cecelia Tichi, RayLynn Wood — pour tout.

Des remerciements spéciaux à JB qui a lu, relu et re-relu ce livre pour moi et à mon autre mère, Del Tinsley, qui me remonte le moral et le maintient à flot.

Joan Huston, première lectrice et amie.

Tasha Alexander et Laura Benedict, pour avoir toujours les mots qu'il faut.

Murderati — vous savez pourquoi.

Rosemary Harris, pour avoir acheté un nom de personnage aux enchères et m'avoir offert l'officier de patrouille Paula Simari et son complice canin Max.

Charlaine Harris pour avoir placé des enchères sur un autre nom et qui apparaît ici et pour toujours sous les traits de l'agent spécial Charlaine Shulz, profileuse au FBI.

Elyse Schein et Paula Bernstein, pour avoir partagé leur incroyable parcours dans leur livre *Jumelles séparées* (Michel Lafon, 2008).

Evanescence, dont les chansons ont fait plus que m'inspirer, et m'ont permis de me sortir d'un sujet difficile.

Toutes les bibliothèques et les librairies qui m'ont témoigné un soutien sans faille. Tout particulièrement Murder by the

Book à Houston, Davis-Kidd à Nashville, Sherlock's Books à Lebanon, Poisoned Pen Press à Phoenix, la librairie Seattle Mystery à, vous l'avez deviné, Seattle, et les merveilleuses équipes de chez Borders et Barnes & Noble qui recommandent mes livres dans tout le pays.

Mes incomparables parents, frères, neveux et nièce pour leur foi inébranlable en moi. Je vous aime tous. Et plus que cela encore.

Mon roc, mon amour, mon Randy qui comprend sans poser de questions. Sans toi, rien ne tout cela n'aurait plus d'importance.

Et, pour finir, aux habitants de Nashville. Merci du privilège que vous m'accordez de pouvoir écrire sur notre ville formidable, merci de m'avoir ouvert des portes et fourni les éléments d'arrière-plan nécessaires pour travailler. Votre soutien est pour moi un honneur. J'ai pris quelques libertés dans ce roman au nom de la licence poétique. Toutes les erreurs, exagérations, opinions et interprétations, tout particulièrement en ce qui concerne le fonctionnement de la police de Nashville, sont uniquement de mon fait.

BestSellers

A paraître le 1er juillet

Best-Sellers n°470 • suspense

Ombres sur Black Falls - Carla Neggers

Hannah Shay est enfin parvenue à montrer aux habitants de Black Falls, le petit village de montagne où elle est née, ce dont elle est capable : le café qu'elle y a ouvert est un succès et elle va bientôt devenir magistrate. Mais quand son établissement se retrouve au cœur d'une enquête sur une série de crimes violents perpétrés dans le domaine montagneux des Cameron, Hannah est pétrifiée d'angoisse. D'autant plus que Bowie, son ami d'enfance est soupçonné par la police d'être mêlé à ce cauchemar… Hannah refuse d'y croire, et les soupçons de Sean Cameron, revenu à Black Falls pour tenter de démasquer l'assassin de son propre père, l'une des victimes, n'y changeront rien. Sean… Un homme intrépide qu'adolescente, elle aimait en secret, et qui tente aujourd'hui de la convaincre de participer à ses recherches. Que faire ? Car tout comme Sean, Hannah sent que le tueur va bientôt frapper… et il pourrait bien se trouver plus près d'eux qu'ils ne le pensent.

Best-Sellers n°471 • suspense

Face au danger - Brenda Novak

Traumatisée par la violente agression dont elle a été victime trois ans auparavant, Skye Kellerman a mis du temps à surmonter ses angoisses. Ce n'est que depuis peu qu'elle reconstruit son existence autour de l'association d'aide aux victimes qu'elle a créé en Californie avec deux amies. Mais quand elle apprend que son agresseur, Olivier Burke, est sur le point d'être libéré pour bonne conduite, bien avant la fin de sa peine, toutes ses peurs ressurgissent brutalement : comment oublier que c'est son propre témoignage qui a permis d'envoyer cet homme derrière les barreaux ? Lui n'a certainement pas oublié qu'il a tout perdu par sa faute. Le temps presse et Skye n'a qu'une solution : faire ce qu'il faut pour que Burke ne sorte pas de prison, en commençant par prouver son implication dans trois affaires de meurtres survenues à l'époque de son agression, et qui n'ont jamais été résolues... Heureusement, elle peut compter sur l'aide et le soutien inconditionnel de l'inspecteur David Willis, qui est venu la trouver. Car lui aussi en est convaincu : Burke n'en restera pas là.

Best-Sellers n°472 • thriller

La proie du silence - Karen Rose

L'incendie criminel de Minneapolis dans lequel Tracey, une adolescente atteinte de surdité, a trouvé la mort en pleine nuit, est un véritable choc. Ecœurée par le sort de cette toute jeune fille que son handicap a sans doute empêché de fuir suffisamment tôt, l'inspectrice Olivia Sutherland se sent prête à tout pour retrouver les coupables. D'autant plus que ses recherches l'orientent rapidement vers d'autres agissements sinistres : ceux d'un maître chanteur qui n'hésite pas à tuer les proies qui lui résistent. Perturbée par son enquête, Olivia l'est encore plus quand elle doit interroger David Hunter, le pompier qui a risqué sa vie lors de l'incendie pour tenter de sauver Tracey. David, un homme secret et mystérieux qu'elle a aimé autrefois, et qui lui a brisé le cœur. Elle accepte pourtant l'aide qu'il lui propose pour mettre la main sur ce criminel cynique et calculateur. Un criminel toujours proche mais jamais visible – et qui sème la mort sur son passage.

Best-Sellers n°473 • roman

Le printemps des rêves - Debbie Macomber

Séparée de son mari depuis peu, Rosie a bien du mal à prendre un nouveau départ. Non seulement Zach revendique la garde de ses enfants, mais les deux adolescents tumultueux lui mènent la vie dure. Heureusement, son métier d'institutrice la passionne et elle peut compter sur l'aide et la compréhension de son entourage. D'autant qu'elle n'est pas la seule à traverser une période de doute et de remise en question : Grace, qui habite non loin de là, essaye elle aussi de prendre un nouveau départ, même si elle a encore du mal à s'y retrouver dans sa vie sentimentale depuis la disparition brutale de son mari. Elle-même sait pouvoir compter sur sa meilleure amie Olivia, qui semble vouloir donner une nouvelle chance à sa relation avec Jack. Ainsi que sur sa fille aînée Maryellen qui, après des relations houleuses avec Jon, vient de mettre au monde une merveilleuse petite Katie. Bref, c'est tout un univers chaleureux qui aide Rosie à prendre en main son avenir et celui de ses enfants. Un univers où les gens finissent toujours par se retrouver car, à Cedar Cove, on n'est jamais très loin les uns des autres…

Best-Sellers n°474 • paranormal

Le papillon des ténèbres - Gena Showalter

Gideon, ténébreux guerrier mi-ange mi-démon, possède le pouvoir de détecter le mensonge et la tromperie. Pourtant, quand l'immortelle Scarlet se présente à lui, couronnée de sa chevelure d'ébène, il perd tous ses moyens. Envouté par son parfum d'orchidée, captivé par tant de beauté, il écoute son incroyable histoire, incapable de savoir si elle lui dit la vérité. Mais comment la croire quand elle lui affirme qu'elle a un jour été sa femme alors qu'il n'a aucun souvenir d'elle ? Et surtout, comment la protéger sans mettre en danger ses compagnons et sans se détourner de sa propre quête, celle qu'il poursuit comme prince des seigneurs de l'ombre ? Une force irrésistible le pousse néanmoins à vouloir connaître la vérité et comprendre ce qui l'attire en elle. Car bien au-delà du désir, Gideon sent qu'un lien très particulier l'unit à Scarlet. Un lien qui, s'il le découvrait, pourrait détruire celle qu'il commence à aimer…

Best-Sellers n°475 • thriller

Piège de neige - Lisa Jackson

Prisonnière du criminel pervers qu'elle traque depuis des semaines dans l'hiver glacial du Montana, l'inspecteur Regan Pescoli n'a plus qu'une obsession : s'échapper coûte que coûte. Aussi essaie-t-elle, dans le cachot obscur et froid où elle est enfermée, de dominer la terreur grandissante qui menace de la paralyser. Car ce n'est pas seulement sa vie qui est en jeu, mais également celle d'autres captives, piégées comme elles et promises à la mort.

Pour les sauver, autant que pour retrouver ses enfants et Nate Santana, l'homme qu'elle aime, Regan est déterminée à découvrir le point faible du tueur. Pour cela, il lui faudra aller au bout de son courage, de sa résistance physique… Et vaincre définitivement ce maniaque, avant qu'il ne soit trop tard.

Composé et édité par les
éditions Harlequin
Achevé d'imprimer en avril 2011

BRODARD & TAUPIN

La Flèche
Dépôt légal : mai 2011
N° d'imprimeur : 62350

Imprimé en France